真爱幻境

叶聪灵

YE
CONG
LING

中国文联出版社
http://www.clapnet.cn

图书在版编目（CIP）数据

真爱幻境 / 叶聪灵著 . -- 北京 : 中国文联出版社，
2017.8
ISBN 978-7-5190-2792-6

Ⅰ. ①真… Ⅱ. ①叶… Ⅲ. ①长篇小说－中国－当代
Ⅳ. ① I247.5

中国版本图书馆 CIP 数据核字（2017）第 134872 号

真爱幻境

作　　者：叶聪灵

出 版 人：朱　庆
终 审 人：奚耀华　　复 审 人：胡　笋
责任编辑：蒋爱民　　责任校对：傅泉泽
封面设计：郑金将　　责任印制：陈　晨

出版发行：中国文联出版社
地　　址：北京市朝阳区农展馆南里 10 号，100125
电　　话：010-85923066（咨询）85923000（编务）85923020（邮购）
传　　真：010-85923000（总编室），010-85923020（发行部）
网　　址：http://www.clapnet.cn　　http://www.claplus.cn
E - mail：clap@clapnet.cn　　jiangam@clapnet.cn

印　　刷：北京慧美印刷有限公司
装　　订：北京慧美印刷有限公司
法律顾问：北京天驰君泰律师事务所徐波律师
本书如有破损、缺页、装订错误，请与本社联系调换

开　　本：787×1092　　1/16
字　　数：215 千字　　印张：19
版　　次：2017 年 8 月第 1 版　　印次：2017 年 8 月第 1 次印刷
书　　号：ISBN 978-7-5190-2792-6
定　　价：39.80 元

序：关于爱情探索的奇怪的三个野心

这是一个奇怪的故事。

坦白说，写这个故事，我是有一点野心的。

第一个野心是，创造一个多元素结合的实验小说。

首先，我想说，从表面看它是一个给“渣男”漂白的故事。我把我能遇见的“坏”、我知道的“坏”和我能想象到的“坏”，都用在这个男人的身上了。

而且，时下比较热的话题：娱乐圈、真人秀、创意产业、风险投资、偶像、舆论引导、出轨、背叛……这样的内容也全部包含进来，围绕在这个“渣男”身边。

这个男人是我的主角，他叫吴苇禾。他在我的眼中，是一个很有魅力的人。实话实说，我写他的时候，几乎一直在和他精神恋爱。我是当他真的活着的。

但我的第一个野心，不能只靠我对男主的意淫，还要靠文学创作本身。

所以，我想写一个爱情、悬疑、魔幻、穿越、哲理、文艺的小说。

这六个元素的结合，是我的实验，谁让我给自己的目标，就是写实验小说呢！

所以，你能看到男主和女主长达18年的曲折恋爱；你能看到男主和女主一直计划着杀死彼此；你能看到男主和女主都被某种神秘的力量控制着；你能看到女主要穿越回去变成男主身边的10个女人；你能看到男主对自己和对爱情的深刻剖析；以及，你能感觉到这个小说有怪怪的文艺气息。

如果把它看成一个肤浅的故事，至少会体验到帅气男人和10个完全不同的女人的精彩恋爱。那也应该是个好看的故事吧？但愿我没有一厢情愿。

这个故事的最后一章，还会有人出来和你讲道理，这个人的身份还是一个谜，而且故事的时间结构也有一点点复杂。

既然奇怪了，就奇怪到底吧！

这是一个深刻的故事。

第二个野心，它有点大，因为，我想探究，“爱情”这件事的意义究竟是什么。

现代社会，我们总是陷入两类爱情的困境：爱得不纯粹；爱得不长久。

不纯粹，可能是因为掺杂了现实的元素而自保；可能是等不到纯粹爱上的人而妥协；也可能是根本就不知道自己要的“纯粹”究竟是什么。

不长久，可能是因为人类本性对爱情期限的影响；可能是因为了解而分开；可能是现实的限制而放手，也可能是没有找到可以长久的方法。

于是，我就很想在这个故事里试着解决这两个问题。

我想透过这个故事讲三个层面的观点。

第一个是，通过爱情经历，来探索一个人漫长的心路历程。

第二个是，爱情，是如何塑造了我们的灵魂、改变了我们的命运。

第三个是，出离心，在爱情的关系里起到了怎样的作用。

通过小说，来讲明这三个观点，从而解决爱情的纯粹与长久的问题。

但是，这个故事是从男女主角的相爱相杀的婚姻开始的，也结束在他们玄妙重重的婚姻里。大家可能会问：你在讲婚姻啊！不是爱情啊！可我的想法是：婚姻，也是爱情的一部分。所以，我把“婚姻”

放在了“爱情”的大概念之下。希望这个故事能让大家认同这一点，至少认同：男女主角的婚姻，其实是他们爱情的一部分。

但我最后落到的重点是：爱情的长久相处之道。

我引入了“出离心”这个概念。但我的角度，绝对不是佛教视角的，因为我是唯物主义者，是没有宗教信仰的。但我赞同“出离心”的哲学思维模式，说得白一点，我赞同它在爱情里形成的思考模式和行为模式。

好吧，我坦白了我的野心，希望它能够实现。

这是一个多面的故事。

我记得，大学时，我们女生寝室的8个室友一起去看王家卫导演的《花样年华》，回来之后，几乎一夜没睡，讨论电影讨论到天亮。

最妙的是，我们8个人，竟然会对某些电影的细节，产生8种完全不同的理解，也会得出8种完全不同的结论。

真是有一种千人千面的感觉。

我也希望，我的这个故事能是这样。每个阅读它的人，都有完全不同的发现和理解。你可以从很多角度去解读，无论怎样解读，都让你觉得有趣，都对你有一点启发。

这可能是我对这个故事的第三个野心。

目前为止，这就是大家阅读这个故事之前，我最想对大家说出的话。

大家要是觉得这个故事好，那就请多看两遍吧！要是觉得不好，那就全当“买这本书”是一个幻境吧！

祝福你的结果是：多看两遍。祝福我的结果是：实现野心。

谢谢。

叶聪灵
2016年6月23日

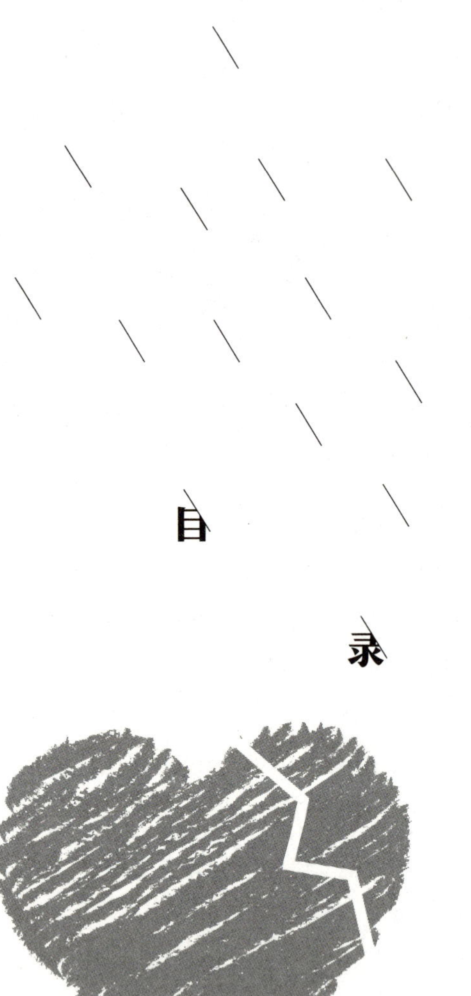

Contents...

2. 罗灿灿 残酷青春

3. 董薏甯 爱与阴谋

4. 欧幻言 堕落天使

5. 纪楠希　虚荣之间

6. Art　为爱而生

7. 窦鲮　人生无悔

8. 林景依　勇敢去爱

9. 周荣荣　重遇青春

10. 夏初篱　真爱是你

11. 关欣 爱与不爱

12. 许安静 彼间剧场

1. 吴苇禾　华丽而腐烂的存在

一、华丽腐烂的吴苇禾

我想，我是不爱吴苇禾了。我不爱他到什么程度呢？我每天都在心里筹划一次要如何杀死他——已经到了这样的状态。他究竟是一个什么样的男人呢？让我来回顾一下。

吴苇禾，35岁，曾经的万人迷偶像，现在的上市公司老板。财经大学金融系的高才生，后来又去美国进修了编剧课程。回国后，又报读了EMBA的课程，还广泛涉猎电影制作、艺术投资、房地产买卖等领域。他真是典型的高富帅，相貌英俊，而且，智商超群。这样的男人，就是我的丈夫。我应该感谢上天，赐予我如此幸运，让我遇见这样一个所有女人都梦想得到的丈夫。可是，他的人生，从外面看起来光鲜亮丽；向里面看进去却是一片腐烂，甚至还散发着恶臭。

在《偶像人生》的节目里，他呼吁青春和梦想。他鼓励年轻人，只要富有才华，敢于实践，热情正直，那么，谁都可能成为闪闪发光的偶像。但他是怎么经营自己这个闪闪发光的“偶像”的呢：他卑鄙，靠出卖至亲的人洗清负面新闻；他狡猾，靠制造各种绯闻和娱乐事件来吸引和误导公众；他势利，靠人际关系维持圈中地位却对新人毫无同理心；他善斗，靠陷阱暗算和胁迫来打击竞争者。

在《艺术偶像》的节目里，他说他崇尚艺术，富有理想，要为有品位的人群打造一个艺术者云集的天堂。但他经营艺术品的方法却和某些肮脏无耻的卑鄙商人毫无两样：他不择手段，靠敲诈获取融资；他铤而走险，靠“走私”和偷漏税获取利润；他卑鄙，靠寻找替罪羊来承担责任；他虚伪，靠伪善的言论来鼓吹自己的理想多么伟大。

在《真爱幻境》的节目里，他表明，他的目标是让天下人明白爱的真谛。他要通过那些最质朴的凡人爱情故事让已经不再相信爱情的人重燃希望，遇见爱情。但他又如何经营自己的感情呢：他内心已经不再有爱，又或者，其实他从头到尾都没有相信过这世界上还有真正的爱情。他遇见一个又一个女人，发展一段又一段感情，对他来说，那不过是解除无聊人生寂寞空虚的一根烟。一个牌子的味道厌倦了，就换另一个牌子，直到最后，几乎吸遍了所有的牌子，他觉得，烟的味道其实都差不多。纸醉金迷，玩弄感情，对他来说，女人可能真的就是一场接着一场的电影，看过即弃，毫无留恋。

这，就是吴苇禾，我了不起而又卑鄙的丈夫。

他说，他的名字是他父亲取的。他父亲的理想生活是：回归田园。最好他们一家能住在有芦苇、有稻田的地方。所以，他的名字带上了“苇”“禾”两个字。不过，他父亲的美好理想在他的身上恐怕没有实现。因为他不在这世间的田园里，他在最丑恶的名利场和最虚伪的人际圈里。如果现在让我来解读他的名字，我会说，那就是“违和感”的代名词。表面的他和真正的他，是那么不相容、不协调。

吴苇禾，并不是“无违和”，而是“很违和”。

吴苇禾，我的丈夫，堂堂的苇禾时代传媒股份有限公司的创始人，也曾是创造娱乐业创新神话的厉害人物。他经营的《偶像人生》《艺术偶像》和《真爱幻境》三个项目，是苇禾时代最有人气、最造星、最赚钱的三个项目。但是，他的事业会有今天，绝对离不开苇禾时代另一个赫赫有名又勤奋努力的创始人。这个创始人就是我，夏初篱。

我，夏初篱，35 岁，曾经是财经大学经济系排名第一的学生。后来留学去了美国，主修市场营销，辅修电影艺术。回国后，在舅舅的远大前程公司经过短暂的实习便自立门户，创建了“真爱幻境电影工作室”，后来和吴苇禾的公司合并，共同创建了今天的苇禾时代传媒股份有限公司。在我的创意和努力下，《真爱幻境》已经成为苇禾时代的支柱项目，毫不夸张地说，没有《真爱幻境》的巨大成功，就没有今天苇禾时代在行业内的地位。

吴苇禾和夏初篱，几乎是娱乐时代创业成功的最灿烂的典范。所有人都认为我们是金童玉女，靠着聪明才智和经营奋斗，得到了我们想要的一切，别人瞩目的一切，大家羡慕的一切。但是，大家又怎么会知道，我们真实生活的局面呢？我们的婚姻是一颗随时可能爆炸的炸弹，之所以还没有爆炸，是因为还没按下按钮。

最可悲的不是我们的婚姻已经死亡，而是我们似乎想让彼此死亡。我们的手里都有那个操纵爆炸的按钮，只是，谁会先按下去还是一个悬而未决的谜团。

我的真实打算是：我想杀死吴苇禾。

你们不会知道，我有多么悲哀。一个总是计划着如何杀死自己丈夫的女人，该有多么悲哀！我记得，我们风平浪静、表面和平的生活的改变，是从那一天开始的。

二、一封神秘的信

那一天，正是苇禾时代传媒股份有限公司庆祝成功上市的大好日子。

我们邀请了来自娱乐圈、艺术圈、投资圈等各个领域的朋友，还有很多媒体朋友，场面可谓盛况空前。

吴苇禾穿着法国著名设计师专门为他量身定制的西装，一出现在会场中央的舞台上，就立刻引起了全场的轰动和掌声。

“苇禾时代经过5年的发展，从一个普通的娱乐公司，发展到今天业务遍及欧洲和东南亚地区的跨国性质的娱乐投资公司，确实经历了许多艰苦奋斗的岁月和充满风险的时刻。但今天，我们终于实现了上市的梦想，这个巨大的跨越，绝对和另外一个人对苇禾时代的奉献与努力分不开。这个人，就是我的合伙人，也是我最爱的太太：夏初篱！”

吴苇禾在台上深情回顾、侃侃而谈，甚至热泪盈眶、激情飞扬。但我作为他口中所谓功不可没的合伙人、所谓最爱的太太，却站在台下内心波澜起伏，甚至体会到了狂风暴雨的改变。在我十分平静的面孔下，是一颗就要崩溃的心。

在庆祝成功上市的晚宴开始前的10分钟，我在专属的化妆间里发现桌子上有一个信封——那显然是故意趁我去洗手间、化妆间里没人的空档放进来的。

犹豫之后，我还是打开了信封。

信封里夹着一封信。

睡在你身边的人，心早已不在你那里。

但最可怕的是，他的心可能也不在他自己的胸膛里。

很早以前，他就已经是一个无心人了。否则，他怎能干出那么多让人不齿的勾当？

控制别人的命运，对他来说，是一种体验王者权力的乐趣。

制造世界的表象，对他来说，是一种玩弄大众的娱乐。

金钱，是报复世界的武器，唯独，没有取之有道，用之有度。

感情，是嘲弄世界的游戏，唯独，没有真心真意，相濡以沫。

他已经变了。又或者说，他掩藏真正的自己，已经太久了。

你要把那个有心的他找回来吗？

还是继续守着这个早已经空心的人？

这是一封奇怪的信，就像一首简短的诗。可字字句句都在影射吴苇禾，字字句句都嵌入我的心里，让我触目惊心。

当然，在读到这封信之前，我不是不能感觉到一些严重的状态，比如，苇禾时代的账目不清，综艺节目的参选者名次被人为控制，吴苇禾总在暗自与一些人接触，他还常常夜不归宿，绯闻不断……

这些，我都是知道的啊！可我却不想真正面对。因为我曾经相信，至少他是爱我的，我们的爱是无人可以匹敌的。从17岁到35岁，如果经历过那么漫长的岁月，都不能去相信一个人，我们的人生该是多么可悲呢！

但很显然，我们的人生真的陷入了可悲的境地。

“现在，让我们以热烈的掌声，有请苇禾时代传媒股份有限公司的运营总监，也是我漂亮性感的夫人夏初篱女士上台为我们致辞！”吴苇禾正用十分热切的目光看着台下不远处的我。

我听到了他邀请我上台的声音，我看到了我英俊非凡的丈夫，正在众目睽睽之下向我张开双臂。

我提着长裙，踩着嘎嘎响的高跟鞋，神采奕奕、自信满满地走上舞台，和那个正等待我的完美的丈夫，来了一个厚实的、深情的拥抱。我们还嘴对嘴亲吻了彼此，以秀恩爱。

“很开心，苇禾时代终于迎来了上市的一天。我和苇禾由衷地感谢现场每一位曾经给予我们支持和厚爱的朋友。但是，今天我最想感谢的，还是我们两个人：夏初篱和吴苇禾。感谢我们，勇敢尝试；感谢我们，不离不弃……”说着说着，我哭了，无法抑制地哭了出来。

我知道，台下的所有人，甚至包括吴苇禾，都以为我的眼泪是感触的眼泪、是喜悦的眼泪。只有我自己知道，那是我发自内心的、无法抑制的最悲伤的眼泪。

我真的很难过。

那个华丽的庆祝仪式结束之后，我拨出去的第一个电话，就是给我早就找好了的私人侦探老邢的。

“请你帮我调查一些事情。”我在电话里说。

“好。”电话那头回答得干脆。

挂了电话，我看到了在众人之间应酬完毕的吴苇禾、正向我走来的吴苇禾。

那个他，还是那么风度翩翩、英俊不凡、才思敏捷。就像三年以前，我们结婚的那一刻，那个向我走来，让我怦然心动的男人一样。

我的记忆像潮水般涌来。

三、从灿烂到陌生

遇见你，是我生命里的一个奇迹。在兜兜转转的15年时光里，我们的故事就像一个最悬疑的小说。在每一次命运分开我们的时候，爱的女神又会眷顾我们，将我们拉在一起。是千丝万缕的缘分吗？还是我们本就心心念念不曾放下的心动？总之，感谢，感谢你，也感谢我，一直那么爱着彼此。

3 年前，我和吴苇禾的婚礼上，他念着自己写下的誓词，那么动人、那么催泪。那段告白几乎让在场的每一个女人都感动落泪了。作为那场婚礼的女主角，我更是在一瞬间就泪如雨下。我不是一个特别感性的人，但每次遇到与吴苇禾有关的情绪，我总是那么敏感、那么动容。

我是带着怎样的勇气奔向吴苇禾的啊！放下了爱了我 5 年的未婚夫简嘉澄，放下了一切顾虑和不安，我逃婚奔向他，奔向一个我爱了许多年，却不太熟悉的他！

“我会给你一个城堡，那是我们住的房子！我会给你一个天堂，那是我们未来的生活！我会给你一个王国，那是我们明天的事业！夏初篱，你准备好了吗？”吴苇禾抱着我，从礼堂奔向我们的跑车，我们一路狂奔，奔向机场。

我们从礼堂飞向了洛杉矶，然后又去了巴黎、丹麦、维也纳……我们去了那些和快乐天堂最接近的地方。感受着疯狂，感受着时尚，感受着艺术，感受着爱情。那真是一个旷世蜜月，也是吴苇禾送给我的最好的礼物。

旷世蜜月旅行之后，我们开始了双剑合璧的事业奋斗期。我把自己经营的“真爱幻境电影工作室”和他的“苇禾时代文化创意有限公司”进行了合并，我们集中一切力量打造我们的“真爱幻境”真人电影秀项目，短短两年之内，它已经变得家喻户晓、感动无数人，也实现了巨大的商业盈利。

爱情和事业的灿烂，一直伴随着忙碌、争执、冷战。直到有一天，当生活归于平淡，当事业步入正轨，我们开始了彼此伪装、掩藏，丧失信任。

“放钱的位置，一定要保密。即使是我太太，也不能让她知道，明白吗？”

“我想让 32 号选手入围，我喜欢她头发的颜色，15 号虽然更有艺术潜质，但他的眼睛看起来太讨厌了，这次让他出局吧！”

“被抓了？告诉他小心点了，傻 × 吧！跑那个地方抽大麻，都让他来我这儿了！”

“弄几个游艇，找点好货色来，好好招待那些少爷们，我希望这是 21 世纪最豪华 Party（派对）。”

“怎么，这么快就想我了？宝贝儿。晚上去找你。”

那些我听到、看到的他的言行，就像一盆冷水，不断浇熄我怀有希望的热情。突然有一天，我意识到，我可能从来不了解我的丈夫。我们的爱，究竟是建立在什么之上的呢？好像那毫无根据、我们以为的狂热，不过是我们的直觉和幻想。

在我面前，他终于像一个陌生人了。在我心里，他终于在逐渐消失了。

寂寞无助的某一刻，我终于写信给简嘉澄了。我开始怀疑，我曾经不顾一切奔向的“黑洞爱情”可能正在把我彻底吞噬和毁灭。我需要安慰和帮助，我需要有人给我脆弱的感情一个有力的支撑。看到我的信，简嘉澄回来了，从遥远的美国回来了！就像 8 年前他对我的那颗初心一样，带着最真诚的感情回来了。

可是，我还不想真正放弃吴苇禾，我需要知道，到底，他都在干些什么。

四、上锁的皮箱

停止回忆、停止悲伤和感慨，我能做的是请老邢查清楚一切，竭尽所能地查清楚吴苇禾这个人。现在最好的举动是：了解清楚，做出决定。

“他做过的一些事，你恐怕不会想知道……而且，你最好小心你的丈夫，他是个很可怕的人。”老邢在电话里是这么说的。

老邢，是我请来调查吴苇禾的人。据他自己说，商业背景、投资诈骗、出轨小三……这些调查，他统统在行。好像他接受过特工、卧底、刑侦之类的专业训练，也有过“不为人知”的职业经验。简言之，我花了一大笔钱，雇了一个可以彻底调查吴苇禾的高手。

老邢打电话给我时，我正在和吴苇禾共同居住的别墅里，确切地说，是在别墅的储物室里。我的眼睛，一直盯着眼前的一个皮箱。我犹豫着是不是要打开。

“等一下！老邢，先不要告诉我。我想知道的时候会再约你出来说。”我挂了老邢的电话。我似乎还没有做好准备。我深呼吸了一下，继续把注意力集中在眼前的皮箱上。

储物室里的皮箱很精致，每当落满灰尘的时候，吴苇禾就会进储物室擦一擦它。我一直很好奇，到底那个皮箱里装了什么。直到昨天，我终于复制了皮箱的钥匙。神秘的皮箱，应该到了解开谜底的时候了。

我拿钥匙打开了皮箱。奇怪的是，我只在皮箱里面看到一个日记本。我翻开日记本，看到扉页上写着：回不来的岁月。再往后翻，就是一些合影——吴苇禾和一个又一个女人的合影。我一张一张看着，坦白说，那些照片是让人赏心悦目的。那一张张或清纯靓丽、或妩媚动人、或优雅深刻的女人的脸，和吴苇禾那张帅气迷人的脸组合起来，还真像是一幅幅美好的图画。可这些“美好的合影”，却让我想起了一个词：集邮。不是有那么一种男人吗？收藏他和每一个女人的一段情，也可能是一夜情，每一个女人都是他情史上的一张纪念邮票。

吴苇禾在照片上那微笑的脸孔，竟然让我想起了肮脏至极的马桶。不是有那句话吗，一个漂亮的人要是恶劣起来，那张漂亮的脸反而会加剧别人对他的厌恶感。

我拿着奇怪的日记本，里面除了合影照片之外，就没有其他内容了，没有字迹，是空白的。也对，既然只是“集邮男”的爱好，又怎么会放文字，不放艳照就算对得起那些女人了。不过，仔细看那些照片，有些女人的面孔我还有点印象，貌似在哪里见过。每一张照片上，都写着女人的名字，我回味着那些名字：罗灿灿、董薏甯、欧幻言、许安静、纪楠希、Art、窦鲮、林景依、周荣荣……吴苇禾和那些女人都是什么关系呢？是爱情吗，还是欲望的满足？抑或精神空虚而寻找的玩伴？

那些名字里，有两个我特别熟悉，一个是许安静，一个是Art。

老邢说过，吴苇禾最近一年一直和这两个女人来往频繁。

其实，我不是不开明的女人。我很清楚，让一个身价过亿的娱乐公司的老板，让一个每天沉浸在娱乐圈的男人，老老实实、规规矩矩地过日子，只爱他老婆一个女人，简直是不可能的。我更明白，人类的爱情其实非常短暂，婚姻更容易让彼此产生厌倦。我并没有抱着太多不切实际的幻想。但我好想知道，我们的爱情为什么死亡得那么快；我们的婚姻为什么变成了对彼此的折磨。

我承认，我十分好奇他和那些女人到底是怎样的关系。对于那样的感情，我实在理解不了。又或者说，我实在无法理解吴苇禾为什么那么喜欢在众多女人之间玩耍。想要探究这个原因的欲望，让我做出了疯狂的事：找私人侦探，安装窃听器、针孔摄像机，偷偷植入电话定位系统、电话复制系统……甚至——我想去找那些女人谈谈心。

也许……最近吴苇禾还保持联系的两个女人：许安静和 Art，是可以约出来谈一谈的。

打定了主意，我从储物室走出来，坐在客厅的沙发上，开始给那个叫 Art 的女人打电话。

电话响了好多声，她终于接了。

我说："我是夏初篱。你是 Art 吗？我想和你谈谈，我是……"

"吴苇禾的老婆。我知道。你发时间和地点给我，我一定会按时赴约。"电话那头的女人像是做好了准备一样，她不仅知道我是谁，还随时准备和我见上一面。她的语气虽然平静，但我却感觉显得那么嚣张。

五、你觉得，你了解他吗？

晚上 20:12，我在蓝景咖啡馆见到了那个叫 Art 的女人。果不出所料，她身材妖娆，香艳火辣，淡棕色的飞扬中长发，还有一张勾人魂魄的脸。细碎的下眼线，微弱的烟熏妆，只是稍微涂了一点桃红色的口红，都让她显得那样迷人。

"我好像……在哪里见过你。你过去……你好像不是这个样子。不过，你很迷人。"我笑了一下，我居然笑了，还说出了这样一句因为诚恳而显得悲哀的话。

"夏初篱，幸会。"Art 伸出手，她要和我握手。

"你比我想象的优雅。好像这时候，我们互相扯着头发打在一起，实在太难堪了吧。"我竟然也和她握了握手。

"找我出来，是因为我偶尔会和吴苇禾睡一下吗？"Art 点燃一支女士烟吸了起来。

"我找人查过你。你是一个喜欢陪伴有钱男人度过'美好时光'的女人。

说白了，你其实是一个妓女。啊，对了，你是比较高级的那种。一般男人，你还不陪呢！”我对她充满鄙视。

“没错，我是。用身体来供养理想，没什么不对。吴苇禾也为我的理想做出过贡献。我的画廊一直以来的开销，就是他资助的，而我唯一能回报他的方式，就是身体。”Art 向服务生要了一瓶红酒。

“没本事靠自己的才华实现艺术的理想，只是靠男人供养着你的理想，你是在亵渎艺术吧，真那么光彩吗？”我一直盯着她，她的眼神突然黯淡下来。

“不光彩。比起你攻击我是妓女，你攻击我没有才华才让我更痛苦。其实每个人都有理想，就算是妓女也是有追求的。就算是腐烂的吴苇禾，也是曾经有理想的。”Art 倒了一杯服务生送过来的红酒。

“腐烂的吴苇禾……”我重复着这句话。

“我曾经和吴苇禾交往过一段时间。那时候的他，是温暖的，有文艺情怀的，是在最平淡的日子里也能找到一些乐趣的男人。”Art 的脸上绽放出一丝让人难以觉察的妩媚微笑，那是属于一个女人对一个男人迷恋时的那种微笑。

看到她的微笑，我突然感到一种深切的悲伤，为什么吴苇禾就不能让我对他有这样的感受，让我因为他的某种情怀而欢喜微笑呢？

我们两个人的生活是那样冰冷无趣：他不是早出就是晚归，还有一堆无穷无尽的外务出差。即使偶尔在家，也在放映室里看他的电影，透过玻璃窗，我能看到他偶尔沉默、偶尔落泪、偶尔微笑的样子……但那都是只属于他一个人的世界，他不再邀请我一起看电影。好像，在家里看电影也成了他躲避我的方式。

无论我穿了怎样的新衣，换了怎样的发型，他似乎都没有任何反馈，他甚至都感觉不到。但他在 facebook 和微博上，却能轻易指出某个和他互动的粉丝换了指甲油的颜色。他有很多个晚上不回来，我也知道，他不是在录制节目，不是在谈公事，他只是在某个女人的床上。

“看，这是他画过的画，还有他煮过的菜。”Art 拿过她的手机给我看，里面有她存储的吴苇禾的“大作”，“但他现在不这样了。他和我在一起时，除了上床，连话都很少说了。”Art 的眼神里闪出一丝悲伤。

“看来，他还真的曾经是个文艺暖男呢。”这句话，几乎是我从鼻子里哼出来的。

“他什么都干，走私、洗黑钱、放假消息、控制传媒、任意炒作、把竞争对手打击致死，真人秀的那些选手也是他的玩具，不过，遇到给钱的家长，他还是会放水。至于女人吗，他在的那个圈子，他的条件，怎么能让他安静本分地活着。他变了。他的事业越做越大，财富越来越多，他却越来越冷血，越来越卑鄙，越来越麻木。”Art 收回了她向我炫耀的那些照片。

“他过去不是那样的，他曾经鲜活过的。”我说着，然后示意服务生结账。

“你觉得，你了解他吗？”Art 看我要走，问了一句。

我看看她，没有回答。而是站起身向咖啡馆的门口走去。可是我知道，Art 说的都是真实发生和存在的事实，因为老邢调查到的内容和 Art 说的完全吻合。

吴苇禾越来越麻木了，我又何尝不是这样。见到 Art，我居然没有强烈的嫉妒，我只是感到自卑。我对吴苇禾的了解，还不如他的床伴。

此刻，如果吴苇禾站在我的面前，我可能有一刀捅死他的想法。冷静地、理智地捅死他。

六、难道，他要杀了我？

晚上 22:22，我开车回到别墅区。

在地下停车场停车的时候，我看到有个黑影从我的车身后闪过！我开始惊慌。我是惊悚电影看多了吧？总以为晚上的地下停车场会发生那种神秘的谋杀。我安慰自己：不要害怕，人都喜欢自己吓自己。要不……可以打个电话给吴苇禾，让他过来接我，虽然不知道这个时间他是否在家。但我还是拨通了他的号码，我听到他说“喂……”我马上挂掉了电话。

我是脑子出了问题吧？居然打电话给吴苇禾！我不正是怀疑他暗中找人对付我，才一直这么害怕和陷于被害妄想吗！我瘫坐在车里，想起了一周前的夜里，愤怒的吴苇禾把酒柜里的酒都砸烂在地上。

“你居然把《真爱幻境》项目的所有权窃走了？你是不是疯了！”吴苇禾咆哮着。

“《真爱幻境》的项目本来就是我负责的！从我成立‘真爱幻境电影工

作室’开始，我倾注了全部的心血！从每一期的策划、采访，到角色的挑选，还有服装、场景、制作团队接洽，电视台沟通和广告商合作……每一个细节都是我的心血！我为什么不能把它拿走，你又做了什么！你除了每天流连在各种交际圈，和一堆嫩模混在一起之外，你又做了什么！”我瞪着吴苇禾，能感觉到自己气得脸部的神经都在跳动。

“哈哈……哈哈……”吴苇禾大笑起来，“一向谨慎的我，那天居然犯了一个那么低级的错误。我竟然看都没仔细看就签了那份合同。”

“你不谨慎，已经很久了。好多次，我让你在合同上签字的时候，你都是喝得醉醺醺，看都不看就签字了。你早就不是过去那个连一份办公物品采购清单都会认真审核然后签字的吴苇禾了。”我稍微平静了一下自己激动的情绪。

吴苇禾沉默了一下。他抹了一下刚才因为摔酒瓶而划破的手指，还用舌头舔了一下流出的血。他缓缓地走到客厅的沙发前，坐了下去，点燃了一支烟。

“我以为我们之间没有了感情，但至少还是可以合作愉快的利益交换者。你是很聪明的女人，也是很好的事业合作伙伴。所以在工作上，我还是十分信任你的，没想到就连这点信任也会被出卖。”吴苇禾又从沙发上站了起来，手里捏着燃着的烟，向我走过来。

我看着他从黑暗里走过来，那轮廓如此熟悉，即使看不清脸，那轮廓依然挺拔伟岸。不知不觉间，我发现自己的脸上流满了温热的眼泪。原来背叛他，我竟然感到如此心痛。

“那天，被你欺骗签了合同的那天，我喝得醉醺醺的。你知道我为什么喝醉吗？因为那天我见了简嘉澄。他说，他要把你从我身边带走。你——又重回他怀抱了？”吴苇禾站在了我的面前，在没开灯的客厅里，通过窗子里透进来的月光，我看到了他那张表情十分沮丧的脸。

“我们来往好一阵子了，这顶绿帽子你已经戴了很久了。转到我公司名下运作的《真爱幻境》项目，在未来一年，我会找简嘉澄做代言人和节目顾问。3 年前我和你能创造一个娱乐商业的神话，现在，我和他也一样可以创造。”我擦了一下脸上的泪水，突然自信满满地微笑起来。

“真是没想到，你会联合他来背叛我！”吴苇禾用那只没有捏着香烟的手摸了摸我的脸，还把没有干掉的眼泪用手指擦了擦，那动作十分温柔，如果没有前情背景，他这样的温柔，就像是在心疼他最爱的女人。那是曾几何时，他带给过我的温柔。但我知道，这绝对不是一种温柔，而是一种残忍的预告。

突然，他一只手把我拉进他的怀里，然后在我耳边小声地说：“我会让你付出代价的……”说完，他微笑地看着我迷惘的眼神，在我的额头上轻轻吻了一下，就朝着门口的方向走去，接下来，是“嘭”的一声重重的摔门声。

那一夜，真的十分漫长。吴苇禾没有再回来，我一个人坐在地上，想着：苇禾时代的支柱项目《真爱幻境》没有了，苇禾时代应该会垮掉吧，至少也会大伤元气。我抢走那个项目，也代表着，我和吴苇禾的那个表面和平、实际腐烂的婚姻，真的彻底结束了吧！

那一夜，我们应该是正式决裂了。

我瘫坐在车里，想着那让人痛苦的一夜，就有一种全身的血都被抽干的无力感，仿佛要死了一样。

我们争吵之后的一周的时间里，吴苇禾都没有去公司上班，也没有回过家，更没有联系过我，放在他办公桌上的离婚协议书也没人动过。他消失了，他居然玩失踪！他究竟要怎么面对这样的局面呢？我始终感到忐忑不安。

我看着空无一人的停车场，满眼静止不动的车，让我有一种特别不安的感觉。“我会让你付出代价的……”这是吴苇禾临走前留下的话，我感到十分害怕。

这几天，我总觉得有人在跟踪我，可一转头，又好像没什么不对劲。难道……吴苇禾要杀了我？我无法抑制地想了一连串的事情：如果我死了，他会成为名正言顺的继承我公司的人。只要除掉我，他就又可以拿回《真爱幻境》这个项目的运作权了。想到这儿，我感到自己的手有点儿抖，在倒车镜里，我看到自己的额头上渗出的冷汗。因为太害怕，我拨通了简嘉澄的电话。我告诉他现在的处境，他表示会马上过来接我。

七、筹划着杀死你

在等简嘉澄的时候，我的手机响了起来，是一个微信的提示音，吓了我一跳。吴苇禾发了一条语音给我：

“我，是不会和你离婚的。你可以上诉离婚，甚至可以拿出那些找人调查的所谓的婚外情的证据。但如果你这么做，我也同样会拿出你和简嘉澄外遇的证据。如果真闹起来，被媒体宣传得沸沸扬扬，你们未来那一年的《真爱幻境》节目的策划恐怕就要泡汤了吧！谁能相信一对奸夫淫妇设计的所谓的真爱的桥段呢！你自己想想吧，是毁了简嘉澄，还是毁了我。”

卑鄙的人！看来他也一直在找人监视我。还好，盗走《真爱幻境》这个项目，我进行得足够秘密，否则还真会被他发现呢。

想到这里，我看到简嘉澄来了，我锁好自己的车，上了他的车。

“去我家吧！”简嘉澄说。

“我要住在酒店，帮我找一家酒店吧！”我请求着。

在酒店办理好入住，我对简嘉澄说：“谢谢你。我今天很累，想休息了。你也回去吧。”

“真的不要我陪你吗？”简嘉澄再次确认。

“不用。谢谢。我想一个人静一静。”我态度坚定。

“好。保重。”简嘉澄一脸失落。

简嘉澄走了，房间里就剩下我一个人了。我感到很孤独。

我久久无法入睡。走到落地窗前，看这个城市远处的灯火，我好羡慕那一家家的温馨和睦。我想起了3年前，吴苇禾向我求婚的时候，那一刻我是多么的幸福！

“要是19岁的那一年，我们没有错过，今天的我们，会是怎样的呢？”

“也许我们很快就厌倦彼此，然后分开了。也可能，我们一路相处下去，很默契，就结婚了。然后……我们还会有自己的孩子，不紧不慢地过着日子。”

“好啊！那就那样吧！我们结婚！”

“啊？你疯了？”

那一刻，我以为吴苇禾疯了。但那一刻，我也疯了。

“好！我们结婚！让我们真正的恋爱，从结婚开始！”

那是我的回答，那是我疯狂地逃婚之后，唯一想给他的答案。

那时候，我从巴厘岛的婚礼上逃走，扔下了相恋几年的简嘉澄。我很内疚，但我又无法抗拒自己。我逃走之后，曾经和简嘉澄通过一次电话，他问我，为什么放弃他而选择了吴苇禾。其实那个问题我也问过自己很多次。究竟为了什么而放弃了平静的海洋，却选择了危险的海啸。唯一的解释就是：我是一个不安分的人。我和简嘉澄一眼可以看到未来的安全的爱情，敌不过我和吴苇禾的无法信任的充满变数的爱情。

而如今，海啸终于变成了灾难。

虽然我知道，吴苇禾不会是个专一的好男人；虽然我知道，有很多女人对他虎视眈眈；虽然我知道，我们也许迟早会被现实蛊惑、被厌倦困扰。我还是决定和他结婚。

“And I will always love you……（爱你之心至死不渝）”突然，我的电话铃声响了起来，是简嘉澄打来的。

“我很担心你。一周了，吴苇禾也没有什么动静。不知道他是怎么答复你的。”

“嘉澄，我觉得，吴苇禾要杀我。我脑子里一直有这种特别可怕的想法。他说他不会和我离婚的，看来我们要纠缠到底了。”

“要不……你最近别去上班了，你搬来我这里住，我保护你。”

“我这几天先住酒店，我会想到办法的。”

虽然拒绝了简嘉澄的帮助，其实我的内心依然是混乱不安的。

“他做过的一些事，你恐怕不会想知道……而且，你最好小心你的丈夫，他是个很可怕的人。”

我的记忆里总是盘旋着老邢说过的那句话。

接下来的几天里，我度过了人生中非常不可思议的一段日子。我在网上搜罗各种可以神不知鬼不觉谋杀亲夫的方法。还试着联系了之前做娱乐节目时认识的某位有黑道背景的人物，虽然没有说出真实意图，但我知道，我是想找个人替我杀人。我一遍遍地对比自己动手的风险和找人杀人的风险。我甚至还整理了可能和吴苇禾有过节的那些人的名单，也许吴苇禾死了，可以嫁祸给他们……就这样，我在酒店里，头不梳，脸不洗，废寝忘食地研究着可以杀死吴苇禾的各种方法。

这样持续了五天。五天之后的一个晚上，我看到镜子里的自己实在太邋遢、太脏了，就冲进浴室洗澡，洗着洗着，我突然号啕大哭起来，哭得撕心裂肺，伤心欲绝，痛不欲生。

我问自己：为什么要把《真爱幻境》的项目抢走？为什么要背叛吴苇禾？

为什么要毁了他的事业？这究竟是为什么！因为……我想拯救他！拯救那个外表光鲜、内里腐烂的吴苇禾！

是不是只有让他失去一切，他才能从那种傲慢、虚伪、冷漠、空虚、毫无道德底线，也毫无情感底线的状态里停止下来？他才能不会继续朝着一个恶魔的方向前进？他才能置之死地而后生，他才能重新开始，找回他说的理想和目标？这是我要毁了他的事业的原因吗？还是，我根本就怕发现他其实是一个可怕的人，他甚至连我也会害死，所以，我唯一能做的……

在浴室的镜子前，我看到了蒸汽里那张映衬在镜子里的我的脸。它已经布满泪痕，满是沧桑。我明明是要拯救他的……我只是想保护自己不被他害死……可现在却变成了——我要杀死他！

对着镜子，我无法抑制地哈哈大笑起来！我只是觉得，这个世界有时候很荒唐。

“是不是，你还爱着吴苇禾，所以，即使遇到了危险，你也不想来我身边……”我想起了简嘉澄发来的微信语音。这些天，我脑中也反复盘旋着这句话：是不是，你还爱着吴苇禾……

我看着镜子中的自己，我决定了，我会回我和吴苇禾的家，我会继续住在那个冰冷的别墅里。即使吴苇禾真的要找人对付我，即使真的去死，我也要和他纠缠到底！

如果真的要死，就让我来先动手吧！亲手杀死他，或者，等他杀死我。

八、平静得，可怕

早上，我在别墅的厨房里准备早餐。从厨房望向客厅，我内心里总是忍不住感叹。

400平方米的别墅，只有我和吴苇禾两个人住，这是一个多么奢侈的城堡。但在这个近郊地带的别墅区，我却时常感到：其实我们已经身处荒山野岭。

华丽的蕾丝窗帘，名贵的水晶吊灯，亮得像镜子一样的大理石地面……我的家是一个宫殿吧，至少，它可以满足所有女人想当公主，住在城堡里的幻想了吧？可这个城堡是多么的荒凉！我曾经浪漫地以为，我们会在这个城堡里每天上演一遍属于我们的童话。可我们现在上演的却是一出惊悚剧。

收起思绪，我把弄好的早餐端出厨房，放在了客厅的餐桌上。

“我煎了一个爱心太阳蛋给你。原来3年前买的那个煎蛋的模具一直就没用过。”我一边切着自己的太阳蛋，一边看坐在我对面的吴苇禾，他正用怪异的眼神看着他眼前爱心形状的太阳蛋。然后，他从容地拿起刀叉，切太阳蛋吃起来。

“爱心……Love……不错，味道不错……你还放了辣椒酱？”吴苇禾吃得津津有味，光滑细腻的白皮肤和他那微红的嘴唇，配合他吃东西的样子，还有那一点点粘在嘴角的辣椒酱……这画面组合起来很诱人，他还是那么迷人。

我看着他，觉得他的状态就像一切都没有发生过一样。他始终泰然自若地吃着早餐，昨天夜里回到家之后，他就像往常一样：洗澡，然后去放映室看电影，然后在那里睡着了，直到天亮。

他一点一点吃掉太阳蛋。

“好吃吗？哪有人的口味这么怪，要把鸡蛋和辣椒酱一起吃。不辣吗？”

“辣。越是不和谐，越辣，越好吃。”吴苇禾微微上翘的嘴角上还粘着辣椒酱。

然后，他的表情开始变得怪异，突然之间扔下了刀叉，双手捂着喉咙，脸也憋红了，他像是窒息了一般不停干咳着。他的嘴角渗出了血，紧接着开始大口大口地吐血。他用不敢相信的眼神看着我，眼睛含满了泪水。最后，他从椅子上滑到地上，他躺在地上，死了。

我走过去，蹲在他身旁，用指尖抹了一下他嘴角残余的辣椒酱，我知道，这剧毒掺在辣椒酱里，一定会让他在两分钟内毙命——他死在了他爱的、不和谐的辣椒酱上。

“从我的嘴角上抹下的辣椒酱，不想尝尝味道吗？”吴苇禾问我。

我一下子清醒过来，看到坐在对面的他完好无损，坐在那里吃着心形太阳蛋。

我是怎么了？看着他用手去抹嘴角辣椒酱的动作，竟然产生了用辣椒酱下毒杀死他的幻觉！我疯了吧？

“真的很辣。”我把那点粘在他嘴角的辣椒酱放在自己的舌尖上尝了尝。

“可能，我得了妄想症。突然开始游魂了。”我尴尬地笑了笑。

“要我介绍一个不错的心理医生给你吗？你最近总是精神恍惚。”吴苇禾已经吃完了，正用餐巾擦着嘴角。

“许安静吗？你经常去见的那个女人。”我竟突然说出了这样一句话。

“看来……你都知道了。她其实不是心理医生，她是个神秘的女人。不过我认识她有一些年头了，每当我迷茫的时候，都会去跟她谈一谈。她算是……一个很了解我的知己。”吴苇禾站起身来，还补充了一句，“柏拉图式的依恋——我的精神恋爱对象。不过，这可能也只是我的一厢情愿。”

吴苇禾说得如此从容。他已经决定这么肆无忌惮地公开他的情人们了。在我们决裂的那一刻起，所有表面的和平与和谐，全都不用再伪装下去了。

我看着他换衣服，然后出门，还是“嘭”的一声关上了大门。

看到他离开，我想，我背叛他以后，他表面上什么行动也没有，但是却不同意离婚。在他消失不见的那一个星期里，他到底在盘算什么、计划什么呢？他公司的支柱项目没了，他难道不应该手足无措吗？他的平静反而让人觉得更可怕。

“我会让你付出代价的……”我脑子里总是盘旋着他说过的这句话。

我沮丧地坐在沙发上，想起刚才幻想吴苇禾被我毒死的情景，我的心居然很痛。我问自己：如果他真的死了，我会开心吗？

我想起那句话：“她算是……一个很了解我的知己。”这是吴苇禾给许安静的评价。她究竟是一个怎样的女人呢？我真羡慕她，可以那么了解吴苇禾。我决定见见许安静。

九、你不配，做爱他的人

许安静，33 岁，纪录片女导演。这是老邢收集到的信息。

我走进家里的放映室，果不出所料，吴苇禾收藏了几部许安静导演的纪录片。

我一部一部放映出来看：死后才成名的画家、支援偏远地区的富二代才俊、得了绝症的演员……不得不承认，她总能用自己的视角十分独特而又深刻地展现那些有着奇异人生经历的人们的生活。看完之后，我竟然有一种无以名状的感动和悲伤。

许安静是一个有才华的女人，但她从不参加任何电影评奖。我甚至开始欣赏她，不为名利，只为创作。吴苇禾，应该是被她的才华吸引了吧。

这时候，我的电话响了起来。

“你好，夏初篱。我是许安静。我想见见你。方便约个时间吗？”电话那头传来了知性却温柔的声音。

“许——安——静？”我的确十分意外，在我正要约她谈谈的时候，她竟然主动打来了。

“你既然在找人调查我，我们不妨开诚布公谈一谈，你可以当面了解我。”许安静的语气十分沉稳，她没有任何不满或者挑衅。

“既然你都知道了——好，我们见一面。”我挂掉了电话，发了我家的地址给她。是的，我这次干脆约吴苇禾的情人到我们的家里来。

一个小时以后，有人按响了门铃。这时外面正下着雨。

打开门，红色的雨伞下是一个美丽又安静的女人。

我端了一杯热热的黑咖啡给她。

“你怎么知道我喜欢喝黑咖啡。”她问我，中等长度的黑发微微蓬松和凌乱，垂下的头发上还有几滴刚才淋到的雨水。这个女人安安静静地坐在我的对面，就像一幅淡色的油画。

“我不知道，只是猜的。我觉得，你应该是一个很纯粹的女人，所以，可能会喜欢很纯粹的东西。”我勉强挤出了一丝微笑。

“所以，像我这样的女人，为什么会和吴苇禾那样的男人在一起呢？你想的应该是这个问题吧？”许安静问我，端起手里的黑咖啡喝了一口。

“没想到，我的情敌们都很了解我。”我无奈地笑了一下。

“其实吴苇禾是一个经历过人生千山万水的男人。你遇到他的那几年，只是他人生中很短暂的一段时光。也许你从来没有真正了解过他。比如，他的心路历程，他的成长轨迹，他的转折与蜕变。而巧合的是，恰好他的这些改变都被我遇到了。”许安静说着。

“遇到我之前的吴苇禾的人生，我确实来不及参与。难道就因为这样，我就要接受他已经成为‘成品’之后的负面人生吗？难道就因为这样，我就要忍受他失去理想变成一个腐烂的人，失去忠诚变成一个滥情的人吗？”我觉得自己的情绪变得有点激动。

“吴苇禾为什么变成了现在的样子呢？你找私人侦探去搜集他外遇的证据，只是想知道他为什么滥情。但是你难道从没想过，走入他过去的人生，去看看他来时的路吗？你在乎的是他爱不爱你，还是他这个人本身呢？”许安静十分理性地说着。

“这世界上有多少夫妻只是过着日子，看着财产，束缚彼此一生。至多也就是为了占有欲或者自我保护而去抓小三。至于你说的探究来时的路，是一种奢侈吧！”我冷笑了一下。

“所以，你又和别的女人有什么分别呢？你不配，做爱他的人。”许安静一字一顿，这句话，她说得很慢，好像故意要加强这句话的分量。

“我不配做爱他的人，难道你配？一个有才华的女人，却是和别人丈夫出轨的情人，你的爱，就配去破坏别人的幸福吗？”我开始越来越有攻击性了，那几乎是无法抑制的激动。

“我不是他的情人，但我是……可以改变他人生的人。”许安静微微笑着，然后，她的眼睛一直盯着我的眼睛。

许安静无所畏惧的尖锐的眼神，让我感到我被她控制了。好像在一场无声的对决里，我已经输了。

“不服气吗？你不配做爱他的人……但我知道他的每一个秘密，他脑中的每一个念头和他心里的每一个火花。这是爱他的人应该知道的。”许安静站起身来，向对面的我走过来。我感到一阵令人窒息的愤怒和痛苦。如果说Art让我自卑，那许安静就是让我绝望！我享受不到一个妓女能激发出的吴苇禾的情怀，也无法分享一个柏拉图恋爱的情人能分享的内心世界。许安静向我走来的每一步，都在向我证明：我有多么失败！

这时，我感到一阵天旋地转，好像身体里所有的血液都涌入脑子里了！一瞬间，只是一瞬间，我就失去了知觉。

十、我要杀死你，吴苇禾

当我再一次醒来的时候，发现自己躺在冰冷的大理石地上，感到头痛欲裂，还抑制不住地干咳着。一阵烟味提示着我，还有另一个人的存在。

我模糊的视线逐渐在对面的沙发上清晰起来，我看到吴苇禾正坐在那里吸烟。他一边吸，一边看着我躺在地上的样子。

“你坐在那里多久了？”

“有一阵子了。一个小时，两个小时……不记得了。”吴苇禾笑着。

“我昏倒在地上，你就这么一直看着，不打算扶起我，任由我病着，或者……死了，对吗？”

“许安静什么时候走的？”吴苇禾只关心这个。

许安静，我想起来了，白天是因为见了她，导致我情绪激动，才昏倒的吧。这个女人也够冷漠的，看到我昏倒竟然不帮助，也不施救，就那样自己离开了。冷血！

“看来，你实在没有办法关心我一下。”我用无力的手臂强支撑起自己沉重的身体，站了起来。看着对面的吴苇禾那表面微笑实则冷漠的表情，我的内心涌现出一股强烈的恨意。

“只有我可以背叛别人，但没有人可以背叛我。如果你背叛了我，别说你因为生病而昏倒在地上，即使你无缘无故、莫名其妙地死在了某个地方，我也同样会无动于衷，甚至……欢呼雀跃。”吴苇禾走过来，看着我的眼睛清清楚楚地说出了这番话。然后，他就朝着放映室的方向走去了。

我一个人回到卧室，坐在化妆镜前，看到了自己那张苍白的脸和没有血色的嘴唇。吴苇禾说即使我无缘无故、莫名其妙地死在了某个地方，他也同样会无动于衷。我的预感没错，他可能正计划杀死我。他的平静和没有回应，只不过在酝酿更大的举动。

我想起早上那个太阳煎蛋投毒事件的幻觉。也许，明天早上它可以真的上演了。与其坐以待毙，与其自我折磨，不如干脆来个了断。想到这里，我打开化妆盒，开始给自己化起妆来。我还穿上了一套性感的睡衣。整理好之后，我去找吴苇禾。

我打开了放映室的门，他果然还在那里看电影。我坐在他旁边，挽起他的手臂，把头靠在了他的肩上。

“在这个像宫殿一样的房子里，其实我们已经分居很久了。你很长时间都没有碰过我了。难道我比 Art 差那么多吗？今晚，也让我做一次你的床伴吧……”我一边说，一边开始吻吴苇禾的脸，然后是他的嘴唇……

他一开始是没有任何回应的，只是任由我抚摸他。

“你对简嘉澄，也这样吗？”他突然问了这样一句。

“应该，比这个还热烈吧！”我在他耳边小声说着。

“是吗？”吴苇禾毫无表情的脸突然转过来，疯狂地吻着我的嘴唇，然后是全身……

就这样，我们在放映室里，在分居了好久之后，第一次，也是最后一次翻云覆雨。

第二天一早，我和吴苇禾面对面吃早餐，吃那个带有辣椒酱的爱心形状的太阳煎蛋。

所有的情节都和我那时幻想的一样。他吃着煎蛋，嘴角还沾着一些辣椒酱。

“好吃吗？哪有人的品味这么怪，要把鸡蛋和辣椒酱一起吃。不辣吗？”

“辣。越是不和谐，越辣，越好吃。”吴苇禾说。

然后，他的表情变得怪异，突然之间扔下了刀叉，双手捂着喉咙，脸也憋红了，他像窒息一般不停干咳着。然后，他的嘴角渗出了血，再然后，他开始大口大口地吐血。他用不敢相信的眼神看着我，眼睛含满了泪水。最后，他从椅子上滑到地上，他躺在地上，死了。我用手指尖抹了一下他嘴角残余的辣椒酱，我知道，这剧毒掺在辣椒酱里，一定会让他在两分钟内毙命——他死在了他爱的、不和谐的辣椒酱上。

看到躺在地上的他，我蹲下来抱起了他的尸体。他的身体还是温热的，死的时候没有闭上的眼睛里还有泪水。不知不觉间，我的眼泪也喷涌而出。我在他发紫的脸颊上轻轻一吻。

他的死，就像是一把尖刀狠狠地插在了我的心脏上。他的死，让我再一次清楚地感到我竟然那么爱他！我感到一阵心脏痉挛，呼吸困难。我想，我也快要死了。

2. 罗灿灿　残酷青春

一、青春的方糖

青春犹如方糖，对吧？有棱角的，易碎的，荒唐的，甜蜜的。这种甜蜜是要亲身用舌尖的热量才能融化，才能品尝，你总不能隔岸观火。人生总有这么一个阶段，一个做什么也快乐的阶段，一个说什么也快乐的阶段，他们可笑，也可爱，笑他们，因为我们亦曾甜蜜过。

——电影《六楼后座》

“我和苇禾竟然看了整整三遍《六楼后座》，好有趣的一部电影！我想，我们的青春，也是既荒唐又甜蜜的吧……啊，苇禾真的好帅啊！什么周俊伟、邓健泓……他们都没有苇禾帅！在电影院里啊，好几个女生偷偷看他呢！但他是我的，他是我的吴苇禾！”

我感到自己的嘴正在一张一合地说着那些话。说完之后，还有一个女生带着酸酸的态度回应着：“好好好，就你的吴苇禾最帅了！全校的人都知道你们是金童玉女、超级学霸，行了吧！罗灿灿，你也是堂堂的财大校花、地产界大亨的女儿，用得着这么卑微地发花痴，这么捧着吴苇禾吗？”

“罗灿灿？”对面的女生明明是和我说话啊！刚好她坐的那张床边，还有一个挂着的台历，上面显示的时间是 2003 年 6 月 25 日。

“现在是 2003 年？”我瞪大了眼睛，“这里是哪里？”我突然站了起来，疯了一样问那女生。

“灿灿……你……你怎么了呀？”女生显然被这突如其来的举动吓到了。

我定睛看了看我现在身处的环境，上下铺、书柜、笔记本电脑……这显然是大学宿舍的样子。那女生旁边的墙上还挂着一面镜子，我一把把镜子扯下来，放在了眼前。我在镜子里面看到了一张陌生的脸！我摸了摸这张脸，确定它是真实存在的。

“啊——”我发出了难以置信的尖叫，我不知道我是谁，好像瞬间失忆了一样。对面的女生被我吓得哆嗦了一下。

然后我冲出了宿舍，找了一个长椅坐下，我要平静一下情绪，怎么好像突然发疯了似的呢！

实在无法理清思绪，我就那么呆呆地坐在椅子上。然后，我环顾四周，发现这校园的景色还真美呢！左边绿树成荫，右边鸟语花香。前面足球场上的男孩们卖力地满头大汗地激情奔跑着。多么美好的画面啊！我不禁感慨。

“灿灿！你怎么跑这儿来了？凌小果说你刚才发疯了！”我听到一个男孩很好听的声音，还有他急切地走过来带动的风声。

我抬头看过去，我看到了一张青春逼人、朝气蓬勃、帅气得像雕刻出来的脸。牛奶一样白皙的皮肤，唇红齿白，明眸微笑。蓝色的牛仔裤、白色的T恤，深蓝色的书包斜挎在肩头。他出现的那一瞬间，仿佛花都开了，星星都亮了。

“灿灿！”他好听地叫着这名字。

“吴——苇——禾？”我迟疑了一下，然后终于想起了一些事情。

我是罗灿灿，今年21岁，算得上是财经大学金融系的学霸。父亲是地产界赫赫有名的投资商罗翔。我和吴苇禾是金融系公认的金童玉女，我们两个在刚一入学的时候就好上了。

“灿灿，你怎么了？干吗用一副惊呆的表情看着我？难道凌小果说中了，你真的疯了啊？”吴苇禾拉起了我的手，一下子把我揽在怀里。

“发疯？我吗？对啊，我为什么跑到这里来了？”然后，我就笑得花枝乱颤，一下子抱住了吴苇禾，还亲了他一下。此刻，我脑子里迸出的念头是：苇禾真的很帅，他比邓健泓帅多了。

“牵着你的手在校园里散步的感觉，真好。”苇禾微笑着。

我们路过学校的演出剧场时，吴苇禾拉着我走进大厅。大厅里有一扇落地镜。我们站在镜子前面。

“我就是喜欢跟你一起站在这里照镜子。然后就觉得我们真是好般配啊！”我拨弄着自己的长头发，我也讨厌自己这么自恋。

看到镜子里的自己，那感觉很奇妙。我很瘦，甚至有点像排骨架。但皮肤很白，眼睛很有神，虽然不是勾人的大眼睛，但那倔强的单眼皮再配上小黑边的眼线，显得那么有个性。头发很长，又黑又飘逸，完全是野蛮女友全智贤的气质啊！这样的我，再配合上很出色的学业，很惊人的家世背景，又怎么会不吸引人呢？

“我是罗灿灿。我是人见人爱的罗灿灿啊！”我喜欢模仿韩剧女主角的口气。

“你是罗灿灿，你是吴苇禾一见钟情的罗灿灿啊！”苇禾来了一个句式模仿。

二、看不起，也爱着吧！

和苇禾手牵手走在校园里的时候，我的脑中突然闪现出了另一个男生的身影：廉仲谦！他真是一个……很吸引人的男生。

“灿灿，你不是说，今天晚上你老爸邀请我们去你家吃饭吗？”苇禾提醒了我。

“噢……吃饭。对啊。时间差不多了，我们现在就去吧！”这时候，我的脑中浮现出了一段记忆：“灿灿，爸爸并不反对你在大学的时候谈个恋爱，解解闷，但别想得太长远，你未来还有很多事要做，要出国留学，还要接管我的生意。至于能陪伴你一生的人，也一定是一个能够助力我们地产王国的人。”

想到这里，我看到一脸开心的苇禾，突然有了一些不好的预感，突然觉得他就像一个无辜又不明真相的小白兔。

“灿灿，你怎么了？我觉得你最近总是若有所思、欲言又止的样子。”苇禾摸了摸我的脸。

“没有啊。可能是最近学习上的压力有点大。”我也摸了摸他的脸。

回到家的时候，我看到了一个气派又震撼的家：独栋别墅，宫廷一般。奇怪，这明明就是我的家、我生活的地方，可为什么突然觉得陌生了呢？就像是另一个人在看我的家。

此时此刻，我看到我的老爸罗翔正盯着刚刚从门口走进去的我和苇禾。

“伯父好！”苇禾很有礼貌地打着招呼。

“爸，这就是吴苇禾，我男朋友。”我介绍着。

“吴苇禾……不错的年轻人。金融专业全年级排名第一，还没毕业就有一些大公司预约录取。前途无量啊，年轻人！”老爸最擅长这种寒暄了。

“伯父……过奖了。”苇禾偷偷笑了一下，那笑容好憨厚。可是，我的预感却不太好。

我们吃完饭，老爸吩咐保姆上了茶水。喝茶的时候，他说出了今天邀请吃饭的真正意图。

“小禾啊！我知道你父亲是经营连锁店铺的，最近他的公司好像遇到点儿现金流上的困难。这里是 200 万，你拿给你父亲。至少供应商不会再一直找上门骚扰你们了。”老爸拿过一张支票，递给吴苇禾。

“爸，你找人查过苇禾了？”我感到有些愤怒。

“拿去 200 万，解决你家里的问题。这 200 万，也就当跟你们的青春告个别。灿灿很快就要去澳洲读书了，她有她的路要走。你也会去大公司上班，或者接管你父亲的公司。你们……就此做个告别吧。”老爸从容地说着，看苇禾一直没接支票，老爸还伸手把支票向苇禾的方向靠了靠。

“伯父……谢谢你关心我父亲的公司。但我想他会想到办法解决的。”苇禾的表情很复杂，他一面忍耐着骄傲被侵犯的愤怒，一面掩饰着自卑产生的难堪。

“灿灿……我还有点儿事，我先走了。伯父，告辞了。谢谢您的款待。”苇禾突然站了起来，急匆匆地向厨房的方向走去，走了几步，感到自己走错了，又掉过头向大门的方向走去。他那手足无措，想要迅速逃避的状态，真是有点儿可怜。

“爸！”我无奈地看着老爸，然后大喊着“苇禾！”就追了过去。

“对不起，苇禾！没想到，偶像剧的经典桥段还是在我们家上演了。”我追上吴苇禾，紧紧拉住了他的手。

“那……我们是越打压越爱，还是我拿了钱，就此分手呢？好像怎么演，都很狗血啊！”苇禾突然站住了，回过头，冲着我露出了一个美好的笑脸。

“要不要总是这么帅啊？”我如释重负地捏了一下他的脸。

“看不起，也爱着吧！”苇禾突然捧过我的脸，他的嘴唇深深地印在了我的嘴唇上，这狠狠的浅吻又变成了深吻。弄得我脸红心跳地看着他，竟然激动得有点儿想哭。

三、他们，都跳下去了

这时候，一阵电话铃声突然响了起来。原来是苇禾手里的手机在响。

“妈，你怎么了？你为什么哭了？”苇禾接起手机，急切地问道，“好，我马上回家。”他挂断电话，皱起了好看的眉头，前一秒还灿烂的表情，下一秒已经布满乌云。

“灿灿，我家里出事了，我要赶紧回去一趟。”苇禾放开了揽着我的手臂。

“我和你一起回去！虽然我可能帮不了什么，可是我想陪着你！”我说得坚定。

“好！”苇禾重重地点了点头。

我们叫了出租车，几乎以最快的速度赶回了苇禾的家。

苇禾打开门，拉着我的手走了进去。我的心竟然有些小激动，因为这是我第一次去他的家。

进屋之后，我看到了一个宽敞明亮的大厅，装修不错的房子，是那种美式田园的风格。可与这个画风十分不符的是客厅里的一片狼藉。落地花瓶被推倒了，洒了一地的水，还有残落一地的花，墙上的全家福被摔碎在地上，通向阳台的落地窗前还有被风吹起的沾满了葡萄酒汁的窗帘在飘动。

一个女人平静地坐在客厅的沙发上，脸上还有没干的泪痕。那是个眉清目秀的女人，虽然人到中年，但那种优雅美丽的感觉依然存在。我在苇禾的照片上看到过她，她应该就是苇禾的妈妈关欣。

“苇禾，我跟你爸吵架了。妈对不起你，但妈真的不想再继续这样的生活了。”苇禾的妈妈平静地说着。

“妈！”苇禾站在客厅中央，他不知道该如何应对这样的局面。

“小禾，不要重复我和你爸爸的悲剧，以后一定要学会爱、学会珍惜。”苇禾的妈妈说完，突然从沙发上站了起来，疯了一样冲到阳台上，径直跳了下去。

“妈——”苇禾发出了撕心裂肺地喊叫，他疯了一样甩开拉着我的手，冲到阳台上。然后他向楼下看去。我也追着他来到阳台，向楼下看去。楼下的草坪上躺着两个人，一个男人和一个女人，他们的身下是一大摊血迹。

“爸……妈……”苇禾就维持着那个向下看的姿势，眼泪喷涌出来，嘴里一直小声念叨着：“爸……妈……”我看到情况如此危急，就拼命把他从阳台上往客厅里拉，因为我害怕他也会突然跟着跳下去。

我把苇禾拽到客厅地板上的时候，我的手被地板上碎掉的花瓶割伤了。我的双手捧着苇禾面色惨白、满是眼泪的脸，一直喊着他的名字：“苇禾！苇禾！”我手上伤口里流出的血顺着他的脸颊流了下来。那鲜血流到了苇禾的嘴唇，又顺着嘴唇流进了他的嘴里。

“血……”苇禾好像瞬间清醒了过来，他用满含眼泪的眼睛看着我也泪流满面的脸，缓缓说着，“灿灿，你流血了，我给你包扎伤口。不过在那之前，我得先打电话，报警。”苇禾说着，从口袋里拿出了手机，他拨通之后说着，“喂……我要报警，有人跳楼了，跳楼的人是我的父母……”

挂了电话，苇禾放声大哭。我紧紧拥抱着他，在那悲痛欲绝的时刻，似乎所有的语言都是苍白无力的。

我看到对面的沙发上有一个信封：“苇禾！那边好像有一封信。”

苇禾努力平静了一下自己的情绪，转过身，跪着爬到了沙发前。那确实是一封信。信封上写着几个字：给小禾。

小禾，当你看到这封信的时候，妈应该和你爸一起离开这个世界了。你爸爸，是我从阳台上推下去的，是我杀死他的。二十几年来，我一直忍受着他不断外遇的生活，只是他自以为隐藏得很好，其实我早就发现了。后来为了报复你爸，我也找了简叔叔寻找安慰。我和你爸的婚姻就像一场完美的表演，各取所需，却早已空壳。这样的生活早就应该结束了。我知道这对你来说很残忍。但妈希望你坚强、勇敢地生活下去。不要再重复我和你爸的悲剧。我们对不起你。永别了，儿子。

“是我妈把我爸从阳台上推下去的！居然是我妈……”苇禾忽然大笑起来，一边笑，一边眼泪溃堤，像疯了一样。我只能看着他绝望崩溃，那一刻，真的没有人能帮他解脱。

不多时，警察、救护车都到了。警察调查坠楼人死亡的原因，救护车把尸体做了处理，拉走了。因为是在近郊地带的小型别墅公寓区，这里住的人并不是很多，也就没有什么人来围观。客厅里，有几个警察在取证、调查和做笔录。

真没想到，我第一次来苇禾家就撞上这么惨烈的场面。我们都被吓坏了。这可能会成为我们一生挥之不去的阴影。

四、我们都只是表面的和谐

警察无论怎样问苇禾，苇禾都没有再说过一句话。他面色惨白地、一言不发地坐在沙发上，呆呆地看着阳台。警察也很无奈，只能尽量理解他所受到的刺激。作为目击证人的我，成了警察先做笔录的人。

警察做完笔录，对所有当天的情况初步调查完毕之后，他们需要暂时封锁案发现场。

“这里封锁了，我们找个酒店住下吧？”我问苇禾。苇禾没有回答我，只是凝神发呆，好像陷入了只有他自己知道的世界。

我带着悲痛欲绝的苇禾去酒店订了一间房。

在酒店的房间里，苇禾一直坐在沙发上。他还是一句话都没有说过。我真害怕他就此患上失语症。不是有那么一种病吗，因为巨大打击和刺激而拒绝说话。

已经半夜了，经过这一天的折腾，我实在太困了。我怕他做出傻事，就把发带拿下来，把我们的手腕绑在一起。这样他有什么动静，我都能第一时间感受到。

“灿灿，其实我早就知道，我们家只是虚假的和谐。我十几岁的时候，就看到过我爸和别的女人在一起，也看到过我妈偷偷躲起来哭。我爸一直在外面有各种女人，我妈就一直装作不知道。然后，几年前，我妈也有了外遇，外遇的对象就是简叔。前几天，我看到我爸拿着一个装满钱的皮箱急匆匆出去了，我就打车跟着他，发现他去了简叔的家。他把钱给了简叔。我想那笔钱应该是让简叔离开我妈的代价。看来，钱是把简叔收买成功了，他是真的带着钱离开了。所以我妈才受了刺激，把我爸杀死了吧！”苇禾突然在夜里开了口，说出了这样一大段话。

“噢……那……他们为什么……”我突然之间不知道要如何接下去了，我都不知道自己到底要问什么。

“他们为什么这么多年来都保持着和谐的状态——你要问这个，对吧？”苇禾苦笑了一下，继续说道，“因为我爸没有办法对感情忠诚，他只想享受更多的快乐。但他又不想失去家庭。还有我妈，没有办法忍受贫穷，所以她不会放下一切，去寻找她内心所爱。呵呵……他们都很虚伪吧？更可笑的是，我也一直都知道这样的真相，可我也一直装作不知道。外人看来，我们是多么和谐幸福的一家人啊！哈哈……”苇禾放声大笑起来，在安静的夜晚，他的笑是那么不和谐，听起来是那么悲伤。看到他痛苦的样子，我只能紧紧地把他抱在怀中。那一刻，我真的好心疼他。

“其实我的情绪一直很复杂。我不希望我的父母分开，但我又觉得我妈很委屈，她也应该有权利寻找爱她的男人。甚至在她遇到简叔之后，我还有点为她感到高兴。我觉得，要是我妈真的和我爸离婚了，跟简叔在一起了，说不定会更幸福。”

“你的想法是很复杂。你好早熟。”我抱着他，突然之间觉得这个大家羡慕的资优生，其实也有如此心酸的成长史。大家又怎么能想到他的悲伤呢？

五、悲惨的蝴蝶效应

我感到有一束太阳光正照射在我脸上，很热。当我意识到我所处的环境时，发现自己站在一个墓园里，旁边站着一些穿着黑色衣服的人。此刻，我的手正挽着苇禾的手臂。站在我旁边的苇禾穿着一身黑色的西装，脸上没有一丝笑容，静静地注视着眼前的墓碑，墓碑上写着：吴樊、关欣之墓。

“灿灿，我爸的公司停业了。因为资金出现了严重的断链。接下来，我要去处理清盘和注销的一系列事情，可能没有太多时间陪你了。你知道……父母去世以后，我就不再是过去的我了。”苇禾对身旁的我说着。我看到他明显瘦了一大圈，面容也有些憔悴。

“没事。我理解。今天下午 3 点，别忘了参加伟创投资公司的招聘考试。”我提醒苇禾。对他来说，如果能加入金融界排名第三位的伟创投资公司，无疑是前途无量的。

“我会去的。现在，我的家不存在了，我爸的公司也停业了，我们家所有的资产可能都不够还欠下的员工工资。我变成一无所有的人了，哪还有理由不去好好参加招聘考试，不去找个工作？我可能都要活不下去了。”苇禾突然苦笑了一下。

“苇禾，如果你缺钱的话……”我的潜台词是：我会帮你筹钱。

“不用！真的不用，灿灿。我会想办法！”苇禾的语气十分坚定。

“好，我知道了。”我确实不应该在这个时候破坏他的骄傲。

苇禾父母的葬礼之后，我陪着他回家取东西。刚出电梯，就看到几个气势凶狠的人站在他家门口。其中一个看到我和苇禾就快步走过来，一把抓住苇禾的衣领，把他揪了过去。

“你们干吗！你们是谁？”苇禾被那男人突如其来的举动弄得手足无措。

“干吗？你爸吴樊欠下我们一笔钱没还，现在，我们就是来要债的！我们跟了你几天了，知道你是他儿子。而且他公司也停业了，要是再不出手，恐怕我们的债要泡汤了！”揪他的男人是电视剧里那种典型的恶霸的样子。

“我爸会欠你们钱？”苇禾用难以置信的眼神看着那几个男人。

“200 万！他和我们借了整整 200 万！我们那天用皮箱装着 200 万的现金给他的。这事假不了，还有他和我们签的白纸黑字的合同！”男人说完，就从兜里拿出两张 A4 纸来。苇禾被那个男人一直揪着，他用最短的时间快速浏览了一下合同的内容和签名。

“别以为你老子跳楼了，债就不用还。听说他生前很风流，你可以找找你老爸的那些情妇，她们也许可以帮他还上这笔钱。”揪着苇禾的男人一直没放手。

从来不骂人的苇禾竟然大骂出口，疯了一样朝着男人扑过去，对着男人的脸就开始挥拳头。男人的兄弟们看到这情形，也马上加入战斗。他们把苇禾围起来，拳打脚踢，恨不得打死他。

“住手！别打了！”我尖叫着，“钱，我替他还！我是德翔地产罗总的女儿，我替他还！”

果然，这声叫喊之后，他们停手了，比我喊“我报警了”来得有效。

“小姑娘，记得你说的这句话。走！”男人叫住大打出手的一群人，进入电梯走人了。

苇禾已经瘫坐在地上。他浑身是血，面目全非。他不停喘着粗气，呼吸声越来越大，脖子上青筋爆出，手还紧紧握着拳头。

“我爸借的那200万现金，应该是给简叔的。那是简叔必须离开我妈的代价。哈哈……”苇禾又是一阵心酸的大笑，“我现在成了一个家破人亡、一无所有，还欠了200万高利贷，而且还把女朋友卷进来的loser了！哈哈……”苇禾的眼泪和脸上的血迹搀在一起，那张痛苦绝望的脸，已经没有了青春的气息，仿佛一个历尽沧桑的老人。

“苇禾！”我扑过去抱住他，把他紧紧地抱在怀里。

“如果我爸不借那200万，不打发简叔走，我妈就不会绝望，不会杀死他，然后自杀。我爸的公司也不会解决不了资金危机，我也不会被高利贷追债，你也不会被卷进来……我恨我爸！我恨他！”苇禾攥紧的拳头狠狠地朝着地面砸去。然后，他突然不动了，无论我怎么喊他的名字他也没有反应。

苇禾昏过去了。我抱着他一动不动的身体，觉得这根本不是一个21岁的男孩能承受的局面，我哭得无法控制自己。

六、钱，是爱情的坟墓吗？

当晚，我把苇禾送去了医院，医生为他处理了伤口，还留他住院。我在他的病房里看到他终于睡下才舒了一口气。想起今天发生的事，苇禾也错过了伟创投资的招聘考试，那些要债的人真是害人不浅啊！

我站在病房的窗前，回想这几天的情景，好像最多的记忆就是苇禾心酸的大笑和痛苦的大哭，然后就是无法安慰的拥抱和没有力量的语言。才短短的几天，一个人的生活和命运就发生这么大的变故。苇禾的未来会怎样呢？

这时候，护士进来查房，看到苇禾睡得不错，就过来对我嘱咐几句："病人有轻微的脑震荡，其他都是皮外伤，并无大碍。但是病人从昏迷中苏醒之后，情绪一直很激动。我们给他注射了镇静剂，他才能睡着。按照镇静剂的剂量，估计他明天中午才能睡醒。"

"嗯。就让他好好睡一觉吧！他这几天真的太累了。"我感慨着。

护士离开后，我打定了一个主意，明天上午，趁苇禾睡觉的时间，我得把那 200 万送到债务公司去，至于钱……就用澳洲留学的学费吧！这是解决这件事最快的方法。

第二天早上，我来到了那家"信贷公司"。

"真的是地产大亨的女儿啊！ 200 万对你来说毫不费力啊！"昨天那个揪着苇禾打的男人看到我递给他的支票，笑眯眯地说着。

"账清了！"我转身要走。

"200 万是本金，加上利息，至少是 250 万。"男人又开始凶神恶煞了。

"我只有 200 万。如果你一定要那 50 万的话，可以找我爸要。反正像你们这样的人，我爸也养了不少。"我盯着男人的眼睛。

"威胁我啊！小姑娘，不送，慢走。"男人恶狠狠地看了我一眼，垂下了眼帘。

下午回到医院的时候，苇禾已经醒来。透过病房门上的玻璃，我看到他正穿着病号服站在窗口，脸却冲着门的方向。他的表情很凝重，双眉紧锁。

"我会想办法把钱还给您的。"苇禾这样说着。

"还钱？你拿什么还？一个家里破产、大三还没毕业的学生，你拿什么还？上次给你 200 万，你不要，这次非要让灿灿挪动她的留学费用。要不是债务公司一个电话打到我那儿，说还有 50 万的利息要还，我还不知道这事儿啊！"说话的人，是我老爸罗翔。

我马上推门进去，看到老爸正怒气冲冲地站在苇禾的对面。

"爸！你怎么来了……"我真是低估了那些放高利贷的，他们居然把电话打到我老爸那儿去了。

“50 万利息，我也替你还了。如果你还有点骨气和尊严的话，就立刻离开灿灿！我也很同情你。不过，别把她搅和到你悲惨的人生中去。”老爸轻蔑地看了苇禾一眼，摔门离开了。

“苇禾……”我尴尬地看着他，他也愤怒地看着我。

“为什么要自作主张帮我还那 200 万？你走吧！如果还想让我在这悲惨的人生里有点儿尊严的话。我求你，离开我吧！”苇禾依然眉头紧锁，昨天被打的地方，瘀青和紫色都更加明显了。看到他那个样子，真是不再忍心和他争辩什么。也许，这时候让他静一静才是好的方式。

七、尊严与死亡

当我再一次醒来的时候，我感到有人正抱着我，空气里还有一股药水的味道。揉揉眼睛才看清楚，和我睡在同一张床上的男生正是苇禾。此刻，我们正躺在单人病床上，窄小的床让我们靠得更近。

我特别清晰地看到了他那张伤痕累累的脸，即使伤痕累累，也那么清秀美好。眉毛浓淡适宜，睫毛很长，闭起眼睛的时候，连眼睛的轮廓都那么好看。这张脸，让我的回忆搜索到了大一参加辩论赛时他自信满满的脸；大二他接待加拿大交换生，代表金融系用英语致辞时神采飞扬的脸；大三他参加伟创投资公司的竞聘演讲时满怀希望的脸……过去的苇禾，是一个多么自信开朗的男生啊！我摸摸他带着伤痕的脸，然后凑过去吻了他一下。他似乎感觉到了，醒了。

“灿灿，对不起，昨天把你赶走了。”苇禾柔声细语说着。

“没关系……昨天晚上……我不是又跑回来找你了吗。”我微笑着。

“我们今天回学校吧！”苇禾微微笑着，那笑容特别好看。

“可是已经放暑假了，学校没什么人了。”

“这样更好啊！属于我们两个人的学校，我们回学校旅行吧！”苇禾把脸凑过来，亲了我的嘴唇一下。

“好哇！”我愉快地答应了。虽然不知道为什么他的心情突然好起来了，但是看到他开心一点也是好事啊。

然后，苇禾换下了病患服，我们避开了护士，手牵手从医院里偷跑回学校。

夏天的财大真是一个美丽的校园，绿树成荫，鸟语花香，空空的街道……苇禾骑着单车载我，我抱着他的腰，红色的裙子和长长的头发飘啊飘。这不是什么与众不同的体会，还是很多电影的桥段吧。但是如果自己真的身临其境，就会觉得很甜蜜、很幸福。

“这3年里，我在校园里骑车载你多少次了，还记得吗？”苇禾问我，此刻，我们正并排坐在学校剧场前的台阶上。

“那谁记得啊？”我挽着苇禾的胳膊，头靠在他的肩膀上。

“是532次。算上这次，是532次。每次我载完你，就在剧场旁边的那颗大树上刻下一个记号。因为我想着，很多年以后，要是那棵树还在，我再回来寻找我们相爱时的证据，去看那些刻痕。”苇禾的表情很甜蜜很深邃，就好像他现在已经老了，在多年以后回忆自己的爱情一样。

“你知道吗？其实那天你们一群男生刚看完《我的野蛮女友》，从这个剧场里走出来的时候，我在一群人中看到你，就爱上你了。那天，是我来财大报到的第一天。我就想，无论如何，我都要想办法征服这个男生。”我也陷入了回忆，那属于我的一见钟情的回忆。

“哦……所以，你参加迎新晚会，你排练舞蹈，你去我们宿舍借CD，你在图书馆和我偶遇，你上大课的时候坐在我左右……都是故意的了？”苇禾侧头问道，他的表情里有一丝幼稚的小得意。

“是啊！为了征服一个帅气又优秀的男孩，我也使出了浑身解数呢！”我笑得春花灿烂。

“灿灿……我们分手吧！”苇禾突然在如此和谐甜蜜的场景里说出了这样一句猝不及防的话。他的表情，也在瞬间从微笑转为严肃，好像所有的甜蜜都冻结在一瞬间。

我坐在那里，半天没有答出一句话，只是愣愣地又迷惑地看着他。难道，今天所有的“校园电影”都是为了酝酿这句分手吗？

“如果你是因为我爸反对我们，或者是因为那250万的债……我觉得……其实都不是没有解决的办法啊！你毕业之后，可以去我爸的地产公司上班，你那么聪明，那么有才华，金融又学得那么好……你……我们可以一起……为我爸的公司创造很多财富的……你可以还他钱，他早晚会肯定你，我们也会在一起啊！”我在情急之下，突然编织出了一幅非常美好的“未来前景”。

“灿灿！不可能了！如果你还想让我有点尊严地活着，求求你，离开我。让我自己一个人骄傲地舔舐伤口，卑微地慢慢地向上爬。求求你……”苇禾的眼睛里泛出了眼泪。

“不……不要！”我突然从台阶上站起来，朝着校门的方向跑去。除了逃离，逃离分手，逃离他的脆弱痛苦之外，我不知道现在能做什么。我只是疯狂地跑着……跑着。我听到身后的苇禾一直追着……追着……喊着“灿灿……”

冲出校门口，我看到一辆疾驰的大卡车，但看到的时候已经躲不开了。我听到了剧烈的撞击声，然后身体抛物线般跌落。一瞬间，卡车停了，我倒在血泊里。我感到，我的血液在马路的中央摊开，我躺在那片血迹里，就像一个天使睡在了一朵巨大的鲜红色的玫瑰花上。我渐渐失去了知觉。

八、一心求死和灿烂回忆

我看到自己从罗灿灿的身体里脱离出来，变成一个透明虚幻的影子，站在她的身旁。吴苇禾疯狂地抱着罗灿灿，大喊大叫，绝望嘶吼着她的名字。他身上沾满了她的血迹。接下来就是一片混乱。众人围观，有人报警，交警出现，救护车到达，吴苇禾死命地不肯放开罗灿灿……

罗灿灿死了。那样猛烈的撞击，其实她当场就死了。可我为什么从她的身体里出来了？

我，夏初篱，35 岁的夏初篱，难道一直都在罗灿灿的身体里吗？从我在罗灿灿的宿舍里谈论着那部《六楼后座》的电影开始，一切就开始不对劲儿了。从那一刻，到罗灿灿死亡的这一刻，这期间的记忆，都好清晰，这期间的感受，都好真实。我是穿越回了 2003 年，变成了 2003 年的罗灿灿了吗？是啊，我想起了吴苇禾的那个皮箱，还有皮箱里的日记本。日记本里夹着一张他和罗灿灿的合影。

这一切太诡异了！我明明是在2016年的5月，那个时刻，我正在杀死我的丈夫吴苇禾。他吃了我放了毒药的辣椒酱太阳蛋，他已经惨死在我面前了啊！我也因为他的死而悲痛欲绝昏倒了。可我为什么在罗灿灿的身体里醒来了呢？我百思不得其解。这么多人围绕在我身边，可好像所有人都看不到我！但我却可以清楚地看到他们！

我看到，吴苇禾跟着罗灿灿的尸体去了医院。医生又对罗灿灿进行了没有意义的抢救，宣布了死亡。罗灿灿的尸体被送进了太平间。然后就是罗翔在医院里疯了一样暴打吴苇禾，吴苇禾任由他打，一动不动，不说话，不还手，不躲避，好像被打就是一种解脱，他甚至就想那样死掉一样。

再接下来是罗灿灿的葬礼，罗翔不许吴苇禾参加，吴苇禾就偷偷跑去罗灿灿的墓前痛哭。他从墓园回来，在一个街角被一群拿着棍子的人暴打。他们差一点就打死吴苇禾了，但他们最后只打断了他的一条腿。吴苇禾躺在街上，也不呼救，任由自己撕心裂肺地疼痛。后来，路过的人报了警，叫了救护车。他被送去医院，医生诊断左腿粉碎性骨折。

接二连三地被暴打，吴苇禾的身体已经完全吃不消，他在医院病得要死了。反复高烧不退，腿天天吊着。他常常一天都不吃东西，后来医生没办法就给他打生理盐水。他已经瘦得不成人形，两腮塌陷，眼窝深陷，脸色惨白，嘴唇干裂无血色。他拒绝所有来看他的人，他一整天一句话也不说，只是两只眼睛直勾勾地注视着窗外的蓝天。医生怀疑他得了重度抑郁症，还给他开了抗抑郁药。

这样的吴苇禾和活死人已经没有分别，要不是系里有几个特别欣赏他的老师联合出手帮他，他连医药费都付不起，可能就自杀了。老师们当然会心痛，曾经那么光芒四射的学霸啊，财大之光啊，现在已经变成了活死人。

这一切的景象和片段，就像时光缩影。透明的我穿梭在这些时光缩影里，看到一个又一个真实却残酷的情节。然后，一幕情节在我的眼前定格了。

吴苇禾被打之后，在住院的病房里，有个小护士看到他对着窗外的蓝天发呆，实在没忍住，就问他在看什么，在想什么。他惨白的脸上突然绽放了一丝微笑，他就和小护士讲他当年是怎么喜欢上罗灿灿的。

大一入学军训刚结束的时候，他们一群男生跑去学校的剧院看《我的野蛮女友》。看完从剧院里出来的时候，他们就说，要是全智贤那样的女生在现实里出现该多好，每天被她暴打一遍也愿意啊。就是那时候，唯一没有参加军训，所以不用剪掉头发的刚入学的罗灿灿就进入了他们的视线。罗灿灿穿着红色的短裙，披着又黑又倔强的长发从他们身边擦肩而过的瞬间，所有的男生几乎都爱上她了！

“那时候，我们还不知道她是学霸，也不知道她有惊人的家世背景。就算她是个智障，我们也会义无反顾地爱她的。一见钟情，不需要什么理由，就是发自直觉地喜欢……”吴苇禾还是眼睛直直地盯着窗外，脸上却一直微笑着，陷入回忆。也许是这个讲述太动人了，也许是他多日不曾说话，突然说了这么多话，也许是他即使满脸是伤也依然很帅，总之，小护士就坐在椅子上，听他讲他的爱情。

“后来，我做出了一个惊人的举动：我当着全系师生的面冲到台上，一把抱起了正在跳韩国热舞的罗灿灿，对着麦克风说：‘这个女生是我的！我喜欢罗灿灿！’然后，台下就是一片欢呼和起哄的声音。老师们虽然实在无法接受这么大胆露骨的求爱方式，但之后的我和罗灿灿功课都太优异了，系里的老师都很喜欢我们。我们也成了全系关注的金童玉女和超级学霸。”吴苇禾深深地陷入回忆中。

“我们那时候就想，有一天，我们一起去美国的大学读书，然后去华尔街工作，成为金融界的黑白双雄。其实，我是一个在感情上有点胆小的人。只是遇到罗灿灿时，我想变得勇敢一点。”吴苇禾一脸幸福的表情，但眼眶却开始泛红。

他的讲述，让听他爱情故事的小护士感动得直掉眼泪，因为小护士也知道，前些天他故事里的那个叫罗灿灿的女孩被卡车撞死了。这样失去的爱情，听起来更凄美了。小护士哭得都难以自抑了。我也站在小护士的身旁，听着那些动人的爱情回忆。

经历这一切的吴苇禾并不会知道，在罗灿灿死的那一刻，我就一直在他的身旁，看着他发狂、发疯、发傻、发呆。我的感受很复杂。看着他经历的一切，完全无法把这个经历了痛苦悲惨境遇的 21 岁的吴苇禾，和那个 35 岁的、令人讨厌的、腐烂的吴苇禾联系在一起。

35 岁的他，无论内里多么腐烂，但外表至少灿烂到让人嫉妒。可是，21 岁的他竟然如此破碎、如此绝望、如此悲惨！可他从来没对我提起过他这伤痕累累的青春遭遇。看到躺在病床上，断了一条腿，失去了父母，失去了女朋友的吴苇禾，我好想拥抱他、安慰他。可我扑到他怀里的时候，他却根本感觉不到我的存在。

可我却真实地感觉到了我的心碎，因为他的悲惨而感到的心碎。我摸了摸我的眼泪，那汩汩流出、无法抑制的滚烫的热泪。

九、你，还记得我吧？

天空明媚、澄澈，蓝得没有一丝白云。在机场的落地窗前，一架飞机从我的视线里飞向蓝天。再过 10 分钟，我也要登机了。我的目的地是美国。这时，我的手机响了起来。

“初篱，舅舅已经看过你推荐的那个方案了。我知道你们学校人才济济，但还是没想到，一个大三的学生能设计出那么好的创业方案。不过，我更感兴趣的是那个方案的设计人吴苇禾。他是一个可以包装的人物。”舅舅黎继远的声音听起来有点兴奋，每次他发现一个演艺新人时，都是这种兴奋劲儿。

“舅舅，那你就好好栽培他吧！他可是财大有名的校草。还有，我们三年以后再见喽。”我开心地和舅舅告别。

挂了舅舅的电话，我脑子里浮现出一个男生的样子，他是吴苇禾，在学校的创业项目竞赛中，因为两分之差获得银奖的男生。虽然没有得到伟创投资公司的创业奖金，但如果舅舅能支持他的项目，他也终会实现创业理想吧！我这么想着。

一个夏天都没有见到他了，大三的这个暑假他在干什么呢？我晃了晃自己的脑袋，提醒自己说：“夏初篱！你清醒点，你人都不在中国了，难道还要犯花痴？算——了——吧！”

登机的时间到了，我要奔赴我美好的留学之旅了。

坐在飞机上靠窗的位置，看到窗外的明媚蓝天，我想起那天创业项目大赛吴苇禾就坐在我旁边，他听到自己落选的时候，表情很沮丧。我就说：“能把你方案的 PPT 发我一份学习一下吗？因为我觉得你的方案真的很棒。”然后，他看着我，问我：“你，还记得我吧？”

当然，我一直记得你。

透明的我，在飞机里看到了14年前的自己。那一年，我21岁，大三的暑假搭飞机去美国留学。那一年，我不知道吴苇禾所有的遭遇，也不太了解他和罗灿灿之间的爱情。我只记得，我把他落选的创业方案提供给了我的舅舅。好像能够帮助他的创业方案得到资金的支持，是我那时唯一能为他做的事。

我还记得飞机落地美国的时候，我看到舅舅发的短信：我们已经和吴苇禾签了发展合约。那时，我会心地微笑着。

十、我还是要杀死你！

“喂！夏初篱！你怎么了？你在笑吗？”身后传来吴苇禾的声音。这声音几乎震惊到了我身体里的每一个细胞。我回头用难以置信的眼神看他，他正用不可思议的眼神看着慌神的我。

“你……你嘴角上有辣椒酱。”我看到吴苇禾穿着睡衣，刚吃完早餐的样子，他的嘴角上还沾着心形太阳蛋上的辣椒酱。

“噢……是吗？”他用手指抹了抹沾着的辣椒酱。

“你……”我内心的潜台词是：你没死？

“我？我怎么了？噢，对了，你看没看今天的微博热搜。你的新闻……很精彩……你和知名情感作家简嘉澄的绯闻可是传得沸沸扬扬啊！”吴苇禾狡猾而得意地笑着。

我马上拿过手机去看微博热搜，不仅是微博热搜，还有百度热搜……几乎所有的网络媒体都大篇幅刊登着我和简嘉澄进入酒店的照片。题目都非常不堪，什么《真爱幻境》节目女制作人和当红作家夜晚私会……背夫偷情……婚外出轨……”

“你好卑鄙，吴苇禾！”我怒目而视。

“卑鄙？再卑鄙的事我也做得出来，你知道的——想和我离婚，就要背上搞婚外恋情的荡妇骂名。想和简嘉澄一起制作《真爱幻境》？在公众看来，你们已经是一对奸夫淫妇了！”吴苇禾笑得十分得意，仿佛这一战他胜利了就赢得了全天下那么得意。

我看见他那么得意的笑容，竟然有些恍惚。究竟是什么力量，让21岁时开朗、努力的吴苇禾变成了今天这个样子呢？是那时的悲惨遭遇在他的心里种下了绝望吗？我想起了那些悲惨的片段，我的愤怒竟然停止了。

“苇禾！”我突然之间拥抱了他，好像那种经历他21岁的悲惨境遇时留下的悲伤感觉还没有完全消逝。

“夏初篱！你在伪装什么？你在伪装你还爱我吗？”吴苇禾推开了我。

“我……”我突然之间不知道怎么和他解释。如果告诉他，我本来想杀死他，可他非但没死，我还穿越回他的过去，看到了他的过往，他会相信吗？他会不会觉得我疯了。

“收起你的眼泪吧！你为谁而哭？为我吗？还是为了你们的计划没有得逞？”吴苇禾冰冷的眼神没有一丝感情。

“我会在公众的视线里，把你描述成一个利用自己的丈夫来实现事业野心，然后又设计背叛自己的丈夫，和情夫联手使用阴谋，不择手段又不知羞耻的蛇蝎女人。你要记得，你专注做策划、写剧本的时候，我可是交际遍天下，收集了各种能够帮到我的人。他们绝对有能力把你妖魔成我说的那样。”吴苇禾在我耳边清清楚楚说着他的威胁。

我突然清醒过来！我告诫自己：35岁的吴苇禾已经是一个恶魔了。他哪里还是罗灿灿认识的那只无辜的小白兔啊！我和这个恶魔的斗争远没有结束。我原本计划杀死他的，一次不行，那就再计划一次！

这一次，我选择的方法是在他的牙膏里注射毒剂，一点点，只需要一点点就够了。

第二天一早，我在洗手间里看到了正在刷牙的吴苇禾，他即使刷着牙，也能感觉到我站在他身后、对他不满的表情。他看到镜子里反射出来的我的脸，他甚至一边刷牙，一边泛出了得意的笑容。

“其实，年轻的时候，你应该不是一个这么卑鄙的人啊，从什么时候开始你变得这么龌龊了呢？”

“也许，我是天生卑鄙吧！也许……”他忽然开始干呕起来，然后喷出了一大口鲜血！他正前方的镜子上沾满了喷出来的鲜血！

吴苇禾一个踉跄倒下了。他的嘴角沾满了牙膏和鲜血。

我走过去蹲下来，看到他惊恐又无法置信的临死的眼神，我的眼泪也掉了出来。因为我想起了 21 岁的吴苇禾，曾经那么绝望地看到父母的死、罗灿灿的死，现在，他的眼神就带着看到他们死亡时流露出的绝望和悲伤。

“对不起……苇禾！”我探了探他的鼻息，我知道他已经死了。

我看到他从身体里飘出来，变成了一团透明的影像。那个透明的他流着眼泪。

21 岁那年，我第一次明白了什么叫死亡。原来死亡是很残酷的东西，它强行剥夺了你全部的依赖。可最触痛我的却不是死亡。我父母的死亡让我意识到，粉饰太平的幸福可能会酝酿更大的悲剧；罗灿灿的死亡，让我意识到金钱地位有差别的爱情，注定不会有好的结果，勉强继续，只会形成更大的伤害。从那时开始，我不敢……再奢望爱情了。我好害怕，好恐惧，男人和女人之间的那种感情。

我听到了透明的、死去的吴苇禾的心声，就像一个悲伤的诀别独白。

我的心再一次揪痛起来，痛得快要死掉了。我躺在地上，快无法呼吸了！

3. 董薏甯　爱与阴谋

一、我只想堂堂正正地站在他面前

我闻到了一股淡淡的烟草香，我感到那股味道来自我的指尖。我睁开眼睛，看到我正夹着一支女士香烟，我的旁边靠着一个头发飞扬的男人，他手里正捏着整瓶的轩尼诗。

“董薏甯，你说，这世界是不是很荒唐，也很疯狂。呵呵……”男人有些神志不清地说着，然后重重地吸了一口夹在他手里的烟。

“董薏甯？你叫我董薏甯？”我费解地看看身处的这个环境，一个烟雾缭绕、灯光昏暗的酒吧。此刻，我正和一个不知身份的男人肩靠肩坐在调酒师的调酒台旁边。而那男人正一手捏着酒瓶，一手夹着烟。我怎么突然之间恍惚了呢？瞬间失忆了一样。

我问对面的调酒师：“今天是多少号？”

“2006 年 5 月 24 日。怎么了？”调酒师无法理解这奇怪的问题。

我努力稳定情绪，才想起了关于自己的情况。

我是董薏甯，28 岁。10 年前我就进入了远大前程文化创意有限公司。我的老板黎继远带我入行的 10 年，是我不断学习、成长、挣扎和改变的 10 年。我们一起包装明星、做娱乐节目，也在圈中有了一定的地位。我们公司经营的艺人和创意的娱乐项目，都是很多公司望尘莫及的。而我也在这 10 年间看透了追名逐利、灯红酒绿的人生。现在，我是 23 岁的吴苇禾的经纪人，也是他创意的娱乐真人秀节目《偶像人生》的节目制片人。

“你怎么了，薏甯姐？我应该叫你董总监……”男人慢慢转过脸，半睁着眼睛看着我。

“吴——苇——禾？”我用难以置信的眼神看着眼前这个已经醉倒的男人。我是怎么了？这明明就是我天天在一起工作的人啊，可瞬间却感到有些陌生。

恍惚的状态过去之后，我想起来，我们在一家酒吧。喝得烂醉的吴苇禾打电话给我，说心情极度郁闷。于是我就跑过来找他了。一个很有想法的年轻人，样子也不错，正在《偶像人生》的节目里做着大家都喜欢的主持人。他本来一直很严谨的，今天怎么突然来了夜店，还醉成这样。

“我呢……从来不和别人讲心事的……我今天和你讲讲心事啊？呵呵……”苇禾依然醉醺醺的。

“好！讲吧！”此刻的我也只能无奈地听着了。

“你知道，我为什么一直很努力地工作吗？”苇禾使劲眨了眨眼睛，想要保持清醒，“因为我心里始终有一个画面在支撑着我……”

我听到这个男孩说了一个让我有点震惊的过往。

我奋斗的最大的动力，就是有一天，拿着自己赚到的250万去见一个叫罗翔的男人，堂堂正正地站在他面前，真诚地和他说，我夜以继日地努力，就是为了还上欠他的250万。虽然250万对一个身价20亿的人来说只是九牛一毛，但对我来说，却是竭尽全力的代价。我还想告诉罗翔，我很爱罗灿灿，如果有可能，我宁愿失去自己的生命，换回罗灿灿。这250万，我宁愿拿自己的生命去换。所以，还上这笔钱是我活下去的唯一动力。

当然，他讲的没有那么连贯，在醉醺醺的状态里，他其实近似于做一种隔空表白。他其实是在拼命地向那个叫罗翔的男人证明些什么。我听出来了。

“‘你以为还回250万，就能换回我女儿的命吗？我当初本来想找人打死你的，之所以只打断你一条腿，不是因为吝惜你，是不想你用死来解脱愧疚。我要你一辈子，每当腿疼的时候都记起，你害死了我的女儿！你害死了灿灿！’——这是那老头儿给我的回答。”苇禾一边说，一边放下手中的酒瓶，单手捂着眼睛呜呜地哭起来。

他哭得十分伤心，我还是第一次看到他这么失态，想必真是受了很大的委屈，或者心里太苦闷了。突然觉得他好可怜。我转过身把他抱在怀里，不知道说些什么才能安慰他。

这时，我脑中浮现出好多关于苇禾的画面：和企划组讨论活动策划方案；和技术组研究网站布局模式；和摄制组规划拍摄脚本；同时还要去健身室进行形体锻炼，去造型设计师那沟通造型，去电视台录节目，去广播台录专访，去各个城市宣传新项目……他忙得没有了自己，不肯让自己停下。哪怕左腿里还有没拆掉的钢钉；哪怕因为不按时吃饭导致严重的胃病，他都不管。好像，只有如此忙碌他才能获得心理上的解脱。

他今天的说法，让我明白他一直拼命努力的原因了：用折磨自己的方式来减轻内心的愧疚感。女朋友的死，给他的打击太大了！

“我走的时候，罗翔跟我说：‘你们小孩子的爱情，不过是闹着玩儿，你们懂什么叫爱？’还说，我不过是灿灿玩得大发了的游戏而已。要是早点把我这个玩具换掉，罗灿灿就不会死了。然后，他就开始骂自己的女儿……哈哈……已经死了的女儿……哈哈……”苇禾又开始苦笑了，然后他从口袋里拿出一本小日记本，放在调酒台上，“原来，我就是个……”苇禾正说着，这时一个声音很响地进入了我们的耳朵。

“吴苇禾！”一个样子痞气的男孩站在我们身边，两只手插进口袋里，正盯着喝醉的苇禾。这男孩的气质……很有攻击性，一看就是那种特别跳脱的人物，涂着黑色眼线，左耳上还有一个闪亮的耳钉，黑衬衫、黑裤子，看起来很酷。

“噢？你来了？”苇禾挣脱我，一个踉跄站起来，歪歪斜斜地拉着男孩向对面的包间走去。

我呢？只能跟着他们过去。作为《偶像人生》的制片人，我有责任和义务，保护我的工作搭档不在什么地方出乱子。

二、爱情啊，本来就是这样啊！

“廉仲谦！你是和罗灿灿一起跳过韩国舞的那个！”苇禾好像清醒了一些，他对坐在他对面的男孩说着。

“我们……不是只有跳过舞而已。”男孩说着，态度看起来不是很友好。

“你们上过床，我知道！”苇禾呵呵笑了一下，他脸上的眼泪还没擦干净。

“既然你都知道了，我也不打算瞒你。虽然灿灿一直保守秘密，直到她死都没被你发现。”男孩点燃了一支烟。

“那为什么不继续替她隐瞒下去？为什么要告诉我！为什么就算她死了，还要把她在我心里彻底毁灭！”苇禾的声音一句比一句高，越来越愤怒，他突然站起来，揪起了对面廉仲谦的衣领，狠狠地朝着他的脸打上去。

“因为我不希望你继续生活在痛苦里。虽然你是情敌，我对你也没什么好感……但是……你的遭遇已经够惨了……站在人道主义的立场，如果我说出真相能让你解脱，也算是做了一桩好事。”廉仲谦一边说，一边擦了一下因为挨打而出血的嘴角。

听到廉仲谦这些话，苇禾控制了一下自己的情绪。他又突然揪住廉仲谦的耳钻看了看，若有所思地想一下，问道：“那天……是你救我？我认识这耳钻。”

“刚好路过而已。我想，我要是不出手你就不是一条腿被打断了，而是两条腿。”廉仲谦说得诚恳。

苇禾看了廉仲谦一会儿，沉默着，坐回了椅子。

“那天……你也去墓园了吧？去献花？我从墓园回来的时候，确实感觉到有个黑影跟着我。你为什么跟着我？”苇禾也点燃了一支烟。他已经清醒了很多。

“因为想看看，罗灿灿到最后不忍心离开的男人，是个什么惨样。”廉仲谦那种显得满不在乎的表情，此刻看起来有些失落。

苇禾苦笑了一下，还是继续吸着他的烟。

“其实……要不是你父母出了事，你们家又欠了债，罗灿灿是打算和你分手的。她只是一直在酝酿着一个好时机。”廉仲谦顿了顿，继续说道，“吴苇禾，你很帅，也很优秀，学校里很多女生都喜欢你。但你很循规蹈矩、很乖，你和罗灿灿在一起做的最浪漫的事，就是一遍遍地在校园里骑单车。你知道吗？终有一天会厌倦的……我们还年轻，我们需要更带劲儿的感觉。”

“但是灿灿最终没有离开我啊！还在我最需要帮助的时候、最痛苦的时候，一直不离不弃，和她爸爸对抗也要帮我！”吴苇禾似乎想要在爱情的颓势里扳回一局。

“你说得对！就是因为你太惨，才把她已经失去的对你的激情激发出来了。人性本贱，越是危险越好玩儿；越是有人打压越想反抗；越是生活像偶像剧一样狗血，越是上瘾深陷其中。”廉仲谦说得还真挺精辟。

“你就是那个对她来说，越是危险越好玩儿的。”苇禾笑了，笑得撕心裂肺，“多荒唐啊！到最后，我这个循规蹈矩的倒变成危险的了，甚至还让她丧了命。”

“是啊！爱情啊，本来就是这样啊！”廉仲谦也苦笑了一下。

“像你这样的人，也会循规蹈矩地好好谈一场恋爱吗？”苇禾在决定结束谈话之前，问了这样一句。

“像我这样的人？你瞧不起我啊？我也是个帅哥啊，我们家也经营好几家酒吧，我也把酒吧的生意打理得不错啊！你现在坐着的地方就是我的酒吧！我哪里比你差？更何况……我经历的女孩很多……但罗灿灿是让我最难忘的一个。因为……我是她的第一个男人……”廉仲谦说话的表情突然变得可爱起来，甚至显得有点害羞。

“你是在我面前炫耀吧！也许罗灿灿她爸说的没错，我们懂个屁。我们知道什么是爱情。”苇禾表情严肃起来，还有一些悲伤。

一直坐在旁边听着他们对话的我，也突然为苇禾感到难过。

三、爱情的真相

从酒吧出来，吴苇禾整个人依然很阴郁，而且他体内的酒精似乎也没有完全消化。我把他扶上车，开车回他的公寓。

“你刚才放桌上的日记本，我帮你收好了。放你口袋里了。”我叮嘱着。

“不要了！帮我扔了吧！”苇禾坐在车的后座，一副颓然的表情。

“OK。”我一边开着车，一边回想起那日记上的字字句句。

我对苇禾真的没有感觉了，平淡的日复一日的生活，好像一直在重复相同的日子。

廉仲谦真的很酷，夜店、吸毒、援交，那些堕落的生活，由他描述出来，竟然……那么精彩！他很危险吗？我倒觉得他是个好人。

我竟然从来没和苇禾做过爱，在他自以为的爱的规则里，我倒觉得他是个性冷淡，或者有心理障碍的男生。

我实在受不了！我一定要在毕业之前找个人好好爱一次！疯狂地、不可抑制地，去爱，做爱。

我爱上廉仲谦了！我竟然第一次和他约会的时候就和他过夜了。

我该怎么和苇禾说分手呢？看完《六楼后座》再说吧！

苇禾的父母死了，他好像也垮了。但他垮掉的样子，好迷人啊！我是不是变态啊？为什么他崩溃的样子，让我突然发现我又开始深深迷恋他了呢？

苇禾欠了200万高利贷，我用留学的学费给他还上吧。反正200万也不是很大的数目，就算老爸知道了，也就骂我一顿。我也不敢保证，我会不会再对他产生动摇，就算有一天真的会离开他，这200万也会让我心安一点吧……

那都是些看起来，真的很残忍的字字句句啊！怪不得苇禾要扔掉那本日记。对于一个20岁出头的男孩来说，他哪儿经历过什么残酷的爱情啊！所以，让他提早看到爱情的真相，也是一件好事。

不知不觉间，苇禾的公寓已经到了。我打开车门，让他下车，又把他扶上楼。打开他公寓的门，把他安顿在床上，在转身要离开的时候，他抓住了我的手。

“薏甯，能陪我一下吗？我觉得……好孤独。”苇禾请求着，就像一个无助的小孩子。

“好。”我坐在他的床上。

此刻，我的内心涌现出很复杂的感觉：这个比自己小5岁的男人，像个工作狂的男人，竟然那么惹人心疼和眷恋。他那么聪明，那么努力，甚至还带着一些别人没有的纯真。就是那样的一种吸引吧，毫无防备，不知不觉地就沦陷了。但我知道，我不应该被他吸引，我不应该……在意他。

突然，苇禾从背后抱住我，在我耳边小声说："好好陪我，我好孤独。"我不知道该如何应对，他就热情地转过我的脸，把他的唇深深地印在我的唇上，然后是他的抚摸，他的喘息，他的无法抑制，也不想抑制的欲望。我的那点儿本来就不坚定的意志在顷刻间溃堤。我好想好好爱他一次。

这一夜，是苇禾第一次放纵自己欲望的夜晚。但我却深切地感觉到，他做爱不是因为爱，只是因为心里太痛苦了，他只想找回某种程度上荒唐的平衡而已。

第二天凌晨，看着还在熟睡的苇禾，我起身穿好衣服，从卧室里走出来，坐在他公寓的客厅里，静静地点燃了一支烟。沙发的左侧有一扇落地镜，我就站在前面看看自己的样子：欧式双眼皮，舒淇式的嘴唇，锥子脸，红棕色的短发，身材玲珑有致，我居然是这样一个成熟的女人，可这成熟竟然让我在苇禾的纯真面前感到有些自卑。

我在他的公寓里参观了一下。几乎没什么家具，除了镜子、沙发、桌子、衣柜。这生活，与其说是简单，不如说根本就没有生活。便捷式酒店也会比这布置好一些吧！

他是为了还债而生活得太差吗？我想着。这时，我脑子里突然跳出了一连串的记忆。

吴苇禾，最年轻的娱乐真人秀互动网站项目运作者，而且，他自己就是这个项目的代言人。短短两年内，已经主持过上百期的《偶像人生》真人秀节目，因为颜值爆表，知识丰富，创意十足，他现在早就是炙手可热的全民偶像了。

迅速蹿红的创业偶像，却在过着这么清苦的生活。谁能想到呢！

四、判若两人的状态

当我渐渐有意识，睁开眼睛的时候，发现我的手里正拿着一本八卦杂志。而我翻开的那页，恰好是报道苇禾绯闻的那一页。

“抱歉，薏甯姐，那天在酒吧和廉仲谦谈话的时候，没注意到周围有狗仔。他们真是把绯闻写得很过分。”苇禾一脸难堪的表情。

“创业偶像和夜店小开争抢妖娆女子”，我瞥了一眼标题，还真是狗血。下面的行文就更胡扯了：女制片董薏甯大搞姐弟恋，老牛吃嫩草，两帅哥酒吧为争抢女人，大打出手……

“我看起来有那么老吗？我不过 28 岁而已。以后这家杂志社别指望进我们节目组采访第一手消息了！真人秀晚会也封杀他们！”我恨恨地说着，“倒是你，称呼还真是多变，董总监，薏甯姐，薏甯……”我突然想到了那晚，有点尴尬，也没再说下去。

“啊……当然没有那么老。狗仔写什么不用放在心上。这新闻，几天热度就过去了。”苇禾安慰着，不过，他显得有一些别扭。虽然掩饰得很好，但那感觉还是像要想办法逃离似的。

“有些事……当然不必放在心上，也不必记得。”我特意这样说了一句，言下之意是暗示他可以忘了那晚的事。因为，如果不装成毫不在意的样子，苇禾恐怕会不知道该如何面对我。

“噢……对！我修改了新的项目方案，按照我们那天开会的统一意见做了修改。我们节目的第二轮投资商，正在会议室等着，我们的项目宣讲会马上就开始了，所以请薏甯姐再确定一下。”苇禾还是很礼貌。穿着一身白色简制西服的他真是又帅气又优雅，比大学时代那个过分单纯的样子看起来成熟了一些。

“好。”我一边说一边坐下来，在电脑上打开了项目方案，“方案不错。能不能吸引第二轮投资，进军亚洲市场，就看你的介绍了。”我给了他一个鼓励的笑容。

“嗯！”苇禾笑了一下，依然是很别扭的样子。

我们一起去了会议室，在那里，伟创投资公司的投资总监正等着我们宣讲进军亚洲市场的《偶像人生》项目方案。

在宽敞明亮的多功能会议室里，自信满满的苇禾，笔挺帅气地站在投影屏幕前，向在座的投资研究小组成员打过招呼之后，就开始他的项目介绍了。

“我们的项目通过两年时间的验证，收视率、点击率、订阅量、购买率都足以证明，《偶像人生》是一款独具新意，时尚感、体验感都很准确的真人秀、综艺节目、网游和手游，更是一个非常好的电商平台。所有具体的和细节性的数据，都在各位看到的报表中。在未来3年内，我们要把《偶像人生》这个综合性的娱乐项目推广到韩国、日本、新加坡……乃至于整个东南亚。我们绝对有信心，它会实现如同在中国一样的超高人气和好的经济收益……”苇禾神采飞扬，思路清晰，语言简洁、有力。

这时，座席间传来了掌声，显然，在座的各位投资小组的成员，对吴苇禾推荐的项目方案十分满意。

“方案所说的，在全亚洲范围内的统一数据库，是否能够承载这么大范围内的多人同时在线游戏、同时在线购买，这是技术上的一大考验，而且，数据的安全性也将面临挑战。”投资总监指出了他的担忧。

“的确如此。所以，为了验证技术上的可实现性和安全性，我们会在一个星期之后，展开跨国界的、多国家人员同时操作的模拟实验。试验期是一个月。如果通过一个月的测试没有问题，我们就会正式推出这种操作模式。”苇禾马上给出了解决担忧的方案。

“好，七天以后我们会准时来到贵公司，看你们的模拟操作实验，一个月以后，多国同时正常运行没问题，我们就会提交第二笔投资款。”投资项目总监也给出了明确的答复。

“没问题！”苇禾充满信心。

我站在旁边，看着他精神饱满、自信满满的状态，和之前在酒吧里消沉颓废的样子还真是判若两人。这样一个年轻又被大家宠爱的男人，再加上经历了爱情的打击，恐怕很难再真正爱上什么人了吧？

但是……我想……得到这个男人的心。我听到了自己内心的呼唤。

五、你，就是我们要塑造的偶像

从会议室回到办公室，我再一次打开了苇禾的方案，这个年轻男人的商业创想的确令人欣赏和佩服。

他设计的《偶像人生》，就是让那些有明星梦的男孩女孩按照当红偶像的工作模式、生活模式来体验人生。每个报名参加真人秀的报名者，通过评委初选之后，都可以进入拍摄阶段。他们靠着自己的阅历、理解与学习，展开一段充满挑战、众人瞩目的生活。为期三个月的时间内，他们的团队会有造型设计师、服装设计师、声乐老师、舞蹈老师、电影拍摄团队、保姆、媒体策划人、品牌赞助商……所有这些人，需要靠参加者自己选择，组建成偶像养成团队，而且他们的偶像养成团队成员也都是一些名气不大，需要获得机会的人。这样，也给了支援团队的成员一个成名的机会。

真人秀会逼迫这些“偶像”迅速成长，会在不同阶段安排演唱会、粉丝见面会、电影、广告拍摄等等所有一个准偶像必须经历的工作。也会要求他们写微博与粉丝互动，还会偶尔故意制造各种突发事件、意外事件，比如负面新闻等压力事件来考察他们的应对能力。参加者们要每个星期参加一次拍摄，他们的成长进程会一一展现在电视和网络视频里。这无疑会是一个十分好看的节目。

不得不承认，苇禾是一个有想法又有商业头脑的男孩。他构想的真人秀与网络游戏以及电商平台结合的运作方案，是很了不起的。老板黎继远因为他当初在大学拟订的创业方案就邀请他加入远大前程，还真是押到了宝。苇禾的《奇思妙想》具有强大的市场前瞻性，甚至还有国际眼光。不愧是金融系的高才生！

我还记得两年前，我们邀请他来公司做项目讲解时，他那副初出茅庐的样子。

“最后，通过评委和观众的评分，得分最高的那个就可以成为真正的偶像，获得经纪公司的合作合约。即使没有成为第一名，也可能因为受到关注而被其他公司看中，有出头的机会，成为真正的偶像。所以《偶像人生》绝对是一场真实人生的华丽模拟和预演。”那时的苇禾虽然还有一些底气不足，但骨子里的骄傲和自信还是能感觉到。

“很好的点子。但我希望，你——就是《偶像人生》的第一个偶像。”老板黎继远眯缝着眼睛。那时候我就知道，他在酝酿把苇禾塑造成一个既有商业头脑又有颜值的跨界偶像。娱乐偶像太多了，但是具有创业能力的偶像却史无前例。苇禾就是老板想塑造出来的这样一个史无前例的人物。

“同时，我们还可以开发和《偶像人生》一模一样的网络游戏，让大家在网络上挑选虚拟的造星团队，还可以植入品牌赞助商的虚拟商品广告。”苇禾的说法已经彻底征服了唯利是图的黎继远，能够获取巨大利润的项目，他是绝对不会放过的。

“很好。但我希望，你——就是《偶像人生》的第一个偶像。”老板黎继远还是那句话。

“而且，电商平台也同时运作，把偶像们、支援团队成员推荐的所有商品在网上进行销售。就像游戏的道具一样，随着每一期节目发展，电商平台上的商品也会随时更换。”我也加入了热烈讨论的行列。

“完美的结合。但我希望，你——就是《偶像人生》的第一个偶像。”黎继远目光炯炯地看着站在他对面的苇禾。

突然之间，整个会议室诡异地安静下来。

同一个邀请说了三遍。看来老板黎继远最大的关注点，其实在苇禾这个人身上。

“抱歉，我一直没有正面回答您的这个提议，因为我真的不知道要如何成为一个偶像。”苇禾面露难色。

“但我知道啊！你忘了我是谁吗？她也知道啊！你不知道她是谁吗？”老板黎继远用两根手指指了指自己，又指了指站在他身后的我。

对于最擅长把新人打造成知名偶像的远大前程来说，黎继远的确是娱乐圈的“偶像输送机”，而我董薏甯，也绝对是最好的娱乐项目策划人和明星经纪人。所以，黎继远太有能力把苇禾捧成一个受人瞩目的成功偶像了。

“噢……是啊。我看过您公司的介绍，还有那些明星……但，我没想到您的重点是……”苇禾尴尬地笑着。

“我的重点竟然不是你的整体项目，而是你这个人——你惊讶这个，对吧？但我要告诉你，我很看重你这个项目，但你绝对才是这个项目的灵魂。”老板黎继远从椅子上站起来，点燃了一支雪茄，走到吴苇禾的面前，又看了一眼站在对面的我，说道，“告诉他，我们会把他塑造成什么。”

“你将是未来最炙手可热的创业偶像。从来没有哪一个偶像，可以在最短的时间内，同时展现他们的绝美外貌、表演才华和商业能力。但你是可以做到的！未来，你是《偶像人生》真人秀的主持人、网游人物、电商平台 CEO，也就是说——你是这个项目的创造者和负责人。”我说出了老板的打算和意图。

“我吗？好吧。”对于 21 岁的吴苇禾来说，他真的不知道那是怎样一种人生，我想，他那时唯一的想法是：赶快赚钱，还给死去女朋友的父亲，以解脱愧疚感。

“偶像”这个词，真是一种考验。

六、拯救你的女神

“薏甯姐，完蛋了！怎么办？”我耳边传来了苇禾的声音。

当我意识清醒过来之后，发现自己正在一个办公室里，座上的标牌写着：企划总监董薏甯。我又出现了那种暂时的“精神游离”，好像会突然忘记自己是谁。

“苇禾，你怎么了？”我的嘴也不受控制地说出了这句话。而我眼前的苇禾呢，正一脸愁容地看着我。

“技术组的头儿，那个老外 Ken 说，我们新版本的网站根本无法按照预期上线！他今天才和我说，其实我们后台编程从框架设计开始就有问题。但他一直以为自己能解决，就一直隐瞒技术上的漏洞。现在这个网站根本不能承载我们最初构想的多人多地区同时在线的情况！”吴苇禾皱着眉头，松了松自己的领口，显然情况危急，让他焦虑不安。

“也就是说，6 天后的模拟操作肯定会失败。伟创投资给我们的第二轮投资款也肯定泡汤了？”我问他。

“更糟糕的是……我今天早上接受电视台直播的采访中，还很自信地表示，我们会在 6 天之后，完美展现新的网络平台。还邀请大家一起参加测试——我太自信了！如果不能如期实现上线，《偶像人生》这个项目的运作实力就会被质疑，声誉也会受损。”苇禾一脸懊悔的表情。

“我们还大张旗鼓地宣传我们从旧网站到新网站的过渡过程里，特意从美国聘请了新的技术总监，操刀后台设计。现在岂不是自己打自己嘴巴？我们根本连那人的能力都鉴别不了……”我也叹了一口气。

“那怎么办？这次都怪我！太自信了！”苇禾懊丧地坐在沙发上，就像泄了气的皮球。

“只有6天的时间，让我想想。”我一边说，一边点燃了一支烟吸了起来。

对于这样的突发状况，当然会有相对比较“完美”的解决方法。毕竟，姜还是老的辣。即使是一只聪明的菜鸟，也还是菜鸟啊！我给苇禾造成的这个局面，制定了一系列补救措施。

在新改版的《偶像人生》上线之前，我们放弃了从网络游戏《偶像人生》中选择年轻人参加真人秀的方案，而是改为在各地进行海选，完成选择参加者的过程。成功通过海选的参加者，再与通过网络参加模拟游戏的获胜者一起进行新一轮偶像角色的角逐。这样，就为《偶像人生》网站改版争取了一个月的技术调整的时间，也使《偶像人生》这个项目可以在亚洲一带好好预热。有了这个很好的解决方案，就剩快速寻找一个可以完成网站改版的技术总监，带领大家修复漏洞，甚至是重新编程。

我不得不佩服自己做Plan B（备用计划）的能力。

当晚，一大群记者就被召集到远大前程公司，并把公司要提前进行的亚洲场预热、亚洲各地广泛海选以及海选和网友虚拟操作的报名者一较高低的计划报道出去了。

当然，接下来就要寻找一个可以解决技术难题的技术高手。通过美国做猎头的朋友，迅速地，当然以极高的代价，挖一个至少可以工作3个月的人，还是不难的。很快，一个叫Alan的男人来到中国，接手了Ken的工作，他还带来了一个团队。Alan果然不负众望，在一个月的时间内就解决了技术问题。《偶像人生》在亚洲地区的海选也刚好有了初步的结果。

“其实，当你们提出改变策略方案时，我们就猜到你们可能出现了一些问题。但你们出色的应对危机的处理能力和快速的应变解决结果，还是让我们愿意相信你们一次。所以……我们的投资会按照约定如期进行。”伟创投资公司的总监对苇禾说出了这个让他终于不必再提心吊胆的决定。

此刻，我和苇禾刚从伟创投资公司的办公大楼里走出来，外面已经华灯初上。这一个月的紧锣密鼓，让大家都很疲惫。

“薏甯姐，谢谢你……”苇禾站在我身后，突然说出了这样一句。

“作为工作的合作伙伴，这些是我应该做的。”我转身对他微笑着，我不能责怪他，也不能让他觉得自己犯错总会有人给他补救。

“是这样吗？”苇禾静静盯着我，好像若有所思，“这两年里，我从一个平凡、欠债的大学生，变成了一个受人瞩目、名利双收的创业偶像，如果没有你的智慧、经验和努力，就不会有今天的我。其实……我知道……”

“每一个造星的人，都希望这颗星闪闪发亮啊。而且，你确实很闪亮。今天我也很累了，想回去好好休息了。明天见。”说完，我就丢下了一脸期待的苇禾，一个人开车离开了。

从倒车镜里，我能看到他一直呆呆地站在原地，看着我离开。但我必须给他一个意犹未尽又充满回味的空间。一个年长的女人去征服一个年轻的男人，如果所有的步骤都刚好配合，那也未免显得过于势均力敌了。显然，我们并不是势均力敌的状况。

对于一个如此性感迷人、锐意进取、聪慧精明的女人来说，竟然能如此默默隐忍地爱着一个年轻的男人，真是一件不容易的事。苇禾，他一定会这么想吧？我就是要他发自内心地被我征服，爱上我。

车子刚刚开出去没多久，我的手机上收到了一条短信。

薏甯，我想，你是我的女神——拯救我的女神。把我从颓废、灰暗、痛苦的情绪里拯救出来的女神。如果让我从在众人面前闪闪发亮和在你心里闪闪发亮之间选择一个，我希望，我永远都是你心里的那颗星。我……可以爱你吗？

看到短信的瞬间，我得意地笑了，在倒车镜里，我看到了自己上翘的嘴角。渐渐地，我竟然抑制不住地流出了眼泪。有些心酸，有些幸福，感慨万千。我就那样一路开着车，一路默默哭着。我是真的爱上这个小男人了吧？

回到家，打开门，我没有开灯，直接坐在落地窗前的沙发上，分析自己一路都在哭的原因。这时，家里的门铃响了。我去开门，看到站在门外的苇禾：还是那么高高帅帅，即使只穿了简单的牛仔裤，白西服，就那么吸引人了。

“能回答我吗？我……可以爱你吗？”苇禾有些期待又有些无助的样子。

我再也无法抑制内心对他的渴望，抓过他的衣领，把我的唇印在了他的唇上。他开始瞬间被震住了，之后就马上热烈地回应这个迟到的吻。

那一夜，春光旖旎。

七、我们，订婚吧！

我站在窗边，看着床上的苇禾：年轻而净白的身体，睡觉的样子看起来像个无辜的少年。睫毛很长，还有好看的脸部轮廓。谁不想拥有一个这样的男孩呢？谁不爱青春和美好呢？就算是像我这样经历过一些男人，甚至已经不再相信爱情的女人，也贪恋着他的青春和纯真。我甚至因为自己想占有他的念头而感到羞愧和自卑。

我是什么时候开始爱上他的呢？从他日夜努力地工作开始吗？从他进入娱乐圈也和女星们保持距离开始吗？从心疼他一个人在酒吧喝酒开始吗？从看穿他表面快乐热情，内里却伤痕累累开始吗？还是……从第一次见到他在公司的会议室里讲解他的创业方案开始？

我，董薏甯，经历了太多娱乐圈的尔虞我诈、现实虚伪，尝尽了游戏般的不需要负责的感情。却深深沦陷在一个伤痕累累的男孩的美好青春里。是啊，以后无论世界如何变幻，无论多少阻碍艰难，我都会好好爱他。我下定了决心。

这时候，吴苇禾的手机在静音的状态下亮了起来。我犹豫了一下，还是打开了他的手机。上面是一条短信："吴苇禾，我爱你，我求你，让我见你一面，就一面！"这条短信来自陌生的号码。我想起了他最近一直被一个粉丝困扰的事，这个短信应该就是那个疯狂粉丝发来的。我突然想到了什么。

早上 9 点多，苇禾终于睡醒了。他坐起来伸了个懒腰。看到我时，很轻松地说了一句："早啊！"然后就开心地笑。那真是令我着迷的样子。

"不早了！已经 9 点多了。去我家楼下的早餐店吃 brunch（早午餐）吧？我天天去的店。"我提议着。

"OK！"苇禾比画了一个 OK 的手势。

我们两个人开心地牵手去吃早餐，怕被发现，苇禾还特意戴了鸭舌帽。

那是一家很清爽的西餐厅，因为价格的缘故，早上来这里吃饭的人很少。

我们挑了一个靠墙角的位置，点了苇禾喜欢吃的三明治。

“薏甯，要是每天早上都能和你一起吃早餐，该有多幸福！”苇禾闻了闻刚端上来的金枪鱼三明治。

“其实，在过去的两年里，我们很多时候都是一起吃早餐啊！”其实，我在特意等着他表达爱的潜台词呢。

“感觉不一样啊！那时候我们是同事，现在……我们是情侣啊！”苇禾的表情很甜蜜。

“情侣！你们是情侣？”这个突如其来的声音，来自一个戴着口罩，披头散发的女孩，“你居然背叛了你的粉丝！”就在那一瞬间，女孩举起一把刀向苇禾狠狠刺过去。沉浸在甜蜜中的苇禾甚至还没有看到这个女孩呢！

“薏甯姐！”苇禾大喊着！我感到背上一阵撕心裂肺的刺痛。在女孩刺向苇禾的瞬间，我挡在了他的身旁，那把刺向他胸口的刀，刺在了我的后背。我感到剧痛难忍，视线开始变得模糊。

当我醒过来的时候，已经在医院里，并且是经历了手术、昏迷了16个小时之后。

“薏甯！你醒了？”我听到了苇禾的声音。

“你没事吧？那个女孩……”

“你自己差点就送命了！你还关心我？”

“这件事情……没有上新闻吧？一定要阻止媒体报道……”

“已经报道了。这么严重的事，不可能不曝光。而且……”

“媒体……媒体发现我们的关系了？”

“媒体没有发现。但是……”苇禾打开了电视机，“这个时间，新闻应该正好在重播。”

今天早上发生了一起恶性的刺杀偶像事件，当事人是创业偶像吴苇禾，危急时刻，他的经纪人董薏甯为他挡刀。由于当时店里的监控处于故障状态，也几乎没有其他顾客就餐，所以肇事者目前还没有被抓获……警方希望广大市民能提供线索，将凶手绳之以法。目前怀疑这名凶手是20岁左右的女性，是一直跟踪和骚扰吴苇禾的疯狂粉丝。就此次事件，我们特意采访了吴苇禾所在的远大前程公司的老板黎继远和当事人吴苇禾。

“黎总，您怎么看这次事件呢？经纪人为艺人如此奋不顾身，他们的关系是不是像传闻那样，是情侣呢？”

“薏甯一直都是苇禾工作上的好搭档，她是很负责任的经纪人，这次奋力保护艺人，也让我们十分感动……”

“我和薏甯，不只是工作上的好搭档。因为……我们是很爱彼此的情侣。在过去的两年里，没有薏甯的帮助和支持，就没有今天的我。这次，薏甯冒着生命危险也要救我，我很受触动。我也想劝诫大家，要好好珍惜身边爱你的人。不要等到有一天，你意识到你可能失去了，才去勇敢表达爱。现在薏甯还在医院救治，等她醒来，我会跟她说，我们订婚吧！谢谢……”

我用难以置信的眼神看着身边的苇禾，也看着电视画面上，已经惊呆的黎继远，还有同样被震惊的一群记者，我想，这小子不会是疯了吧？

“干吗那样看着我？我没疯，我是真的要跟你订婚。”苇禾握起我的一只手，拉到他的唇边，吻了一下。然后，我感到我的手指上多了一个东西——戒指，他正在给我戴戒指。

“这是订婚戒指，因为太匆忙，我在来医院的途中找了一家首饰店买的，没有时间特别挑选，但还是希望你喜欢。”苇禾真诚地说着。

我一直默默地盯着那枚戒指，竟然流出了眼泪。“这幸福，也来得太快了。你确定你不是一时冲动？”我问他。

“是冲动啊！可是，人这辈子又能遇到几次无法抑制自己的冲动的时刻呢？”说完，苇禾又在我的额头上吻了一下。

我看着苇禾的脸，想着：幸福总是夹杂在危险里，如果幸福是一种幻觉，就一直沉溺下去吧！我只希望，这幻觉永远不要消失。

八、幸福，戛然而止

我睁开眼睛，看到了镜子中的自己，一身洁白、华丽、镶着钻石的鱼尾婚纱。婀娜的身姿在贴身的婚纱映衬下，更显玲珑有致。我看了一眼落地镜上的日历钟表，上面显示的时间是：2007 年 7 月 28 日。我又环顾了一下四周，终于知道自己身处何方了：这是一家婚纱店，一家十分华丽的婚纱店。

我，董薏帘，在 28 岁的年纪，遇见了我一生挚爱的人。尽管我依然忐忑不安，依然有自卑感，但我不想失去这难得的机会。此刻，我看到身后正站着穿着一身黑色西装的苇禾。不得不承认，穿着新郎西装的他真是帅气极了。他正含情脉脉地看着我。

“你真美，薏帘！”苇禾一边说一边来到我身边，和我并肩站在了镜子前。

“小姐，在你身后的袋子里有一个单反相机，你能帮我们拍一些照片吗？”苇禾转过身对店员说着。

“好啊！”女孩愉快地答应着。

“我想……留住这个美好的时刻——跟你一起试婚纱的时刻。因为在婚礼上你只能穿一件婚纱，可是在这里，你却可以试穿所有你喜欢的婚纱。我们不就可以拍到很多美好的照片了吗？”苇禾故意撒娇地眨了眨眼睛。

“噢……好感动啊……”我也故意撒娇着，抱着他，和他脸贴着脸。

婚纱店里的女孩一遍又一遍地帮我们拍照片，那个过程真的很幸福。灯光闪耀，美丽的新娘和英俊的新郎无限向往他们相伴一生的未来。而且，婚纱店里正放着那首《一生守候》。

“拍好了！很漂亮！”女孩笑眯眯的。

“好！谢谢你！”苇禾开心地接过相机，然后就迫不及待地在相机上翻看起来。

不知道是哪一刻，他脸上的微笑突然凝结了。然后，他收起了相机，默默地进了更衣室。

我换下婚纱，从更衣室里出来之后，看到他正提着皮包，在婚纱店的门口微笑着等我。

“你刚才……突然之间是怎么了？”我试探地问道。

“就是……有一些感慨。我是不是从来都没有和你说过，我父母是因为什么去世的？”苇禾牵着我的手，在大街上走着。两旁时不时会有行人大呼小叫地说：“吴苇禾啊！他是吴苇禾！”但是苇禾一反常态地没有理会认出他的行人，只是执意牵着我的手向前走。

“苇禾，你怎么了？”我发现他紧紧地抓着我的手，根本无法挣脱。

“薏甯，我很累，我真的很累……这3年来，我一直很努力地工作。一开始是因为对灿灿的愧疚，要急着赚钱还欠她爸爸的债。后来是因为爱上你，觉得人生又充满希望了。我变成了一个受人瞩目的人，可我有时想，这些真的有意义吗？这真的是我当初想过的生活吗？”苇禾突然一下子坐在了马路边上，点燃了一支烟，狠狠地吸起来，表情十分焦灼。

“你究竟怎么了？”我有一些不好的预感。

“薏甯，我有时候会想，要是我的家庭很幸福，我的父母没有死，罗灿灿没有背叛我，她爸也不反对我们的爱情，我现在的生活会是怎样的？我可能不是一个创业的偶像，也没有很多人知道我，但我却可以和灿灿一起出国留学，然后做一个金融白领，然后我们结婚，就像今天这样，幸福地试婚纱，筹备婚礼……我们的爸爸妈妈，也因为我们的结合而觉得欣慰。那样的生活是不是也很幸福？”苇禾一边吸着烟，一边哭了起来。

我也和他并排坐在马路边上。我不知道，为什么他突然情绪如此激动起来。

“人生，有很多个可能性，如果不是我父母去世了，灿灿车祸去世了，如果不是欠债，我不会和黎总合作，也不会遇到你。经过这几年的生活，我已经接受了命运给我的这条残酷的路。为什么，当我觉得很幸福的时候，却又要把我丢入无底的深渊呢？你告诉我，是为什么呢？”苇禾转过头流着眼泪，无助地看着我。

“不是一切都好好的吗？我们试婚纱，我们下个星期就要举行婚礼了啊！”我用双手擦掉他脸上的眼泪。

“上个月，我用你的笔记本电脑发一封邮件，无意间看到了银行给你发来的往来账目明细单。我看到有一个收款人叫Ken，你给了他50万。我本来也没有把他联想成那个让网站无法如期运行的Ken。因为我不想怀疑你。但是……昨天，有个女孩来找我，让我给她20万封口费。她说，当初在西餐厅，是你指使她扮成跟踪狂粉丝刺杀我。然后，你再扮成救我的天使。她说，如果我不给她这笔钱，就把这件事爆料出去。说你为了得到男人，不择手段。”苇禾皱着眉头看着我。

“你……”我看着苇禾痛苦的表情，终于明白他知道了。

“明明没有技术问题，可以如期上线的网站，你可以制造有技术危机的假象，然后帮我解围，让我感激你。你还不惜伤害自己，串通别人演出一场假的女神救人的戏码，之后让我们相爱的新闻传遍天下，让我死心塌地爱上你，想和你结婚。这些手段，虽然卑鄙、虽然疯狂，但我还可以相信，那都是因为你爱我，要得到我，才会做出可怕的事。所以，我犹疑过、挣扎过，但我还是决定不揭穿这些事，就当我从来不知道，然后我们还是好好地试婚纱，举办婚礼，以后也幸福地生活在一起。”苇禾擦了一下眼泪。

“苇禾，你原谅我！求你原谅我！我那么做只是因为我很爱你，但我很自卑，我对你也会爱我没有信心，不确定你也会像我无法离开你一样，不离开我。你原谅我，好不好……”我也开始哭起来。

“不可能了！薏甯，不可能了！我可以忽略一切，当作不知道，但我不能忽略你是我爸的情人！”苇禾把头埋进了他的双腿间，大哭起来。过了好长一段时间，他从袋子里拿出了单反相机，送到我的面前。

我打开了单反相机，一张一张翻过去，从我们幸福美好，一对璧人的婚纱照翻过去，我看到了我和吴樊的照片。在照片上，我们依偎在公园的椅子上，我们亲吻着彼此……

“为什么！这是谁的相机？这是谁拍到的？”我脑子里放映出了 4 年前我和吴樊在一起的点点滴滴……

4 年前，我的工作正处于瓶颈期，那时候我很苦闷，神经总是很紧绷。为了缓解压力，我每天早上都会去公园晨跑，就这样遇到了一样喜欢晨跑的吴樊。忘了具体什么时候，总之，我们认识了，每天和他一起跑跑步，聊聊天，就会觉得很放松。我和他讲我工作上的烦恼和那些偶尔会骚扰我的男人，他都能一一帮我找到解决问题的好方式。我觉得，他是一个很有智慧、心态很好的男人。就那样，我慢慢越来越依赖他、想念他。我们偶尔约会，但我从没想要破坏他的婚姻，也没想过我们之间要有什么结果。

我把过往的那段故事毫无保留地告诉了苇禾。我希望，我的坦白能让他理解那段情。

“薏甯！我们完了。我不可能接受一个和我爸上过床的女人做我的老婆！这样，我每一次面对你的时候，都感觉自己在乱伦！”苇禾忽然从台阶上站起来，头也不回地离开了！

“苇禾！”看着他坚决离开的背影，我知道，他再也不会回来了。

九、如果分离，那就毁灭吧！

“我一想起那个女人，就觉得很恶心。不择手段，没有道德底线，还很滥情。我真后悔当初被她蛊惑。现在一看到我和她的新闻，就像踩了一脚狗屎一样。”苇禾对着一个非常漂亮的年轻女孩说着。

此刻的我正站在化妆间的门外，从门缝里看到苇禾抱着一个女孩说着话，那个女孩应该是当红模特纪楠希。

听到那样的话，真是感觉很心痛，就像心脏上被开了一枪。我靠着墙，眼泪止不住地流了下来。脑子里一幕一幕回忆：试完婚纱的那天，苇禾向媒体单方面提出和我解除婚约，而且宣布了分手的消息。还向黎继远提出了更换经纪人的要求。黎继远不想停止他赚钱的生意，当然会在劝说无效的情况下，满足苇禾的要求。我被调去了另一个项目。

无论我多少次试图靠近他，他都会想办法避开我。不接电话、不回信息，即使在工作场合偶尔遇到，也当我是透明的空气一样。那样的感觉太痛苦了！如果你如此深爱一个人，就要结婚的时候，你们的关系却戛然而止，那是一种巨大的折磨。我们分开之后，不到一个月，他就找了一个模特女朋友，打得火热。

为什么明明全心全意爱着一个人，却得到这样的结果！我不甘心！我不相信苇禾会这么残酷地对待我！

“苇禾！”在他录制完节目去停车场取车的时候，我叫住了他。

“是你？我没有话跟你说。”苇禾一脸厌恶的表情，尤其是我拉住他的胳膊，不让他走的时候。

“就算我们分开了，你也不用把事情做得那么绝吧？还在别的女人面前诋毁我！”我说着。

“诋毁？每当我想到我和我爸共用一个女人，我就恨不得杀了我自己！我爸和我妈就是因为感情不忠才双双死亡的，你也算间接害死他们的凶手！我都恨不得杀了你！现在，在我的眼里，你就是一个不择手段、肮脏不堪、毫无道德的女人！”苇禾狠狠地甩开了我拉着他的手。

我一个踉跄坐在了地上，无助地看着他开车绝尘而去。在那个没有其他人的停车场，我放任自己毫无顾忌地号啕大哭。我好恨这个男人！好恨他！我擦干了眼泪，暗自下了决心：苇禾，我能一手把你捧成受人瞩目的明星，也能把你彻底毁掉，让你永远陨落！

当我再一次意识到自己醒着的时候，我发现我的嘴正在一张一合说着话：“其实《偶像人生》这个项目，很多时候都要靠我和其他同事一起努力，我们只能扮演在背后做支撑的人，在别人面前闪光的都是吴苇禾！当然，他已经被塑造成了全民的创业偶像，也只能让偶像去分享更多的功劳。”

“董小姐是暗指吴苇禾其实没有创业才能、商业运作才能，他只是靠团队，他只是被包装，对吗？”记者单刀直入，毫不留情。

我苦笑了一下，没有直接回答他的问题。

“那董小姐对于昨日爆出的吴苇禾在酒吧服食软性毒品，并与夜店援交女有不雅举动，作何评价呢？”记者追问。

“这件事情，我也是看报纸和杂志的照片才知道的。因为事发突然，我也不明情况，所以还是不予置评。”我公关腔地说着。

“董小姐，还有一个问题。你们在一起很长时间，一直都是外界欣赏的情侣搭档，可吴苇禾单方面提出悔婚，还马上和模特纪楠希打得火热，是不是有人横刀夺爱，有人喜新厌旧呢？”

“你深爱一个人，为一个人付出很多，当然希望瓜熟蒂落。当初我们在一起的时候，我就压力很大。姐弟恋，又在一个充满诱惑的圈子……虽然早就做好了有一天会结束的准备，但真正结束的时候，还是很伤心，需要很长的时间来调整……”

记者也同情地安慰了几句，还拍下了我眼睛哭得发红的照片。

接受完记者的访问，我向着公司的办公大楼走去。我脑子里闪现了这样一组画面：我找了一个娱乐日报的记者，特意安排他去吴苇禾在的那家酒吧。我还找人事先在吴苇禾喝的红酒里放了软性毒品，在他的口袋里也放了。在他喝过酒、神志不清的时候，还安排一个夜店援交女接近他。这样，记者就拍下了吴苇禾嗑药和鬼混的照片，然后在今早的报纸上刊登出来。现在这件事已经被传得沸沸扬扬的了。

再加上今天记者对我的采访，吴苇禾的形象会一落千丈：事业上，是没有真实创业才能的伪装者；感情上，是忘恩负义、喜新厌旧的背叛者；生活上，是嗑药、滥交的渣男。

我是多么有本事，我就这样彻底地抹黑了吴苇禾。站在公司大楼的玻璃门前，我看到映出来的自己的影子，我不敢相信，我竟然对我爱着的男人做出了这么多可怕的事情！

很快，苇禾的处境开始变得悲惨：他的节目被电视台停掉；他的网站也被无数网友攻击，陷入瘫痪；他的负面新闻铺天盖地，黎继远的公司恨不得马上和他划清界限。

一个光灿灿的创业偶像，就这样成了万人唾弃的渣男。

十、看到你，就是撕裂伤口

这些天，我一直喝得烂醉如泥。醉生梦死之间，有时竟然感觉到我不是我自己。我的心情实在太差了！迷迷糊糊间，有人按响了我家的门铃。我去开门。

“苇……苇禾？”我看到了面无表情的他。他一把把我从门里拽出来，我甚至还穿着拖鞋，就被他拉上了车。

我耳旁的风呼呼地呼啸而过，我睁开眼，看到自己正坐在一辆飞速行驶的敞篷车上。天很黑，风很猛烈，穿梭其中，风仿佛压住胸口，无法呼吸。此刻，这么疯狂地开着车的人正是吴苇禾。他穿着黑色的裤子，黑色的衬衫，目光专注地注视着前方，风把他的头发都吹乱了。他那不管不顾地开车的劲头，就像个赛车手。在这种情况下，风大得根本无法张口说话，那呼呼的风已经吹醒了我的醉意。

苇禾就那么一直在马路上开着快车，我看了看手表，上面显示的时间是夜里 2:15。然后，我感到自己的背突然猛烈地撞击到了车靠背，这骤然的刹车让人不明所以。定了定神，我看了看周围的环境，才发现，苇禾停车的位置正是 4 年前我经常去跑步的那个开放式公园。

“你的状态很好啊！神采奕奕的！大半夜把我带到这里干什么？”我毫不客气地问道。

“我状态是很好啊！我应该是什么状态呢？因为你毁了我的形象、我的事业，我就要蓬头垢面、精神涣散，一副彻底崩溃的样子吗？然后半夜把你带出来，因爱生恨，掐死你？”苇禾笑了笑，他脸上确实没有一丝悲哀，而是十分冷静地看着我。

我们下了车，坐在了公园的长椅上。苇禾点燃了一支烟，吸起来。我们一直没有说话，直到他把一支烟都吸完了，才从口袋里拿出一把钥匙。

“给你的。东区那个别墅公寓你不是很喜欢吗？我买下了，也装修好了。是你喜欢的美式田园风格。本来想给你个惊喜的……但是，我们没有结成婚，也就没机会带你去了。这是钥匙，房子已经转到你名下了。”苇禾把钥匙放在我手里。

“这……”我被这突然的举动弄得不知所措。

“薏甯，其实我不知道，你本身就是一个喜欢不择手段的人呢，还是因为我们的感情结束了，让你变成怪物了。但我不想看到你继续做个被情绪控制的怪物。”苇禾平静地说。

“呵呵……你还真是冷静——冷静地控诉我是一个怪物。那你知道吗？我这一辈子到目前为止，从来没有这么认真地爱过一个人。所以也从来不知道，原来失去一个人是这么痛。”

“我知道……你很痛，所以我希望，你能尽快忘了我。我也知道，你很骄傲、很好强，所以，你不会轻易为失去一段感情妥协，你会在我面前活得好好的！我以为，我找个模特迅速恋爱，我说那些残忍的话刺激你，你就会因为恨我而努力地奋斗，尽快开始一段新的感情。但我错了……我完全想错了……”苇禾站起来，站在公园的路灯下，一束淡黄色的光打在他的脸上，让他的侧脸显得那么有轮廓感，他还是那么迷人。

“是我的错，是我处理问题的极端方式激起了你的愤怒，让你想彻底毁了我。我好像总是没有办法把问题处理得很好。现在是太极端，过去是太逃避。”苇禾顿了顿，又掏出烟，点燃了一支。

“过去？太逃避？”我不知道他要说什么。

“你体会不到，生活在一个表面和谐，其实十分冰冷的家里，是什么感觉。

我爸一直都有不同的外遇，我妈就装作一直不知道。后来，我妈也找了一个自己爱的男人，但为了钱，她不肯离开我爸。我不知道，他们是不是真的不知道彼此的秘密，但他们一直很和谐，不吵架，外人看起来很幸福。但我在十几岁的时候，就开始逐渐知道了他们的秘密，可我怕我的父母分开，就装作一直不知道。所有这些和谐，在我大三那年戛然而止，那天傍晚我回到家的时候，我妈把我爸从楼上推下去了，然后她也跳下去了。我一直最怕的就是他们会分开，因为我不能忍受失去他们当中的任何一个。但那一晚，我一下子失去了他们两个。看见他们摔在地上，身下一摊血，我当时差点就跟着一起跳下去了。你永远都不会了解那种痛得快要死掉的感觉。所以我知道，失去挚爱的人是多么的痛不欲生。”在路灯下，我看到了他的侧脸，他在流泪。

“其实，在吴樊去世之前，我已经很久没有和他联系过了。我真的不知道发生了那么悲惨的事。而且，我甚至不知道你是他儿子……”我好像想解释什么，虽然明知这解释显得很无力。

“我相信你不知道。但是，薏甯，如果我还继续和你在一起，每当看到你的脸，我就会想起那张你和我爸接吻的照片，也会想起我爸和我妈从楼上坠下来、满身鲜血的样子。每见到你一次，就好像我好不容易才愈合的伤口又被人狠狠地无情地瞬间撕开。你能体会那有多痛吗？你不能！你永远也体会不了！”苇禾把我从椅子上拉起来，带到稍微亮一点的路灯下，他把他的袖口向上拉了拉，露出手腕给我看。

我看到了一道横向地划过动脉的疤痕。疤痕很深。

“我总是戴上一块手表，遮上这道疤。父母去世后，我曾经试图自杀。可能天不想绝我，被一个来我家的老师给救了。这件事，连罗灿灿都不知道。我要多努力地工作，多忘我，才能逐渐忘记这种痛呢！我以为和你结婚会很幸福，但你偏偏成了我这道疤的撕裂者。我之所以那么极端地对你，不是因为我有多恨你、多烦你。而是因为，我没有办法、没有能力处置我的痛苦。我推开你，我以为你可以忘记我，我也可以停止痛苦。我想让我们都赶快解脱！你明不明白？”苇禾痛苦地蹲在了地上。听到他的心声，我也心如刀绞，我蹲下来，紧紧地抱着痛苦无助的苇禾，泪如泉涌。

“我错了……苇禾，是我错了！我卑鄙，我狭隘，我自私！是我的错！才想用毁掉你来发泄我的痛苦。”我内心已经被懊悔和心痛纠缠不清。

“薏甯，从此以后，我们就各自好好生活，好吗？我已经不想再回到那个圈子，其实我不需要那么多人关注我，也不想赚那么多钱，我只想平静地生活下去。没有伤口地、也不用拼命努力地去过每一天。我真的很累……”苇禾擦干了自己的眼泪，用一种历尽沧桑的眼神看着我，就像祈求一样。

“好……我会放开你……”我慢慢松开了抱着苇禾的双臂。

十一、诀别，是因为放不下

来到苇禾送我的房子已经是凌晨，看着这装修得十分温馨的房子，我心如刀割，那本来是我们的房子！我们本来距离幸福只有一步之遥！此刻，一切都被击得粉碎。

我觉得自己已经心如死灰。我被一种内疚深深折磨着，那种折磨就像一条毒蛇，一口一口撕咬我本来就破碎的心。在这场不择手段的爱情里，我输得十分彻底。令我痛苦的是，我看到了如此丑陋和卑鄙的自己。好像不择手段已经成为我获取的唯一快捷方式。10年来，我沉浮的圈子、我经历的感情，把我变成了一个极端又冷漠的人。

我的脑中，竟然产生了一个无法抑制的念头。

我拿着刀片，割开了手腕。我想到了苇禾手腕上的那道疤，他当初的心情也和我此刻一样吗？疼，那是来自手腕的伤口的疼痛。我能感觉到动脉血管被切开之后的那种刺心的疼痛。渐渐地，我看到地板上都是鲜血。

在我的血流尽之前，我按下了DV的录制按钮，这也许是我能为苇禾做的最后一件事。

今天坐在这里，要用很大的勇气，才能和大家讲明一些真相。我和吴苇禾的婚礼之所以终止，是因为在这段感情里，我有了第三者。但是因为吴苇禾在公众场合表示和我分开，引起了我的愤怒，所以我决心报复他。还特意安排别人陷害他，制造了他嗑药和在夜店鬼混的传闻。而且在记者采访的时候，还刻意引导记者相信吴苇禾是一个没有真才实学、没有项目管理能力的虚伪偶像。其实，《偶像人生》这个创业项目，确实是在他大三期间形成的方案，日后也是由他做主导，保证了方案的顺利实施。他不是虚伪的偶像，而是创意十足，又有商业思考力的偶像。做过这一切以后，我的良心让我日夜难安，我还是决定站出来，跟大家讲明真相，还吴苇禾一个公道，同时，也对吴苇禾先生表示我最诚挚的歉意。

说完这段话，我的意识已经越来越模糊。我躺在床上，回想着视频里所说的一切，这应该是我做出的最好的决定。苇禾会继续他的事业，将来有一天，也会遇到他爱的人，有一个幸福的家庭。我真的从来没有想到，当年和吴樊的一段偶然邂逅的感情，会彻底毁掉我今天的幸福。这也许就是命运。

意识消失之前，我看了看本来应是我们爱巢的房子，它是那么漂亮的田园之家，这样的房子，一直都是我的 dream house，可以和心爱的人住在这样的地方，生下可爱的孩子，温馨地、快乐地生活下去……在缥缈之间，我仿佛看到了我和苇禾穿着结婚礼服，在众人的祝福下，伴着结婚进行曲，向彼此承诺一生不变，不离不弃，永远相爱……

我静静地注视着董薏甯的死亡过程，我看到自己以一团透明体的样子从她的身体出来了！透明的夏初篱脱离了董薏甯。这感觉太不可思议了！我还清清楚楚地感觉到董薏甯的愧疚和不舍。

我听到了吴苇禾在门外砰砰敲门。我看着那之后发生的一切：吴苇禾找来小区的人，拿到新房子的备用钥匙，冲进房间，看到躺在卧室里割脉自杀的董薏甯，鲜血在地板上到处都是……接着，救护车和警察都来了。董薏甯被送到医院抢救，医生宣布抢救无效，人已经因为失血过多去世。

吴苇禾一个人颓然地站在医院的走廊里，一句话不说，就那么沉默地站着。我就站在他的身旁，感受着他的无限忧伤和绝望。然后，他从衣服的口袋里拿出了一封董薏甯写给他的诀别信。

亲爱的苇禾：

这世界如此物质，充满诱惑。曾经，我以为我的世界里只有一个又一个项目，一个又一个需要推出的艺人，还有赚不完的钱，交换不完的利益，以及不停变换的满足不同阶段需要的男人。直到遇见你，我才发现，原来这个世界上真的有一见钟情。你的美好、你的努力，都让我为之动容，无法自拔。

请原谅我，用了那么多手段来得到你的爱，之所以那样，都是因为我太爱你，又太自卑，在你美好的青春时光里，因为我的世俗味而自卑。原来，当你真正爱上一个人的时候就会自卑。

我过去以为，爱是占有、是得到，所以，当我得不到的时候，我就会疯狂地报复。后来，你让我明白了，爱也是宽容、是理解、是放手。但是，亲爱的，很抱歉，我还是没有学会放手，我还是太爱你，我不知道该如何面对以后的日日夜夜，一生一世，没有你的日子，要怎么过下去。

所以，原谅我，自私地不顾你的感受，选择离开这个世界。我知道，我的离开一定会给你很大的打击，但请不要伤心太久。总有一天你会复原，然后遇到一个可以去好好爱她的女人。祝福你，永远。

薏甯绝笔

“节哀，你也不要自责。其实，她最近半年一直被抑郁症困扰。她所处的圈子给她的压力和她跟你这段纠结的感情，都成了把她逼上绝路的导火线。”一个医生看到痛苦沉默的吴苇禾，特意去安慰他。

“谢谢。”吴苇禾苍白的嘴唇里只挤出了这两个字。

十二、相机、错过、遇见

“你很喜欢看我刷牙吗？”吴苇禾这突然的一句，让我的意识清醒了起来，我环视四周，果然，我还在我们别墅的浴室里。

而我的丈夫吴苇禾，好端端地对着镜子刷牙，没有死，没有吐血。他再一次没有死成。虽然我还是不知道为什么会发生这样的状况，但此刻我已经没有那种要杀死他的感觉了。我还沉浸在董薏甯自杀离世的悲伤里。

“你从来都不提过去的感情，你交往过那么多女朋友，对哪一个印象最深呢？”

“突然对我的过去好奇了？”吴苇禾若有所思地看了一眼镜子里映出的我的影子。

“可能，每一个你爱过的人，都会改变你对爱情的看法。可惜，我没有办法知道她们是如何改变你的。是啊，突然有点好奇。”我走到吴苇禾的背后，我看到他头上有一根翘起的白头发。那一刻，突然觉得他也老了一些。

我放弃了杀死他的念头。我去了别墅的储物室，找到了那个已经坏掉的单反相机。

2002年的夏天，我和吴苇禾都是高三。有几次，我偷偷跟着他，因为突然好想知道他住在哪里。然后，我发现他每天都要路过一个公园。我就带着有长镜头的单反相机去偷拍他。不巧的是，他都没有在那个公园出现过。我只好拍了几张公园长椅的照片。那只是无意间拍下的照片。可我真的无法想到，这无意间拍下的照片里，竟然有吴苇禾的父亲吴樊和董薏甯。

要是那时不跟着吴苇禾，不偷拍照片，相机也没有被舅舅借去给公司的模特拍照，那个相机就不会永远落在舅舅办公室的柜子里了。是不是没有那样一连串的巧合，吴苇禾就不会发现董薏甯和他父亲的那段情，那么他们应该已经结婚了，人生会变得和今天完全不一样。

一切都是命运吗？命运真是一首残酷的诗。

2002年之后，我去了美国，再之后我遇到了简嘉澄。就在吴苇禾和董薏甯上演那段虐恋情深时，我正在和简嘉澄开始一段因表演而结缘的爱情。

十三、残酷，造就了残酷

“哈……你最近好像总往这个储物室跑啊！这儿藏着你什么秘密吗？”我听到吴苇禾站在门口发出的冷嘲热讽的声音。

“恐怕，你藏着的秘密比我多吧？”我要离开储物室时，吴苇禾拉住了我的胳膊。

“你难道不想关心一下，现在闹得沸沸扬扬的你和简嘉澄的绯闻吗？我建议你最好把《真爱幻境》项目交回苇禾时代，同时和你的那位简嘉澄大作家彻底结束合作关系。”吴苇禾伸手捏住了我的下巴，用一种又温柔又看好戏的眼神看着我。

“如果我不那样做呢？”我实在不喜欢被吴苇禾胁迫的感觉。

“如果不那样做，就让我们一起毁灭吧！”吴苇禾捏起我的下巴，狠狠地在我的嘴唇上咬了一口，霎时血就流了出来。

“你这个变态！”我一把推开他。

“变态？呵呵……这场战争是你先发动起来的！是你先惹我的！如果不是你要夺走我的一切，我不会对你这么不择手段。”吴苇禾用手指擦了擦粘在他嘴唇上的我的血。

“你就用这样的方法来对付你身边最亲近的人吗？”我问道。

“最亲近？从什么时候开始呢，我们其实已经成了同一个屋檐下的陌生人。不是吗？如果你要抢走我的东西，别说对付你，我甚至可以毁了你！”吴苇禾傲慢地抿着嘴笑了一下，那笑容很残酷。

看着他冷酷的表情，我内心里无限感慨：那个会为了心爱的女人而不惜放弃一切的吴苇禾，早就不存在了。当年董薏甯几乎毁了他，他也不曾怎样，他还在成全她，可现在的吴苇禾，绝对不会放下名利、地位，谁要是侵害了他，他一定会置人于死地。

是的，吴苇禾已经变成了一个心硬、嘴毒又不择手段的人了。虽然想要杀死他的念头动摇了，但吴苇禾的疯狂让这场该死的对决根本无法停止。

这时，简嘉澄打来了电话。看到简嘉澄的名字，我和吴苇禾都有点儿敏感。

“我在左街咖啡馆等你。有重要的事。”

“好。我马上过去。”

吴苇禾盯着我和我的手机看了好一会儿，然后冷笑了一下，走开了。

我开车去了左街咖啡馆。

简嘉澄一脸凝重。他递给我一个信封，示意我拆开。我打开之后，发现里面是一张照片：照片上是两个坠楼而死的人，倒在血泊之中，死状恐怖。

“是吴苇禾的父母：吴樊和关欣。吴苇禾把照片寄给我父亲简宁舒。你看看照片的背面。”简嘉澄翻过了照片。

我看到一行字：你的离开造成了他们的惨死，那笔钱可以收买你的灵魂，但能收买你的愧疚吗？看看他们的死状，你日日夜夜能心安理得吗？

2013.6.13

“3 年前，吴苇禾寄了这张照片给我父亲，之后我父亲得了抑郁症，在疗养院的 3 年，他好几次企图自杀。他的人生已经被毁掉了。”简嘉澄依旧表情凝重。

“你是怎么发现这件事的？”我问他。

“昨天，我父亲再一次自杀未遂，护士发现他自杀时怀里抱着一堆照片。都是同一张照片，只不过照片的背面写着不同的内容。而且，日期也不一样。他得抑郁症进疗养院的 3 年，一直有人定期来看他，每次都留给他一张照片。距现在最近的一张照片，是两天前送来的。”简嘉澄的眼神里充满愤怒。

“吴苇禾已经变成了一个残忍的怪物。他就是想看着他恨的人一点一点被愧疚折磨。”

“吴苇禾好像已经疯了。”简嘉澄眉头紧锁。

“他不会停止的。”我拿着那张照片，想起了十几年前，吴苇禾的父母死亡时，吴苇禾是怎样不知所措和伤心欲绝。他恨简宁舒是可以理解的，但他以如此扭曲的形式报复简宁舒，已经超越了正常的边界——他已经让自己坠入一个无底的仇恨的深渊了。

“看来，只能和他斗下去了。”

“是时候……让这一切都结束了。”我感叹了一句，像是下定了某种决心，像个英雄要拯救世界一样。

告别简嘉澄，离开咖啡馆，已经 16:45 了。我开着车，看了看表，这个时间应该是个好时机。我开去了过去和吴苇禾喜欢绕道的那条车少的路，我等着他出现的那一刻。

“如果你要抢走我的东西，别说对付你，我甚至可以毁了你！”

坐在车里，我的脑中总是想起吴苇禾说的那句话。

这时候，老邢打来了电话。

“我想提醒你，一定要小心一点。吴苇禾最近在和律师商谈关于遗产继承和公司项目转让的事。如果没有判断错的话，他很可能酝酿着对你下手。”

“不会。他再怎么过分，也不会有胆量去杀人吧？”

“当年的地产大亨罗翔因心脏病猝死。他的死就和吴苇禾有关。他能害死一个，就能害死两个。”

“好，我会小心。”

挂了电话，坐在车里，我竟然感到车子里好像严重缺氧。我的喉咙就像被什么东西扼住了一样。吴苇禾不会真的酝酿着杀死我吧？就在反复纠结的时候，我看到吴苇禾那辆蓝色的车正朝着这个路口开过来。

也许，还得用极端的方式结束这一切。我启动了车子，朝着吴苇禾的车猛力开过去！

“嘭！”一声巨响，就像电影里十分惊悚的撞车场面一样，我和吴苇禾的车撞到了一起。

空气中升腾起的汽油味，冒起的烟，混杂着血腥味，我看到吴苇禾满脸鲜血，不省人事。我爬出自己的车子，把吴苇禾的车门打开，用自己鲜血淋漓的手指去探他的鼻息——他没有呼吸了——他死了！

“苇禾！苇禾！”我大喊着他的名字。

我看到他从身体里飘出来，变成了一团透明的影像。那个透明的他，静静地看着死去的自己。

你问我，对哪个女朋友印象最深。应该是董薏甯吧！倒不是因为我最爱她，而是因为她的爱改变了我。男人和女人之间，一旦爱得占有欲太强，就会变得不择手段，总想控制对方。如果失去了，就会疯狂地反扑。那样的爱，最后会变成折磨和束缚。经历了董薏甯之后，在职场上，我学会了卑鄙狡猾和舆论控制；在感情上，我对女人的防备心更重了，而且时常分不清女人的举动是真心，还是设计。而且，我也很害怕太过纠缠和陷入的感情。这可能也是日后我和女人保持“安全距离”的原因。

我听到了透明的、死去的吴苇禾的心声，好像那段话正好可以解释他现在的商业狡诈和感情冷淡。

我悲伤地看着他，慢慢地失去了知觉。

4. 欧幻言　堕落天使

一、咆哮演唱会上遗漏的情书

你，怎样维持你崩溃的体系，我们将现实变成了过时和废弃，你想要什么？你需要什么？我们将找到出路，当希望尽释！

耳朵里充斥着咆哮的音乐，当我清醒过来的时候，发现自己不是在医院，而是在一个快要沸腾了的演唱会现场。台上几个戴着面具的人正疯狂地甩着他们的头，从心里吼出他们的声音。那面具好眼熟……啊……是“活结乐队”！

在拥挤的人群之中，我听到一个男人正疯狂地和台上的摇滚歌手一起嘶吼：“你想要什么？你需要什么？我们将找到出路，当希望尽释！”

那个男人，一身黑色的皮衣，头发有一半几乎都剃光了，耳朵上有一颗闪亮的耳钻。他把头扭向侧面，对着我邪恶地一笑，嘴角撇出一丝酷，他太投入他的嘶吼，他的眼神迷离并没看清楚我。

台上的大屏幕上显示时间：2008 年 3 月 5 日。我身边都是外国人，显然，我应该不在中国。演唱会上所有的广告牌都是英文。我仔细看了看，上面显示的地点是：美国，洛杉矶。

不过，台上的音乐确实让人很 high（尽兴、爽快）！黑暗、暴力、宣泄，我喜欢这样的风格。在那愤怒的音乐中，我看到了一些影像，那是我很小的时候，父母在吵架，他们把家里的东西都砸在地上，然后打在一起。接下来，他们离婚了，又各自结婚。我和奶奶一起住，这个世界上，除了奶奶没有人再管我了。我看到自己从小到大交了好多男朋友：接吻、上床、飙车、开心、失望、分手……除了这些不堪回首的爱情，还有我的理想，我写了剧本，投稿给影视公司，他们采用了，我莫名其妙红了，后来，他们付钱让我来美国学电影，我买了“活结乐队”的演唱会门票，于是今天我就来了。

伴随着台上和台下的嘶吼，我的脑子里徘徊着各种不明的回忆。时间一分一秒过去，我无法等到演唱会结束，就从拥挤的人群中用尽全力挤了出去。狂躁的音乐距离我的听觉越来越远了，走出了演唱会现场，我一个人落寞地走在宽敞的大街上。

午夜的灯光亮起，还下着一丝细碎的小雨。此时，我一个人在 2008 年的洛杉矶，感到无比孤单。我想起了我是谁，我是欧幻言，一个在国内被人称为新锐编剧的女人。我路过一个装修十分华丽的服装店，在服装店橱窗展示的铜镜里，看到了自己全身的样子：中分的半短发，涂得很重的黑色眼线，黑色的长裙，肩上还背着一个鲜红色的大皮包。

我叫了出租车，回到了租住的公寓。到公寓的时候，全身都淋透了。我把皮包里的东西拿出来，打算把皮包烘干，却在包里发现了一张纸。

因为皮包没有拉上拉链，所以那张纸被雨水淋湿了。我小心地打开纸，发现那竟然是一封信，看信纸的样子，应该是多年前的。我想起演唱会时就在我身边的人，估计信是他兴奋激动时，从口袋里掉进我皮包的。我打开信，上面写着：

嗨！

和你邂逅很多次，但我却从来不敢叫住你。我也从没想过，我会这样被一个陌生的女孩吸引。从哪一刻开始的呢？

是从你推着单车从我脚上压过去，却没有说对不起的那一刻吗？是从你在酒吧唱摇滚，完全不在乎其他人怎么看你的那一刻吗？是从你针对外教不合理的教学方法，用流利的英文和他抗争的那一刻吗？是从你整天和一群老师们界定的“混混少年”在一起，却成绩出色得让人吓一跳的那一刻吗？是从你突然有一天擦掉了朋克浓妆，换上了芭蕾舞鞋，婀娜多姿地跳着小天鹅那一刻吗？

看吧，我记住了那么多关于你的“时刻”，你就像一个十分重要却不在我身边的精神支柱。我依赖你获得每天的快乐，但却不敢靠近你。我一直觉得，自己是优秀的，所以是骄傲的，我只是等待别人来我的世界，有时候，我躲她们还来不及呢！

唯独你，只有你，是我很想进入的世界，却如此没有勇气，不知道该如何表达。我用了特别老土的方式，写了情书给你，因为我怕再不写，我们就要高中毕业，各自分开了。

希望这封信不会发出的太晚。如果你也想来我的世界，请你回信给我。或者，以任何你喜欢的方式来靠近我吧！

2000 年 5 月 20 日　吴苇禾

这是一封情书。

Twitter 上很多人当晚都在“直播”“活结乐队”的演唱会，大家发照片、发感想，表示他们对偶像的顶礼膜拜和自己的疯狂、快乐。而我，用中文发了一条信息，上面写着：嘿！你丢了你的情书，要找回来吗？包括那段青春。然后发了我拍下来的被雨水打湿的信纸。而且，我特意在行文中加上了“活结乐队”摇滚演唱会的英文字样。

二、反正无聊，那就聊聊吧

第二天早上我醒来时，看到 Twitter 上有人用中文回复了：谢谢你，捡到我的东西。我发酒店地址给你，麻烦你帮我寄回来吧！

看到中文回复，我笑了一下，这招果然管用，看来，丢情书的人也在 Twitter 上搜索关于“活结乐队”演唱会的事。我按照他提供的地址把情书寄给了他，我记得他留给我的名字是“吴苇禾”。

他希望和我聊聊，我想，他可能是太无聊了吧？我们上了 MSN，他发了一些照片给我，有他的自拍，我想起来了，是那晚站在我身边唱歌的、很酷的男人。其他的，是他拍的一些杂七杂八的照片，有混乱的酒吧、无人的街道，还有报废的二手车……虽然不知道他究竟去了哪里拍的这些照片，但能感觉到，他似乎在漫无目的地游荡，过着没有规律、没有目标的生活。

他说他以前是个偶像，很多人认识他。我搜了一下国内的网站，看到了他以前的照片和他主持的节目。

他之前的一张照片吸引了我的视线。那时候的他，皮肤白皙、轮廓分明、笑容灿烂、朝气蓬勃——是个可爱得很难有女孩不喜欢的帅哥，而且是个阳光的帅哥。那个样子和现在的这个剃掉半边头发、带着耳钻的样子，简直判若两人。

我真有点好奇关于这个帅哥的故事，就在 MSN 上聊着。

“那是你多大时照的照片啊？”

“19 岁，高三的时候，那时候，我正迷恋着一个女孩。”

“看出你两眼含情了，女孩就是你写情书的那个？”

“是啊。可是她不理我，我被甩了，还没开始，就被甩了。”

“你真惨。”

“被甩不是最惨的，最惨的是，直到最近我才发现，她也喜欢我，她还买了演唱会的门票请我看，可惜，许多年前我竟然没发现那张门票。”

“噢……她其实没甩你。但你没去演唱会，你们就错过了……”

“所以，这次我就来了，来看‘活结乐队’的演唱会。在现场，我还隐约见到一个人影，特别像她，我看，我是彻底被回忆迷糊了。”

“如果你们能相遇，这还真是一个久别重逢的有戏剧性的故事……你真应该写一个剧本。”

“那我宁愿她不遇见我。因为现在我已经支离破碎了，像个孤独的游魂。”

“你好像发生了什么事情？”

“工作砸了，爱情死了，没有家人，也不想见朋友，每天混吃等死，醉生梦死，生不如死，要不是那张偶然发现的演唱会的门票，我也不知道要来美国，虽然我现在也不知道，我在美国到底要干吗。”

“你真够惨的，不过，我就喜欢特惨的人。”

……

我们就这样，没什么特定目的地聊着，我承认，他颓废的状态对我有一种吸引力。我就是喜欢一朵花腐烂的感觉。

三、我其实，不想好好活着

当我再次有感觉的时候，发现我的手正握着鼠标，我在浏览网页，确切地说，是在看吴苇禾的Twitter。这种时而恍惚的感觉，就好像还有另一个灵魂控制我的身体一样。我会在某一刻，突然忘记自己是谁，要花好长时间理清思绪，才能弄明白所见所闻，所见所想。

我在吴苇禾的Twitter上看到拍下的照片：唐人街、迪士尼音乐厅、杜比剧院、洛杉矶艺术博物馆、好莱坞大道……所有欧幻言去过的地方，拍过照片的地方，吴苇禾都一一去了。不仅如此，他还去了十分不为人知的幻觉酒吧、破烂艺术展览馆、吸毒街……这些都是我喜欢的地方。这家伙真是太有趣了，他完全把我当成导游了——虽然我们未曾谋面，他只是在Twitter上按照我的路线去那些我去过的地方。

“嘿！在忙吗？聊聊吧！”

我的MSN在响，是吴苇禾发来了消息。

“你貌似踩着我的足迹，在洛杉矶游荡呢。”

“是啊！因为我也不知道要做什么。一个人好孤独。你在哪儿？”

“我？我在UCLA（加利福尼亚大学洛杉矶分校）的电影学院，下午还有一堂编剧心理学的课……”

我答完，就看他下线了。

我看了看墙上的挂钟，要去上课了。今天可是我十分期待的史蒂夫教授的编剧心理学。

坐在阶梯教室里，看着那个头发都有点儿花白了的老头在讲台上那么动情地讲着，我都有点感动了。

“那个角色在你的灵魂深处说着话，他需要你，把他内心的话讲出来。你代替他表达，代替他宣泄，你感觉很爽。因为很多时候，我们被身处的世界压抑着，我们不敢说出我们的真正意图；我们甚至被自己压抑着，不敢诚实面对自己。如果你内心布满伤痕，也许你可以在你的剧本里让自己释怀；如果你失去所爱，也许你可以在你的剧本里再爱一次；如果你没有理想，也许你可以在你的剧本里展示雄心壮志……总之，当你有一天感到，你写着的剧本，仿佛就是你自己的故事，你和那个你创造的角色，已经分不开了。”

史蒂夫教授话音刚落，阶梯教室里就响起一阵特别不合时宜的掌声。掌声来自最后排座位。

“教授，你说得真好！我决定了，要写一个剧本！”说话的人正是吴苇禾。

所有人的目光此刻都集中在了他身上。而且，他眼圈发紫，嘴角还有血迹，显然是刚刚被人揍过的样子。这么一个家伙突然出现，还真是怪异极了。

“你是谁？”史蒂夫教授冷静地问着。

“不好意思，教授，他是我朋友……”我接了教授的话，然后把吴苇禾拉出了教室。

“你疯了吗？你怎么这副样子来了？”我拉他胳膊的时候，发现他衣服上还有血。

“那你不还是认出了我！长得帅就是有好处，看来我的可识别程度很高呢！”吴苇禾拽过我那只没有拽着他的手，把我一下子拉近，突然有些沮丧，“我很孤独，所以跑来找你，对不起，没事先打招呼……”他刚说到这儿，我就凑近他的脸，在他的嘴唇上吻了一下。他先是愣了一下，就放开抓着我的手，紧紧地握住我的下巴，很卖力地吻了起来。从我们身边路过的学生看我们接吻，还响亮地打着口哨。

“你为什么鼻青脸肿的？”在一个很绵长的吻之后，我问他。

“来这儿的时候路过一个后巷，看到有个男人在吸毒，年龄应该和我差不多。我就问他吸毒是什么感觉，要是有一天就那么吸死了，会不会很爽。然后……他就揍我了，我们就打起来了。”吴苇禾说得一脸无辜。

“你到底是找打呢，还是找死呢？”我开始明白，这个男人精神不太正常。

“找死吧！死了更好。美国不是经常有变态杀人狂之类的吗，要是能被我遇上一两个，他们把我宰了，剁成一块块的，说不定会不错。”吴苇禾又露出了那种腐烂的笑容。

“OK！既然你那么不想好好活着……那就让我带着你痛快地堕落一次吧！”我抓起他的手，就向校门的方向走去。

四、灿烂堕落时光

走在宽敞的大街上，人来人往，我们手拉手，俨然一对亲密的情侣，虽然他还不知道我叫什么名字。

“对了，明天……我能跟你一块儿去上课吗？那个白头发老头儿把写剧本说得那么有魅力，弄得我像是被下了降头一样，想学那东西。”吴苇禾突然问了这么一句。

“旁听课程……需要交学费的，你钱够吗？够，我就帮你申请个旁听生的名额。”我跟他说着。

“谢了。对了，你叫什么名字？”吴苇禾终于问这个问题了。

“欧幻言。”我报了名字。

“不！我要叫你……黑眼圈姑娘。有没有人跟你说过，你的眼线很迷人？”吴苇禾笑了，那笑容很灿烂，那笑容是蛊惑我的毒药。

其实，他应该是一个很有故事的人吧？我这样想着。这个年轻的男人，从一开始就以一种病态的魅力吸引着我。他让我感到：他的病在心里。不管表面多么完整，笑容多么灿烂，他的破碎感依然在灵魂里。这是我一个资深的文字工作者所特有的敏感。

之后的日子，吴苇禾就和我一起混了。白天，我们一起上课；不上课的时候，我们就做各种可以寻找刺激的事。我带他去听地下摇滚乐，我带他在第五街的街头和一群人跳舞，我带他去和城中的混混赛车，我带他去看色情片拍摄现场，我带他去人气最旺的夜店观摩糜烂、吸大麻……只要是不去上课的日子，我们都混在一起，体会所有可能在洛杉矶才能体会到的疯狂与堕落。

当然，除了上课和做傻事，我们也几乎每天做爱。可能，在生理需求方面，我比他更需要一个鲜活美好的肉体。我觉得他做爱不是因为爱，他不爱我，他甚至跟我还不熟，他做爱只是因为空虚，因为无所依靠，因为百无聊赖，又或者，他不过是为了回报这个能够陪伴他、解除他孤独感的女人而已。

在玩世不恭的度日态度里，他唯一能够认真一点儿去对待的事，就是每天在电影学院听课。他很认真地听课，也买了一些英文书。他真是很聪明的男人，英文也很好。好多人学了几年才能有的领悟，他几堂课就能达到某个高度了。他其实是一个对生活、对人都很敏感的人。

“欧幻言。我在网上查过你的名字。原来你是那么厉害的新锐编剧和导演噢。你哪有那么多灵感和素材呢？”吴苇禾在上课的间歇问我。

“刻意寻找刺激，刻意经历，刻意不停地谈恋爱，刻意伤害别人，也刻意伤害自己……燃烧生命，再写我想写的东西。”这是我十分诚恳的回答。

“你干吗要糟蹋着自己活下去呢？只是为了写出标新立异的剧本吗？”吴苇禾眯缝着眼睛看我，他在揣摩答案。

“不是，其实不是。我只是……不想好好活着，就像你现在一样。”我很直率。

“看来，我也可以写剧本了。因为我以前的人生，就算不是刻意，也被糟蹋够了。只不过，你是人为糟蹋自己；我是被命运糟蹋。”吴苇禾又露出了那种斜着嘴角的腐败的笑容。

“你要写的剧本跟那封情书有关吗？”我问他。

“活到现在，喜欢我的女孩有很多。我经历的爱情却都十分糟糕。我不太知道到底什么才是爱情，但我十分渴望一份纯真、独属于我的爱情。后来想一想，在我内心深处，真正纯真的爱情，只有发生在高中时代的那场暗恋。那可能是一段唯一纯真的关系。”吴苇禾的两眼注视着窗外的树叶，凝神进入了某种思考的状态。

“所以想把这唯一纯真的感情写成剧本……我突然之间有点儿嫉妒，嫉妒那个已经跟你错过、却能得到你怀念的女孩。”我意识到，我对吴苇禾投入的感情也许比我想象得要多。

“有什么好嫉妒的！看到感情真相之后，终于绝望之后，才能对再也得不到的年少感情产生想哭的怀念。这难道不残忍吗？”他倒是说得十分理智。

像这样的深入讨论，我们其实都很享受。貌似不认真，可我们却在用灵魂对话。吴苇禾果然说到做到，他和教授说要写自己的剧本之后，就一直在写他的剧本。他说他想借助写剧本，再爱一次他高中时的女神。我说，他那是最高境界的意淫，他表示赞同。

五、那一刻，我爱上你了

当我再一次有意识的时候，我感觉自己的手湿湿的、黏黏的。我睁开眼，发现两只手上都是鲜血。此刻，我的两只手正紧紧地捂在吴苇禾的肚子上。而我们的对面，是一黑一白举着枪正在抢劫的悍匪。

我环顾四周，这不过是一家小规模的超市。这种超市也有人要抢？太不符合戏剧的情节了！但下一秒钟，我记起来了，两个悍匪不是抢劫超市，而是在追杀我和吴苇禾。我们之所以被追杀，应该是因为我们在观摩吸毒后巷的时候，被一个逃跑的家伙冤枉为偷了老大的毒品然后跑路的人了！那个家伙几乎什么也没说，他只是动了动手指，指了指我们，就为我们招来杀身之祸了！这混乱的地方！

"别杀她！杀我吧！东西在我身上。"吴苇禾睁大眼睛，瞪着两个悍匪。

"OK！"其中那个黑人已经举起了枪，朝着吴苇禾的脑门儿瞄准。

就在他要扣动扳机的一刹那，另外一个白人走了进来，在那黑人的耳边说了几句，黑人就收起枪，那一黑二白，三个家伙就一溜烟地从超市门口走出去，消失了。

看着他们离开，我长长地舒了一口气。

"看来，他们是知道自己搞错了。剧本情节戛然而止，这不是一出好戏。"吴苇禾脸色苍白，有气无力。

"你都快死了，还有心情开玩笑？"不知不觉间，我眼泪都出来了。

小超市的服务员也快被刚才的一幕吓死了。接下来，当然是报警，叫救护车。

经过一番急救，吴苇禾被人推出了急诊室。然后，他被送到了普通病房。

"你怎么这么快就被推出来了？连手术室都没进，还不让去加护病房。"我有些不解医生的处理程序。

"子弹只是擦过了我的肚皮，并没有打进肚子里。医生给我的肚皮缝了针。这些操作，急诊室完全可以胜任。"吴苇禾依旧脸色苍白。

“还好……医生有给你输血……”我抬头看了看那个血袋。

“你刚才哭什么？以为我快死了？”吴苇禾苍白的嘴唇此刻斜着上翘，露出腐败的笑容。

“不知道……”我突然之间不好意思看吴苇禾的脸。

那一刻，我感觉到我心里在起着某种变化。那是二十几年来，别人从不曾带给我的触动。我想起了在黑人举枪朝我射击的时候，吴苇禾推开我，挡在我身前。我想起了黑人举枪要杀死我们的时候，他大喊只杀他，不要杀我。我想起了，他肚子上流满鲜血，却似乎没有多少畏惧的表情……

再一次，我抬起头，看着他那苍白却带着笑容的脸，我感到我爱上他了，是真的爱上他了。不管他是真的大义凛然、舍己救人，还是他本来就不想好好活着，不介意自己死了，他在生死时刻的抉择、他对我的保护，还是让我心动了。这比一万个性爱高潮都更令我血液沸腾。

“呵呵……没死成……”吴苇禾嘴里咕哝着，然后，他意识开始模糊，慢慢闭上眼睛。他是太累、太困了吧。他睡着了。

他睡觉的时候，我看到他那还带着血迹的背包，想帮他洗洗。拿出包里的东西时，我看到了一个厚厚的档案袋。档案袋的封面上写着：青春幻境。出于好奇，我打开了档案袋，里面是一摞厚厚的A4纸。这是吴苇禾写的剧本。

在听那场演唱会的时候，我突然产生了一种幻境：我和她，又回到了许多年以前，我们站在同一家唱片店的门口，看着大屏幕上放着的“活结乐队”的演唱会现场录像。她一直跟着嘶吼的音乐摇摆，我就一直看着她。那个很酷的女生，点亮了我整个夏天的情怀。我觉得好热啊！但我突然分不清：是夏天的气温让我的身体热，还是她的迷人让我的心里热。

吴苇禾写给主角的旁白好吸引人。也许……那就是他一直以来最渴望的纯真的爱情吧？我看着静静睡觉的他，好想成为他念念不忘的人啊！

他受伤以后的第四个月，我的电影课程结束，和吴苇禾一起回国了。我还把他推荐给了我的老板——奇幻时代影视投资公司的卓总。

六、他好像，在变成另外一个人

今天坐在这里，要用很大的勇气，才能和大家讲明一些真相。我和吴苇禾的婚礼之所以终止，是因为在这段感情里，我有了第三者。但是因为吴苇禾在公众场合表示和我分开，引起了我的愤怒，所以我决心报复他。还特意安排别人陷害他，制造了他嗑药和在夜店鬼混的传闻。而且在记者采访的时候，还刻意引导记者相信吴苇禾是一个没有真才实学、没有项目管理能力的虚伪偶像。其实，《偶像人生》这个创业项目，确实是在他大三期间形成的方案，日后也是由他做主导，保证了方案的顺利实施。他不是虚伪的偶像，而是创意十足，又有商业思考力的偶像。做过这一切以后，我的良心让我日夜难安，我还是决定站出来，跟大家讲明真相，还吴苇禾一个公道，同时，也对吴苇禾先生表示我最诚挚的歉意。

视频里说话的女人是董薏甯。吴苇禾呆呆地望着播放视频的笔记本电脑的屏幕。他沉默着，眼睛却似乎连眨都没眨一下。

“我想过了，没有人能知道这段视频，更没有人有机会把它传上网，除了我自己，和待在我身边的你。你为什么要这么做？”好半天，吴苇禾说话了，语气极其严肃，整个房间的氛围都变得有些肃杀了。

我有点搞不清楚状况，就环顾四周，看看我们所处的环境。窗户外面的牌子有“建设银行”“华夏酒店”，我们屋子的墙壁上还有“奇幻时代”的logo牌。看来，我们是回到中国了，而且还身处一个名叫奇幻时代的公司的办公室里。

我的脑子又开始迅速翻找以前的记忆：我和吴苇禾一起完成了美国的电影课程，然后一起回国。我回到了一直赏识我的奇幻时代影视公司，还把吴苇禾推荐给了我的老板。我希望老板能够投资吴苇禾编剧的《青春幻境》，但吴苇禾之前的负面新闻，已经使他在国内娱乐圈没有了发展的空间，老板不肯在他身上冒险。但不知道为什么，后来老板又改变了主意，决定投资《青春幻境》。但自从公布了《青春幻境》要开拍的消息，吴苇禾在网络上就招致了一片骂声。

“我知道你会怪我！但这个世界本来就很荒唐啊！艰苦努力的、正义凛然的，可能被公众当成人渣；巧取豪夺的、虚伪残酷的，却可能成为公众崇拜的偶像……一切不过是个可笑的假象！更何况，你被董薏甯冤枉是确有其事啊！为什么不能为自己正名呢？”我确实有点愤怒，我甚至不理解吴苇禾的坚持到底为了什么。

这句话之后，好长一段时间静寂无声。办公室里安静得有些压抑。

然后，吴苇禾又点开了那个视频——董薏甯临死前录制的视频，他认认真真地从头到尾又看了一遍。还有下面那一大堆一大堆的观众评价。

“吴苇禾好可怜啊！竟然这样被前女友陷害！”

“吴苇禾依然是我心里的偶像，帅气、有才华，加油！”

“吴苇禾，我们错怪你了！以后一定会更加支持你！”

……

“短短16个小时，就超过了100万的点击量。我也从一个万人唾弃的无耻的人渣，又变成了万人崇拜的闪闪发亮的偶像了。这个世界确实很荒唐。”吴苇禾一字一句都说得很慢，像是经过了一个世纪的思考。

“还有……董薏甯给你的那封绝笔信，我也拍照发给记者了。”我有点怯生生。

“我应该说谢谢吗？不仅在事业上，连在感情上你也给我平反了。”吴苇禾依然坐在电脑前，连头都没有回一下，也没有看我一眼。

“吴苇禾！我只是想帮你！你还记得我的老板是怎么说你的吗？”我问他。

“我不管你过去的负面新闻是事实，还是被人诬陷，但你的名声已经坏了，现在谁还敢用你啊！投资电影的风险本来就大，投资在你的电影上，就是自寻死路啊！我们真没有那个本事，在短时间之内把你从黑炒白。我不想把话说得婉转，而且我觉得，你也知道这个事实。”

这是老板的原话，他其实已经说得十分客气了。

“我记得……其实，我本来已经没有意愿再回娱乐圈了，也不想再生活在众人的注视里。但你说得对，这世界很荒唐。本来虚伪残酷的人，也可能成为众人崇拜的偶像。为了那个人，我也得好好活下去，活出个样来！”吴苇禾的脸上一团戾气。

“你不怪我了？那个人，是哪个人啊？”我突然好奇起来。

“不怪！既然命运已经安排我在台前闪光，那就继续闪光好了。”吴苇禾从椅子上站了起来，用手弄了弄自己的头发，坦然地、大步向前地走出了办公室。

不知道为什么，我总觉得这个交谈的下午，有一些东西深深改变了吴苇禾，他好像已经开始变成另外一个人了。

七、再一次光芒万丈

“各位媒体朋友，大家好。今天还能坐在这儿，我是感慨万千的。因为之前的负面新闻，我的事业被彻底毁掉了。我曾经颓废了好长一段时间，四处游荡，漫无目的。虽然十分痛苦，我甚至想过结束自己的生命，但我知道，我一直不出声，不说出真相，是有意义的。至少这样做可以保护我爱过的人。但直到后来，我遇到了我事业上的好搭档、好朋友卓总和幻言，我才决定振作起来，重新开始工作，重新建立梦想。”此刻的吴苇禾正在怀满感慨地侃侃而谈。

这一次我出现在了一个媒体记者众多的记者招待会上。而吴苇禾落座的背景幕布上写着：吴苇禾自传体情感自述《深陷其中》新书发表会。

“但也有粉丝猜测，董薏甯临终前录制的视频和绝笔信，其实都是你自导自演上传至网络的，目的就是为自己洗清负面影响。”记者十分尖刻。

“视频和绝笔信都不是吴苇禾先生上传的，是我在没有经过他同意的情况下，擅自做主公布于众的。”坐在吴苇禾旁边的我此刻挺身而出，接住了记者这个苛刻的问题。

“幻言……你？”吴苇禾此刻面露难色，侧头看了我一眼。

“我之所以有勇气在这里坦诚一切，是因为我不想看到一颗本来可以闪光的星星就此坠落和彻底毁灭。我在洛杉矶遇到吴苇禾的时候，他正过着一段让任何人看到都会觉得心痛的生活：抑郁、孤独、迷惘、四处游荡，还有强烈的自杀倾向。很幸运，他渴望被温暖的期待，让我鼓励他讲出了过往的遭遇。从那一刻起，我就下定决心要帮他。试问，他到底做错了什么？一个成绩优异、才华横溢、富有创业才能的年轻人，一个英俊优雅、受人瞩目、被人喜爱的偶像，难道因为一段遇人不淑的爱情，就要彻底毁掉自己的人生吗？这样的命运太残忍、太不公平！所以，我决定站出来帮助他。我窃取了他的视频和书信，即使我的行为不能被他本人原谅，还要被大众诟病，我也愿意付出这个代价……”

话音一落，媒体记者的席间竟然爆发出热烈的掌声。我一早就知道，这段动人的演说非但不会引起大众的负面舆论，反而还会塑造出一个正义使者的形象。而吴苇禾，他更加善于营造这样的有利势头，在这场记者招待会上，他还安排了曾经被董薏甯花钱指示去陷害他的酒保和援交女出来澄清事实。

而最大的翻身招牌，就是今天记者招待会的主题，那本记录着他和董薏甯之间爱情过往的书《深陷其中》。

在那本书里，吴苇禾是一个对爱情极其认真，又为了爱情受尽委屈的男人。这本书还在预售阶段，就已经被预订了十几万册。一时之间，这个帅气无比又深情伟大的男人，成了街头巷尾热议的好偶像。在这个关注度之下，去投拍他的新电影《青春幻境》，绝对是一个只赚不赔的好生意。

“在这次记者招待会将要接近尾声的时候，作为吴苇禾所在经纪公司的老板，我希望我们所有人的善良与热忱，能让这位本来就光芒四射的偶像再一次回到他应该站立的舞台上。人言可畏，舆论更是可怕。如果大家曾经一手毁掉过他，也请大家一手推起他吧！给他机会，让他不再抑郁，看到这个世界的善意，以及媒体、粉丝给他的支持。请大家关注他将要拍摄的新电影《青春幻境》！”卓总也是善于“表演”的奇才，一边说的时候，眼眶里的眼泪还打着转。

最后，我们三个人：吴苇禾、卓总还有我，抱在一起，激动得满眼含泪，在众多媒体的闪光灯下变成了一出励志好剧的“经典海报”。

“你是用什么办法让当初诬陷你的人有勇气挺身而出，在大庭广众之下说出真相呢？”我问坐在保姆车上的吴苇禾。

“勇气？钱，就是勇气。”吴苇禾嘴里哼出了这一句。

“那又是什么给了你勇气，让你把你和董薏甯之间的故事写出来呢？”我继续追问。

“又是勇气，呵呵……复仇吧！也许，想让自己在某人面前活得更好，就是我的动力。”鸭舌帽下的吴苇禾，依旧带着那种腐败的笑容。

“复仇？”我十分费解他的用词，我知道，一定有一件事改变了他。

“幻言，我们把电影做好吧！明天甄选女主角，别迟到。”吴苇禾避开了我的问题。他是故意不想回答，我也没有再追问。

八、隐匿仇恨

我看到，吴苇禾和纪楠希正一前一后走在大街上。他们拍的这组镜头，应该是《青春幻境》的最后一组了。这组拍完，电影就杀青了。我想起了我们在洛杉矶的那些日子，我们也曾经在某个大街上，这样一前一后走着。我突然有点怀念那些日子。

我深呼吸，平静自己的情绪，盯着摄影机里正在表演的两个人。我最近总要十分努力地打起精神来，才能想起我是《青春幻境》的导演欧幻言。最近真是奇怪，搞清楚自己是谁这件事竟变得困难起来。

此刻，我的脑中跳出了很多片段，比如，我们选女主角的那一天，吴苇禾还是选择了纪楠希。作为电影《青春幻境》的导演，我却似乎没有任何控制力，他好像义无反顾地搭上了纪楠希。这感觉真是糟糕透了。我的记忆让我回到了早上看到的一幕：纪楠希和吴苇禾一起从公寓里走出来，我知道，他们一定睡过了。我觉得，我不应该为此而有什么情绪的波动。

“Cut！不行，这组镜头要重拍！”我几乎有点儿像在咆哮，剧组的人都张望过来，他们似乎也感觉到了导演在吹毛求疵。

“导演，不是我们投入在这场戏里的情绪不对，好像是你的情绪不太对。”吴苇禾走过来，可他显然不太友好。

“是。你的情绪不错，好像初恋一样。”我面无表情。

两个人再次重拍那组镜头。

站在摄影机旁边的我，努力保持的脸部平静也不能掩饰我内心的极度烦躁。我是在愤怒吗？因为早上去吴苇禾的公寓刚好遇到他和别的女人出来而愤怒吗？

愤怒，说明我爱他吧，我什么时候开始变得这么不洒脱了？

“OK ！不错！”我首肯最后一组镜头有效。

“导演，戏杀青了！我们大功告成了！”助理兴奋得眼睛发亮。

“棒！”我伸出大拇指，听到了大家欢呼雀跃的声音。

吴苇禾走过来和我拥抱，纪楠希也来和我拥抱，还有摄像、场记、灯光……一堆人和我一一拥抱，纪念这个完结的时刻。我突然想到，电影将要进入漫长的宣传期，而宣传期总要有点东西吸住大家的眼球……

现场热闹的完结时刻，那些声音已经消失在我的耳畔。

此刻，我正在我的房间里闷闷不乐地喝着一瓶红酒。我想起了在洛杉矶的那个夜晚，吴苇禾的肚皮被子弹擦伤住院的那个夜晚。他和我说起了他坠楼身亡的父母，他遇到车祸死亡的女友，还有为爱自杀的董薏甯……他说他是第一次和别人谈起那些往事。那个倾吐心事的夜晚，让我终于觉得我们的心是靠近的，而不仅仅只是肉体的欢愉。

吴苇禾，他究竟是一个什么样的男人呢？为什么一直绝望、颓废，却又忽然振奋了呢？但这种振奋却似乎带着一种狠劲儿，带着硝烟，带着堕落的味道。可人性本贱，我似乎就是被堕落的他吸引了，深深地、无法自拔地。

我拨通了一个人的电话。

“调查有结果了吗？已经过了好些日子了。”我问。

“一切都水落石出了。下午两点，我在咖啡馆等你。”

按照约定，我去了咖啡馆，一个戴着鸭舌帽的男人坐在角落的位置。

“吴苇禾最近一直在浏览一个笔名叫作‘志薄’的作家的相关新闻。那是个刚刚获得世界文学大奖‘克里夫奖’的低调作家。奇幻时代公司刚刚拿到了这位当红作家获奖的那部小说的电影改编权和拍摄权，那可是所有人都在争抢的东西，却被你们公司拿到了……”男人说着。

“这跟吴苇禾有什么关系？”我问。

“志薄的真实身份就是简宁舒。他和你们公司的老板卓总的交换条件是，只要投资拍摄吴苇禾的电影，他就会把那个获得大奖的小说的影视改编权交给奇幻时代公司。”

“简宁舒为什么要帮吴苇禾呢？”

“因为在多年以前，简宁舒是吴苇禾的母亲关欣外遇的对象。但是后来，他收了吴苇禾的父亲吴樊给的钱，就离开了关欣，去外国定居。那之后没几天，吴苇禾的父母就双双坠楼身亡了。”

我想起了吴苇禾在洛杉矶时曾告诉我，他父母是因为婚姻问题造成抑郁而双双坠楼自杀的。那么，这个简宁舒应该和吴苇禾父母的死有很大关联了。简宁舒可能就是使吴苇禾家破人亡的罪魁祸首。仇人帮助自己，应该不会感激吧？反而可能会激发出更多的仇恨。我终于明白，为什么吴苇禾那天会说“复仇”两个字了。但是，简宁舒那么低调，又那么隐匿地提供帮助，吴苇禾又是怎么知道的呢？这也是个有趣的谜团。

“钱已经转到你的账户了。”说完，我起身离开。

也许，我可以帮帮吴苇禾。

我真想知道，要是我们的游戏继续玩下去——继续朝着黑暗的方向玩下去，会是怎样的精彩。想着想着，我就得意地笑了。虽然我也为心里那些卑鄙的想法感到无耻，但我就是无法抑制自己想要试试的冲动。于是，我拨通了记者的电话。

“喂，小平！我有一些新鲜又有趣的故事要讲，千万把头条留给我……”

九、无法控制的阴暗

我睁开眼睛，听到一阵吵闹的声音。我看到吴苇禾正被一堆记者围住，他们争先恐后地提着各种问题。吴苇禾极力想从这堆记者中逃走，但他还是被团团包围，动弹不得。

我马上叫来保安，为可怜的、被记者围困的吴苇禾解围。

当我在办公室里坐下的时候，吴苇禾气急败坏地来找我了。

“欧幻言！又是你把我父母的事爆料给记者的？”吴苇禾抓起我的衣领，他愤怒的样子似乎正是我想看到的表情。

“现在的狗仔神通广大，有什么是他们挖不出来的！我没有爆你的秘密。”我狡辩。

“欧幻言，你不要以‘为我好’的名义来控制我！娱乐杂志和网上爆出的消息，都在暗指我父母的死亡另有隐情，有人是造成悲剧的罪魁祸首！现在所有人都在人肉关于我父母的信息，这个局面已经侵犯了我的底线！”吴苇禾气得都青筋爆出了。

“呵呵……你愤怒的样子……还真可爱呢！连和前女友董薏甯的往事你都能出书，公布于众，为什么会这么介意别人说你父母的事呢？”我盯着他的眼睛，我倒想知道，这个男人为了复仇到底能达到什么样的底线。

“你……在我背后做了什么吧？”吴苇禾深吸一口气，稍微平复了一下自己激动的情绪，也放开了我的衣领。

“现在，在大众的眼里，你是一个身世凄惨、被人陷害，又很有才华的创业偶像、编剧和演员。所有的这些新闻，都让你成为舆论关注的焦点。你的新电影肯定会大卖，你的新事业也肯定会一飞冲天。这样不好吗？”我斜眼看着他。

“你这么说，就好像在问一个女人，她要是正在被强奸，既然不能反抗，是不是就应该好好享受一样。”吴苇禾坐在我对面，点燃一支烟吸起来。

“这个世界本来就是一个疯狂的剧本，我以为你和我一样，喜欢黑暗、悬疑的剧情。”我也点了一支烟吸起来。

我不过是想把他痛恨的那个人逼上绝路，不是这样才能让他内心痛快吗？我们本来不就是一对热爱糟蹋自己人生的疯子吗？难道我……真的越界了？看着他，我突然之间迷惑了，我迷惑的是，我究竟是想和他一起疯狂地对待世界，还是，我只是因为看到他和纪楠希上床而有点失控。但我不喜欢这样的感觉。

“虽然你没有承认，我似乎也没有证据。但是，我们之间玩完了。我的底线是：我自己可以变得疯狂，但不能有人把我逼得疯狂。”吴苇禾把那支没有抽完的烟狠狠地按在烟灰缸里，他正要离开的时候，我一下抓住了他的胳膊。

“你爱上纪楠希了？”我问吴苇禾。

“爱上了又怎么样？你又要控制我不要爱上她？”吴苇禾甩开我的手。

“你们不过是一时之间的肉体欢愉。”我不甘心。

“难道我们不是吗？”吴苇禾傲慢地看着我。

“我听过你的心事，你也救过我的命，我还帮你找到了另外一个理想……我们在一起做过很多疯狂的事，我以为我们的关系会更深刻。”我还是不甘心。

“我也以为是。但可惜不是。在洛杉矶的我，对生活已经不抱任何希望，你不过是一个绝望的人无意之中抓住的一根稻草。董薏甯的死让我明白一个道理：所有的爱太过纠缠、想要控制，都会变成一个悲剧。”吴苇禾目光凝重地看了我一眼，然后离开了我的办公室。

不知道为什么，今天的谈话让我意识到：我失去他了。而这种失去，好像起源于错误的判断。我以为，我们一样扭曲地生活在这个世界上，所以可以以任何形式宣泄和报复。但我错了，吴苇禾还没有彻底阴暗，他的观念里还有底线，而这底线是我和他最大的区别。

十、灿烂之后的寂寞

耳边响着浪漫的爵士乐，我睁开眼，一片欢声笑语。我环顾四周，发现自己应该身处一个派对。四周放满了漂亮高大的花篮，花篮里还夹着卡片，上面写着：恭贺“苇禾时代”成立。

是啊，我记起来了，这是吴苇禾创办的新公司“苇禾时代文化创意有限公司”成立的庆贺派对。电影《青春幻境》杀青之后，他就开始筹备自己的公司，创业的举动充分证明了他是个有头脑又有手段的厉害人物。最让我难以消化的是，给吴苇禾的新公司投资的人，竟然是绯闻中传说的情敌纪康铭——他可是因为纪楠希而讨厌着吴苇禾呢。

此刻，我手里端着一杯酒，向站在角落里默默发呆的吴苇禾走去。

“恭喜你，你的梦想实现了。”我的酒杯和他手中的酒杯碰了一下。

“欧幻言！你应该了解的，这不是我的梦想。基本上我没有梦想。”吴苇禾自嘲地笑了一下。

“你非要逼着纪楠希来为你的新公司助力吗？”我问他。

“不是必须逼她，只是想利用她而已。”吴苇禾看了我一眼，又看了远处正在应酬的纪楠希一眼。

“以你翻身之后的知名度和那部电影的火热程度，你完全不必靠卑鄙来赢得投资；而且以你学金融出身和做创业项目的商业头脑来说，你也不必靠卑鄙来赢得投资。虽然你还不够强大，但做好策划方案，再吸引有钱人来投资并不难。”我特别想知道他的回答。

“不难，但是会费点儿劲。我已经不想再那样费工夫去创业了。我想要一蹴而就，我想要投机取巧。不行吗？”吴苇禾转过头笑了一下，又和我碰了一下杯，他把他杯中的酒喝掉了。

“这好像也不是真正的原因。你只是在发泄一种情绪。”我也把杯中的酒喝掉了。

“对于一个富有的人来说，几千万并不是一个大数目。就如同对一个容易厌倦的女人来说，对一个男人短暂的迷恋也不是一件大事。钱，会让一个人变得傲慢；优势太多，会让一个女人容易动摇，不懂珍惜。”吴苇禾突然感慨起来。

“你是在说罗灿灿呢，还是纪楠希呢？”我问他。

“你真是对我的事情了如指掌啊！所以，纪楠希和纪康铭的消息应该是你找人跟拍并且爆料的吧？你以为我爱上她，所以嫉妒，所以爆料？”吴苇禾问我。

“对，有嫉妒的成分，也是情绪作祟。但我更想看到，你如何面对这件事。可你真有本事，居然把那尴尬的局面变成了你的筹码。纪楠希嫁入了豪门，你也得到了投资。”

那一刻，我还是佩服吴苇禾的，不是因为他多聪明，而是他够阴暗。

“我可是高智商的人，因势利导，为己所用，不是挺好吗？”吴苇禾走过来，凑到我耳边，“遇见你，让本来就破罐破摔的我更放肆了。谢谢你。”

“你如愿以偿了，开心吗？”我问他。

“不开心。我很讨厌现在的自己。”吴苇禾勉强挤出一丝笑容。

“我们……还有可能吗？”我问他最后一句，我感到自己如此卑微。

“欧幻言，不要在我身上浪费时间了。在我的人生里，爱情是没有什么意义的。至少，在这个阶段，我只想做一个强大的人。如果我不能强大，我会感到输给了命运。对不起……”吴苇禾很诚恳，非常残忍地诚恳着。

“OK，我也不是一个不洒脱的人。”我还笑了笑。

吴苇禾转身离开了。看着吴苇禾的背影，我突然觉得他其实很寂寞。

而我呢，我知道我哭了。

这时，我的手机响了，是张默凯打来的电话。

“幻言，来我家吃饭吧！我妈准备了一桌好菜。”他的声音依旧温暖。

“好啊！晚上见。”我也欣然地答应。

十一、还有一个温暖的人在等着我

挂了电话，我站在原地，看向窗外的风景，想着张默凯这个人。

张默凯，可能是这世界上唯一一个永远没有怨言的备胎。在我一直孤独的世界里，他是好邻居、好同学、好伙伴、好朋友。无论我交了多少男友，无论漂泊在哪个地方，他都依然在我身边，不远不近，不离不弃。我突然觉得，我有点儿对不起他。

走出举办派对的大厅，张凯默已经等在门口了。

“我自己去就好了，你干吗还来接我？”

“反正……闲着也是闲着，我也想早点见到你……”张默凯其实不懂掩饰，他的等待和想念每一次都是一个大写的“暖”字，不停提示着我。

晚上，我到了他家。果然他妈妈还是张罗了一桌好饭。我们吃着、谈着、笑着，就好像他们从来都不知道我有多叛逆、多颓废、多黑暗一样。吃完饭以后，我和张默凯一起出去散步。

“你爸妈每次都很热情地对我，也很关心我。但是，作为这么多年的老邻居，他们应该知道我是一个多么不乖、多么坏的女孩吧？”我问他。

“嗯，知道啊！”张默凯低头说着。

“那我每次去你们家，他们都对我很好啊！他们……”我拉住了张默凯。

“因为我和他们说，你经历了一些不开心的事，所以你需要更多的关心。如果他们爱我，就要尊重我的选择。也许他们并不觉得你是适合我的人，但只要有我在，他们就会对你好。”张默凯抬起头对我说。

那一刻，我看着眼前的人，突然觉得隐藏在心里所有的冰冷都融化了。我曾经以为父母对于感情的不忠、对于婚姻的儿戏、对于我的疏忽，都是这世界亏欠我的罪孽。但一直以来，陪伴我的张默凯却像上天给我的最好的安慰。但我却从来没有好好珍惜过。

“我只是希望你知道，其实，一直都有一个温暖的人在等着你。”张默凯敞开了他的怀抱。

“张默凯……”我叫了他的名字，却不知道再说些什么。我只是抱住他，感觉我的眼泪在冰冷的眼睛里融化。

在欧幻言的眼泪终于融化了她内心的冰冷时，我看到自己以一团透明的影像从她的身体里飘出来了。看着欧幻言，我想她已经找到了她应该好好爱的人。

我，夏初篱，再一次神奇地穿越了时空，进入了吴苇禾曾经经历过的女人的身体里。我体会了吴苇禾在人生最颓废沮丧的时刻所奇遇的那段“美国流浪式的爱情”，我甚至在时光的魔镜里看到了，欧幻言和张默凯手牵手走在大街上与吴苇禾擦肩而过的瞬间，彼此装作不认识的那种悲伤。

时光，是不可思议的游戏；境遇，是残酷的魔掌；爱情，是折射价值的万花筒。

5. 纪楠希　虚荣之间

一、欲擒，故纵

我睁开眼睛，看到镜子中的自己：一个漂亮又散发着公主病气息的女孩。大波浪长卷发，弯弯的刘海，一闪一闪勾人的大眼睛，还有那涂成红色性感的小嘴唇，这样的女孩像洋娃娃般。身材呢，虽然不是很高，但婀娜多姿，玲珑有致。

“还是很漂亮啊，纪楠希！”我的背后传来一个男人的声音。

“纪——楠——希？”我转过身，用审视的眼神看着那男人：他真是一个英俊的美少年啊！白色衬衫、蓝色牛仔裤，很随意地两手插着兜，也很随意地和我打着招呼。如果这世界真的有神，我祈求神，不要再蛊惑我本来就不强大的意志了。我承认我肤浅，我没法抵挡青春、美好、英俊的面孔。我没法不做外貌协会的人。

“2009 年 2 月 14 日，下午 2:14。情人节快乐！告诉我，为什么想做这部电影的女主角，想我了？”男人把脸凑到我的耳旁，轻声细语地问着，这分明就是一种轻浮的挑逗。

我努力稳定自己的情绪，试着搜索记忆：我是当红模特纪楠希。虽然只有 25 岁，但入行已经近 10 年。我眼前的这个男人，他叫吴苇禾，曾经是红极一时的创业级别的偶像典范。他的商业项目是《偶像人生》，而他自己也是同名真人秀节目的主持人。后来，要和他的制片人董薏甯订婚，却不明原因地分手了。他们分手的时候，他还搭上了我，我们那时候共同拍一个手机的广告。从那时开始，我就被他迷人的外表给蛊惑了。现在他正借着出版新书和被公开的前女友视频洗清恶名翻身，我却跑来参加他新电影的女主角甄选。我可能是疯了。

我是怎么了？我连自己的事情都记不得了。是不是最近压力大，常失眠导致的呢？此刻，对方已经在挑逗，我需要立刻的回应。

“你现在可是在风口浪尖上的大红人。我也想沾点公众的注意力啊！毕竟，我们也闹过一段时间的绯闻！”我能听到他呼吸的声音，他离我太近了。

“啊……绯闻。感谢你，在那段时间，让我可以摆脱董薏甯，也感谢你，在我被公众诋毁的时候，快速地撇清。否则，我还真害怕会连累你呢！”吴苇禾用他的手指轻轻拨了拨挡住了我眼睛的刘海，意味深长地看了我一眼之后，走开了。

他走开之后，我进了试衣间。我一个人站在试衣间里，想起吴苇禾竟然感到有些沮丧：他一不富有，二又不是名气红翻天，为什么他一直在我面前都能拽拽的呢？他好像一直都在利用我，而我却心甘情愿。我，如此骄傲的纪楠希，居然沦为男人利用的对象！想起来都让人愤怒。不过，这次选女主角，恐怕，我是没戏了吧？明知道，当初的撇清会让他心有芥蒂，但我还是来了。我可能是疯了。

一边想，我一边走出试衣间，来到了摄影棚。这时候，其他的女主角候选者也在等待了。“因为这次电影的编剧和主演都是我，所以，我心中对女主角的感受，应该是最敏感的。这一次的甄选，我会请每一个候选者，和我一起表演一段电影中的情节，我会挑选一个互动起来，最有感觉的候选者，做这部电影的女主角。”吴苇禾俨然一副操盘全局的样子。

吴苇禾的座位旁边是一个立着的 X 展架。我盯着那句宣传语：我一直在回味，初恋的那个你……就是这句，让我如此期待出演他电影的女主角。我很想知道吴苇禾的初恋是怎样的。为了这个自己都觉得有点儿卑微的愿望，我竟然要和一群电影学院还没毕业的新人来竞争，我可能是疯了。

“楠希，你可是当下最炙手可热的超级模特，到底是什么力量，让你跑这儿来竞争女主角呢？”我的经纪人一直问我这个问题。我没有回答，只是一直默默地看着吴苇禾和一个又一个女孩试演他的剧本。等了 3 个多小时，终于轮到我了。

我们试演的这场戏，是我和吴苇禾失去联系许多年以后又再次重逢的戏码。我们要假想，两个人是站在一个演唱会剧院的大门外。

女主角：夏檬

当年收到你的情书，我就想，我一定要以一个特别的方式接受你的爱。我买了我们都喜欢的那个摇滚乐队的演唱会门票，想在高三的暑假和你一起看。可是，我没有等到你。为此，我伤心了好久。这次，不知道为什么，看到这个乐队再办演唱会的消息，我就突然想起你，突然觉得好想你……没想到，经过这么多年，我们还能遇上。你……还好吗?

男主角：吴沁

其实，我过得不太好。那天整理旧物，偶然翻开教科书，才发现你夹在我书里的那张摇滚乐队的演唱会门票。在我最迷茫的时候，才知道原来你也爱过我。只是那张门票，我发现得太晚了。巧合的是，我在网上查到那个乐队又要举办演唱会了。我当时什么都没有想，就马上在网上买了门票和机票。我也不知道，我是想找回我错过的青春，还是想找到我已经错过的你。但我知道，这个念头似乎成了绝望的我内心里唯一的希望……我……可以再爱你吗?

我们的对白如此煽情，以至于在我试演女主角的时候，看到如此投入的吴苇禾，看到他泪湿的眼眶，我竟然感动得一塌糊涂。不知不觉间，我的眼泪竟然也跟着流了下来。这一刻，我好希望他走过来亲吻我。

吴苇禾缓缓地一步一步朝我走过来，紧紧地把我抱在怀中，轻轻地说了一声:“我好想你……”他温热的泪就掉落在我的脖子上，而且我知道，这句“我好想你”并不是剧本上的台词。无论如何，我还是情不自禁地在吴苇禾的脸颊上深深地吻了一下。

“呵……纪楠希，你也太投入了吧。我们不过是在试戏，这么快就真的爱上我了？”吴苇禾一把推开我，又擦了擦脸上的眼泪，以一种十分不屑的表情看着我。

“演戏吗，当然就得投入。”我也不屑地笑了笑，虽然心里有点受伤的感觉。

我准备离开这个让人尴尬的地方。

“我宣布，我的新电影《青春幻境》的女主角，就是当红模特纪楠希小姐！”吴苇禾马上大喊一声，他似乎先发制人地抢占了某种先机。

“你这个可恶的人！”我心里咒骂了他一千遍，可是，脸上还是忍不住露出了无法掩藏的笑容——这让我在爱情里处于下风的低贱的笑容！

二、嫉妒那种纯情

当我再一次在镜子里看到自己的时候，我发现，自己那头迷人的长鬈发已经变成了短发——就是范晓萱刚出道时的那种短发。我想起来了，我现在要演出吴苇禾的新电影《青春幻境》里的女主角夏檬。很多年以前的夏檬，应该就是这样的短发。

“其实，你的样子真的有点像她……”吴苇禾走过来，坐在化妆台上看着我。看到他的瞬间，我的脑子又开始糨糊一般地恍惚起来。我是不是被下了降头，我被什么东西控制了吗？我老觉得自己不是自己。我还是得努力振作一下自己的精神。

“还真没想到，你在学生时代是个这么纯情的男生。能出演你初恋的对象也不错。一会儿戏拍完，晚上一起吃饭吧！”我邀请他。

“纪楠希啊纪楠希……这段时间一起拍戏让我有一种错觉，我觉得你好像真的爱上我了。”吴苇禾把他的脸贴过来，我都能感受到他呼吸的热浪，“晚上……带你去个地方……”他暧昧地笑了笑就离开了化妆间。

这个小子，果然还是露出了好色的本性。男人啊，不过都一样。但是，能和他有一些短暂的快乐也不错。我竟然开始期待晚上去见他……

晚上 00:20，我坐在吴苇禾的跑车里，他的车里还放着很酷的“活结乐队”的歌。他只穿着一件很简单的白色 T 恤，可还是掩藏不住那逼人的青春气息和好看的侧影。伴随着咆哮的音乐和飞速的驾驶，我们在一家书店的门口停了下来。

“走吧！”吴苇禾打开车门，伸出了他的手。

“书店？你说晚上要带我来的地方……是书店？”我眯着眼睛，不可思议地看着他。

“要不然是哪儿？你以为……我带你去开房？”吴苇禾坏坏地笑了，他是在嘲笑我。

“臭小子！算你狠。”我拉着他的手下了车。

在这个城市唯一一家24小时营业的书店里，我们找了一个角落的位置，直接坐在地上看起书来。我对看书兴趣不大，但是吴苇禾却拿起一本名叫《第一次的亲密接触》的小说读了起来。

“那小说那么吸引你？”我问他，我实在不能理解，他大半夜把一个当红模特带到书店看着他读小说，究竟为什么。

“这是我们高中时，大家都喜欢看的一本小说。那时候网络文学才刚刚兴起。我那时候只有一个愿望，就是带暗恋的那个女孩来书店一起看这本小说。那时候太纯情了，觉得只要一起来看小说就已经很满足了。”吴苇禾脸上带着微笑，像是陷入回忆里。

“你也是个帅哥啊，据说你也很优秀，为什么不敢向那女孩表白呢？”我有些不解。

“我轻轻地舞着，在拥挤的人群之中。你投射过来异样的眼神。诧异也好，欣赏也罢、并不曾使我的舞步凌乱。因为令我飞扬的，不是你注视的目光，而是我年轻的心……”吴苇禾没有回答，只是念了小说里面的文字。

“那种纯情却犯傻的暧昧游戏，真无聊。”我哼了一声。

“人在第一次恋爱的时候，是懵懂的、倔强的、骄傲的……而且因为笨拙，不知道怎么表达；因为怕受伤害，而显得满不在乎。”吴苇禾一只手拿着书，另一手却牵起了我，继续埋头在他的小说里。但是，他牵着我的那只手，却握得越来越紧。

那一刻，我竟然感到很满足。仿佛回到十七八岁的少女时代，情窦初开的腼腆与懵懂，只要能被自己喜欢的人牵着手，就很幸福、很满足。那是我已经很久都没有体验过的感觉了。对我来说，所谓爱情，更多变成了一种单纯的情欲。如果不是情欲就是交易，总之，不会是真心或者永恒。

渐渐地，我睡着了。当我再醒来的时候，发现我和吴苇禾互相靠着彼此的肩头，就那样睡了。他手里的小说滑落在地上，小说打开的那页上有一句话:

你不是移动的浮冰，如果这个季节注定一次美丽，我们何妨将彼此唤醒……看到那句话，我用双臂拥抱了睡得像个孩子一样的吴苇禾，他那长长的睫毛，让我有亲吻他的冲动。我吻了他的脸颊，却怕这样的举动会弄醒他。我也知道，这种动心猝不及防，也很短暂。这可能只是一部戏的情绪，也可能只是一时之间的迷惑。总之，先让我好好享受一下这短暂的意乱情迷吧！

“嗯……”吴苇禾迷迷糊糊地睁开了眼睛，他看了看手腕上的手表，“哇！我们该走了！”他感叹一下。

“你终于醒了？”我问他。

“你早就醒了？你就这样一直看着我？”吴苇禾笑笑地说着。

“你睡觉的样子很迷人啊！我没有你那些若即若离的深刻，我就是想肤浅地拥有你，接吻、上床、分开，各取所需，两不相欠。”我用挑衅的眼神盯着他。

“噢……OK！”吴苇禾坏笑了一下，一下子站起来，把我从地上拉起来。我们径直走出了书店，开着跑车一溜烟地奔向远方。

吴苇禾把车开到了他的公寓，我们火速下车，火速进电梯，火速开门，火速进去……这一切的火速，都因为已经点燃的无法抑制的欲望。他只有一张不算很宽的单人床，但这也阻碍不了欲望强烈的男女释放激情的发泄。我实在无法理解吴苇禾在书店的那种纯情，比起那样，实在地拥抱他、亲吻他、抚摸他，和他融为一体，好像更真实。

“舒服吗？”吴苇禾在我的耳边小声问着。

“不错啊。谁不爱年轻美好的肉体呢。爱，我都在电影里和你谈完了。现在，只需要做了。不是吗？”说完，我从床上起来，去他的浴室洗澡了。速战速决的爱情也没什么不好。

三、我的选择

一阵电话铃声，让我的意志再次清醒。我环顾四周，发现自己正在一个化妆间里。此刻，化妆间里只有我一个人。桌上放着的花篮里夹着一张卡片，上面写着：祝贺《青春幻境》电影首映。我的记忆回来了：今天是吴苇禾的电影首映的日子。

我看了看镜子中化好妆的自己，告诉自己：我是吴苇禾新电影的女主角！我只是和他一起拍了一部关于他初恋的电影。这短暂的迷恋和激情，也不过是一部戏的剧情而已。而我真实的人生，还是那个顶级模特纪楠希，我还是需要更好的生活、更有实力的保障。我需要的男人不是吴苇禾。

“你和男主角的绯闻也是炒作得轰轰烈烈啊！不管是真的还是假的，戏拍完了，也应该结束了。”就在昨天，纪康铭打来电话。“双纪之恋”也是媒体炒作的热点。我们秘密谈了一年的地下情也不得已浮出水面。不知道是哪家杂志的狗仔暗中跟踪偷拍到我们，真是可恶。

“今天首映礼，记者采访的时候我会和媒体说清楚，你放心。”我安抚着不满的纪康铭。挂了他的电话，我觉得有点悲哀。如果问问我的心，到底喜欢谁，连傻子都知道，我喜欢年轻帅气又有才华的吴苇禾。可是……要说到体面的生活，我无法放弃能带给我一切梦幻享受的纪康铭，虽然他已经人到中年，相貌不佳，但他有家族生意，也是个在事业上进取的人。关键是，他愿意娶我！嫁入豪门，这是多少女星的梦。拍一部戏的爱情和一辈子漫长的保障比较起来，傻子都知道我该做怎样的选择。

我没有什么好犹豫、挣扎的，甚至连眉头都不用皱一下，我就会欢天喜地的戴上纪康铭的求婚戒指。但是，我要如何撇清和吴苇禾的关系呢？要怎么面对那么骄傲的他，和几乎是我求着才能得来的爱情呢？

“楠希，电影快要放映完毕，马上就要接受记者采访了。”我的助理进来提醒我。

“我知道了。”我整理了一下头发，迈出了化妆间。

电影放映厅里，电影结束的灯光亮起，所有人站起来热烈鼓掌。我的手里抱着一捧鲜红的玫瑰。今天的我穿着简单的白色短裙，就像电影里的女主角夏檬。吴苇禾就站在我的身旁，他穿着简制的白色休闲西装，依然还是简单动人的白马王子扮相。

“这部《青春幻境》在讲主演吴苇禾的初恋故事，你们在电影里也扮演了一对十分默契的初恋情侣。而且拍戏期间也一直在盛传你们的绯闻，你们到底有没有因戏生情呢？很多粉丝都期待你们真的在一起呢！”记者举着麦克风到我的眼前，他的问题几乎是今天所有人关注的焦点。

“作为这部戏的男主角，吴苇禾先生确实邀请过我几次。我们都是去大学、书店这些地方，培养入戏的感觉。我觉得他好像很喜欢我噢……可能他在感受对他初恋女神的感觉吧？”我微笑着回答，也希望纪康铭看到了能释怀。

“昨天网络上传出你和富商纪康铭手牵手的照片，据说你们的地下恋爱已经维持了一年，现在到了要修成正果的阶段了，是这样吗？”一个女记者追问着，我知道这个问题他们一定会问。

“对……其实，他已经向我求婚了。”我一脸幸福地带着微笑，举起了我的右手，让大家看我手指上那颗闪亮的钻戒。

那真是一个让人难以招架的记者采访的现场。

首映礼之后两个月，迎来电影《青春幻境》的庆功晚宴。

“干杯……庆祝票房超过 8000 万！”我耳朵边响起了这样的欢呼声。

我看到了很多人在一个漂亮的大厅里，好像是在开一个 party（派对），有导演欧幻言、男主角吴苇禾，还有《青春幻境》剧组的其他成员……我回忆了一下，想起来，这是电影《青春幻境》上映两个月之后，我们一起庆祝票房佳绩。作为电影女主角的我，纪楠希，当然会出席这样的场合。

“谢谢你，票房成绩这么好，你的功劳很大！”吴苇禾端着一杯红酒站在我面前，还顺手从旁边的餐桌上拿起另一杯红酒递给我。

“你……”我看到今天的吴苇禾盛装出席，笔挺的黑色西装，还有一个雅致的黑色领结。

“这两个月，我们的绯闻照片传得沸沸扬扬，我这个不知天高地厚的小白脸居然和一个身价超过 20 亿的富豪少东抢女人，还真是自不量力呢！”吴苇禾抿了一口杯中的红酒，带着不屑的表情看着我。

“我……”我突然之间不知道要说什么，脑中开始迅速回忆：有人在我们拍戏的时候跟踪偷拍了我和吴苇禾，还有人把照片爆到网上。为了不让纪康铭怀疑我，我只好找人在网上放一些消息，暗示我和吴苇禾之间一直都是他主动邀请我，甚至缠着我，但我并没有和他发展的意图。

“过去我传负面新闻，你和我快速撇清关系，我能理解，我们那时也不过是各取所需。现在，你为了能够顺利嫁给纪康铭，一直放消息，把我塑造成纠缠男，我也能理解，但问题是，我们显然已经不是各取所需了，你得到的太多了，可我却变成了又赔肉体又被贬低的对象，这好像不太公平吧？”吴苇禾距离我更近了，他的脸几乎贴上了我的脸。

“不公平？你也有得到啊！你得到了缠绵的快乐，你得到了粉丝对你的同情，就算被塑造得低贱一点，你也赢了不少票房啊！”我也抿了一口杯里的红酒，定定神。

“我也有得到？我可是骄傲的吴苇禾啊！我怎么能允许自己被这样践踏呢？”吴苇禾皱着眉头，又冷笑了一下，然后，他从自己的口袋里拿出了一个信封，递给我。

我十分困惑地接过他的信封，打开来，里面有几张照片。

“你偷拍了我们的床照？真是卑鄙！”我瞪着他。

“本来我没想拿出来的，只想给自己留个保障。但你一再诋毁，让我变成了一个纠缠别人女人的低贱男人，我怎么受得了。所以……既然已经低贱了，就让这低贱有点价值。”吴苇禾笑得十分得意。

“说吧！你想要什么？”我问他。

“我要成立一家新的公司，作为起步，我有一个新的项目要运作，但我需要资金，确切地说，我需要一个能拿得出资金的合伙人。如果纪康铭能拿出这笔钱，我们的精彩床照就一定不会到他手里。我说话算话。”吴苇禾依旧笑眯眯。

“卑鄙！纪康铭知道你是情敌，又怎么会投钱给你？”我简直无法理解他的荒唐。

“纪康铭是个富豪，他应该知道什么是划算的生意，我的项目肯定让他稳赚不赔，占用他的资金也会很快回笼，而且还会翻倍。他就当是投资了。而且，他是你的金龟婿，你要是不能想办法搞定他，以后怎么争家产呢？”吴苇禾还是笑眯眯地看着我，“是要毁了你的豪门婚姻，还有你那骄傲的形象；还是帮我搞定纪康铭的投资，大家稳赚不赔，形成多赢局面，你自己选！”说完，吴苇禾把红酒一饮而尽，端着酒杯头也不回地走开了。

我第一次觉得，原来这是一个极其卑鄙无耻的男人。

四、早有准备

我被吴苇禾这个男人打败了！我吃了一片止痛药，可头还是很疼。我该怎么说服纪康铭跟吴苇禾合作呢？

这时候，我的手机响了起来，是吴苇禾打来的。一看到他的名字，我就恨不得找个人杀了他。如此阴险无耻的小人！犹豫了一会儿，我还是接起了他的电话，毕竟，他的手里还有“筹码”。

“你一定在想要怎么说服纪康铭吧？想必你那迟钝的笨脑袋也想不出什么好点子。给我开门吧，我在你家门口。我来告诉你该怎么做。”吴苇禾的声音听起来像个无赖。

我看了看表，已经晚上八点多了，这个时间让他进来，我竟然感到有些害怕。纠结了一会儿，我还是去给他开了门。

“这么半天才开门，害怕我吃了你？”吴苇禾一脸运筹帷幄又看好戏的表情。

“谁知道你又会干出什么卑鄙无耻的事情来！”我把门甩上。

“气坏了身体，对你筹备婚礼可没有好处。你还是做个健康快乐的新娘子比较好。”吴苇禾自顾自地坐在沙发上，看到我客厅柜子里的红酒，他还大摇大摆地打开柜子，又拿了启瓶器，自己把酒打开了。

“真没想到，你是个彻头彻尾的无赖！”我已经不知道该用什么解恨的词来形容他了。

“啊！我找到喝红酒的杯子了。”吴苇禾一脸得意。他拿了两个红酒杯，还倒了红酒，把其中一杯递给了我，自己很享受地喝着他的那杯。

“说吧！我怎么能劝服纪康铭跟你合作？”我现在只想解决这个问题。

“听了今晚我和你说的事，你可能会感谢我。”吴苇禾从他带着的皮包里拿出一个文件夹，递给我，他的表情示意我仔细看看那些文件。

我坐在了沙发上，一边喝着红酒，一边翻起那些文件，仔细看着。

文件里有一堆关于进出口贸易的新闻，还有一些财务报表，另外还有几个女人的照片。我不太明白，吴苇禾究竟让我看什么。吴苇禾一张一张拿起那些新闻和报表指给我看。然后又说了一些他知道的信息，我才明白纪康铭的真正处境。

纪康铭的家族生意是靠国际贸易起家的。但金融危机导致了汇率改变，国内外廉价劳动力的成本也在大幅度上升。再加上他们经常合作的几个国家因为金融危机，而出台了一系列保护自己国家的经济政策。这些都让纪康铭的贸易生意往来十分艰难，甚至他们已经停止了与几个利润比较高的合作国的合作。雪上加霜的是，纪康铭在国际房地产投资领域的决策也发生了偏差，他们在几个国家的风景区买了地，意图发展旅游经济，但那些国家都趋向于保护本国经济，给自己国人机会，所以对于纪康铭投资兴建的酒店和度假区采取了极其严酷的限定政策。他们几乎是没有钱赚、甚至是赔钱的。大量资金被套牢，贸易的业务又逐渐停止，其实，纪家已经到了岌岌可危的状态。只不过，外人知道的还不那么清楚罢了。

我不懂那些国际贸易和房地产投资的事，但有一点我是知道了，我们都被纪康铭表面的风光给骗了，他现在几乎就是一个空壳了。

“我怎么能相信你说的是真的呢？你这么聪明又这么卑鄙，拿出一堆我不懂的资料骗我也是完全有可能的。”我放下红酒，点了一支烟。

“骗你，我必须要得到好处才行。可你看看，我如果骗你，你知道了你的未来老公是个空壳，就不和他结婚了，你解脱了，可我能得到什么好处呢？难道因为我爱你，所以希望你不和他在一起，而和我在一起吗？”吴苇禾轻蔑地笑着，看着我，就好像我是一个弱智。

“那你已经知道他现在岌岌可危了，还要利用我来促成和他的合作吗？”我更不理解吴苇禾的意图了。

“我有一个新的计划，叫作‘艺术偶像’，就是找一些寂寂无闻的所谓的‘艺术家’，然后包装他们，再把他们炒热，让他们形成一种艺术潮流和趋势，然后再去贩卖他们的艺术作品。这个计划，我非常需要像纪康铭这样的人，他在国际贸易圈子里摸爬滚打很多年，有很多国家的关系和渠道。我需要他为我搭建一些通路。如果有他加入的话，我的事情就会容易很多。”吴苇禾吐了一个烟圈，就像在享受他的白日梦。

“但他一直以为我们有一腿，你是情敌，他可不是什么大度的人。”我还是不知道要怎么做。

“情敌？你以为我们所有人都是高中生，在上演纯情偶像剧？对他来说，你不过是个娶回来挺有面子的女人而已，但你跟他的生意、跟他的利益比较起来，可能一钱不值。”吴苇禾凑到我的身边，一只手拨弄了几下我的头发，继续说，“你只要跟他说，我像一只狗一样扒着你，就是希望讨好你，然后接近他，想跟他合作做生意就行。”

“呵……原来你也不过如此。”我哼了一声。原来吴苇禾所有的骄傲姿态，不过是一种无耻的欲擒故纵，他一早就打定主意利用我了。

“知道他是个空壳，我离开他就罢了，我为什么要帮你呢？你的床照刚好可以帮我尽快摆脱他。”我还是不了解他的打算。

“你看到的资料里的那几个女人，都是曾经背叛他，或者和他提过分手的女人。她们不是出了车祸导致残疾，就是被人绑架，下落不明……不信，你可以去网上查她们的新闻。难道，你也想成为她们中的一个吗？”

所以，吴苇禾的床照绝对会给我招来灾难。也就是说我必须得帮他搭上纪康铭。

“你帮我，我以后就帮你摆脱他，划算吧？”吴苇禾挑了一下眉毛。

五、那人的本质

也许，吴苇禾设想得并没有错，我开始游说纪康铭。每次我提起“艺术偶像”的方案，他都兴趣不大。三番五次之后，终于有一天晚上，我再一次吹枕边风，他松口了，让我拿吴苇禾的方案给他看。

纪康铭看过方案之后，大半夜就打电话给吴苇禾，把他约到家里来谈谈。

两个人在书房里一直谈到凌晨。

他们谈事的过程中，我也一直站在门外偷偷听着。

“拍电影，都会传绯闻，但是那些虚幻的绯闻和未来我们会实实在在获得的利益比较起来，实在没什么分量吧。我可是带着纪总的心头好，冒着风险，才能有这么一个机会和您谈啊。”吴苇禾在游说。

“女人呢，我的确经历了很多，我确实喜欢那些更有个性的女人。关键是，我很喜欢你设计的‘游戏’。控制生意、控制价格、控制股票行情……好像都没有控制一个人的命运有趣。好吧！Deal（成交）！希望我们未来合作愉快！”纪康铭甚至还和吴苇禾握了握手。

他们交谈得十分顺利，看来，吴苇禾的目的达到了，他也应该停止对我的胁迫了。

早上，我去平面广告的拍摄现场。工作了一上午之后，疲惫的我打算在化妆室里休息一下。这时候，吴苇禾又出现了。

“看来，你的目的已经达到了。你是不是应该兑现承诺，帮我脱身呢？”

“其实纪康铭是个很厉害的家伙。早在金融危机发生之前，他就预见了一些趋势和苗头。所以，他做了及时的策略调整，虽然他也有点儿损失，但是因为掉头很快，所以损失并不大。对于他的资金实力来说，那点儿损失不过是九牛一毛。”吴苇禾坐在镜子前，看都没看我一眼，就开始弄起自己的头发来。

“你什么意思？”我完全不明白他现在葫芦里又卖什么药。

“也就是说，纪康铭绝对是一个在财富、地位指标上，你可以嫁的人。”

“你之前说他的生意大伤元气，是在骗我？”

“对，我骗你呢。”

“那你说的那些他对女人的控制欲和伤害，也是骗我呢？”

“噢，那个倒不完全是骗。对某个女人有兴趣的时间范围内，他是个控制欲很强的人。但是过了那段时间，对他来讲就无所谓了。不过，他倒不至于去做制造车祸和绑架那么恶劣的事情。他有比那个更高级的玩法。”吴苇禾把脸转过来对着我，像是要宣布什么大消息。

“你欺负我看不懂那些财务表格，也不懂商业运作，对吗？你是在蔑视我？”我抬手给了他一个响亮的耳光。

“你何止是不懂商业和财务报表。你甚至不了解人性，你也根本不懂你要嫁的那个男人。”吴苇禾摸了摸自己的嘴角，“纪康铭是一个拥有太多财富的男人！对他来说，这个世界很少再有什么事能激起他的兴趣。一个人有了钱之后，就想去争取权力，甚至控制别人的命运。但是，纪康铭这种展示自己力量的方式无处宣泄，我的‘艺术偶像’，刚好满足了他的这种欲望。”

“控制生意、控制价格、控制股票行情……好像都没有控制一个人的命运有趣。”听到吴苇禾这么说，我想起了纪康铭说过的话。

“两年前，我在做‘偶像人生’项目的时候，我的老板黎继远在项目第二轮投资时就找过纪康铭。可惜，最后还是闹掰了。原因就是，纪康铭想用他的钱来控制每一个被塑造出来的‘偶像’的命运。他非常享受那种操控别人命运的感觉。而这一次，我的‘艺术偶像’这个项目，就是特意为他量身定制的可以操控别人命运的游戏。这个游戏对他来说吸引力太大了！大到足以胜过任何一个女人。”吴苇禾在我面前十分得意，就像是在做一场盛大的演讲。

“你早就做好了功课，还真是运筹帷幄。我就知道这么一个成语，就用你身上了。”

“其实他是一个怪异的艺术品的收藏者。他特别喜欢去弄那些在正规途径几乎弄不到的东西。我的计划刚好可以帮他实现一些不太好实现的‘怪癖’。”吴苇禾站了起来。

“那岂不是要盗窃……或者……走私？”我简直不敢想下去。

“纪楠希，你记住，有一些特别有钱的男人，会变得怪异而扭曲，因为他们有资本任性、放肆和为所欲为。你真的决定陪在那样的男人身边吗？他要娶你，也只不过是他觉得他可以控制你的命运。但他很快就会感到厌倦，他会需要新的游戏。你真的愿意做他的不平等的玩伴吗？”吴苇禾在打开门走出去之前，很严肃地问了这个问题。

“如果他的财富地位其实没有改变，我还是会嫁给他。也可能会给他生孩子。这是我选择的人生。”我也很严肃地回答了他的问题。

“对于骗你的事，我表示抱歉。但我真的很想知道，听说了纪康铭已经生意失败，变成空壳的时候，你的想法是什么。好像验证了你们之间没有爱情，验证了你的虚荣，我内心就觉得特别过瘾。我发现，我也有点扭曲。”吴苇禾苦笑了一下。

“你一直都在享受耍我的感觉，从开始到最后。”我突然感到很委屈，甚至有一点儿要哭出来了，但还要努力显得很平静的样子，我不能让他感觉到我的悲伤。

“我刚才问你的最后一个问题，代表着我对你还有一点儿良心。跟你相识一场，我才会提醒你一下。我能为你做的也都做了。提前祝福你新婚快乐。保重！”吴苇禾开门离开了，把我一个人留在了化妆室里。

他走之后，我的眼泪止不住地流出来。

但我不知道自己到底为了什么而哭。为了吴苇禾始终把我当成游戏爱情的对象而哭吗？为了吴苇禾戏谑我、玩味我的虚荣而哭吗？还是为了要嫁给一个自己不爱的人而哭？为什么，明明光鲜亮丽、受人瞩目的我，要这么悲伤地哭泣呢？

看着伤心痛哭的纪楠希，我知道，我已经从她的身体里脱离出来。我变成了透明的我，和她站在同一个化妆间里，竟然因为她的哭泣而感觉到相同的悲哀。

我也有一个体会：纪楠希是爱过吴苇禾的，虽然短暂，但她是爱过他的。虽然这个事实他永远都不会相信。

六、可能的梦想

我，夏初篱，穿越了时光，体验了吴苇禾和纪楠希的短暂感情，然后，我从纪楠希的身体里脱离出来，甚至进入了一种时光漂浮的状态。

在那神奇的时光穿梭的状态下，我看到了 2009 年的欧幻言，也看到了 2009 年的纪楠希。我甚至看到了纪楠希和纪康铭的结婚仪式，披着美丽婚纱的纪楠希还在远远偷看来参加婚礼的吴苇禾。她对他是那么留恋，却再也不能表达，只有无限隐藏。

见证了那些爱情，同时，我看到了 2009 年的自己。

那一年，我回国，在远大前程公司经历过短暂的实习之后就自立门户，成立了“真爱幻境电影工作室”。和我一起回来的还有我的男朋友简嘉澄。那一天，我开车送简嘉澄的父亲简宁舒去见奇幻时代的卓总，也是我回国之后第一次遇见吴苇禾。

那是一个红灯，命中注定会亮起的红灯。我和吴苇禾的车同时停在路口，他的车上传来了那首活结乐队的 *When all hope is gone*（《希望尽释》）。我听到音乐声，不由自主就跟着唱了起来，然后我转头看向他的车，他也刚好转头看向我的车。那一刹那，我们对视的那一刹那，仿佛回到了高中时代，我们一起站在唱片店的门口，同时看活结乐队演唱会现场视频的那一刻。我们认出了彼此。然后，红灯转为绿灯，我开着车子与他的车错过。他稍有迟疑，然后就一直追在我的车后。我知道他一直在跟着。我却拼命地快开，既希望他跟上来，又希望他永远不要跟上来。

我的车子停在了简伯伯要谈事情的那个咖啡馆，我下了车，也看到了追上来的吴苇禾，他停了车，就站在马路的对面。他那样望着我，却没有走过来。我们就站在马路的两边互相对望，好像隔在我们之间的不仅仅只是一条马路。

8 个月以后，在 2009 年 9 月 25 日的亚洲电影节颁奖典礼的现场，我和吴苇禾再次相遇。彼时，我正在为最佳编剧奖获得者鼓掌。

“本次最佳编剧奖的得主是——电影《青春幻境》的编剧吴苇禾！掌声欢迎他上台领奖！”台上是主持人隆重的介绍，台下是一步步走向舞台的、神采奕奕的吴苇禾。

“大家好！今晚能得到如此殊荣，除了感谢电影《青春幻境》的所有工作人员和演职人员外，我最想感谢的是……这部电影的女主角的原型。请允许我在这里谢谢她，谢谢她带给我一些纯真而美好的记忆。在这个复杂而艰辛的世界里，最虚幻遥远的你，却给了我唯一一点力量和寄托。就像很多年前一样，我还是要靠着这样的不切实际生活下去。谢谢你，让我遇到你……”

吴苇禾那帅气的西装衬托着精致的脸孔，的确就是一颗闪亮璀璨的星。他说着那么让人动心的独白，他的感谢那么情真意切，让我有一种冲动，跑上舞台去拥抱他，然后告诉他，我也很想你。但我忍住了。

我看了一眼手里的入场牌，上面写着：真爱幻境电影工作室，制作人夏初篱。那时候，我以真爱幻境电影工作室的负责人身份来参加颁奖典礼。

在台下看着台上闪亮的吴苇禾，我的内心感慨万千。

18 岁那年，我就相遇的那个男孩，他是如此闪亮。但那时候的我，是多么骄傲，觉得他太乖、太循规蹈矩、太不特别了。但我却没发现，我已经沉浸在被他追随的眼光里、被他留恋的神情里，无法自拔了。

颁奖典礼结束的时候，吴苇禾在散场的大厅叫住了我。

“夏初篱！”他好像特意在那里等我。

“吴苇禾……”其实，我很想逃开。

“我的电影，你看了吗？”

“看过。去电影院看的。拍得很好。”

“其实那部电影讲的是……”

“我知道！我真的知道！”我打断了他的话。

“我成立了自己的公司，这是我的名片，上面有我的联系方式。有时间可以找我出来，叙叙旧。”吴苇禾递过名片给我。

“好。”我接过名片。

我和他擦肩而过的瞬间，好像擦肩而过的还有那些再也回不来的青春时光。

也许，相见真的不如怀念，如果不知道他后来的事，可能我还有勇气和他靠近。

但一个为了自己翻身，就把前女友的秘密公布于众的人；一个为了自己闪耀，就把初恋当成故事而拍摄出来的人，又该如何信任呢？他应该不再是那个单纯、青涩的男孩了。

2009年的我，虽然坐在电影院里看吴苇禾的《青春幻境》很感动；虽然去他的颁奖典礼很感慨，但那时的我，又怎么可能放弃爱我的好男人简嘉澄，又怎么可能会狂奔到那么陌生的吴苇禾身边？

就像我们那次的相遇，隔着马路，不敢走向对方。我没有信心，甚至没有理由靠近他。

七、越来越扭曲

“你在发呆？”马路对面的吴苇禾走了过来。

“你……”我困惑地看着吴苇禾，2009年的短发已经变成了2016年的鬈发。时光交错的瞬间，我们又回到了现在的这一刻。

“现在17:05，你只有25分钟化妆打扮。我们17:30要准时从家离开，去参加18:00开始的电视台直播节目。别发呆了。”吴苇禾说着。

“好。”我回答着。

我整理了一下我的记忆：16:45 的时候，我要与他下班开车回家的车子相撞，我的目的是撞死他！可他现在依然好端端地出现在我的面前——他再一次没有死，我再一次离奇地穿越时空，回到过去。

18:00，我和吴苇禾准时出现在了《真爱幻境》改版前的最后一期的直播现场。今天有一个很重要的环节——我们要推出改版后的重要的主持人简嘉澄。在今天的现场录制中，简嘉澄也会向大众说明我们的绯闻，同时爆出吴苇禾和其他女人滥情的消息。

节目的安排是：简嘉澄会在节目结尾从舞台的升降台上去，以出人意料的形式突然出现在观众面前，这不仅是给观众一个震惊，也是给吴苇禾一个震惊。

“又到了本次节目尾声的时候了，我们今天请来了一个十分重要的嘉宾，他就是——”主持人刚把大家的视线引导到舞台中央的位置，就听见“哐当”一声巨响，那是舞台升降板突然下落的声音。

“不要！”我大喊出来。

“哈哈……简嘉澄这次恐怕摔得不轻啊！”我身旁的吴苇禾却笑了出来。

“是你安排的？”我恨恨地问他。

“总之，他不仅不能出现在今天的节目上，恐怕，你们改版以后的节目他也参加不了吧？呵呵……”吴苇禾抿着嘴，笑得得意而谨慎。他那一丝无耻而狡猾的表情只有我看得到，表面上，他还是装出一副十分担心嘉宾的样子。

之后的一番情景就是混乱。现场直播被迫中止，简嘉澄被送进医院。经过医生诊断，他腿部严重骨折。简嘉澄连正常生活都有很大困难，更别说上节目了。

从医院回来，已经是夜里一点多了。吴苇禾居然在书房看书。

“简嘉澄严重骨折，差点儿被摔死。你满意了？”我问他。

“噢……你看这个碑座，多漂亮，是我们一起创办《真爱幻境》时第一次得奖。真怀念那个时候啊！”吴苇禾拿出旁边柜子里的碑座，递给我。

“你已经冷血残酷到这种地步了吗？”看他那优哉游哉的样子，根本就不把差点儿害死人这件事当回事。

“现在他只是断了腿，如果你不乖乖地把《真爱幻境》这个项目还给我，他就不是断腿那么简单了！”吴苇禾一把抓起我的衣领，那被他狠狠抓住的衣领，都要把我的脖子勒断了，我几乎无法呼吸了。

在那一刻，无论我怎么挣扎，他都没有放手的意思。我手里现在只有他刚才递给我的那个碑座。那一刻，我的愤怒已经无法抑制，我把手里的碑座朝着他的头顶砸了过去！

吴苇禾倒在了地上，满脸鲜血。

我用颤抖的手指探了探他的鼻息，他已经没有呼吸了。

我喘着粗气，觉得自己快要窒息了。我看到了那个透明的吴苇禾从死了的吴苇禾的身体里脱离出来。他用无法相信的眼神看着自己的死亡。

你终于还是杀了我。也许死也是一种解脱。其实，连我自己也不知道，从什么时候开始我好像变成了另一个人。欧幻言是一个内心有伤痕的女人，她总是用阴暗的眼光看世界，用危险的方式处理问题。也许她在我的生命里出现，就是为了推动我内心里的黑暗，让它更大胆地展现出来。我变成了一匹脱缰的野马，奔跑在星光大道上，不是为了做一颗闪耀的明星，只为了向简宁舒证明，我也能活得很好。纪楠希是我打算游戏爱情的起点，也许短暂的激情和简单的肉欲才是没有负担的关系。而且，既然我们都没有诚意，为什么不把虚荣推向最大的利益化呢？那时，我已经连脱缰的野马都不是了，我是一个没有底线的疯子。欧幻言说得对，糟蹋着自己的人生过日子也不错。

吴苇禾，你在和谁较劲呢？命运、际遇，还是你偏执的念头？

我看着透明的他，悲伤得无法抑制。

6. Art　为爱而生

一、画展上的遇见

睁开眼睛，一幅画出现在我的眼前，那幅画的名字是《菊花和女人体》，上面标注的作者是“Art ”，说明栏的标注是：潘玉良代表作。我环顾四周，看到右手边放着一座女画家潘玉良的雕像，下面还有一个 logo 牌，写着：潘玉良纪念画展。又看了看画展的说明才搞清楚，这是为了纪念女画家潘玉良而举办的，众多新锐艺术家临摹的潘玉良作品的画展。

“这幅画……很有意境。Art，你是个有潜力的绘画者。”有一个声音从我的侧面传来。我转头去看，是一个穿着黑色高领毛衣和米色风衣的男人。他的皮肤很干净、白皙，没有一丝杂质，那是诱人的脸庞。但男人的眼神很复杂，他看那幅画，不是在欣赏，只是在评估。

“Art ？ ”我有些费解地问他。

他拿出了一本小册子，指了指册子上其中一页，说：“新锐画家的介绍，上面有你的照片。我认出你了，你就是那个叫 Art 的年轻画家。”男人态度从容，说得自然，然后他递了一张名片给我。

苇禾时代文化创意有限公司　艺术偶像项目总监　吴苇禾

“吴苇禾先生……”我又仔细地看了看他。我知道这个男人，因为我在电视上看到过他。

“Art，艺术学院油画系的学生，毕业三年了。你的画作很独特，但似乎离成名还有点儿远。”吴苇禾说得直率。

Art，我脑子里努力搜索关于这个词的信息。是的，Art 是我的英文名，从我开始画油画的那天起，我在作品上署的名字都是这个英文名。我已经 26 岁了，我的梦想是在 27 岁以前能够去法国进修艺术，30 岁以前成为小有名气的画家。可这个梦想对现在的我来说很难实现。

为什么在见到吴苇禾这个男人的瞬间，我竟突然恍惚起来？好像脑子被人换掉了一样。我平静了一下自己的情绪，然后特意看了一眼那本小册子上写着的画展时间：2010 年 9 月 28 日。现在是 2010 年，我不会连日期都不记得了吧？这瞬间失忆的感觉太奇怪了！

“有没有人告诉过你，你有多么迷人？”吴苇禾问出了这样一句奇怪的话。说完，他就拉着我的手走向画展展厅的另一个侧门。从那个侧门出去，有一个人造的水池。我们就站在水池的旁边，他指着水池里的倒影，说着：“如果那倒影被画成一幅画，一定会价值连城。”

我看到水中有一个大波浪长鬈发的女人，她身上穿着一条红色的露肩礼服长裙。婀娜的身材和迷人的长发，似乎全身都在渗透一种性感，诱人又让人沉醉的气息。我笑了一下，感叹：这就是 Art 啊！一个连从女人的角度看起来都特别迷人的女人，风情万种，又有一种性感、深沉。我是怎么了，难道，我把自己都忘了吗？

“我正在运作一个新的项目，想塑造一些艺术偶像，而你，又美丽、又迷人，还会画画。正是我们合适的人选。”吴苇禾一边说，一边拿出一本设计很精美的方案。

我接过方案，问他：“要不……一起去喝一杯咖啡？”

“好。”吴苇禾脸上一副欣然的表情。

我坐上了他的车，并指引着他去了我的蓝景咖啡馆——那是一个艺术画廊，兼具咖啡馆的格局。

招呼他坐在一个靠窗的位置之后，我开始亲自为他冲泡一杯黑咖啡。

“你做手冲咖啡的手法很娴熟。”吴苇禾的眼睛一边盯着一圈一圈的咖啡沫，一边自顾自地说着。

“我知道这家咖啡馆。我有一个朋友说他经常来这边，看书、思考，一坐就是一个下午，也是靠窗的位置，然后点一杯手冲黑咖啡。还有小野丽莎的歌……”吴苇禾说着。

“你说的朋友，不会是新晋情感作家简嘉澄吧？”我突然想起了那个温和可爱的男人，那个单眼皮也好看的男人。

“就是他。是不是他经常点的手冲咖啡就是你冲给他的啊？他是一个……好像生活在童话世界里的人。他对这个世界的看法很明亮、很美好，人似乎也很单纯。但他并不简单，他看问题很深刻，脑子里有很多透彻的想法。”吴苇禾一边说，一边用手指头指了指自己的脑袋。声情并茂地说起他的朋友，可以感受到他对他的朋友很欣赏。

“这也是我喜欢他的地方，他的内心充满正能量，他的小说总会给人一些希望，尤其是在感情的世界里。你知道，其实感情总是容易让人绝望的。”我把冲好的咖啡递给吴苇禾。

“没错，这可能也是他的小说受人欢迎的原因。所以，我们正在合作一个电影项目，我的公司收购了他小说的影视改编权。虽然为了工作我们只相处了一段很短的时间，但我还真是挺喜欢那个家伙的。呵呵……”吴苇禾开心地笑了笑。

“你们……你们不会是……”我想说出“情侣”两个字，但没说。

“你想到哪去了？我可是地地道道喜欢女人的直男。比如……像你这样的女人。”吴苇禾居然因为被误会是 gay（同性恋者）而有些许的脸红，那脸红的样子真是可爱，那一瞬间，我居然对这个男人产生了一点好感。

“说说你推荐的那个艺术偶像的项目吧！”我对那个项目还真有些好奇。

“简单说来，我想发掘一些特别有艺术潜力的年轻人。无论是绘画、雕塑，还是其他的艺术创意作品，他们都需要一个空间更好地展示自己、展示才华。不过，更重要的是，我可以为他们搭建一个更好的售卖平台。所以，会为这些年轻的艺术家做包装，为他们录制专题节目，邀请他们参加真人秀，把他们像偶像一样来打造。而且会联系国内外比较新锐和时尚的艺术画廊、展览馆，同时展出他们的作品。甚至会直接为他们建立一个买家圈。圈子里非富即贵，有收藏家，也有真正喜欢艺术的人。”吴苇禾侃侃而谈。

“那是不是也会有一大批不懂艺术但也会出高价来购买的人呢？”我

问他。

“当然。所谓艺术，可以很高尚，也可以很卑微，比如，卑微得只为了以一个更好的价钱成交。”吴苇禾的犀利竟让人觉得很痛快。

“OK，Dcal！”我刚要伸出手来和他握手，一个女人突然站在了我的座位前。

我刚抬头去看她，就被她猝不及防地猛力抽了一个大耳光。“啪！”的一声，十分响亮。

“你……”我震怒地看着女人，“疯了吗？”三个字还没有说出来，那个女人就把桌上冲泡好的热咖啡端起来泼在了我的裙子上。

然后，那个女人大模大样地坐下来，坐在我的对面，吴苇禾的旁边，她用愤怒的眼神看着我：“离开邱伟建！不管怎么样我是他的正牌老婆。招蜂引蝶，我可以睁一只眼闭一只眼，但如果投入感情，就是越界了。他资助你开了画廊和咖啡馆，你得到的也够多了。适可而止，见好就收吧！他现在居然为了你连我们许久前就计划好的移民都要放弃。难不成你想搞得他离婚，然后自己做正牌太太？”

“这么说，可能有点不要脸，但这是我真实的想法：我爱的只是艺术，不是任何一个男人。我会想办法让他离开我。你们很快就能彻底移民离开了。”我淡定自若地说着，虽然此刻脸上因为被打了耳光而火辣地疼着。

“希望你说到做到，否则我会找人杀了你。”女人猛地站起来，走了。

我和吴苇禾面对面坐着，气氛有些尴尬。

“你要不要去换一下衣服？咖啡很热，你的皮肤可能会被烫伤。”吴苇禾首先打破了尴尬。

“不好意思……你可以现在离开，或者……”我还是觉得有点窘迫。

“或者，等你进去换一下衣服，出来再谈……”吴苇禾给了我一个鼓励的眼神。

“那你等我一下。”说完，我就去了里面的房间。

二、我喜欢简单的交换

蓝景画廊、蓝景咖啡馆，还有一个充满艺术气息的小套房，其实这个600平方米的仓库就是我的家。当初，邱伟建给了我一笔钱，我用这笔钱改造了仓库，把它变成了我的dream house（梦想之家）。那曾是我觉得特别幸福的时刻——不是因为邱伟建对我有多好，而是因为我的梦想正在实现的路上。

我进入了我居住的小套房，在衣柜里找出了一件白色套头针织毛衣和一条牛仔裤，然后又站在镜子前把长鬈发扎了起来。这时候，脸上的五个手指印已经非常明显了，碰一下，有些火辣辣地疼。

我从容地继续扎我的头发，这样打扮，我仿佛看到了5年前那个在大学宿舍里向往着无限美好人生的自己。我的理想是：出国进修艺术，成为一个有深度的画家。但是，读艺术是烧钱的。对于一个出身穷苦的女孩来说，那样的理想无异于飞蛾扑火。一只野心勃勃的飞蛾，一只只有青春和肉体可以出卖的飞蛾，扑向那遥远却也温暖的艺术理想之火——即便烧成灰烬，也在所不惜，心甘情愿。

我又回到了咖啡馆那个靠窗的位置，桌上的狼藉已经被收拾好，吴苇禾也静静地坐在那里等着我。

“抱歉，让你看到了那么不堪的一幕，我以为你会马上离开的……”我勉强挤出一丝笑容。

“是有些震撼，但你的画确实不错。刚才你去换衣服的时候，我在这里浏览了一番，墙上都是你的作品吧？很有个人风格。”吴苇禾在环顾四周。

“潘玉良曾经是个风尘女子，但她的艺术才华却举世皆知。她一直是我的偶像，所以，当我穷苦潦倒的时候，我没有退缩。对一个穷乡僻壤出来的女孩来说，她除了肉体之外，真的没有什么可以出卖了。你懂的？”面对吴苇禾，我竟然感到了羞愧，这是我很久都不曾有过的感觉。

“你可能只是在等待着遇见你的潘赞化。一个喜欢你又能支撑你奢侈梦想的人。”吴苇禾说。

“的确。可是那个年代潘赞化可以纳小妾，这个年代就只能做情妇。这样的我，还有资格成为你的‘艺术偶像’吗？”我问他。

“‘我爱的只是艺术，不是任何一个男人。’就凭这一句话，我就觉得你有资格——我喜欢故事多的人。”吴苇禾突然笑了出来。

这时，我的电话响了起来，是邱伟建打来的。我接起来，对他说：“装修房子的200万，明天就会汇到你的户头。其实，你应该知道我们的关系：肉体、利益，再没有其他。别在我这样的女人身上浪费时间，感情对我来说，变成麻烦就会是草地上的一坨狗屎。”

我挂了电话，却感到一直有人在盯着我看。吴苇禾正用一种笑着又有些玩味，又好似看好戏的表情盯着我呢。

“看来你还挺有钱，200万说还就还。”吴苇禾撇了一下嘴。

“我当然没有200万，不过，有个富商昨天说，如果我能陪他3个月，他愿意给我200万。所以，我得今天给他打电话，为了解决邱伟建，得立刻投入另一个怀抱。”我十分坦诚地说着，因为觉得没有必要再掩饰。

“200万足以把一个人难倒，足以让一个人觉得羞耻了。几年前，我也因为200万经历过很多事。也许是这个数字让我太敏感了！这样，我帮你解决200万，你就不用打电话给富商了。条件是：你要把你的画抵押给我，并且在‘艺术偶像’的合约上签字。”吴苇禾说得诚恳。

“你是说……我真的可以靠艺术获得200万？”我看着眼前的吴苇禾，竟然感动起来，这么多年，男人们都是用金钱购买我的身体，还是第一次，这个男人用金钱来购买我的作品。

“没错。我甚至觉得，用自己的身体来供养理想也挺伟大的。”吴苇禾平静而淡定。

“谢谢！”对比于他的淡定，我却十分激动，情不自禁地拽过他的衣领，在他靠近的脸上亲了一下，“抱歉……我只是太激动了……”我竟然哭了出来。

“不过……我随时保留着享受你肉体的权利。”吴苇禾表情冰冷，他不像在开玩笑，然后他从口袋里掏出一张支票，签了字，递给了我。

“那样更好，我喜欢简单的交换。”我擦了一下脸颊上的眼泪。

三、竟然是这样的关系

“不愧是情感作家，写出的台词也这么动人。可惜动人的有时候又往往是虚幻的。”我的嘴说出这样一句话的时候，我的意识再一次清醒过来，我看到对面坐着一个单眼皮的好看的男人，这个男人就是简嘉澄。我的记忆又开始快速地搜索：3 个月以前，简嘉澄开始来我的蓝景咖啡馆写东西，他总是挑选靠窗的那个位置。每当我在咖啡馆遇到他，我都会为他做一杯手冲咖啡。

此时此刻，我、吴苇禾、简嘉澄三个人，正在蓝景咖啡馆聊天。今天应该是吴苇禾约了简嘉澄在我的咖啡馆碰面，主要为了讨论小说改编剧本的思路。我也刚好在，就为他们做手冲咖啡，现在还加入了他们的讨论。

“台词虽然虚幻，但感情却是真的。我对这部小说的很多看法，要感谢我的灵感女神啊！”简嘉澄笑了一下，那笑容看起来竟然那么纯真，就像一个初恋的男孩。

“能打动时下最炙手可热的大作家，看来是个不简单的女孩。不过，像你这样的万人迷、小太阳，应该不会只被一个女人套牢吧？”吴苇禾抿了一口手里的黑咖啡。

“确实……不简单。我们是在排练音乐剧的时候认识的，后来就爱得无法自拔了……如果不是因为她，我不会回中国发展。”简嘉澄回忆往日爱情的时候一脸幸福。

“是谁在说我啊？”一个女人的声音传过来，在我们三个人的咖啡卡座外，站着一个气质独特的女人。

这个女人出现的时候，我突然感觉到头疼，强烈的、毫无缘由的头疼。就像我的脑中发生了地震，有一种东西在不停震颤。我努力揉着太阳穴，又努力地镇定自己的情绪，那突然不适的感觉才好了一些。好奇怪的感觉。

“初篱，你来了？”简嘉澄把女人拉过来，坐在他旁边，“这个就是购买我小说影视改编权的 boss（老板）吴苇禾。怎么样，就像我说的吧，年轻英俊，很有才华和眼光噢。”

“吴苇禾？噢……很高兴认识你。”夏初篱的表情有点尴尬。

通常，男人会主动说起自己和一个女人的相识，还沉浸其中一副回忆样，就说明，这个男人在有意无意地向别人炫耀他的女人呢。我看着眼前的两个人，还真是很般配！

“我们下个月就订婚了，到时候会邀请你来我们的订婚派对的！”简嘉澄的表情就是赤裸裸的秀恩爱。

可不知道为什么，自从夏初篱出现以后，吴苇禾就显得有点不太自然，夏初篱从第一声招呼到落座之后，状态也发生了一些细微的变化。

“是吗？恭喜你们……”吴苇禾一直盯着夏初篱，他脸上的表情十分不自然。

“是不是听者有份，我也能去参加你们的派对吗？”我突然也想凑个热闹，就好像看了一出好戏的开场，想继续看预想的结局，我只想验证一下，我的预想对不对。

“当然！能邀请到品味独特的女画家，求之不得。”简嘉澄答应得爽快。

在那之后，吴苇禾和简嘉澄还在讨论关于小说改编剧本的事情，但吴苇禾却总显得有点心不在焉。而坐在简嘉澄身边的夏初篱也总是在找理由离开。

“我打个电话，订晚上吃饭的位子。”“我去一下洗手间。”“我先去买电影票吧，你们聊。”

旁观的我有一种感觉：吴苇禾和夏初篱似乎认识。

这有些怪异的相聚之后，简嘉澄带着夏初篱去吃晚饭了，吴苇禾也就此离开。

我敲了敲吴苇禾的车窗：“如果你不忙，带我一起去兜个风吧！”说完，就毫不犹豫地打开车门，上了车。

吴苇禾一路上无话，只是沉默着，飞快地开着车。

“心情很差？和你朋友的女朋友有关？”我问他。

吴苇禾没有回答，还是继续开车，也不知道开了多久，终于在一个小树林前面停下了。车熄了火，他打开车门下车，我也跟着下去。他找到一棵树，坐在树下，点燃了一支烟。

我坐在了他的旁边，就那样和他并排坐着。

“我觉得你们有点奇怪……”我承认，我有点好奇。

“我觉得，你是一个很聪明的女人。在风月场上，你不是一个喜欢窥探别人秘密的人。”吴苇禾一直低着头，吸着他的烟。

“像我这样的女人，用身体和男人交换利益久了，当然懂得哪些是我能知道的，哪些不是。而这一次我想知道你的事，纯粹只是因为好奇……或者说，因为你买了我的画，让我多少心存感谢……谁让我是个卑微的爱画画的女人呢。”

“怎么……看上我了？”一阵风吹过来，把烟灰吹到了吴苇禾的眼睛里。

“也许吧。我经历的都不是什么好男人。你稍微比他们多出一点儿的优势是，你比他们年轻，比他们帅点儿。”我当然并不否认，能和一个这样的男人做交易，其实算是愉快的。

“我本来可以和简嘉澄成为很好的朋友的。”吴苇禾吸完一支烟之后，就把烟头在地上熄灭。他终于决定敞开心扉，谈点心事了。

“看得出来，你很欣赏他。”

“但为什么，他偏偏是简宁舒的儿子，他偏偏又和夏初篱在一起呢。”

“看来这背后有一段故事……”我想我的预感是对的。

“简宁舒是我妈外遇的对象。许多年前，他拿了我爸给的钱，就带着儿子离开了我妈。我妈因为他的离开，受了打击，把我爸推下楼，自己也跟着跳楼自杀了。”吴苇禾又点燃了一支烟。

“所以，他是仇人的儿子，即便欣赏他，你们也不能再做朋友了。”

“夏初篱是？”其实那个女人才是我好奇的对象。

“我初恋的女孩。确切地说，那是一场盛大的暗恋。”吴苇禾苦笑了一下。

“这世界总是命运弄人吧？我要接受我恨的人对我的帮助，还要接受他的儿子抢走我错过的爱情这些事实。我不想内心里充满仇恨地活着，但我没办法平息心中的怒火。”吴苇禾的眼睛直直地盯着前方，但他其实什么都没有在看。

“简宁舒帮过你？”我问他。

“他促成了我的第一部电影的拍摄。那是他和我老板的交换条件。得到‘志薄’的小说改编权，可是一个最好的诱饵。”吴苇禾突然从树下站了起来。

“帮了你，就算没有感谢，也不至于郁闷吧？”我问他。

“我要靠着一个害死我父母的仇人才能获得工作机会，你认为我会释然吗？他的帮助只会提醒我，我曾经的不幸是谁造成的。他的帮助只会让我更恨他！”吴苇禾把烟头狠狠地戳在地上。

我们并排坐在树下的时候，我竟然有一种同是天涯沦落人的感觉。他知道了我最不堪的秘密，我知道了他最痛苦的回忆。

四、她的订婚派对

再次有意识的时候，我的眼前出现了这样一幕景象：一个女人，穿着黑色的拖尾长裙，站在一个穿着粉色西装的男人身边。他们笑得很开心，心情很甜蜜。满房间的气球，还有无限的祝福以及欢声笑语。在这个美好热闹的场面之外，站着一个表情复杂的男人，他一个人站在那里，显得格外孤独和落寞。

我环顾四周，看到了派对的主题条幅上写着：Happy Engagement（订婚快乐）。我的记忆清晰起来，我和吴苇禾正在参加简嘉澄和夏初篱的订婚派对。

当然，这场温馨的订婚派对，简嘉澄也邀请了吴苇禾公司的其他人，比如那些刚被拍过专题片的“艺术偶像”们，比如我。

“Art，你的脸色不太好，不舒服吗？”吴苇禾一身白色的西装，既绅士又帅气。

“有点儿头疼。”我回答他的时候还要忍着不适的感觉，不知道为什么，我一遇到夏初篱，就会有这种很不舒服的感觉。

“我真的需要有个人陪陪我。”吴苇禾微微皱着眉头，还轻轻地叹了一口气。

“你有点儿悲伤？”我问他，然后伸出双臂抱住了他。

“嗯……”他就像个无辜的孩子，把头搭在我的肩头，任凭我抱着他。

“我能去你那儿坐坐吗？”吴苇禾在我耳边问。

“好。”我答应他。

然后我们两个离开了派对，开车去了蓝景咖啡。

我和吴苇禾坐在夕阳西下的露天阳台上，他突然问我：“我们之前的约定还算数吗？”

“什么约定？”我有点费解，但马上想起了那句“不过……我随时保留着享受你肉体的权利。”我明白了他说的“约定”是什么意思。既然收了人家200万，我就应该履行“义务”，更何况，他还是一个那么动人的帅哥呢！

“你记起来了，对吧？”吴苇禾突然把我拽到他的怀里，然后开始疯狂地吻我，好像他所有的愤怒与激情还有不甘，都在他这其实没有感情的亲吻里。

接下来，我们从阳台一路亲吻到卧室，成年人惯常的激情动作我们当然也都上演一遍。必须坦诚一点，我喜欢他美好的肉体，皮肤紧致而又细腻，这可能就是属于男人的天生丽质。他和那些只是付钱，但却青春尽失的老男人太不一样了。和他在一起的水乳交融，竟然让我有初恋的激情。

激情过后，吴苇禾沉沉地睡去了。我就一直看着眼前的这个男人，百看不厌的心情，应该就是一种吸引吧。我披了一件睡袍，下了床，打开电脑，在搜索栏里敲入了吴苇禾的名字。

排除那些对于偶像、老板、典范人物的“包装式”的百科、照片和新闻报道，我居然在他的粉丝团贴吧里发现了一个粉丝提供的旧网址。我点入了那个网址，看到了吴苇禾在大学时代开的一个博客。

那个时候的吴苇禾也是个女孩们喜欢的校草级人物。那时候的他，的确是一个可爱的男孩。他养了一只狗、一只猫还有一只兔子，他叫它们“三剑客”。他很喜欢晒他和“三剑客”的悠闲生活。他很早就开始玩单反了，他的摄影技术也不错，总是能把那些小东西展现出生活的小情趣。而且，他似乎还是一个对美食和烹饪也感兴趣的人，偶尔会晒一下他的烹饪大作。博客上，还有一些他的自拍，45°角，总是向着太阳。他说那是他最好看的侧颜。看来，那时的他是个自恋的人。颜值高的男生可能都那样。

看着许多年前一个男孩的生活记录，再看看眼前这个躺在我床上的男人，真是有点儿对不上号。同样一个人，脸也还是那张脸，却像是转世了一样，仿佛经历了一个世纪，气质完全不同了，透露出来的气息也不同了。

那时候的他，应该有女朋友吧？可是博客上却没有一点儿关于女朋友的信息。难道是删掉了？那么受欢迎的男孩，不可能没有一段爱情故事啊。

“你干吗一直看着我？”吴苇禾突然睁开了眼睛。

“没有……是啊……我一直在看着你睡觉的样子。”我有点儿猝不及防，想马上否认，但又觉得没什么可否认的。

对于我眼前的这个男人来说，我最不堪的一面，都对他毫无保留的坦陈；他最痛苦的往事经历也对我和盘托出，还有什么是值得掩饰的。

我走过去，在他的脸颊吻了一下。我觉得我爱上他了。

五、没有隐藏的秘密

“今天的短片叫作《飞蛾》。我们会把你打造成一个为了艺术而不惜一切代价、勇于追求理想的人。你也要把你对绘画的那种热爱表现出来。”吴苇禾拿着导演拍摄脚本，很认真地和我讲着今天要拍摄的内容。

我看着镜子里的自己，竟然感到有一点陌生。我，一直以Art这个名字存在的女人，把灵魂交给了绘画，却把屈辱交给了自己。好多年以来我始终寂寂无闻。有些人说，我的画缺少了一些灵魂。过去，我总是怨恨没有人欣赏我的作品；现在，我有点开始明白了，我画不出打动人心的东西，是因为我的心中没有爱。

“苇禾，我过去一直以为自己很伟大。虽然生活得卑贱，但我一直以为我在追求我的理想。其实，我不是那样的，我没有自己想象的那么伟大。当贫穷压垮了我，当别的女人都在炫耀她们的顺利和幸福，我就不甘心，我不能像她们一样骄傲地活着。其实，我借着理想之名让自己陷在虚荣里，让自己可以通过男人们活得更容易。因为，如果没有了‘理想’这两个字做支撑，我会彻底看不起自己。”我突然有了这种坦白的冲动。

“Art，很多人都在借着理想之名做着和理想没有关系的事。但我觉得你是热爱绘画的，你确实热爱。蓝景画廊里都是你的画，那是你生活里唯一的寄托和意义。”吴苇禾站在我的背后，他的两只手很有力量地抱着我的肩膀。

我知道他在安慰我，也在鼓励我。但他的鼓励却让我感到悲伤，非常悲伤。因为昨天夜里，我听到他和他的合伙人纪康铭通电话，我知道了他们之间的秘密。

对于吴苇禾来说，“艺术偶像”不过是他为纪康铭设计的一个游戏。就像玩家选择自己喜欢的角色一样，他可以随着心情任意挑选，也可以随着喜好任意摆布。他会让他们大起大落，可能会成为被关注的焦点，也可能会突然沉寂，再无声息。

今天拍摄短片的我就是其中一个被挑中的角色，一旦有一天这个兴趣失去了，或者我开始不听摆布了，我就会被打回原形。他们的所谓的艺术偶像，重点在于炒作和造势，还可以提高知名度，名正言顺地引导价格——艺术品销售的价格。

“你昨天跟纪康铭的视频电话，我无意间听到了。我不想……成为你们棋盘上的一颗棋子。”

“你果然听到了……其实……我根本没想防备你。”吴苇禾放开了搭在我肩头的手，拽过椅子，坐在了我的身旁。他压低了声音，打算说些什么。

“为什么不防备我？”

“我们都已经知道了彼此最不堪的一面，不是吗？我不否认，‘艺术偶像’是会受到纪康铭的操控。也许别人是一颗棋子的命运，但你不会。因为……你是我的女人。你会成为众人眼中真正的艺术偶像。”吴苇禾凑近了我的脸，又在我的脸颊上亲了一下。

“吴苇禾，你想得到的究竟是什么？”我一直觉得这个男人掩藏着一些东西。

“成为一个有能力的成功者，一个被人羡慕的成功者，说不定有一天，也可以像纪康铭一样，有能力去控制别人的人生。那么，你呢，你最想得到的又是什么？”吴苇禾很坦白。

“我想成为让一些人欣赏的画家，他们愿意出钱买下我的画。但不仅仅于此，他们给我的是真心对我的创作才华的肯定。”

“你还有什么好纠结的。我做的事可以满足你想要的。”吴苇禾从椅子上站了起来，“可以开始拍摄了吗？”

我点了点头。

对我来说，虽然这个男人现在天天和我住在一起，但是他却让人觉得摸不透。即使他坦白了秘密，我依然很难明白他心里的盘算。

其实，他的灵魂里隐藏了一种情绪。这种情绪只要稍微被触及，他就会发作、焦虑、愤怒和喋喋不休。他喋喋不休，一直在给自己催眠，要自己成为什么，仿佛这样就证明了什么。

六、了解他，是一种心痛

对我来说，艺术是一团吸引我的火焰。我是一只小小的、卑微的飞蛾，即使扑向它，瞬间毁灭，也心甘情愿。这也许是一个夸张的比喻，但也是每天都能鼓励我的语言，我总是这样想。所以，人的一生中，总会遇到一个让你发自内心去热爱的东西。我希望这种热爱，能通过我和我的作品让大家看到。就像爱一个人一样，这种爱也要不计代价，无怨无悔。

我看着自己在推介短片《飞蛾》中的独白，有些感动，也有些无奈。好像那感人至深的"表演"让自己都差点儿忘了理想之后的虚荣、懒惰与懦弱。

不可否认，自从我的短片在电视台和网络上传播以来，越来越多的人开始知道、注意我了。而且本月我还将录制一系列带着大家参观外国知名艺术馆和艺术画廊的节目。我，以一个对艺术有独到见解的"偶像"的身份，引来大家关注艺术和艺术品。在未来，随着偶像效应的增加，我的作品和我推荐的作品，都会以一个不错的价格成交。只不过那些购买作品的人未必懂什么是艺术，他们不过是喜欢追随偶像的指引。

但是，比较起五味杂陈的"艺术偶像"，更让我心神不宁的是今天晚上看到的那幕情景。我不应该在酒吧里因为好奇而跟出去的。我没有靠他们太近，因为我一离夏初篱太近，就会感到头疼。虽然距离不太近，但他们的一些对话，我还是听到了。

"你可以为了自己翻身，拿前女友的故事炒作；你可以为了自己出名，拿初恋女孩的故事拍电影……对你来说，你的感情不过是一个可以利用的筹码……你的内心是复杂的，但简嘉澄，他的内心是清明的，在他的心里爱情是很美好的。"

"他是美好的……我是复杂的。是谁把美好的变成复杂的？我不会放过他的！我不会放过他们的！"

命运，终究会让两个人再聚在一起吧？没想到我和吴苇禾在酒吧喝酒，也能遇到独自一人喝闷酒的夏初篱。而吴苇禾显然还对她有一些“历史性的怀念”。吴苇禾想去吻夏初篱的时候，她却给了他一个响亮的耳光。

他们两个不欢而散之后，吴苇禾就把我一个人扔在了酒吧里，自己开车跑了。可能他去散心了，直到深夜，都没有一点消息。

这时候，我听到了房门打开的声音，吴苇禾回来了。

“我好像，不应该抱怨你为什么把我一个人扔在酒吧了。”我摆弄着遥控器，想找一个深夜播放电影的频道来看。

“对不起。”吴苇禾竟然道歉了。

“你是真的很想得到夏初篱，还是……你只是不甘心，你失去了人生的另一种可能性？”我问他。

“可能是她和简嘉澄在一起，让我的情绪变得复杂。她也许只是一个初恋的情意结，我们分开了这么久，又有多少感情呢。但不知道为什么，我却感到失去她就像失去了简单的自己，就像被简家父子剥夺了什么。”吴苇禾掏出了一支烟，点燃。

“所以，抓住夏初篱的心，可能带着对简家父子报复的情绪。你又不是真的有多爱她，她打你耳光是对的。”我找到了一个频道，在播放王家卫的《东邪西毒》。

“任何人都可以变得狠毒，只要你尝试过什么叫忌妒，我不会介意他人怎样看我，我只不过不想别人比我更开心。”

电影里的欧阳峰正在讲着这句对白。我突然觉得很讽刺，居然笑了出来。

“其实，因为把你一个人扔在酒吧又晚回来，而跟你道歉这件事，你没觉察到什么吗？”吴苇突然问了这句。

我想了想，他真的不太一样了。他之前虽然也几乎天天来，但不来的时候，或者随便把我丢在哪儿的时候，他都不会道歉的。我也不觉得他需要道歉，因为我们不过是利益和肉体交换的关系。至多，也就是相处融洽的“奸夫淫妇”，连情侣都算不上，哪儿来的交代和抱歉。

“我们已经进阶到情侣的关系了吗？夏初篱的这阵风，是吹过去了？”

“如果有一天我忍不住问你，你最喜欢的人是谁，请你一定要骗我，无论你心里有多么的不情愿，也请你一定要说，你最喜欢的人是我。”

“哈哈……”

"呵呵……"

电影里的慕容燕又说了这句对白，我和吴苇禾又都忍不住笑了。这电影的台词太应景、太及时了。难道，是为我们今天的谈话量身定制的吗？

七、比预想深刻了一些

太阳光温暖地洒在身上，我沐浴在这样的风和日丽里，手里的画笔也尽情挥洒着。我看到了眼前的那幅油画：一个盛装出席的女子挽着一个神采奕奕的男子。两个人站在酒会的中央，接受大家的祝福。看得出来，女子是Art，男子是吴苇禾。画的下面标注日期：2011年2月28日。那种瞬间失忆的感觉又袭来了，就好像我的灵魂被人刹那窃走了一样。

平静了一下情绪，又揉了揉太阳穴，好像我的感觉好了一些。

"Art，你在画什么？"有人从背后拥抱了我，那怀抱温暖而香气四溢。

"我好喜欢你头发上的味道。"我笑着说，然后继续给眼前的油画涂着最后的色彩。

"啊……是那天，我们一起参加投资酒会的情景。"这是吴苇禾的声音。

"那天你带我参加投资酒会，你还得到投资商的好消息，你成功地拿到了'艺术偶像'的第二轮投资，可谓意气风发。我们跳的那支舞，让我们好像成了整个会场的明星。"我想起那一刻就觉得很开心，闪闪发光到耀眼的回忆，作为他的女伴，我第一次发觉和一个欣赏我绘画才能的男人在一起是多么快乐。

"很风光。但是风光背后，也有黯淡……"吴苇禾的语气突然低沉了起来。

他的感慨，让我想起了那天酒会我看到的一幕。

吴苇禾在酒会上遇到了一个地产界的大亨，那个人就是罗翔，人称"投资黑马"。3年前，他进入风投业，他投资的几个项目都有很高的回报率。那天酒会现场，罗翔在后花园品酒的时候，吴苇禾特意跑过去和他打招呼。但罗翔看到他却轻蔑地笑出声来。我还记得当时他是怎么奚落吴苇禾的。

"你这样的人也要做生意，也要搞项目？你的所谓的'艺术偶像'不就是让一些不知天高地厚的、连自己生活都支付不起的80后90后去佯装自己有多少艺术天分吗？然后你再倒卖他们的作品，从中获利。我看，你签的那些很多都是姿色不错的女人。你不是在做艺术项目，你是拉皮条的吧？你这辈子还能有什么出息，无非都是靠女人上位。当初是利用灿灿，后来是利用前女友，甚至初恋也能拿来拍电影。仗着自己有一副好皮囊，就混在女人堆里博取前途，真让人鄙视！你这样的人，没有资格获得幸福！”

罗翔说完之后，就把恭恭敬敬和他打招呼的吴苇禾扔在那里，自己去了酒店大厅。看着他离开的吴苇禾没有反驳一句，却把自己手中的玻璃酒杯彻底捏碎，手中鲜血直流。罗翔的侮辱实在是太过分了！

“你的‘艺术偶像’塑造得不错，节目都有很多观众在看呢。他们的作品也确实因为你的节目而价格看涨。”我还是想鼓励一下吴苇禾。

“上个周末播放的那一期你是主角，那一期很受欢迎。公司也确实得到不少订单和邀请。美国和意大利的艺术画廊，都邀请你去他们那边做画展。国内也有一些收藏家伸出了橄榄枝，希望购买你的画作。”吴苇禾一直抱着我，他的怀抱依然温暖。我的内心其实是感动至极的。有时候，我甚至觉得吴苇禾就是我的潘赞化，他给了我机会，让我实现梦想。

我就那样一直被他抱在怀里，回忆着我们这一年多的相处，简直是个奇迹。

吴苇禾说他不想活得深刻，他只想肤浅却看似成功地活着。就像我们的关系：他定期来我这儿，我们主要是做爱，他解决的主要是基本需求。当然，也会有一些其他的点缀，比如偶尔烹饪美食，偶尔摄影，偶尔旅行，偶尔他和我学画画，偶尔我给他补补关于艺术的知识，他偶尔给我讲讲投资融资和资本的运作。作为回报，他也算卖力地制作我的专访，为我联系展览和买家，我的画作卖得越来越好了，我是获益的。而且，他定期也会在我的户头上存一笔钱，我用那些钱休整我的蓝景画廊和咖啡馆，也留作日后留学的备用金。

有一天，吴苇禾和我说，他发现当人把成功的目标设定为名利的获得，把感情的目标设定为解决生理需要和利益交换，人生反而简单了许多、轻松了许多。他还说，他深刻不起，因为把很多事想透彻了，他会崩溃、会疯掉。当然，无论他说什么我都听着。他也许真的没那么好，也不是一个高尚的人，但我就是很相信他。可能是因为我们一开始就把彼此不堪的底牌揭开了，日后的相处就不需要伪装什么了。曾经遥远的他终于变得越来越近了。

“但是，亲爱的，我觉得我们的关系似乎深刻了一些。因为它涉及了我的理想。你帮助了我的理想，我们就不同了。”我转过身，抱着他，一边亲吻他一边说。

“也许吧。我也觉得，我和你的关系深刻了一些。我好像发现了另一个自己。带有艺术感地活着很不错，这让我觉得生活既浪漫又温馨，仿佛在一个美好的梦里。”吴苇禾一边亲吻，一边呢喃。

“真希望这样的关系能长久下去……我竟然开始期待长久了。”我们结束了亲吻，我感慨着。

“我也这么期待呢！真是奇迹。所以……我有个东西送给你。”吴苇禾拿出了一枚戒指，戴到了我的手指上，“我们结婚吧！跳过订婚这个步骤，直接结婚吧！”吴苇禾举起他的手指，示意我他也戴好了戒指。

“好。一言为定。”我再次紧紧拥抱了他。那一刻，应该是无比幸福的。

“我们去拍婚纱照吧！”吴苇禾显得有些兴奋。

“现在吗？”我有点不敢相信我的耳朵。

“对！现在。”说完，吴苇禾就拉起我的手跑出房门，我们一溜烟地把车开到了一家婚纱店的门口。他把我从车上拉下来，我们径直走了进去。

“放心！这家婚纱店我很熟，合作过。他们会提供贴心又私密的服务的。”吴苇禾神采奕奕地说着。然后他就和一个服务的店员说，“把你们店里最好的婚纱都拿出来，给她试试，她今天要做最漂亮的新娘。”

好吧，我也旋即仿佛一阵风一样，挑选了好几件设计独特的婚纱，然后就是一件挨着一件试穿、拍照，像疯了一样，很兴奋。而就在这样兴奋得可以忘记全世界的时候，有一个不合时宜的人影出现了：夏初篱。

遇见她的那一刻，感觉好怪，我的脑子突然像遇到了冲击波，竟然感到一阵眩晕。

“嗨！你们也来为制作节目而挑选婚纱？”夏初篱问着。

“不是。我们要结婚了，所以来选婚纱。”吴苇禾说着，还一边眉飞色舞地表示我正在穿的这件婚纱很不错。

“噢……恭喜你们。我是因为要拍节目，所以为角色选婚纱。你们继续……我先走了。”夏初篱默默地朝着正在试穿婚纱、显得十分兴奋的我这边看了几眼。然后，她离开了。

“噢，对了，财经大学的同学们想邀请几个做媒体的师哥师姐去传授一些经验。我下个月会去学生电视台和他们交流一下，正好遇到你了，那就顺便问问你，有没有时间去？”夏初篱临走的时候，突然问了这么一句。

“好啊……”吴苇禾微笑着答应。

八、你不曾发现的秘密

视频的画面上是一个男孩。一张青春逼人、朝气蓬勃，帅气得像刻出来的雕像一般的脸。牛奶一样白皙的皮肤，唇红齿白，明眸微笑。蓝色的牛仔裤、白色的T恤，深蓝色的书包斜挎在肩头。他微笑的样子，仿佛花都开了，星星都亮了。

这个男孩在图书馆看书，在食堂打饭，在课堂听课，在校园里骑单车，在运动场打篮球，在辩论赛上唇枪舌剑……他出现在视频里，被一个人跟拍着，偷拍着。

“这是过去的你吗？哇！你在大学里肯定是知名的校草啊！”我搂着吴苇禾的脖子，看他正在盯着看的DV。

“是啊，有人一直在偷拍我……”吴苇禾若有所思，但那表情却是怅然若失。

“谁会偷拍呢？前女友，还是大学里暗恋你的女孩，或者是女变态狂？”

“是我电影里描述的那个女孩。高中以后，其实我们念的是同一所大学。虽然爱情错过了，但其实我们是在同一所大学读书的。但那时我有女朋友。”吴苇禾故作轻松地关掉了DV。

“原来，你错过的爱情可能再一次错过了。那女孩大学时也在关注你。你高中时暗恋她，她大学时暗恋你。真是个不错的戏码。你的电影要不要再拍续集？”我突然感到了一丝莫名其妙的危机感，所以说出的话也下意识地带着火药味。

“今天去和学弟学妹们交流经验，他们交给我一个被丢在学校多年无人认领的DV，因为上面拍的是我，就索性交给我了。其实还不知道是谁的……”

吴苇禾似乎想转移焦点。

“可能是夏初篱的吧？”我突然就有这种想法，从夏初篱约吴苇禾回母校开始，我就觉得那是一种有“想法”的预约。

“嗯……也许在她偷拍我的时候，我的某根神经也在关注着她吧……”吴苇禾倒是开始直面问题了。

“噢……”我有一种不太好的感觉，这可能是专属女人的敏感。总觉得，那种心心念念没有实现的爱情，可能恰恰是最危险的爱情。人只要不肯死心，爱情就会像春天注定要发芽的植物，迟早会长成参天大树。

这个时候，吴苇禾的手机响了起来，是他的助理打给他的。他接完电话，脸色突然变得凝重起来，马上打开电脑。

“怎么了？”我问他。

“网上爆出了关于你的新闻……”吴苇禾皱着眉头。

我看到了网上正在铺天盖地散播一条新闻：政府高官唐某落马，艺术偶像 Art 曾是他秘密情妇……

就在此时，一群人来到了我的蓝景画廊，他们表示是纪检委的，要求带走我协助调查，我那时候还穿着睡衣呢！在我要求他们等一会儿，我去换上外衣的时候，我的内心阴云密布。因为我有一种感觉：我的美好时代结束了，无论是艺术前程，还是感情。

“Art！你放心，我会帮你。”我被那群人带走的时候，吴苇禾突然抓住我的手，说出一句话。

被带走之后，我不得不面对他们有利的证据，因为他们确实能够证明我和老唐曾经在一起过。老唐，在利益交换关系上，算是一个不错的“伙伴”，我们各取所需，在有限时间内，我们也没有拖泥带水。在我的保鲜期内，他给予了所有我想要的；在我过期之后，我们也都认可交换的价码。如果凭义气，我不会出卖他。而且，我也确实不知道那些能够出卖他的秘密。

不知道是谁把这本来秘密的调查弄得天下皆知，已经有很多记者在调查部门的大门口等着了。他们似乎不关注老唐，他们更关注艺术偶像 Art。

这一切，就像一场无法预知的阴谋，来自命运的阴谋，来自际遇的阴谋，无法躲避，只能面对。

不到两个小时，网上就开始出现新一轮的报道：艺术偶像 Art 和项目总监吴苇禾恋情坐实……据传两人正在筹划结婚……艺术偶像Art曾被高官包养……吴苇禾亲手炒作不道德偶像……

晚上，我回到住的地方，在网上看到关于我和吴苇禾的新闻已经被炒作得沸沸扬扬，这不仅关系到我们的感情，还已经严重威胁到“艺术偶像”整个项目的信誉！

我面临一个严峻的选择：马上撇清，还是继续幻想。

九、怎样去选择

天阴冷阴冷的，下着的毛毛细雨，就像烦心的烟雾，看不清前方，还要一直被滋扰。我注视的窗外便是这样一番景象。我在玻璃窗上看到了自己的脸：Art的脸。那一种不记得自己是谁的感觉再一次袭来，依然要打起精神、平静情绪，我才能回到我的状态。

“你的新闻是有人故意恶意炒作的，目的是打击我运作的‘艺术偶像’这个项目。就像一连串的蝴蝶效应一样，从唐某到你和他的关系，再到‘艺术偶像’塑造偶像的理念……而最终的目的，是破坏项目的信誉和经济价值。”吴苇禾坐在办公室里，一根接着一根地抽烟。

“险恶的阴谋，这样，项目的第二轮投资肯定就拿不到了。这么做的人，是想毁掉你的事业。”我转过头，看到吴苇禾皱着眉头。

“不仅仅只是毁掉事业……”吴苇禾看着我，欲言又止，犹豫了一下，继续说，“其实，艺术品的进出口，在法律的界定上有一些空隙……而且，和艺术偶像的运作有关的，还有一个背后的销售和供给的网络。很多东西，都在打擦边球……”

“走……”那个“私”字没说出来我就意识到，这不是可以公开谈论的事情，我也意识到那蝴蝶效应持续下去的可怕结果。

“是罗翔。他今天打来电话，毫不避讳他的设计。他是一只大鳄，他想咬死小鱼。”吴苇禾的眼神里透露出一些绝望。

“为什么？”我问。

“他的女儿罗灿灿是因为我而车祸身亡的。他没有办法看到女儿死去之后我还好好地活着。”吴苇禾苦笑了一下。

看到束手无策的吴苇禾，我的心里似乎暗暗有了一个决定。在这靠舆论就能毁掉一个人前程，甚至可能葬送一个人的自由的时代，注定要有人牺牲，才能解决困境。

我走出吴苇禾的办公室，然后拨通了一个人的电话。

“帮我一件事。我会给你一些资料，把它们发给你的水军。我知道你有控制舆论的能力。”

“光顾你的时候，曾经说过会帮你一个忙，OK，我会兑现。”

第二天，我接到了那个人的电话。他已经看了资料。

“你确定要这么做？如果这些资料传播出去，你的名声就彻底坏了。你再也不能做什么艺术家了。你甚至都没有办法在中国待下去了。”那人找我确定。

“确定。发布吧！谢谢。”我挂掉了电话，以一种悲壮但又豁然开朗的心情，朝着我的蓝景画廊走去，因为那里还有吴苇禾在等着我。

回到蓝景之前，我一个人走了一条长长的路。我一直走着、思考着，为什么会那么做。我真的十分了解吴苇禾这个男人吗？他真的很爱我吗？我的理想要怎样实现呢？可这些又似乎不是什么问题。我只知道我很爱他。即使我们的关系起源于交易，暴露于肮脏，可我还是爱上他了。

那条只有我一个人的路，我居然走了整整一个下午，回到蓝景的时候，天都已经黑了。

还是那个靠窗的位置，吴苇禾一个人默默地弄着手冲咖啡。我也默默地坐在他的对面。

“回来了？”他递过一杯咖啡。

“回来了。”我微笑着接过咖啡。

咖啡桌上放着吴苇禾的笔记本电脑，他停留的网页上，有一则引发热议的新闻：艺术偶像Art与多位男子保持暧昧关系，或利用不良手段博取上位。Art靠造假赢得苇禾时代公司的艺术合约，并向公司提供虚假资料，为提高知名度还故意制造和公司老板吴苇禾的绯闻……

下面的评论更是精彩：

“狐狸精！妓女！滚出娱乐圈！滚出艺术圈！”

“婊子！荡妇！”

“你疯了？”吴苇禾捏起我的下巴，注视着我的脸。

“没有。”我掰开他的手，然后喝着他冲好的咖啡。

“今天有个男人打电话给我，让我看网上的新闻。他没有说他是谁，但是他说，你为了我让他爆新闻，你要毁了自己来保护我。”吴苇禾再一次捏住了我的下巴，让我直面他。

“呵呵……我本来就是个疯子啊！为了成为画家，我可以把自己变成妓女；为了爱的人，我也可以把这个事实公之于众！做一只为了自己深爱的火而扑过去的飞蛾，有什么不好？”我再一次掰开了他捏着我下巴的手。

“你都没有给我阻止你的机会。”吴苇禾这时候两只手捧起了我的脸，狠狠地吻过来，让我毫无招架之力。

“你……”我能感觉到他眼睛里流出来的热泪，他居然哭了。

“爱情，几乎是一件让我绝望的事情。但我宁愿继续绝望，也不想你牺牲自己。”吴苇禾停止了他的亲吻，颓然地坐在沙发上。

“在没有遇到你之前，对于理想，我几乎已经灰心丧气。对于爱情，我也没有太大信心。虽然我们的关系有点奇怪，但我还是真正快乐过的。苇禾，我要走了。我买了明天去法国的机票。我还有点积蓄，这也多亏了你帮我卖掉那些画。我想去法国隐姓埋名，重新开始，做一个最平凡普通的艺术留学生。给我一个机会重新开始，你也给自己一个机会重新开始，好吗？”我握住了他的手。

“好。别忘了，你是我发自内心想娶的女人。”吴苇禾目光炯炯地看着我，那眼神里有很多不舍。

但我知道，已经无计可施又并非那么坚强的吴苇禾，有一种甚至都不为他自己所知的软弱。所以，我不能给他软弱的机会，我必须逼迫他接受这个事实，必须逼迫他勇往直前，去赢得他想获得的。

他要的可能不是名利、金钱、地位和生理需求。他要的是他那一直以来受伤的心得到安抚，他那绝望的信念得到重生，他那孤单的感觉得到陪伴。

再见，吴苇禾。我听到了Art内心对吴苇禾的告别。我也看到自己以一团透明的影像从她的身体里出来。

我站在机场的落地窗前，看到承载Art的飞机飞向法国的天空，作为夏初篱，在那一刻，我似乎深深理解了Art对吴苇禾的爱。

7. 窦鲮 人生无悔

一、开心的天使和忧郁的天使

我闻到了空气中的药水味，那么浓烈。我睁开眼，看到雪白的天花板，还有我手背上插着的一根输液管。我支撑着从床上坐起来，把输液的药包拿下来看，上面写的名字是：窦鲮。床的左边是一个桌子，桌子上还放了一个小镜子，我就拿起来照照。那是一张虚弱而苍白的脸，看到这张脸，我的记忆又开始快速搜索，我想知道自己是谁。

最近很奇怪，我开始出现短暂性失忆的情况，会在突然醒来的时候，不记得自己是谁。就好像身体里还有另外一个人似的。

“窦鲮，你又开始臭美了？”一个年轻的穿着护士服的女孩走进来。

“这里是……”我带着疑问。

“这里是加护病房，而你，是特别爱美的女孩，即使在医院里，也要每天打扮得美美的。还要装糊涂，逗我开心啊？”小护士笑着说，然后她检查我的输液，看到基本输完了，就帮我拔下了手背上的管子。

“噢……我得了什么病，要住进医院？我的病历本，能给我看一下吗？”我问那护士。

“窦鲮！还演？又玩儿，是吧？那行，我配合你。你的病例就在桌子下面的抽屉里，自己翻出来看吧。”护士说完就推着她的护士车走了。离开房间前，她还说了一句：“今天……还会有人来吗？你知道的，这里可是隔离区。不过，今天可是2011年11月11日，大家都说是难得一遇的光棍节呢！三个11。有人陪倒是一件幸福的事。”护士笑笑。

“有人来？”我有点诧异，于是，继续搜索我的记忆，我想起了一些画面。

那是个年轻的男人，拄着一根拐杖，一瘸一拐地在我们病房区的走廊上走着，他时不时地向各个病房张望，有点儿漫不经心，又好像在寻找什么。他是吴苇禾，我和他打招呼的时候，他告诉我他的腿因为受过外伤而导致了很严重的滑膜炎，正要准备接受手术，否则他的腿可能会终生致残，会变成一个瘸子。昨天我遇到他的时候，我们还发生了好笑的一幕。

“不好意思……我看到门开着……就进来了。我叫吴苇禾，是骨科的病人。”吴苇禾昨天有些尴尬地打着招呼。

“我认识你啊！很多人都认识你！你过去主持的节目、你的电影，我都看过。”我微笑着，想起了我曾经快递过一份十分特殊的礼物给他。

“你认识我？你看过《偶像人生》吧。”吴苇禾问。

“可能你不记得了。”我想起了那份特殊的礼物，就从桌上拿起手机，找到了一张照片给他看。

“噢……那大便蛋糕……是你……送的？”吴苇禾看到照片，居然笑了。

“其实，在《偶像人生》的贴吧里，我是anti（反对）粉。当时我的署名是‘偶像狗屎’。”我挠了挠头，有点不太好意思。看到吴苇禾还真是挺奇妙的，他确实挺帅的。

“你就是那个‘偶像狗屎’？不过，你快递到公司的狗屎形状的蛋糕真的很好吃！当时我吃的时候，公司的人还说我疯了。蛋糕上的巧克力浓度刚刚好。”吴苇禾放好自己的拐杖，坐下来，把那只发炎的腿搭在了另外一个凳子上。

“可是……你来找我干什么？”我还是不明白他进我病房的原因。

“其实……人在面对死亡的时候是什么感觉呢？抱歉，也许我不应该问这么敏感的问题，这么问也有点儿残忍，但我在这家医院的微博上看到有人转发了你的长微博，我又刚好在病房外面的牌子上看到了你的名字，所以就想进来和你聊聊……”吴苇禾解释着他来的意图。

“噢……看来你是我的粉丝啊。你去我的微博看了吗？那上面，我可写了好多感慨。”我一边说一边迅速从桌子上拿起小镜子照了照。还好，我的样子虽然病怏怏的，但还算可爱。

“对！我看了。所以就对你更好奇了。坦白说，心理医生诊断我有抑郁症，在两个月以前，他还开了抗抑郁药给我。但我觉得那药好像对我不起什么作用。比起腿上的疼痛，好像我心理上的问题更严重。”吴苇禾看了一眼桌上摆着的一个相框，上面是我在非洲旅行时的照片：短而俏皮的鬈发，还戴着一顶红色的小礼帽。

“忧郁症，很严重？你想过自杀吗？”我也问得直接。

“有！”吴苇禾重重地点点头，“几个月以前，一个很爱我的女人离开我了。她为了我做出很大的牺牲，连自己的梦想都毁掉了。还有一个仇视我的人想把我置于死地，但女人的牺牲帮我挽回了机会。我本来应该继续努力的，至少不应该辜负那个女人的牺牲。当我想重新开始工作的时候，我的腿出了问题，疼痛难忍，让我想起几年前，我的腿被人打伤，造成粉碎型骨折，我一个人躺在医院里的感觉：很痛苦，很绝望，很孤单。然后……我就开始对一切都感到索然无味，毫无热情，每天都很颓废……”

“过去的悲伤和现在的悲伤对上号了！两种悲伤的情绪搅和到一起，引发了你的忧郁症。”我简单地总结了一下。

“哈哈……哈哈……你说得可真好。”吴苇禾笑了起来，那笑可真好看，就像一个明媚的天使。谁能想到，一向只出现在屏幕上的帅哥现在正在我面前对着我笑得这么好看呢！而且，这个帅哥还吃过我快递给他的“狗屎”。我真是交上“狗屎运”了吧？

“那……你到底想问我什么？”我突然严肃起来。

“我想问，人在面对死亡的时候是什么感觉呢？真实地走近死亡，和自己总是无法抑制地想去死，有什么不一样呢？”吴苇禾收起了笑容，他的神情开始忧郁，眉头也皱了起来，好像整个人都进入一种思考的状态里。

“嗯。这是一个很大的问题。你这么认真地问起来，我也得对这个问题负责任。我需要思考一下，好好地、认真地思考一下。你明天来找我，我再告诉你答案。”我也很认真地和他说，因为对于一个患有严重抑郁症，又有自杀念头的人，我可不能随便说。

“一言为定。我明天来找你。”吴苇禾拿起他的拐杖，一瘸一拐地走了。

“这是隔离区！其他人不可以随便进入的，即使你是偶像也没有特权啊……”护士女孩看到离开的吴苇禾，就向他提出病房的要求。

昨天的情形，我已经清楚地记起来了。

“隔离区”？我脑子里记住了这个词，可我到底得了什么病呢？从桌子下面的抽屉里翻出了我的病例本，看到那上面写着的医生的诊断和各项检查数据，我的心顿时沉到了谷底。

二、游走世界的志愿

窦鲮，精力充沛又充满热情的摄影记者，大学期间就已经背着背包游走过十几个国家。因为擅长旅行，还出过几本介绍如何穷游各国的旅行书。大学毕业之后，就被一家十分有名的旅游杂志聘为摄影记者，可做了一年的时间，就从杂志社辞职，正式转为自由摄影记者，专门给各种杂志、网站投稿，靠着自己四处旅行发现的奇闻轶事和拍摄的精美照片维持收入和生活。我想，我记起自己了。

回忆像潮水般涌来。美洲的丛林、非洲的沙漠、澳洲的草原……那些险恶的却有无限美景的地方，正是我眷恋不已的大自然吸引力。我就像一个独行侠，穿梭在不同的国家，进入不同的地域，民宿、当地家庭、青年旅馆、飞机、火车、游船……那都是我生生不息、不停奔波和停留的地方。

直到有一天，我在非洲做志愿者时，帮一个非洲部落的女子包扎伤口，而她由于一开始害怕陌生人而一把将我推开，我的手被地上的石块划伤，我却还是坚持帮她把伤口包扎完……那一天，我美好的游走世界的生活其实就宣告了结束。但那时我一点儿也没有预感到什么危机，我依然游走、拍照、采访和记录特别的故事。只是，我开始不断发烧、咳嗽、皮肤发痒……去了很多次医院，很多医生给开过药、打过针，可还是不见好转。然后，两个月以前，我回国来到这家医院，做了 HIV 的检测，才发现我竟然感染了 AIDS。

我坐在病床上，想起了这一切，我又看了看医生给开的注射液，那是治疗肺炎的输液，说明我已经因为免疫力太差而患上了机会性感染肺炎。

“你在想什么，想得出了神？我来寻找你昨天说要告诉我的答案了。”

我听见了吴苇禾的声音，他正拄着拐站在病房门口。

“你果然来了，还好，我有答案了。”我看着他，内心里感慨万千。

此刻的吴苇禾手里拿着一张光盘，穿着病号服，头发也有点儿蓬松和凌乱，脸上还有没有刮掉的胡楂儿。那样子真是有点儿颓废。

“我昨天回去之后，就一直在看你的博客，居然没有睡觉，看了一夜。”吴苇禾把他手中的光盘递给我，“我的第一部电影，送给你。”

“谢谢。”我接过来，“我的 CD4 的值只有 8 个，现在还感染了肺炎。医生说我的躯体基本上变成了一个空壳，对于任何外来的病毒和细菌都没有抵抗力。我随时随地……都会死。你问我，接近死亡的感觉是什么？我觉得，是一种浪漫的无知者无畏，是过好当下每一天。”我打开吴苇禾给我的《青春幻境》的电影光盘，又看了看我放在桌上的笔记本电脑，我想我也许可以和他一起看这部电影。

“我刚写好一篇博文，还没有发，可以给你看看。”我打开笔记本电脑，找到了我昨晚写的那篇短文。

我想过一万次，如果我没有给那个非洲女子包扎伤口，是不是就不会感染艾滋，就不会过早地面对死亡的威胁。我就还有大把的青春和时间去游走世界，记录更多的人和故事，拍更多的照片。我承认，我也是个普通人，所以，我后悔过，我不能说我为了一个陌生人连死去也无怨无悔、心甘情愿，我没有那么伟大。但当那种后悔的念头升起的时候，我又想明白了一件事，我选择的人生，本来就是有一定风险的，我不安分，不能循规蹈矩地过和其他人一样的生活，那我就注定要为了有点儿冒险的人生付出代价。但我灿烂过、快乐过，看过比一般人更广阔的世界，认识了更多不一样的人，还有那些别人永远也看不到的美景。所以，我的收获也足以补偿我的失去了吧。如果我的命运注定如此，那我还能做的就是好好去过我还活着的每一天，然后，平静地面对死亡——这个我在地球旅行的终点。

“你写得很好。好好去过，还能活着的每一天。”吴苇禾竟然哭了。

“你也写吧！像我这样，写下自己每一天的感受。我写，是为了要鼓励还活着的人；你写，却可以很好地抒发你抑郁的情绪。”我鼓励他。然后把笔记本电脑转到他的一边。

“这真的管用？”他看了我一眼，他在求证。我给了他一个鼓励的眼神。

“OK，我试试。”他移动到笔记本电脑前，坐下来，开始敲字。

比起真实快要死去的人，我竟然觉得自己比她还可怜。她曾游历过灿烂的世界，我却只生活在狭小的名利场；她的梦想是这世界的美景，可我的梦想竟是……我没有梦想。我对很多人失望，我怀疑这世界是否还有真诚存在。我很愤怒，我很浮躁，我始终困惑于这世界的荒唐。我不相信感情，我很孤独；终于有人真诚爱我，我却因为懦弱而需要她牺牲自己。我很愧疚，可我腿上的剧烈疼痛，却又不断提醒我，因为相信感情所付出的代价……

“你写得很好啊！”我鼓励他。

“不行！我写不了！我好痛苦……”吴苇禾又开始哭起来，他两只手一直捂着自己的眼睛，眼泪从他的指缝间渗透出来。

“我们……一起看你的电影吧？”我轻拍着他的肩膀，我希望可以缓解他激动的情绪。

于是，我打开笔记本电脑的视频播放器，开始放映他送给我的那部《青春幻境》。吴苇禾也从痛苦的情绪里慢慢缓解了一些，停止哭泣，和我一样坐在电脑前，盯着屏幕开始看电影了。

“我们一起开个博客吧？秘密地，只有我们两个人能看到，只有我们两个人知道的博客。你每天都写一些你的感受，最真实的感受——就像你每天都和自己聊聊一样。”看着电影的时候，我突然提出一个建议。

“开一个博客？”他突然把头转过来看着我，眼泪还挂在脸上。

“对！开一个秘密博客。啊！我还可以带你去世界旅行，我们每天都可以去一些国家，假装我们在美洲的丛林、非洲的沙漠和澳洲的草原。哪怕只是想象的环游世界的旅行，OK？”我兴冲冲地问他，为自己想出了一个好的点子而开心。

“呵呵……这主意听起来不错。”吴苇禾又露出了那种好看的笑容——天使般的笑容。

“那你明天就带你可以度假的衣服来，我也要准备一些道具噢。”我也笑着对他说，看到他笑容的那一刻，我就情不自禁地想笑，不知道为什么，我被眼前这个患着忧郁症又瘸腿的偶像给蛊惑了。这时候，电脑放映的电影刚好演过这样一幕，那是男主角的内心独白。

我一直好想吻她，并且告诉她，我的青春记忆里，因为有她的存在而显得无比美好。

突然之间，吴苇禾靠过来，在我的脸上吻了一下。那一吻猝不及防，没有预兆，他就是吻过来了。我感到脸红心跳，我还没被这么帅的男孩吻过呢！我呆呆地看着他，就像喝了100瓶酒，已经晕了。但我不能回吻他，因为我的病，我甚至不能回吻他一下。

三、偶像，虚幻与真实的存在感

“抱歉，医生说，得了抑郁症的人举动有时不太正常。很容易感动，也很容易悲伤。”吴苇禾为那一吻解释着。

“明白！更何况你也是大家瞩目的人……”我的话带着点酸味。

“不过……你为什么那么反对《偶像人生》的节目呢？还送大便蛋糕给我？”吴苇禾终于问了这个。

我的记忆又跳跃到了2005年的时候，那是《偶像人生》真人秀第二季的选拔阶段。我的好朋友萧晓桐当时报名参加了那个节目。她又漂亮又聪明，小时候就是个有艺术细胞的孩子。她一路过关斩将，经过三个月的节目录制，淘汰了很多竞争对手，在终极对决时，只剩下她和另一个成员林纹锦了。如果从才艺、表现和应急问题处理这些方面看，萧晓桐都更胜一筹。在前几轮的观众投票中，也是一路领先的。可戏剧性的是，在最后一轮观众投票中，萧晓桐竟然败给了林纹锦。最后，当然是冠军林纹锦获得了远大前程公司签约的机会。她现在也是一个炙手可热的偶像了！那个结果让很多观众都大跌眼镜，当年那个竞争结果还成了各大媒体热议的焦点呢！

我的悲惨的朋友萧晓桐，因为参加《偶像人生》真人秀，付出很多代价，还曾经十分卖力地减肥，后来还导致了厌食症。那场旷日持久的厌食症，差点儿让晓桐送了命。可想而知，没做成偶像，身体又垮了，对她的打击有多大！我到现在都能记起她那副如骷髅般的可怕样子。

“事情就是这样……你们的节目害了我的朋友！所谓《偶像人生》也不过是在作假，一定有背后的运作……而你，又是《偶像人生》的主持人，还是策划者，我当然就把你当成靶心去攻击了。”说起这些话的时候，我倒有点儿不好意思起来。

“是啊……其实那时候……我也是被远大前程公司塑造的偶像啊！还是一个有商业运作头脑的与众不同的偶像呢！不过……偶像也是一种虚幻。可能媒体的一个报道，或者你遇到的一个人，就能改变你的际遇。你的朋友真不应该对这件事这么认真。”吴苇禾感慨颇多。

他说得对，比起那些被金钱、背景和炒作塑造出来的偶像，也许靠着自己的实力去赢得关注，也是不错的选择。我还记得后来的萧晓桐是如何重生的。那时候，她虽然没做成偶像，却进了一家杂志社成了广告编辑。毕竟，她可是广告设计系毕业的高才生呢。

我周游世界，写了很多文章，都是那时的萧晓桐帮我投稿、发表。她几乎成了我的经纪人。后来，我们还合作开启了周游世界的自媒体营销的小事业。我们经营的内容就是“窦萧游世界”系列，其中包括“窦小姐穷游指南”“萧小姐世界淘”和“遗落在星空下的爱情”这几个栏目。我们开始把博客、微博、淘宝店等当成了我们的宣传和推广的载体。

“萧晓桐的转型成功，其实验证着‘偶像世界’的虚幻。它需要的不仅仅是脸蛋和才华，还需要运气和背景。但是，在新媒体时代，每个人都可能成为‘偶像’，也许并不是那么万众瞩目，但至少是个靠着自己的才能获得关注的网红。”我发表着自己的高见。

“你说得对。偶像，是个很虚幻的存在。所以，我也想靠实力做点儿不一样的事。但我最近遇到了一些挫折。”吴苇禾叹了一口气。

我也想起了前段时间看过的新闻，好多人都在攻击《艺术偶像》造假的事。虽然，后来Art的丑闻被爆，似乎缓解了局面，但大家对那个节目的信任度还是大大下降了。新闻上还写，《艺术偶像》的项目合伙人纪康铭撤资退出了呢。

“也许到了一个应该转型的阶段了。”我建议着。

四、想象的旅行

睁开眼睛，就能看到一个自己喜欢的人正牵着自己的手，在医院的楼道里躲躲藏藏又十分开心地走着，是一种怎样的感觉？此刻睁开眼睛感受到这一切的人，就是我，窦鲮。我能十分清晰地感受到这份心情：开心而激动。

“医生怕你再次感染，你就这样偷偷跑出来，真的没关系吗？”吴苇禾在我耳边小声问。

“我们假装在椰子岛，当然要有一棵看起来像椰子树的树啊！”我也小声和他说，我们现在已经手牵手从医院的走廊里“逃”出来了。

医院后花园是个不错的地方，但是今天人特别少，就好像是特意为我们拍照准备的一样。我们开心地找到了一棵树，我还说，即使上面没有椰子，我可以利用后期PS出来。我穿了我喜欢的粉色长裙，还戴上了大沿的太阳草帽；吴苇禾穿了带有椰子树图案的背心和沙滩裤，还戴了一副黑色的很酷的墨镜。虽然他的腿还是不灵便，但他忍着疼，还能尽量保持自然。

我们开始拍照，摆着各种有趣的pose（姿势），我们甚至还带了自拍的支架，真是准备齐全。有时候，他的某些动作已经支撑不了他的重量，甚至还会摔倒，谁让他的腿脚不灵便呢。但这不会妨碍我们忘情投入地假想我们在椰子岛度假，而且，是只有我们两个人发现的人迹罕至的椰子岛。

“你为什么穿那么长的裙子啊？”吴苇禾问我。

“因为我腿上的皮肤已经开始溃烂了。我不想让你看到。”我又整理了一下裙子，生怕腿被他看到。

“噢……”吴苇禾看了一眼我的裙子，然后就紧紧地抱住了我。虽然我不太理解他忽然悲伤起来的情绪，但那情绪估计跟死亡有关，好像我随时可能到来的死亡，总能让他想起他和那些亲人、和挚爱的人生离死别的情景。

每当他忽然情绪激动，突然悲伤的时候，我也会跟着感慨起来。其实，在医院里遇见他之前，我并没有特别难过到承受不起的时候，但是遇见他之后，我开始偶尔抱怨起命运的不公来，为什么不能让我以健康的样子遇见这个帅哥呢？

晚上，我一边输液一边整理着我们这些天拍下的照片，那都是些特别有趣的照片。我们假想在德国街头的餐厅，在法国街角的咖啡馆，在美国的地下舞厅，在东京的新干线，在泰国的小旅馆，在韩国的时装店……我好像把这辈子所有最喜欢的衣服都穿过了，他也把自己打扮得花样百出。其实，我们只是在医院的食堂、水吧，医院附近的夜店、地铁和时装店游荡……哈哈。但从我们博客上的照片来看，却好像真的在进行环游世界的旅行一样。

看着照片的时候，我开始剧烈地咳嗽起来，好像要把我的一整个肺都咳出来。我努力平息着我的咳嗽，用咳得有些颤抖的手在笔记本电脑上搜索关于 PCP 肺炎的资料。我看到，这种病是 AIDS（艾滋病）的机会感染性疾病，病死率极高。我知道，似乎我的大限快要到了。我突然有些悲伤，我突然很想给吴苇禾打一个电话。

“喂，窦鲮？”吴苇禾接了电话。

“睡了吗？”我问他。

“还没有，在写博客。”他回答。

“你知道我为什么叫窦鲮吗？呵呵……因为那是豆豉鲮鱼的简称。我妈就是那么搞笑，给孩子起名竟然能那么随便。但可能就是那名字咒的，我从小到大就是一个特别逗逼的人。”我没有来由地笑起来。

“啊？”吴苇禾被弄得一头雾水，搞不清楚状况。

“吴苇禾……我觉得有点儿难过。我还没有谈过恋爱呢！就这么死了，真是好冤枉。我还是个处女呢！可是却得了这个病。哪怕是个癌症什么的，不怕传染，我也能找个帅哥，约个炮啊，至少不会做处女鬼那么惨……”我竟然在电话里呜呜地哭起来，哭得无法抑制。

“圣母玛利亚也是处女啊，她还生了耶稣呢！她多伟大啊。你也很伟大啊！”吴苇禾开始语无伦次，因为他不知道该说些什么来安慰我。

“你疯了吧？你在胡言乱语些什么啊？”我跟着笑了起来。

“其实，要不是生病，我也不会在医院遇见你。要不然，哪有机会能和电视上的偶像朝夕相处呢？真不知道该感谢还是该咒骂，在这样悲惨的情况下遇见你。但人生有时候就是这么荒唐啊！你要很悲惨，才能遇见很灿烂。要遇见一个得了艾滋的非洲女人，才能遇见屏幕上闪闪发光的帅哥偶像。人生真是一场电影。我很羡慕……你电影里描述的那个暗恋的女孩。”我有些感慨。

“羡慕她？可是，我们也错过了啊。”吴苇禾缓缓说着。

“至少，她还活着。不管你们在这地球上分隔多远，至少，她还活着，你也活着。只要你们想，或者只要际遇和缘分能眷顾你们，你们终究还会有相遇的一天。可我……跟你相遇之后再分开，就是永远的离别了。”我突然又一次悲从中来，眼泪默默地在脸上流淌。

“豆豉鲮鱼……别难过。你说过，要活好当下的每一天啊！”吴苇禾有些着急，甚至不知道要如何安慰我。

“你今天过得怎么样？”我问他。

“今天，对我来说是黑暗的一天。你打开那个博客看看吧，我写到博客里了。”

我就打开了那个只有我们两个人知道的秘密博客……

五、他的到来

他在等我，他坐着轮椅，就像八年前我看到的一样：儒雅、沉静，有一种内敛的气质。这可能就是我妈被他吸引的原因吧？如果知道他一直在医院的后花园等我，我宁愿不去那里晒太阳，因为见到他，我心里的太阳就再也无法出现了。

他竟然不知道，我妈已经因为他坠楼身亡了，竟然不知道，他的离开给我们一家带来了怎样的悲剧。他竟然还让我给我母亲问好，还说他的儿子根本不知道他和我妈的关系……

我问他，那一天为什么要帮我。他说，他看到我的老板不肯给我一个机会，所以希望能帮帮我。他就像一个毫不知情的无辜者，向我这个受尽内心折磨的人表达他的善意和友好。那一刻，如果我的手里有把刀，我真想杀死他。

我告诉他，我妈已经死了。因为他的离开，我们一家都陷入了黑暗的地狱里。他极度痛苦，甚至泣不成声。但我还没有告诉他，因为他离开之后的一连串蝴蝶效应，又在我的内心里掀起了怎样的波澜。我也没有告诉他，为了在他面前活得闪亮起来，我做出了怎样的努力；更没有告诉他，总有一天，我会让他为了他曾经的离开付出代价！

我看到了吴苇禾的博文，他的字里行间充满了阴郁和痛恨。虽然我不知道他文章里写的究竟是谁，但我知道，他的内心里没有阳光，他似乎想要走向一个极端的漩涡。就在这时候，我发现，他删除了那篇博文。

“吴苇禾，我在博客上的专栏‘遗落在星空下的爱情’……你看过吗？”我在电话里问他。

“看过一些。”他回答。

“那其中有一篇文章，叫《天使的微笑》，是说，有一个在国外留学回来的印度女性，最后原谅了那个把她的女儿强奸然后杀死的男人。她说，她原谅他，是因为……她如果一直生活在仇恨里，就将永远看不到天使的微笑……你……”我感觉到自己呼吸有点困难，那种好像自己就要死亡的感觉，再一次来临了。

“窦鲮……我……我明白你要说什么，可我真的放不下……”我听到了吴苇禾啜泣的声音。

“一个大男人，你哭什么……吴苇禾，你能帮我一件事吗？”我问他。

“是什么？”他问我。

“我去了很多地方，遇见过很多人，也记录了很多有趣又感人的真实的爱情故事。我都记录在博客上了，我死了以后，你能帮我把那些故事整理成一本书，然后出版吗？名字就叫《遗落在星空下的爱情》。其实，出版一本爱情小说一直都是我的心愿。虽然我自己看不到，但是，会有许许多多活着的人看到，就当是弥补我从来没有谈过恋爱的遗憾……”我用手指擦了擦脸上的泪水。

“好！我马上就帮你。不要太悲观，你不会死，你一定会活着看到小说出版的。还有，谁说你没有谈过恋爱啊！我就是你的初恋啊！做你的初恋，我不够格吗？”吴苇禾的语气努力变得俏皮。

“真的吗？太好了！你太够格了！我是太幸福了吧。完了，我今天晚上一定睡不着了……”我开心得就要大喊出来了：偶像帅哥说他是我的初恋！

六、她，离开了

我睁开眼，发现嘴上罩着一个氧气罩，我确实感到呼吸困难，好像每喘一口气，我的肺都在灼烧。这样的疼痛让我知道，我的生命在一点一点消逝，但思念却在一点一点加深。一个刚刚被自己特别喜欢的男孩子表白的少女，才刚开始启动的恋爱，就要因死亡戛然而止，遗憾蔓延在心头。

我记得昨晚吴苇禾说他是我的初恋，我记得他说他今天上午要动腿部的手术，他说他手术完了之后一定会用手机和我通视频电话。我等他……

时间一分一秒过去，他的手术还没有结束。我却感到我已经等不了啦。我回想不起那些过去的岁月，那些游走世界的岁月都太模糊。最清晰的记忆，就是我遇见吴苇禾的这 20 天，这整整 20 天的朝夕相处。他的帅气的笑容、他的可爱的沙滩裤，他的……

我感觉到窦鲮的生命正在终结，我也从她的身体里以透明状的影子出来了。我看到机器上的曲线已经变成了一条直线。然后，医生为窦鲮盖上了白布。

然后，我的飘荡的影像又去了骨科的手术室，我看到手术完毕被推出来的吴苇禾。他被推进了病房，麻药失效之后，他苏醒过来。然后他拨通了窦鲮的电话，但是接电话的是那位年轻的护士，护士告诉他，30 分钟之前，窦鲮去世了，现在人已经在太平间了。听到这个消息，吴苇禾默默哭了起来，他的眼泪无法抑制，不知道是因为窦鲮的过世，还是因为他本来就压抑已久的悲伤，总之，他从默默哭泣到号啕大哭，哭了整整一个小时。

很奇怪，窦鲮去世前写了遗嘱。就是她去世的前一晚，吴苇禾说是她初恋的那一晚，她写了一封很详细的遗嘱，就像是知道自己快要死了一样。她把她为数不多的财产交由她的好朋友萧晓桐和吴苇禾处理，包括父母留给她的一处老房子，还有她所有书稿的版权。同时，她还写明，希望萧晓桐和吴苇禾认领她的遗体，帮她处理后事。她知道自己走得匆忙，有很多朋友还没来得及去医院看她，所以她希望他们帮她举办一个简单的葬礼，然后代替她和那些朋友聊聊。

窦鲮去世的那一天，我还看到了她的好朋友萧晓桐去了医院。她已经哭得泣不成声。

同一天来到医院的还有罗灿灿的父亲罗翔。就在吴苇禾获悉了窦鲮的死讯之后，就在他还在消化自己的悲伤之时，那个对他充满敌意的男人站在了他的病床前。

我就站在他们中间，虽然他们完全看不到我这团透明的影像。

“灿灿刚走的时候，我接受不了事实，我去了国外，就是为了避免睹物思人。我不想看到和她有关的东西，我甚至恨她那个小王八蛋，对自己的人生毫不负责就死掉了！”罗翔揪着刚从麻醉中苏醒过来的吴苇禾，他看着那张苍白的脸，没有丝毫怜悯。

“我一直因为灿灿的死而内疚，可我能做的都努力去做了。”吴苇禾声音虚弱。

“可为什么我回国之后，偏偏到处都可以看到你！电视上、新闻上、网络上……到处都是你！你很风光，你还有那么多女朋友！为什么你活得这么好，我们灿灿却要在最好的年华死掉！如果你沉寂下去，默默生活，说不定我的仇恨会放下，但你过得那么好，我就只想弄死你！让你永远消失！我不会让你好过的……”罗翔放开了吴苇禾，但他愤怒的情绪却没有止息。

“我过得好吗？哈哈……”吴苇禾笑了出来，“我是应该过得好，至少，在我没好好地惩罚别人之前，我就得好好地过！希望我沉寂或消失吗？我不会！大不了我们就同归于尽！”吴苇禾瞪着罗翔，然后继续放声大笑。

时光，是一道神奇的门。有人打开了那扇门，让我回到了过去的某个时刻。离开了勇敢可爱的女孩窦鲮的身体，我才明白，我和她一起经历了她人生中最后的20天。这20天，一直有吴苇禾陪伴她，那类似于柏拉图式的初恋体验，可能是她离开这个世界时获得的最好的礼物。那真真切切的20天，我能感受到，她对吴苇禾的人生有了怎样的影响。可罗翔的出现又把吴苇禾推入了一个无法抽离的痛苦漩涡。

我看到那样的吴苇禾，感到非常悲伤。

七、她的遗愿

“噢……你看这个碑座，多漂亮，是我们一起创办《真爱幻境》时第一次得奖。真怀念那个时候啊！”吴苇禾拿出旁边柜子里的碑座，递给我。

我看着眼前的吴苇禾，又看了看墙上挂着的日历，上面显示的时间是2016年。我知道，我的意识又回到了2016年，我想用碑座砸死他的那一刻。

“原来，我们第一次合作《真爱幻境》是因为窦鲮去世，我都差一点忘了那个女孩……我想一个人静一静。”我说。

“OK。”吴苇禾用一种十分奇怪的眼神看了我一眼，离开了。

看着他离开的背影，我想起了窦鲮去世之后的那段记忆。

我还记得，窦鲮的葬礼之后，吴苇禾打电话给我。他约我见面，那天的情形我还记得，因为那是我们事业合作出现契机的见面。

“我整理窦鲮的遗物时，看到她在工作上最后一个联络的人是你。她写了一些爱情故事，而且都是真实事件。她想和你的《真爱幻境》真人电影合作。”那一天的吴苇禾明显清瘦了很多。

“我们本来约好要见面之后谈合作的，我甚至把合约都拟好了。但她后来打电话说她病了，住院了。然后就是你打电话来，告诉了我关于她的死讯。很遗憾，我们居然没有机会合作了。其实，我都不知道她长什么样子，只是看过她发来的几篇小说。”我端起茶抿了一口。

“她写的故事我都看了，很好。我答应她，会帮她出版一本书。而且也想把她写的故事拍出来。虽然是在国外和一些偏僻的地方，但我会个人出钱去拍摄。做真人秀式的爱情纪录片，你们的工作室很擅长，所以我希望和你们合作拍摄。”吴苇禾很真诚地提出了合作的邀请。

“你想找到那些爱情故事的原型人物，这肯定要费一番工夫。而且，这样的纪录片估计很难有经济效益，你可能会血本无归。”我提醒吴苇禾。

“我知道……本来也不是为了赚钱。我就是想……帮她完成遗愿。谁让我曾承诺她我是她的初恋男友呢！呵呵……”吴苇禾安静地笑了，“我也一直奇怪，她为什么让我来处理她的财产和后事，后来我才知道，她父母在她16岁的时候就因为车祸双双去世了。她也没有其他的亲人了。这些年，她都是一个人过的。”吴苇禾的表情有点黯淡。

“你……爱上她了？”我问他。

“不知道是不是爱，可能说到爱，还有点儿夸张。但我帮她整理遗物，去她的房子时，看到满房间都是她游走世界各地拍摄的照片，我就有些想念她。而且觉得，帮她处理后事，帮她达成遗愿，好像给了我一些动力。那是一种……被人需要，所以必须好好活着的动力。”吴苇禾又勉强挤出一丝笑容。

“好！我们合作吧！我们一起为她做点儿事。”我伸出手，吴苇禾也伸出手，我们两个紧紧地握手，为了我们结成工作合作的伙伴关系。

八、另一个报复的灵魂

回忆起那些往事，我一个人在书房里静静地想了很久。我只是感到，其实我对吴苇禾一点儿都不了解。他的过去、他的经历、他的遭遇，他是怎么变成今天这个样子的，我其实都不知道。也许，许安静说得对，我没有爱他的资格，我甚至都不想看看他来时的路。

我翻出了我们一起合作《真爱幻境》这个项目的资料，那过去的一点一滴的时光就像倒叙的电影在我的眼前演出。

我准备把资料放回去时，在书柜的角落里发现一个档案夹里有一张照片漏了出来，它快要掉下来了。我打算把照片塞回去，但还是把它拿出来看了看。那是一张女人的照片，照片拍摄的时间是1990年。我干脆把整个档案夹都拿了出来，开始一页一页翻起来。

这档案夹里夹着的是一些不同的女人的照片，还有这些女人和同一个男人约会、亲密的样子。从照片拍摄的角度可以看出明显是跟踪偷拍的。照片上的男人是吴苇禾的父亲吴樊，可那些女人肯定不是吴苇禾的母亲关欣。那些女人是谁呢？再往后翻档案，我看到了关于那些女人的详细的资料，姓名、年龄、家庭情况、工作情况，甚至财产情况都登记得一清二楚。

“你在看什么？”我听见了吴苇禾的声音。

“这些照片……是怎么回事？还有这些女人的资料？”我看到他走进书房，站在我的眼前。他走路没有声音，突然地出现吓了我一跳！

“我就知道，你在书房鬼鬼祟祟做些什么！”吴苇禾一把抢过我手里的资料。

“你怎么知道……你在书房里安了监控探头？”

“你不应该看这些资料。这些都是当年跟我爸外遇出轨的女人！”吴苇禾的表情十分冷酷，他从我手里抢过那些资料，放入档案夹弄好之后放回了书柜。

“照片是谁拍的？”我问他。

“我拍的。从 10 岁开始，我有了第一个相机，那年我无意间撞上我爸和其他女人约会，就用相机拍下了。然后每当他再和别的女人约会时，我都会跟踪他，拍他们。”吴苇禾轻描淡写地说着。

“你是在帮你妈妈吗？”我问他。

“也许吧。最近我把这些照片以匿名的形式邮寄出去了。寄给那些女人的丈夫。我突然好奇，他们看到这些照片是什么感受。”吴苇禾像看了一出情景喜剧一样，无法抑制地笑出了声。

“你在报复她们？”他的笑看起来甚至有点儿阴森。

“我听说，他们有的离婚了，有的还在对付过着。其实我很好奇，那些对付过的基于什么理由，还能对付过下去。呵呵……”吴苇禾的确是一副在思考、在玩味的表情。

“你疯了。”我瞪着他看。

“私人侦探把他拍到的你和简嘉澄不断约会的照片给我看时，我就想了一个问题，要是当年那些跟我爸约会的女人的丈夫们，看到了他们约会的照片，会不会和我看到你们的照片时感受相同。”吴苇禾撇了一下嘴。

“其实你从我们结婚开始就找人一直在监视我，对吗？”我突然意识到了这一点。

“我一直以为，你当初和他悔婚然后和我结婚，就是我战胜了他。后来我发现，原来不是这样，就像我爸吴樊始终没有办法战胜他爸简宁舒一样，我们始终都是输了。但我不会像我爸一样，最后被我妈杀死。我会选择……

要么占有，要么毁灭。”吴苇禾的表情开始变得狠毒和狰狞，他看我的眼神几乎是恶狠狠的。

说完那些话，吴苇禾走了，我一个人在书房里坐着，内心依然充满恐慌，我依然有那种正站在一头随时可能会失控的狮子面前的无助感、恐惧感。这时候，我从口袋里掏出了一把折叠刀，我觉得自己都变得扭曲了。为了增加安全感，我竟然会随身携带一把刀。

第二天一早，吴苇禾起得很早，还像模像样地做了早餐——也是爱心形状的煎蛋。他笑呵呵地端过两个装着蛋的盘子，放在桌上，同时桌上还有一份合约。

“吃下爱心煎蛋，然后就把合约签了吧。简嘉澄在医院，一时半会儿也好不了，可是《真爱幻境》的节目还要继续啊。就把这项目还给公司吧！”吴苇禾说着，他把合约推到了我眼前。

“如果我签下它，你就会继续以为利用手段和暴力就可以解决问题。所以我不会签的。大不了你连我也杀死，或者我们同归于尽。”我看了一眼合约，转身要离开这个房子。

“这已经到了我最后的忍耐期限！”吴苇禾突然抓住了我的手腕，他的眼睛似乎都可以喷出火来。

“我也到了最后的忍耐期限！”我瞪着他。

“我打一个电话，就可以让简嘉澄永远也出不了医院。需要我现在就打这个电话吗？”吴苇禾笑呵呵地看着我，他的另外一只手已经开始拨号码了。

“喂……”他的电话打通了。

“不！不要！”我挣脱了他拽着我的手，从我的口袋里掏出那把折叠刀，迅速打开刀之后，朝着吴苇禾的腹部刺了下去！

“啪！”的一声，手机掉落在地上，吴苇禾用难以置信的眼神看着我。他的腹部已经被鲜血沾满，我的双手上也都是他的鲜血。我吓得一下子放开了刀把，看着痛苦的吴苇禾缓缓地倒在地上。

“你……你居然为了他，杀我？”吴苇禾的眼睛里充满震惊。

“我不是为了他去杀你，是因为你已经变成了一个怪物！”我瘫坐在地上，心痛得无法呼吸。吴苇禾永远也不会知道，我其实有多么爱他！

我看到一个透明的他从身体里脱离出来。他看到自己的死，竟然没有一丝遗憾，平静得有些可怕。

我变成一个怪物了吗？当你说我是如此复杂，简嘉澄是如此美好的时候，你知道，我有多么痛恨我们的命运吗？当 Art 为了我连自己的一切都可以毁掉的时候，我有多么痛恨罗翔，可我又不能恨他，因为恨他会让我对灿灿感到愧疚。只有窦鲮，她的出现就像一道阳光，让我有了一点点活下去的信心。但简宁舒和罗翔的出现，又把我逼向了极端和阴暗的人生之路。我明明是看到了一点光亮的，我明明是看到一点光亮的……

看着吴苇禾那痛苦的表情，我感到好愧疚，因为我从未如此真实地感受到他内心里的不甘、挣扎和纠结。他永远掩饰悲伤，把那个好斗的、虚荣的、腐烂的他呈现在所有人的面前。

也许是我不够爱他，他才不肯展露最真实的他。

8. 林景依　勇敢去爱

一、可以预设的感情

我听到了刀叉和盘子摩擦的声音，那是切割牛排的声音。此刻的我，正身在一个充满绿色植物、阳光，人又不太多的西餐厅里。

“方季怡推荐的餐厅还不错，她说，这是林小姐你喜欢的风格。”坐在我对面的男人正以十分礼貌的语言和我交流。

“噢，方季怡……”我有些不明状况，突然之间也不知道该如何应对。我看到餐厅的墙壁上挂着的超大艺术品台历，上面的时间是2012年5月5日。我甚至有一种我不应该出现在这个时刻的感觉。

“她是你会计师事务所的合伙人，将要嫁去澳洲，放了我们所有人鸽子的那位。”对面男人解释着。

“会计师事务所……”我重复着，然后，我的脑中开始快速搜索，我想起了我是谁。我从皮包里拿出一张名片递给吴苇禾，然后说：“她跑了，现在我就是事务所的老板了。”

我想起了我是林景依，真是有点儿不可思议，我居然霎时间忘了自己是谁。

我，林景依，32岁，方林会计师事务所的半个老板。因为业务强悍，规模不大的会计师事务所却和好多家娱乐公司保持常年稳定的合作。而我面前的这个男人，就是方季怡临时转交给我的一个合作的客户。他是苇禾时代文化创意有限公司的老板吴苇禾。当然，除了突然出现的客户身份之外，他还是一直以来方季怡力荐的相亲对象。

“我和方季怡合作很长一段时间了，她的业务能力超强。我的电影投资和艺术品拍卖的账务都是她打理的。现在，她把这个光荣的任务转交给林小姐了。”吴苇禾放下手中的刀叉，用餐巾擦了擦嘴角，接着说，“她说，她同时也把你转交给我了。”

我尴尬地笑了笑，突然想起方季怡一直极力鼓励我相亲，还说给我介绍一个非常优质的男人——一个好多女人会争抢的男人。

“噢……所以……我想确定一下，我们今天的约……聚会……是相亲呢，还是工作交接呢？”我调皮地眨了一下眼睛，虽然明显感觉到自己在矫情。

“本来只是单纯的相亲，但是因为方季怡走得太匆忙，所以不得不连工作的事情也一起谈了。”吴苇禾喝了一口透明玻璃杯里的柠檬水。他今天穿了一身灰色的休闲西服，里面是白色的衬衫，十分简单的着装，却显得十分得体，帅气而又风度翩翩。

“吴先生年纪轻轻就经营一家文化公司，业务又遍及欧洲和东南亚，真是很了不起。而且你还是偶像转型成功的老板，很多女粉丝喜欢吴先生呢。像吴先生这样的条件，根本不需要相亲吧？”我还是问出了这个问题。

“是不需要。但是想找到一个适合的、可以结婚的对象，说不定相亲反而是更好的方式。这么说也许你不信……我真的想过稳定一点的生活。所以……我真的需要一个能够陪伴我一起过日子的女人。”吴苇禾的表情看起来十分诚恳。

“用完餐，我们去你的公司看看吧。毕竟接手方季怡的工作也需要对吴先生的公司有所了解。”我提出建议，其实我也明白自己的那点小心思：如果他真的是一个不错的结婚对象，那么事业是最非常重要的参考因素啊。

“OK。”他欣然答应了。

从餐厅走出来，我上了他的车。在他开车的时候，我会时不时偷偷瞄他一眼。真是一个帅气的男人啊！即使只是从虚荣心的角度来说，能够和这样的男人谈恋爱，也够出彩了吧？更别说是结婚了。发花痴时，我也提醒自己：林景依，你也是堂堂的注册会计师，而且还是比较资深的那种，你不能表现得如此缺乏职业水准，如此容易动心。

我在倒车镜里看了看自己的样子：沙宣发型，不对称式的，鹅蛋脸，俏丽眉，樱桃口……算是一个标准的时尚干练 OL 形象。可是，总觉得这样的我和那在娱乐圈、时尚圈以及艺术圈行走“江湖”的吴苇禾有一些不搭。

“其实，韩剧里不是总有那句台词吗？让我们以结婚为前提相处试试看吧！”吴苇禾把脸转过来，突然说了这么一句。

“可是你对我……一点都不了解啊！”虽然心里是乐意的，但是我还是要保持一些女性特有的矜持吧。

“方季怡已经 pass（传送）给我你的全部资料了！会计系第一名毕业，又是最早拿到高级注册会计师执照的人。而且尤其擅长打理娱乐业、艺术业和与这些行业有关的投资、上市以及日常账务工作。虽然人有一点儿谨慎和保守，但工作上绝对是一把好手。而且，因为一直忙着学业和工作，你几乎还没有怎么谈过恋爱。”吴苇禾娓娓说来，他可真是一副对我了如指掌的架势啊。

“方季怡这个八卦女王！她自己突然和老外一见钟情，嫁去国外，就想把我也立刻推销掉！”我有些小抱怨，可心里却有点儿甜滋滋。

“让我来给你这张白纸涂上鲜艳的色彩吧！”吴苇禾微微笑了一下，然后他打开了车里的音响，放的音乐正是《灌篮高手》的主题曲《好想大声说喜欢你》。

这个家伙竟然知道我喜欢这首歌。听着这首歌，我想起了苏致轩，那个我从高中起就认识的男人。他好像一辈子都是长不大的孩子。我们高中时最喜欢一起看《灌篮高手》了！他是个狂热的漫画爱好者，后来，自己也成了一个受欢迎的漫画家。

“傻瓜！”我竟然笑了出来，因为我想起了苏致轩高中时为了模仿樱木花道而把自己头发染成红色的样子。

“什么？”吴苇禾听到了我嘟囔的那两个字。

“呵呵……我就是想起了一个可笑的家伙。对了，明天是周日，有时间吗？带你去参加一个有趣的活动。”我想起了苏致轩的漫画签售会。

“好啊！乐意之至。”吴苇禾又偷偷地看了我一眼，他好像发现我的样子有点儿像个默不作声的癫狂症患者。

二、才华横溢的男人

吴苇禾的公司在一个很有风格的画廊兼咖啡馆里，他说，其实是他替一个朋友看房子才来这里办公的。

“蓝景画廊”，我看到那个名字，也想起了曾经在网上传得沸沸扬扬的吴苇禾和女画家 Art 的传闻。我深呼吸了一下，感到了这个男人的“复杂性”。

不过，进入他的办公室，我却对他刮目相看起来。他办公室的四周几乎都是书架，书架上摆着各种领域的书：金融、财经、投融资、股市、企业管理、艺术、绘画、哲学、电影、剧本、表演……甚至还有哲学、建筑、文学理论。

“这么庞杂的领域！这些书……你都看过吗？”我问他。

“看过啊。要不怎么在商业圈、艺术圈、娱乐圈混下去啊。”吴苇禾正不紧不慢地制作着他的手冲咖啡。

“作为你公司的会计师，我需要看一下你们以往的账目、报表，也要了解你们经常合作的机构，还有你过去以及未来的商业计划。毕竟，你的业务既跨领域又跨国。”我看到他正端来一杯刚冲好的咖啡。

“没问题。所有资料我已经拷贝在这个 U 盘里了。但……你只能在我这儿看。你知道，有些东西是秘密……”吴苇禾喝着他自己的咖啡，另一只手里攥着一个 U 盘。

“OK，那我可能要看到很晚。”我一边喝咖啡，一边继续环视他的办公室。这个男人估计是个工作狂，因为他的办公室里除了必要的办公用品和书之外，就再也没有其他东西了。他的墙上没有一幅画，桌上也没有一盆花。

喝完咖啡，我就开始在吴苇禾的办公桌上看资料了。打开他的商业计划和投资推荐书，我还真是被他具有创意的策划案，以及精密的投资汇报分析给吸引了。他的商业计划简直就是一个投行里叱咤风云的人物所做出的精彩的投资计划书。

“你本科是学金融的，后来又在美国进修过电影和剧本创作，可你精密的思路根本就是一个会计师的底蕴啊！而你似乎对国内和国际针对你那个领域的法律也十分了解呢！你还真是一个博学多才的人。”我确实是发自内心由衷地感叹着。

“没办法，谁让我一目十行，记忆力超强，领悟力超强，学习能力也是学霸级的呢！”说完，吴苇禾哈哈地笑了，他可能也对自己如此赞美自己感到过意不去。

“说真的，其实你不需要请会计师，你可以自己处理账务的。”我说得诚恳。

“不行。因为工作，我经常要飞来飞去，也经常出国，时间、精力和细心程度，都达不到有一个专门的会计师给我处理账务的程度啊！而且下个星期开始，我要飞去几个东南亚国家，拍几个爱情的纪录片。所以你下个星期开始必须要接手方季怡的工作了。”吴苇禾已经规定了时间限度，也就是说我还有一天的时间去准备工作。

“作为老板，你当然不能自己处理账务了，我就是那么一说。这两天我会加班看资料，但明天你要抽出两个小时和我一起去个地方。”我也提出了我的要求。

接下来的时间，我争分夺秒地看他公司的各种资料，他就默默地看他书架上的书。晚上，他出去买了好吃的比萨，我们一起吃了比萨又继续开工。

当然，这期间他也时不时连线一下国外和他合作的那些画廊，不得不承认，他的英文很棒，发音准确，十分流利，声音也好听。很难想象他是一个偶像，是个电影男主角，因为他现在给我的感觉，就是一个十分合格的老板，一个富有才能的商业人士。

不知不觉间，墙上时钟指示的时间已经是晚上十点多了。

“今天就看到这儿，我送你回去吧！”吴苇禾站在桌前。

“OK，boss（好的，老板）。”我拿起外套，穿上之后和他一起走了出去。

一路上我们都无话，可能是两个人都有点儿累了。到了我住的公寓时，我突然想起我家的水龙头坏了，说了一句：“能帮我换一下水龙头吗？否则我可能连喝水吃早餐都有问题。不过前提是你得会修。”

“会！”他欣然答应了。

我们上了三楼，他进了我的家，然后直接进了厨房，我拿工具给他，他果真三下五除二地修好了。这个为了修水龙头而脱下西服外套的男人，还真有一种居家能干男人的状态。

“你干吗盯着我看，怕我毁了你的水龙头啊？”他问我。

“没有……只是觉得……像你这样的人，居然也会干这样的事……”我毫不避讳对他几乎是个家务废物的想法。

“大三之后，我所有的生活必须靠自己来照顾。所以很多事我都会做啊。能……参观一下你的房间吗，方便吗？”吴苇禾问道。

“可以啊，我的房子无论你什么时候进来，都是干净整洁的。就像我的财务报表一样，什么时候看都是账目明晰的。”我还是下意识地为自己加分，我什么时候变成爱显摆自己的人了呢？

吴苇禾走到我的客厅，看我的书架上放了满满一书架的漫画，他居然饶有兴趣地一排一排看起来。而且，就像一个走进了漫画屋的中学生一样，脸上也有一股兴奋劲儿。

“为什么你收藏了好多苏致轩的漫画啊？我很久没有看过漫画了，所以不太了解，他是很有名的漫画家吗？”吴苇禾拿出一本苏致轩的漫画翻开来看。

“你真是远离青春时代好久了！他可是国内很红的漫画家。这家伙是个很有趣的人。他眼睛很大，绑着辫子，像个美少女。但他是一个男人，而且还是一个年近三十的男人。”我一想起苏致轩那副样子就想笑。

“你认识他？”吴苇禾看我笑得那么诡异，有点儿迷惑。

“我……是他粉丝会的资深成员。”我好像没法一两句话把我们之间的关系解释清楚。

他拿着漫画却没有看，而是站在了窗前，看着窗外的夜景。

“其实，一个偶像的命运，就像站在这房子里向外看夜景一样，扑朔迷离，难以确定。虽然我早就开始筹划事业的转型，后来我遇到一个女孩，她让我更加坚定了自己的路。我不能做虚幻的偶像，我要做能掌握在自己手里的生意。”吴苇禾突然感慨起来。

“对你来说很重要的女孩？”我也知道，他肯定有“故事”。

“我们认识的时间只有 20 天。然后她就去世了。我和她一起过了她生命中最后的 20 天。那之后，我突然觉得，我应该过安定一点儿的生活。”吴苇禾转过身来，看了看墙上的挂钟，“我该走了。希望你是那个能让我安定生活的人。”

这个晚上，我看到新老板兼相亲对象吴苇禾不同的一面，他除了是个帅气的偶像之外，还是一个商业人才和一个生活能手，而且，他正在经历一种蜕变。但不知道为什么，他给人的感觉是有一些忧郁的，表面笑着却有一丝忧伤的感觉。那是一种不能说得清楚的感觉，总之，他不太快乐，虽然他尽量表现得彬彬有礼、幽默随和。

三、收藏着，想念着

我眼前出现了一个穿着红色西装、扎着辫子的男人。欧式双眼皮，皮肤白皙，一副比较矫情的样子，看起来有神经兮兮又玩世不恭的气质。如果不是正坐在背景板的前面，还有一堆读者排在他面前等他签名，他看起来更像是一个得了神经病的魔术师，或者样子比较帅的滑稽小丑。

此刻，我正带着戴了墨镜的吴苇禾在漫画家苏致轩的签售会现场。吴苇禾昨天答应我，会抽出两个小时陪我参加一个有趣的活动。这个签售会上，苏致轩的漫画《开心顽童苏小魔》正卖得火热。他旁边就有主角苏小魔的模型。

“苏致轩是个可爱的男人。”吴苇禾正看着苏致轩和一个女粉丝合影，他脸部的表情实在太夸张了，简直就是个活人漫画版苏小魔。

“三十而立，可他却活得像三岁。”我两只手抱着肩膀，看着他夸张的拍照表情：咧着嘴，举起两根手指，眼睛和鼻子的扭动配合，有一种动漫 gif 图片的感觉。

“也是难得，你们这么多年还有联系。”吴苇禾看到我正盯着苏致轩的眼睛。

“虽然是个知名的漫画家，但也是个不靠谱的男人。”我有点感慨：想想自己和他认识了十几年，经历了高考、大学、上班……看过他鬼哭狼嚎的失恋，也看过他理直气壮地甩人……有时候，他就像一个永远会被第一选择的电视频道，每天必须打开看一下，但有好的综艺和电视剧也还是会转台。

等候签名的队伍排得很长，经过一段时间，终于轮到我和吴苇禾了。我们站在苏致轩的面前，他就特别夸张地站起来拥抱了一下吴苇禾，我明明听到他在吴苇禾耳边小声说：“终于有人接收这个全世界最谨慎、最呆板的女人了！”然后，他就在我们购买的漫画上以最快的速度画了两个滑稽的小人，当然他画的一个是我，一个是吴苇禾。然后还不忘写了名字：阿呆和阿瓜。

“坦白说，你虽然很帅，可是看起来也像个呆瓜。”说完，苏致轩还扯下了吴苇禾的墨镜。这一举动可好，招来了附近漫画迷的一阵尖叫，因为他们都认出了偶像吴苇禾。

“苏——致——轩！”我大喊一声，真是气死了！我马上用胳膊钳制住他的脖子，紧紧地，他开始咳嗽，脸都憋红了。旁边报道他签售会的记者也连忙按下快门，记录下这宝贵的一幕。

真是十分丢脸的现场。吴苇禾赶紧重新戴上墨镜，又把拉着苏致轩脖子的我拽开，然后拉着我的手，把我从一团混乱的书店带了出去。

两个人取车的路上，吴苇禾没完没了地笑起来。他说，他真是很久都没有这样开心过了。

“看来，你们确实是很熟的朋友。”都已经坐进车里，正在启动车子的吴苇禾还是没有停止他那不可思议的笑。

“嗯……其实我平时真的是很严谨的人，可是一碰到他，我就会那样……抱歉。”我解释着。

“今天剩下的时间去我家吧！在我家看资料，我也放心。你也可以顺便参观一下我的家。”吴苇禾说着，他的笑总算可以平息一下了。他开着车，衣袖被方向盘刮到了，我看到他手腕上有一道疤。但是他马上拉了拉衣袖，把那道疤遮上了。我也马上装作若无其事。

“我……年轻的时候曾经做过傻事。你都看到了，不是吗？”吴苇禾果然“感觉灵敏”。

“其实我没打算问，毕竟我们才刚认识。”我有点儿尴尬，不知道就这么发现了别人的“隐私”好不好。

“我的故事很多，总有一天你会知道的。我只是不希望吓到你。你不像是一个喜欢‘复杂’的人。”吴苇禾像是看穿了我。

“我的工作合作伙伴其实都很复杂，甚至其中一些还游走在边缘。我有能力去应对那样的复杂，但坦白说，私底下的我真是个简单的人。”我想直接一点儿。我有种预感，吴苇禾会是一个无论我在工作上还是感情上，都难以了解和掌控的人。

坐在他的车上，我想了很多。他的外貌、他的事业、他的收入、他的名气，他的圈子……似乎一切都是完美的。他是太多女人梦寐以求的结婚对象了，可我心里却有一种极度的不安全感。他给人的感觉就是：不安全的。

我们的车子停在了他的别墅前。不得不感叹：他居然有钱买一个那么大的别墅！应该足足有400平方米。在这样的城市，他能如此年轻就买上别墅……

走进他的别墅，却发现这个别墅几乎还没有怎么装修过，除了必备的沙发、茶几之外，偌大的客厅里几乎什么都没有。但是在客厅的右边却有一个十分漂亮的门，那门漂亮得几乎和整个客厅都显得不协调了。

“那是我的电影放映室。”吴苇禾发现了我在盯着那门看。

“这么漂亮的别墅，却没什么装饰。”我有点儿好奇。

“这个别墅是给我的新娘准备的。我会按照她的意愿去装饰。”吴苇禾轻描淡写地说着，好羡慕能成为他新娘的女人，我的内心一下子蹦出了这样的念头。

在他那隔音效果良好的电影放映室里，我看到他的光盘架上放着很多电影光盘。我也一张一张看过去，发现里面好多电影纪录片的监制人都是夏初篱。

“夏初篱？你很喜欢她的电影作品？”我问他。

“《真爱幻境》是一个不错的节目，真人爱情电影。”吴苇禾说着。

“噢……”我真是没有办法接下去，因为我没有看过那个节目。

吴苇禾看到我的表情，知道我没看过，他就很认真地解释起来。

《真爱幻境》是夏初篱设计的一档真人秀电影节目。她会收集一些普通人真实的爱情经历，通过对他们的专访来了解他们在爱情上的心路历程，然后再把他们的爱情故事以微电影的形式表现出来。和其他节目最大的不同是，她会让被采访的人自己去表演，让他们自己演自己的爱情。这不仅可以触动观众，也可以感动他们自己。

吴苇禾拿出其中一张光盘，那是他们刚拍完的一个微电影。他希望我和他一起看看。

我们两个人并排坐在沙发上，当灯光暗下、投影屏幕亮起来的时候，我的内心竟然涌现出了一种温馨的感觉。我想起了高中的时候，我也和苏致轩一起去电影院看过一次电影，那天只播放了一部电影，我们竟然在电影院里循环看了四遍。可我们都没有记住电影在演什么，我们只记得，只有我们两个坐在那个萧条的电影院里。

蓝伦一直等待诺薇的出现，可诺薇去了法国之后，就再也没有回来。蓝伦终于等到诺薇的时候，却是蓝伦去世两个小时之后。诺薇悲伤不已，静静地在蓝伦的遗体旁流着怀念的眼泪……

我身边的吴苇禾已经哭了。他就那样默默无声地哭着。眼泪流到嘴唇的时候，他还用手指擦了擦。

“不好意思……让你看到我这样。其实，我不经常这样的。可是，一看到这个故事，我就没办法……”吴苇禾说着。

“我看到了泰文，这是在泰国拍的？那对情侣是泰国人？”我问他。

“这是我们和夏初篱的电影工作室合作拍摄的系列爱情真人电影。这些故事，都是一个叫窦鲮的女孩遇到他们，然后真实记录的。这个微电影，最后男主角去世的那个部分，其实是窦鲮自己用 DV 拍的，其他都是我们拍摄的。所以，我一看到最后那部分镜头，就能想到窦鲮就在旁边……就很难过。”吴苇禾的眼睛又湿润了。

“窦鲮，是不是你说过的那个相遇 20 天就去世的女孩？”我想起了他之前提过的女孩。

“对。我们根据她的记录，再次去寻找那些故事里的人，其实还挺难的。但我们还是想把这个系列拍摄完。就当用来纪念窦鲮，也纪念爱情。”吴苇禾按住了停止按钮，投影屏幕上刚好出现了“The End（完）”的字样。

在放映室的桌子上，我看到了一张大合照，好像是一群高中生的合影。我仔细看了看，找到了高中时代的吴苇禾。

“你居然放着高中时的合影。”我感慨着。

“这个合影里还有夏初篱。她就在第三排的中间位置。”吴苇禾在照片上指给我看。

在吴苇禾指到夏初篱的那一刻，我有一种霎时而起的知觉混乱。我的脑子好像瞬间就不是我的了！有一些很模糊的影像在我的眼前晃动，那是一群高中生……

“吴苇禾……”我一下子抓住了他的手，我仔细看着他，有一种奇怪的感觉，我感到，吴苇禾对夏初篱有一种隐藏着的特别的感情。在那一刻，我的眼前又浮现出很多苏致轩画过的漫画。

我似乎明白了，为什么吴苇禾收集了那么多夏初篱制作的电影，就像我收藏着苏致轩的漫画。

四、婚纱与求婚

我感到了窗外的风呼呼吹进来，因为衣服单薄，感觉格外冷，还打了喷嚏。已经是10月份的深秋，虽然道路两旁的红色树叶很美，但从窗户吹进的冷风依然让我不适应。

我闻到了一股烟味，转过头，看到了身旁的男人在吸烟。原来，车窗之所以开着是因为这个男人在吸烟。我还在一直咳嗽，而且我的状态十分恍惚。我有点儿不记得自己，也不记得身边的男人。

我们一直在开车，他一路上都没有怎么说话。

车子在一家比较豪华的婚纱店门口停下来了。男人从车子的后座上拿了一个装着单反相机的口袋，我们一起下了车。

走进婚纱店的大厅，我们看见了一个穿着婚纱的女人，那个女人很漂亮。原来，每一个女人穿上婚纱的瞬间，都美得让人感动。就在新娘慢慢转身的瞬间，我突然感到头痛欲裂，就好像有什么穿越了我的身体。我努力让自己不要摔倒，努力镇定着自己的状态。我的记忆开始闪现一些片段：我和刚才的那个男人几乎每天一起吃饭，我们还经常在一个放映室看电影，我们还经常一起在办公室工作。我想起了我自己和那个男人。我是林景依，而那个男人是吴苇禾。我们眼前站着的这位穿着婚纱的女人是夏初篱。

为什么我遇到夏初篱的时候，会有这种眩晕和痛苦的感觉呢？大概持续了一分钟左右，我的感觉好了起来。那种不适应、不舒服的痛苦感消失了。

这时候，另外一个穿着白色西装的男人走了过来，那个男人好清秀，单眼皮、高鼻梁，脸部的轮廓就像雕像一般。两个人站在一起，真的好般配啊！

吴苇禾走到准新郎面前，抬起眼，笑了一下，说道："恭喜你，简嘉澄。"

“谢谢你，吴苇禾。”那个叫简嘉澄的男人表情有点复杂。

“是我叫吴苇禾来的，让他帮我们拍下试穿婚纱的照片。毕竟，结婚那天我只能穿一套婚纱，可是今天我可以穿很多套噢！要留个纪念。”夏初篱马上说明了请我们来的用意。

“这位……这位是我的女朋友林景依。”吴苇禾介绍我的时候，好像有点儿犹疑。

“你好。”我说着，和他俩打了招呼。

“我们下个月结婚，但是我父亲回美国了。他的身体状况不太好，所以没有办法做我们的证婚人。后来，初篱就建议让苇禾做我们的证婚人。毕竟，在国内，我们共同的朋友就只有你一个人。可以吗？”简嘉澄提出了请求。

“证婚人？好……啊……”吴苇禾有一点儿迟疑，但他还是答应了。

“我们……拍照吧！这个婚纱店的背景好美啊！”不知道为什么，我突然说了这样一句，气氛有点儿尴尬。

吴苇禾很认真地举着单反相机，从各种不同的角度拍摄着夏初篱和简嘉澄试穿各种婚纱的照片。他没有一点儿怨言，还指导着什么背景配合什么动作，两个人要如何体现恩爱才拍得漂亮。当然，我也十分卖力地帮着出主意。可是，这个过程却有一丝怪异的感觉在流动。因为这个过程里，吴苇禾还特别表现出了对我的体贴和关怀，他一直在叫着我“亲爱的……”

拍照的两个小时终于结束了，四个人互相道谢道别之后，我和吴苇禾就开车离开了婚纱店，吴苇禾还答应他会尽快整理好照片给夏初篱发过去。

我们在车上，吴苇禾依旧沉默地开着车。

我还是感觉有点冷，就像我们开车来的路上，我一直在咳嗽，在打喷嚏，可是吴苇禾似乎都没有注意到。他沉浸在自己的世界里，一脸心事重重的样子。其实，那时候我就感觉到他不喜欢我，甚至他缺少必要的诚意。一个女人在他的车上一直感到冷和害怕烟味，他都没有去关心一下。哎……这个男人的异样情绪应该跟夏初篱有关。

这时候，我手机的微信提示音响了，是苏致轩发来的信息。他传了一张照片给我，是他和一个女孩的合影，他说，那是他新认识的女朋友。那女孩竟然很夸张地染着草绿色的头发。不过，这个风格和不靠谱的苏致轩很般配。他应该就是喜欢那样的女生。

“呵呵……”我苦笑了一下。不知道为什么心里很别扭。

这时候，吴苇禾突然把车子停下来了。他拉着我下了车，我定睛一看，他带我去的竟然是一家珠宝店。

“我想送你一枚戒指，你挑选一个自己喜欢的吧！你喜欢克拉数大的还是做工精美的？”吴苇禾显得兴奋起来。

“啊？”我一时之间搞不清楚状况。

“这位先生是要给女朋友选结婚戒指吗？我们这里有一款新到的欧洲款式的钻戒噢……”店员小姐十分积极地推荐着。

“好啊！这款很漂亮！就这款吧！”吴苇禾指着玻璃罩里的那颗亮晶晶、璀璨无比的戒指。

“景依……你……愿意嫁给我吗？”吴苇禾指着那枚闪亮的钻戒问我。

我看着那戒指，觉得吴苇禾的举动好突然。这一刻，我的微信提示音又响了，依然是苏致轩发过来的。我把手机贴近耳朵，听着他的语音：“林景依，我遇见我的dream girl（梦中情人）了！她简直就是我的灵感女神！”

我放下了手机，想起了过去的情形，从高中到现在，十几年了，我不知道听过多少次，苏致轩这样兴冲冲地向我介绍着他的一个又一个dream girl了，突然有点儿悲伤。

“景依……你……愿意嫁给我吗？”吴苇禾指着那枚闪亮的钻戒又问了我一次。

虽然，我认识眼前的这个男人只有不到5个月的时间，虽然，我明明知道他喜欢的人并不是我，但是，条件这么好的男人要买下这么昂贵的钻戒向我求婚呢！这应该是每一个女人的梦想啊！我没有什么理由去顾虑。我甚至不必多想，他是不是有什么故事，他是不是个复杂的人，他的钱究竟是怎样赚来的，甚至是……他到底是不是心里还装着别人……这些已经不重要了。吴苇禾，英俊、多金、有那么大的别墅，还愿意娶我。

就在吴苇禾等待答案的那个间隔，我的感觉好像已经过了一个世纪。

“我……愿意。”我微笑着答应了。

也许因为虚荣，也许因为不想再一个人在这个城市里孤单地生活，也许是想起了从小到大一路奋斗，从穷乡僻壤打拼到今天是多么累。我答应了吴苇禾的求婚。

一切都很痛快，在我答应之后，吴苇禾买下那颗价值10万元的钻戒，然后就戴在了我的手指上，我这辈子也没戴过这么昂贵的钻戒！

“我们，会幸福的。”吴苇禾把我抱在了怀里。

五、落下的石头和暴露的爱

如果说这世界上有什么是让人感到悲哀的，我想，应该是为了结婚而结婚。如果说有什么可以弥补这种悲哀，我想，应该是为了结婚而结婚的对象条件很好，你们也刚好相处起来还很融洽。

脑子里跳出这些想法的时候，我正在厨房里熬着汤。我回忆了一下，我现在在吴苇禾家里。他前几天刚刚买了一个很大的钻戒给我，我也答应了他的求婚。我是疯了吧？一向这么理智的我，居然答应了一个我几乎都不了解的男人的求婚。

把汤用小火熬着，我朝着吴苇禾的电影放映室走去。我推门进去，看到他已经在沙发上睡着了。而他对面的大屏幕上，正放映着他们拍摄真人电影的花絮。

那是《真爱幻境》摄制组在日本的林区。画面上是一座山，摄制组拍摄的镜头是男女主角一段互诉衷肠的情节。就在那时候，半山坡上有一块松动的石头突然间滚落下来，由于石头松动得太突然，正好站在那里的吴苇禾马上就要被滚落的石头砸中了。可是，那个瞬间却被看到石头松动的夏初篱扭转了！她推开了吴苇禾，自己却被石头砸中了一条腿。幸好，这及时的出手并没有让吴苇禾受到任何伤害，但被推开的他马上起身，疯了一样跑到夏初篱的身边，把她紧紧地抱在了怀里。

那镜头吓得我的心也跟着提了起来。好感人的一幕！看到画面中夏初篱那奋不顾身的样子，我真是觉得她很勇敢，可让一个女人如此勇敢的力量是……那种霎时头晕目眩的感觉再一次出现了！每次看到这个女人，我都有这样的感觉。真是不舒服。

“景依……不好意思，我睡着了。最近真的很累……”吴苇禾从沙发上站了起来。他看到了屏幕上定格的画面，就赶快拿起遥控器关掉了投影仪。

“你真是很喜欢反复重温你们拍摄的东西啊。”我说话的语气似乎带了一点儿酸味。

虽然我也知道，我和吴苇禾相处的目的，就是为结婚培养感情，但自己的准未婚夫居然掩藏着对于其他女人的深深的感情，总是觉得不太舒服。

“好了，不看了。你不是做好饭了吗，我们去吃饭。”吴苇禾在我的脸颊上亲了一下。

没怎么谈过恋爱的我应该为了那一吻而满足吧？毕竟，那可是一个英俊又优秀的男人呢。可即使是这样，我对那一吻依然没有任何特别感受。好吧，这其实不重要，我这样安慰自己。

吃饭的时候，我们都有些沉默，虽然我为了这顿饭，从买菜到制作，花了几乎小半天的时间，但似乎我们两个人的关注点都不在这桌看起来十分可口的饭菜上。

“其实……你是不是对夏初篱……”我还是打破了沉默，问出了心里一直以来的疑问。

吴苇禾抬起眼睛看了我一眼，没有回答什么，只是继续默默地吃着饭，在他几乎吃完了碗里的白米饭之后，好像酝酿着要说点儿什么。

“就像这碗白米饭，我们每天都要吃，这就是真实的、平静而稳定的生活。虽然我觉得自己现在几乎不缺什么，但我却感到十分孤独。我很想有一个人陪伴我。哪怕……那不是什么悸动心灵的火花。细水长流的陪伴可能会更真实。这就是我现在最需要的。”吴苇禾静静地放下碗筷，看着我。

“所以你认为……我是那个可以细水长流的人？”我问他的时候，正在喝一杯温度适中的白开水。

“嗯！因为我觉得，我好像承受不起爱情了。”吴苇禾笑了出来，露出了好看的牙齿。

这个世界上的关系有时候会很奇怪。那些明明爱得死去活来的往往不得善终。那些没有激情、没有热情，甚至没有爱情的，却可以维持长存融洽的婚姻。我和吴苇禾之间的关系，让人很绝望地融洽着：我们在工作上都是严谨的，在生活上又是看中秩序的，在感情上其实是隐忍和不善于表达的。如果婚姻要的只是一个生活的合作者，那我们也许真的是一对不错的搭档。

“承受不起爱情，说得真好。”我撇了一下嘴，一副不置可否的样子。可是我心里的想法是：我也承受不起。

“但不会遗憾吗，如果婚姻里没有爱情？”我问他。

“其实，我遇到过很多女人，逢场作戏的，都是随口就能说出爱和喜欢的。但要是我真正面对自己在意的人，往往还是不善于表达。你呢，不会遗憾吗，和一个你不认同的男人保持了那么多年的联系，却终究不能认同他、接受他？”吴苇禾似乎也洞悉了一些我心中的秘密。

“你不是说了吗，承受不起爱情……”我放下手中的水杯，觉得那白水虽然没什么味道，但很温热，渴了的时候就在手边可以及时拿到，不能说这样的水就不是被需要的水，这样的水可能才是生活的必需品。

“我去刷碗。”我微笑着对吴苇禾说。

水龙头里的水哗哗流淌着，我却陷入沉思。

我很清楚，吴苇禾向我求婚其实是受到了夏初篱拍婚纱照的刺激。但即便知道他爱的人不是我，我似乎也没有找到一个能够说服自己放弃他求婚的理由。在一个想结婚的年龄，刚好遇到了可以结婚的男人，而且是条件不错的男人，虽然没有激烈的爱情，可彼此觉得相处舒服，为什么要因为爱情而放弃他的求婚呢？

这世界上，有多少人并没有太多爱情，不也结婚生子，相处一辈子。如果爱情终究会变成亲情，又何必在意一开始就不是爱情呢？我再一次安慰自己。

我也猜测过，吴苇禾和夏初篱共同拍摄纪录片的那5个月里，也许一起度过了很多有共鸣的时刻，所以他们隐藏在内心里的秘密才会被一块滚落的石头暴露出来。但我不想知道，他们为什么最终不能在一起，夏初篱为什么最终选择和简嘉澄结婚，就像我不想知道，苏致轩为什么总和一个又一个看起来十分奇怪的女人在一起一样。

这时候，我听到了一阵十分狂躁的音乐声，是那种歇斯底里的、仿佛吼叫的声音。洗完了碗，我走进没有关上门的电影放映室，看到吴苇禾正和投影屏幕上的乐队一起唱歌。

“第一次看你这么疯狂啊！”我对着头发乱糟糟的他说。

“活结乐队的歌，很酷——原来，那天在洛杉矶的演唱会，她也去看了。

只不过我没遇到她。有些人……终究是要错过的，对吧？”

“你，怎样维持你崩溃的体系，我们将现实变成了过时和废弃，你想要什么？你需要什么？我们将找到出路，当希望尽释！”歌声还在嘶吼和狂躁里蔓延。

我也想起了高三那一年，我写了情书给苏致轩，那封情书就夹在他最喜欢的《机器猫》的漫画里，我要给他漫画书的时候，他正牵着一个头发染成紫色的女孩过来和我打招呼。于是，那本夹着情书的《机器猫》就再也没送出去过。它现在还在我的书架上静静躺着。

六、那晚的他们

我听到了自己噼里啪啦敲着键盘的声音，我看到眼前的电脑屏幕上显示的一个数据格式复杂的财务报表。我努力回想我过去做的事和正在做的事，才理清事件始末。这霎时间失忆的感觉太不好了，最近总有这样的感觉。

作为一个资深的财务总监，我绝对可以得出苇禾时代的账务有些“蹊跷”的结论。那些账看似做得完美无缺，但总是在某些项目的设立上十分刻意。票据虽然也能对得上，但很多都不是真实发生的事件的凭证。一本假账做得再好，还是逃不过常年做账人的敏感。这是我，林景依，在认识了吴苇禾这个男人之后，在接手了他交代的财务工作之后，发现的最大的问题。

“数据有点儿问题。”我说。

“这是你今晚特意来找我的原因吗？”吴苇禾的声音。

我环顾了一下四周，我此刻应该正在吴苇禾那栋别墅的书房里。

“帮你管理账务这么久了，有些实情你是不是应该告诉我呢？”我觉得我必须知道，作为财务我可能遇到的风险是什么。

“做会计师那么久，又那么资深，你应该能想象到我的情况。我们就快结婚了，我的利益不就是你的利益吗？”吴苇禾十分聪明而巧妙地回答这个问题。

“进出口贸易公司我经历过几家。所以，在报关、国际运输、国家法例这几方面，还是清楚的……”我看着他，一时之间还真不知道该如何说下去。这时候，吴苇禾家的门铃响了起来。

“听着，有些事情，如果你不说别人是不会知道的……我们是成为很好的共同体，还是一拍两散的陌生人，你自己选择——这么晚还有人来，我去看看。”吴苇禾转身离开书房。

一个有魅力又财富来源不明的男人——这样的男人，我真的能够和他结婚吗？但是那些拥有“了不起的事业”的男人们，又和他有什么区别呢？不都是或多或少有点儿“危险”吗？哪有一个生意人是纯白的孩童呢？

我有点儿好奇来人是谁，就站在书房门口看了看。吴苇禾请了一个女人进来，那女人正是夏初篱。看到那个女人的瞬间，我再一次感觉到天旋地转的眩晕，直到他们两个进入了电影放映室，我的感觉才好了一些。

我走到放映室的门口，门并没有关严，还露着一道门缝。我想，可能是吴苇禾特意没有完全关上。

“我是明天上午的飞机，去巴厘岛举办婚礼。最后一期的爱情纪录片剪辑好了，我把样片拿来给你看一下。未来一个月我都会在巴厘岛。所以工作上的事还是今天沟通好……还有，你确定，你不会做我们的证婚人吗？”

“你们不在国内办婚礼，所以就不会出现‘我才是你们在国内共同的朋友’这种局面了。其实我想说的不是这个，我想说，你非要那么残忍吗？让我去拍婚纱照，去做证婚人。你在证明什么？我最后只能说：祝你结婚快乐。”吴苇禾苦笑了一下。

“其实我今天来还有一件事想告诉你。早上我看报纸，看到罗翔心脏病发作去世的报道。而罗翔是差点儿害得你无法翻身的人。”夏初篱突然转移了话题。

“你要说罗翔的事，和你们两个人能有什么关系呢？我们在说你结婚的事。”吴苇禾更是费解。

“有一次我去参加一个投资会，会场的两个女服务人员议论说，她们看见过艺术偶像Art和高官唐在一起，其中一个还拍了他们去酒店的照片。我就用高价买下了她们拍摄照片的手机。可那天我在投资会大厅拿红酒的时候，和罗翔撞在一起，那个手机从我的口袋里掉出来，罗翔帮我拾起手机时，刚好看到了没有关闭的相册。之后过了一段时间，唐就被举报了，还被挖出了他和 Art 的过往。然后就是你的‘艺术偶像’项目一直被外界质疑推出偶像的可信度。你的第二轮投资也落空了。罗翔后来还在各种媒体公开攻击你的项目，所以我想，很可能是我无意间的一个过错，导致罗翔有了攻击你的理由，也差点儿毁了你的事业。我一直内疚，我今天必须告诉你这件事。”

“你买下 Art 和高官唐的照片，是为了什么？”

“因为那时候我有一种冲动，想把那些照片公布于众。但我不是想毁掉你的生意，我想毁掉的是你和 Art 的婚礼……”

“为什么要毁掉我们的婚礼？”

“因为我不想看着我喜欢的人和我不认同的女人在一起，一辈子。”

“仅仅只是因为这样吗？”

“不是。因为……我不想失去你。我知道，我太自私了！我没有勇气拥有你，却不想失去你……”

“夏初篱！”

吴苇禾恨恨地喊出了那名字，然后就一把拽过夏初篱，狠狠地在她的嘴唇上吻了起来。但是没有几秒钟的时间，又像是清醒过来一样，把夏初篱推开了。

“该说的也说完了，我送你回去。”

听到这里，我赶紧从放映室的门口躲开，快步回到了书房，然后看到他们两个人一起穿过客厅，从大门走了出去。

吴苇禾一直没有回来。

我在书房继续整理那复杂的财务报表。我感受着我的真实想法。我担心他们两个人有什么吗？他们会有一个最后的激情吗？比起那样，我可能更担心吴苇禾说他不打算和我结婚了。我居然不在乎我的未婚夫是否会和别的女人一夜情，甚至也罔顾他可能是个财务来源不明的人。我只在乎他是不是能和我结婚。

我怎么了，我为什么活得这么市侩？那一刻，我突然感到一种十分悲伤的情绪。

在悲伤的时候，我想到了苏致轩，我拨通了他的电话。

“喂，我今天上午发的同城快递，你收到了吗？”我问他。

“我只要一套几年前我出版过的、现在已经绝版的漫画，你怎么寄来这

么多漫画啊？你居然买了这么多我的漫画啊，而且各个版本的都有呢！”苏致轩显得有点儿兴奋。

“已经半夜了，你还没睡？还在整理我快递给你的漫画啊？”我觉得自己问的基本上就是废话，我打电话给他，也许根本不是想和他确认快递是否收到了。

“可是这里边为什么有一本《机器猫》啊？”苏致轩打了一个哈欠。

“《机器猫》？”我突然慌了神，因为高中时我写给他的那封情书还在书里夹着啊！

“我要睡了，好困。挂了！”苏致轩犹豫地挂了电话。

“喂！”我顿时觉得这不太好，要是我曾经喜欢过他的事被他知道了，他肯定会嘲笑我一番，说不定还会把这件事也画进漫画里。

他会不会打开那本《机器猫》呢？他会不会看到那封情书呢？我已经没有办法再整理一堆复杂的财务数据了，满脑子都在担心他看到我多年前那点儿情窦初开的小秘密。

七、追求心中所爱的勇气

我感觉，我的手在摸着柔软的布料，意识苏醒的时候，我发现自己果然在摸着一块窗帘布。而我身在的地方，应该是一个家居店。我是被灵魂附体了吗？最近总是感到身体不是自己的。

“小姐，这款窗帘布的图案真的很漂亮！而且质地柔软。您不是说别墅的落地窗很大吗，这款很适合呢！”家居店的店员鼓励我购买。

“别墅？落地窗？”我有点困惑地看着窗帘，想起了我在做什么。我现在正和吴苇禾挑选作为新婚婚房的那栋别墅的家居用品。

“苇禾，这款窗帘布怎么样？”我问站在身旁的他。

“不错啊！你是准新娘，你喜欢什么就买什么。”吴苇禾说得诚恳，但他的状态其实有点儿心不在焉，好像总在想些什么。

“那就买这款了。”我说着。然后，店员就开始剪裁布料、打包，我看

着吴苇禾去收银台付款。为了婚房布置而采购，似乎只有服务员比较兴奋，本来应该十分投入的准新娘和准新郎两个人，却像在做一件和自己没有关系的事。

距离夏初篱在巴厘岛举办婚礼的日子，已经过去半个多月了，吴苇禾在这半个月里显得十分正常，似乎没有什么情绪异常的地方。他一样审核剧本，筹备新的电影；一样和我沟通各类财务报表和账务平衡；一样联系各类艺术画廊，谈油画出口的事情……唯一的不同是，他加快了我们结婚的进程。所以，我们今天来集中采购婚房要用的东西。

自从那天晚上和苏致轩通电话之后，他就再也没有主动联系过我。我从一开始忐忑于他会看到我那封沉寂已久的情书，到现在已经平静了、接受了，他即使看过也不会有任何反应。可能即使看了也会装作没有看到吧？

“我们的婚礼定在下个月月初，所以希望在婚礼举办之前，我们的窗帘能做好。”吴苇禾在叮嘱家居店的店员。

“下个月月初？”我听到之后觉得很突然，因为我们之前商定好的时间是两个月以后。

“你放心吧！我昨天委托了一家很好的婚礼服务公司来筹备我们的婚礼，公司的人会帮忙做好这期间要做的一切准备。”吴苇禾十分温柔地握了握我的手，他的意思是，他把一切都安排好了，虽然没有提前和我商量他突然更改的结婚时间。

“也好。那我现在也要发一些请帖给我的朋友们了。”我笑了一下，笑得乖巧又温和。

选完了窗帘，我们走出家居店。在吴苇禾的车上，我问他：“我们下一站要去哪儿？”他想了想，说：“去选婚纱。”然后就朝着婚纱店的方向开去。

吴苇禾选的婚纱店，居然就是夏初篱试穿婚纱的那家。我们下车，走进婚纱店，和店员表明意图之后，店员们都很惊讶的样子。她们可能没有想到，偶像会突然到来，还突然说要选婚纱。

“林小姐，我们昨天刚到了一件从意大利运来的婚纱，你要不要试一试？”一位可爱的店员推荐着。

“好啊！”我接受她的建议，她拿过婚纱，我就进入了试衣间，打算换上那件设计很独特又很美丽的婚纱。

我穿上了那件拖尾婚纱，看到镜子里的自己，真的好美啊！任何女人穿上婚纱的一刻，都是容光焕发、光彩照人的吧？我要做吴苇禾的太太了，我们会成为工作上、生活上的好搭档。谁说结婚一定要有轰轰烈烈的爱情呢？能够满足彼此所需，难道不是好的婚姻吗？我想着。可竟然……还是有一点儿悲伤。我需要鼓励自己一下，我拿出手机，对着镜子拍了一张照片，然后把照片发到了朋友圈。大家看到这张照片，就算马上接到我的结婚喜帖，也不会太惊讶了吧？

很快，我的微信响了，是苏致轩发来了语音。

“在哪里？”

“在婚纱店试婚纱。”

“试婚纱，你吗？为什么？”

“因为我下个月月初要结婚了啊。”

这就是我们之间简短的对话，半个月没有联系了，我们也不过和过去一样，说一些有一搭没一搭的无聊的话。

打开试衣间的门，我拖着婚纱的长尾走了出来，店员们看到我就开始鼓掌，都称赞我穿上这件婚纱真的很漂亮。吴苇禾呢，他就站在不远处看着我，面带微笑，表示出了欣赏的样子，看起来很幸福。

那一瞬间，突然想到了高三我写那封情书给苏致轩时，也曾幻想，有一天我们会结婚，他看着我试穿婚纱，然后因为能和我结婚而感到幸福。我还记得，他在他的漫画里曾经画过这样的一幕：苏小魔带着自己的新娘一起骑着摩托去穷游。想起漫画里的一幕，突然觉得好好笑，苏小魔简直就是不靠谱的苏致轩吗！是啊，能和自己发自内心喜欢的人结婚，真的是一件很幸福的事。可我今天穿着这件如此漂亮的婚纱时，却一点儿也没有感到多幸福。

这时候的吴苇禾也穿好了黑色的结婚礼服，帅气笔挺的他其实穿什么都很好看，更别说是设计独特的结婚西服了。我们两个手挽着手，一起站在落地镜前，看到镜子中的我们，就像看到了我们未来的人生。

店员帮我们拍照片，闪光灯一直在闪，就像预示着我一直期待的结婚进行曲即将响起一样，但那旋律却是悲伤的。

“林景依！”我突然听到有人大叫我的名字。我回过头，看到了满头大汗的苏致轩。

“苏致轩？你怎么来了？”我真是觉得莫名其妙。

“你在朋友圈发的那张照片有位置显示，所以我找来了。我刚好就在附近。”他上气不接下气，气喘吁吁。

“噢……所以呢，你跑来这里干吗？”我还是不明白他到底来干吗。

“那个……那个……哎呀！那夹在《机器猫》里的情书，我看到了！其实那天晚上你打电话的时候，我们通话的时候，我就看到了！”苏致轩挠挠头，他还把扎起来的辫子给放下了。

“噢……那个……你不用当真，都很多年以前的了，扔了吧！”一想到他看过那封情书，我就觉得无地自容，恨不得此时有个地缝让我能钻进去。

“不能扔！其实……其实……我也喜欢你。高中的时候，就喜欢了……不过你总是觉得我不正常。你们那种一切都‘正常’的学霸的世界，我觉得我好像进不去，我有点儿自卑。我……我要是知道你喜欢我，我要是早知道……我就不会和那么多你认为‘不正常’的女的在一起了！”苏致轩一步一步走向我。

“那……那你要干吗？”他的脸几乎贴到我的脸上了。

“现在这么说，可能有点儿晚。但我还是想试试。你可以不结婚，和我开始谈一场恋爱吗？”他怯生生地看着我。

“可你已经有女朋友了啊！那个绿毛……对不起，我不是想贬低她，可你交的女朋友，没一个看起来是正常的！”我把他稍微推开了一些，因为他靠得太近，让我感到十分不自在。

“你不是正常的吗？你是学霸，职业好，收入高，还喜欢看我的漫画，还收藏了那么多我的漫画，还保存着你写给我的情书……如果你是我女朋友，你就是我交过的女朋友当中最好的一个！”苏致轩伸出一只手，想拉我走。

“最好的一个……”我看着他诚恳的样子，还有那条放下来的辫子，我突然就想笑出声来，就像许多年前一样。

我听到外面有摩托车的声音。

“我叫我哥们儿把摩托车骑来了！你还记得那个漫画的情节吗？”苏致轩的眼睛闪闪发光，满怀期待。

“嗯！记得！”我把手伸向他举起的那只手，他一把拽住我的手，把我往店外拉。我的心情竟然在一瞬间就雀跃起来，那是特别幸福特别兴奋的时刻。

我看到一脸惊诧的吴苇禾，他好像被这样的剧情给弄糊涂了。

“去找夏初篱吧！我高中时候的王子来找我了！你也去找你高中时候的公主吧！毕竟，我们都不应该错过爱情，不是吗？”在与吴苇禾擦肩而过的那一刻，我对他说。

“去吧！跟你的王子走吧！这件婚纱就当是我送给你的真爱礼物！”吴苇禾笑了出来，那笑容无比灿烂。

“谢了！”我被苏致轩拉出了婚纱店，然后我们坐上了他哥们儿送来的摩托，就像漫画里的新娘坐上心爱的人的摩托一样，我们一溜烟儿朝着大路的方向开去。

风在耳边呼呼而过，我内心感慨着：没想到这件从意大利运来的婚纱不是为我和吴苇禾准备的，而是为我和苏致轩准备的。苏致轩一直都是我认为的最不靠谱的男人，所以，这么多年我都不愿意面对我一直爱着他的事实。因为我太不勇敢了，我需要一个在我艰苦奋斗之后，能让我不必再活得那么累的男人。但人生中，没有因为爱情而在一起的婚姻是多么可悲。吴苇禾也一样，他其实已经向现实妥协了，他失去了追求真正爱情的能力。

我最想和吴苇禾说的是：爱，真的需要勇气！

随着疾驰而过的风，我，夏初篱，看到了自己从林景依的身体里脱离出来，以一团白色透明状的样子。我在时光的万花筒里，也看到了吴苇禾经历过的三次试穿婚纱的情景：他和董薏甯，他和Art，他和林景依。可是三次他都没有办法结成婚，都成了一个孤独的新郎。

隔壁的咖啡店里，刚好传来陈奕迅的那首歌：熬过了多久患难，湿了多少眼眶，才能知道伤感是爱的遗产，流浪几张双人床，换过几次信仰，才让戒指义无反顾地交换。把一个人的温暖转移到另一个的胸膛，让上次犯的错反省出梦想，每个人都是这样享受过提心吊胆，才拒绝做爱情代罪的羔羊……

在时光的万花筒里，我也看到了2012年的自己：在巴厘岛和简嘉澄举办婚礼的那一刻，我的心深深动摇了。

那一年，我是多么爱吴苇禾，直到我马上就要和简嘉澄结婚的那一刻，我才深深意识到我是多么爱吴苇禾。

9. 周荣荣　重遇青春

一、时光交错的瞬间

我感觉自己在手舞足蹈，耳朵里听到了一阵节奏感十足的伴奏，然后，我居然张开嘴巴开始唱歌了！

你，怎样维持你崩溃的体系，我们将现实变成了过时和废弃，你想要什么？你需要什么？我们将找到出路，当希望尽释！

我睁开眼睛，看到台下好多人在和我一起唱歌，他们一样手舞足蹈，一样很high（兴奋）。有个男人站在我身边，他也在嘶吼着那首让我热血沸腾的歌。灯光闪亮，人潮涌动，我感到体内的荷尔蒙一直在暴增，那会产生爱情的多巴胺。我好像因为一个人的出现而开始变得不安分起来——站在我身边嘶吼的男人真的很帅。他穿着一件黑色的皮衣，仿佛一个夜行侠。关键是，侧颜太酷了，那轮廓比例刚刚好。虽然我还搞不清楚自己是谁，但我的直觉是，那个男人吸引我。

“2012年的末日已经过去，现在是充满希望、让我们high到底的新一年！2013年2月25日，让我们记住今天的这一刻！”主持人高声叫喊着。

一曲完毕，大家散去，各自回到舞池，等待下一首疯狂乐曲的响起。可是站在我身边的男人却从口袋里掏出鸭舌帽，戴上之后，迅速从酒吧的后门走了。我马上追出去，像着了魔一样。

男人很快从酒吧后巷走出去，突然，他面前跑过一只小狗，小狗经过一堆斜靠着墙的木板时，碰倒了木板，眼看就要被砸到了。说时迟那时快，男人瞬间跳过去，用自己的身体挡住了木板，救下了小狗。

“嘿！帅哥！那小狗可能是流浪狗，它身上有虱子，你就别摸了吧？还有，你的手被木板上的钉子划伤了，当心伤口感染。”我一直在他身后跟着，看到了他勇救狗狗的一幕。

“你叫我？”男人抬了抬本来已经压低的鸭舌帽，露出了他的正脸。

“帅啊！”我脱口而出就是这句话，然后又不假思索地说，“我能认识你吗？你是哪个大学的？”

“哪个大学的？你都不看电视和电影吗？”男人问。

“噢……你是……你很像那个明星……吴苇禾？”我对着他的脸，记忆终于开始明晰起来。我的脑子里开始回放N个片段：和同学组band（乐队），经常去酒吧表演或者看表演……我应该是大三女生周荣荣。我是怎么了，因为音乐太吵而脑袋停止运转了吗？是啊，遇到他的那个瞬间，我就忘记自己是谁了。这感觉也真够奇妙的。

“那……我可以走了？”他又把鸭舌帽压低一下，转身就要离开。

“别走啊！鲜肉大叔！”我情急之下抓住了他的胳膊。

“鲜肉大叔？”大叔哼了一声，他似乎不知道该如何回应这个称呼。

“我大概知道你的年纪，百度上有你的资料啊！虽然年纪对我来说是大叔了，但脸还是鲜肉的气质啊！我能认识你吗？”我说得诚恳。

“你刚才唱得不错啊！我喜欢你的短发。”大叔摸了摸我的头发，像是爱抚着一只小狗。

“他们都说我的发型和你那部电影《青春幻境》里的女主角夏檬很像。其实，我就是照着夏檬的样子去剪的。”我从裤兜里拿出一个小镜子，照了照我的发型。

“你跟她确实很像，连嘶吼唱歌的样子都很像。要不要……陪大叔去喝一杯？”大叔发出了邀请。

“好啊！”我答应着，跟着大叔上了他的车，我想，既然他是明星，应该不会做什么可怕的事吧。

他载我去了一个叫蓝景咖啡馆的地方，我们找了一个靠窗的位置坐下。鲜肉大叔从冰箱里拿出了几罐啤酒。

“大叔……你在咖啡馆里喝酒？”我问得直接。

“大叔失恋了……我的初恋跑去和别的男人结婚了；本来要结婚的人，跑去和她的初恋在一起了……现在只剩下我一个人了。”大叔一口气灌下一瓶啤酒，开始诉衷肠。

“这么帅的大叔也能失恋啊？”我也启开一瓶啤酒喝了起来。

“不是说过不让你喝酒吗！”大叔抢下我的酒瓶，又开始讲了。

我坐在他对面，听他前言不搭后语地说着，也理清了些头绪。大概的意思是，他本来打算不因为爱情也结一次婚，下定决心过安静的生活。他本来已经甘心没有什么爱情，也可以找个人过一辈子。但后来却被可以为了结婚而结婚的女人给甩了。但那不会让他感到遗憾，相反，却是一种解脱。听他讲情史的时候，我还给他两张创可贴，让他贴了伤口。

“林景依，那么循规蹈矩的女人，都鼓起勇气甩了我这个条件很好的男人，去找她的初恋谈恋爱去了。可我……可我……为什么就没机会和我的初恋在一起呢？她现在……连电话号码都换掉了。想找……都找不到啊……”大叔是渐渐喝高了的节奏。

“虽然我不知道那个林景依是谁，但是你的初恋嫁给别人，你是有点儿惨。”我安抚着他，还坐到了他的旁边，拍了拍他的后背，因为此刻的他正像一个小孩儿一样，说着说着就抽泣起来。

“其实……年轻真的很好。”大叔抬起头看着我，虽然喝高了，但那迷离的眼神真是让人心动啊。

“大叔……你真的很帅。”我发自内心由衷地感叹。大叔的脸部轮廓太勾人了。

“什么？”大叔一副酒醉的样子。

我捧起大叔的脸，鼓起勇气亲了他的嘴唇，试探着舌吻，然后大叔强烈地回应。那真是一个回肠荡气又热烈的吻。

“既然……两个女人都甩了大叔，那大叔就和我谈个恋爱吧！”我抱着大叔，把我的脸贴在了他的脸上。他皮肤真的很好，贴起来好舒服啊！

“你……是不是看了我写给你的情书？”大叔模模糊糊地说着。

我想，大叔应该是把我当成其他人了吧？但这不重要，重要的是，此刻正抱着他的人是我。我不禁得意起来。

二、谜一样的大叔

我想就这样牵着你的手不放开／爱可不可以简简单单没有伤害／你／靠着我的肩膀／你／在我胸口睡着／像这样的生活／我爱你／你爱我／简简单单／爱……

耳边传来周杰伦的歌，我意识清醒过来，应该是被这歌吵醒的。此刻，我正和吴苇禾大叔一起牵着手，走在夜晚的大街上。我看了看我炫酷的腕表，上面显示的时间是2:14。

“我们是在过今天的情人节时刻噢。现在是2:14。”我把表举起来给大叔看。

“你说什么？”大叔大声喊着，因为他的耳朵里正塞着耳机，我们在一起听周杰伦的歌，他当然听不到我在说什么。他摘下耳机，看到我的表，说了一句，“噢，半夜了，很晚了，学校你是回不去了，我带你回蓝景吧。”

“大叔！你好不浪漫啊！”我怪他，可看他不浪漫的样子也很可爱，就在他的脸上亲了一下。

“对于你这个年纪的女生来说，是不是只要颜值高就可以一秒钟爱上啊？”大叔说起了有代沟的话。

“当然其他的理由也很重要，但我觉得其他的理由也不过是在扯淡。好人也许有很多，但是颜值高的帅哥并不多见啊！爱不是应该很简单吗，所谓感觉，也不过是脸啊！”我觉得我没有必要装作深沉，我直觉这个大叔应该不是坏人，关键是，我就是想和他在一起，哪怕只是几天。

“要是我当年可以简单直接一些，没有所谓的骄傲和面子，也没有那种情窦初开的愚蠢和笨拙，说不定我也能得到痛快的爱情。”大叔感慨了一下。

“大叔，你的电影《青春幻境》里面，有一个‘最想和她做的10件事’的清单，我们也照着去做吧！”我突然想起了那个电影的情节——当然是因为遇到大叔，才会特意去找他的电影看，至少可以找点儿共同的话题，否则这大叔还真是让人难以理解。

和大叔一起回到了他的蓝景咖啡馆，他安排我在休息室睡下，要离开房间的时候，我问了他一句："不一起睡吗？"我觉得，他明白我暗示的是什么。

"我真有点儿承受不起你的年轻。晚安。"大叔丢下这一句，就关上了房门。

我躺在沙发上，翻来覆去也睡不着。看到门缝里还有光亮，我想，大叔应该还没睡，就悄悄起来，想偷偷看看他在干什么。

原来，大叔正在工作。我从门缝看进去，他办公的房间里有好多书啊！他戴上眼镜，正在很仔细地盯着电脑屏幕看。哇！那个样子着实迷人。

这时候，大叔电脑上有响动，是QQ提示音。那应该是视频聊天的请求。大叔接受了，他对着电脑屏幕打了招呼。

"已经快凌晨了，怎么会联系我？"

"看到你上线了，就知道你还没睡。"

"我在处理一些工作上的事。"

"最近心情好吗？"

"没有什么特别的感觉。抗抑郁的药也很久没吃了。"

"我还是第一次看清楚你手腕上的那道疤。"

"没想到我也是自杀过的人，这很酷吧？"

"被想结婚的女人甩掉之后，最近遇到其他可以谈恋爱的女人了吗？"

"遇到一个女孩，她和夏初篱很像，勾起了一些我的青春回忆。"

"那就好好enjoy（享受）你的遇见吧。"

"OK！晚安。不，应该是，早上好。"

大叔和那视频里的女人对话不太多，我也无法看到视频里的女人究竟是谁。可是，这个光鲜靓丽的大叔居然自杀过，还要吃抗抑郁药，他还真是充满了戏剧性啊！我不禁越来越觉得这大叔像谜一样有吸引力了。

我要偷偷返回房间时，腿碰到了一盆放在地上的花。这个响动被大叔听到了。

"你喜欢偷听别人说话？"大叔从书房里走出来，蹲在地上，看到了我痛苦的表情。

"我不是故意的，我只是对你很好奇……"我强忍着脚趾的疼痛。

"过来上药。"大叔把我扶了起来，我在客厅的沙发上坐好之后，大叔拿出药箱，还给我流血的脚趾头涂了药，包了纱布。大叔的动作很温柔，虽然只是一件小事，我还是觉得大叔很有魅力。

“大叔，你真帅，迷恋你的女人一定不少吧？”我摸着大叔软软的头发，那感觉好极了。

“有很多，但是，迷恋我的女人通常都没有什么好下场，你要成为她们其中的一个吗？”大叔收好了药箱里的东西，站起来的瞬间，突然“啊！”大叫了一声然后就马上跪在了地上。大叔的脸立刻变得惨白，还渗出了汗。

“大叔！”我喊出了声。

“可能我的腿真是要废了。”大叔抬起惨白的脸看了我一眼，苦笑。

那一晚我才知道，光鲜亮丽的大叔其实是个身心受创的人。

三、大叔的复杂世界

在我人生的21年时光里，我没有经历过太多的起伏跌宕。我遇到的最大的事情，也不过就是高考差10分，没进去理想的大学；或者是我大一那年喜欢的帅哥和我的室友好上了，为此，我几乎半年没和她说话。我想，我并不欠缺理解这个世界的能力，我只是欠缺一些经历。而大叔，刚好就是经历很多的人。

大叔看很多书，他每天不用应酬的时间里，基本都在看书。听说，他公司的员工越来越多，他得对他们负责任。他除了投资电影之外，还经营倒卖艺术品的生意。虽然我不太清楚，他的咖啡馆和画廊里摆的那些油画、雕塑之类的东西，到底多么值钱，但大叔说，每天都有一些人来他这里买那些东西。

“我这里什么样的人都有。他们会在这里吸大麻，或者认识姑娘。我也会把某些姑娘带回来，独乐乐，或者众乐乐。”大叔点燃了一根烟。

“啊？”我突然害怕起来。

“呵呵……放心，你不是我要的那种姑娘。你充其量只是一只需要被保护的青春的小狗，还汪汪地可爱地叫着。”大叔不夹烟的那只手还在揉搓着膝盖。

“那大叔那天热烈地回吻我……”

“一时的意乱情迷而已。在某些圈子里，这种意乱情迷的时刻就像坐过山车，偶尔嗨了一下。但下了过山车，就把一切都留在游乐场了。”大叔脸上的汗还一直在出。

我知道大叔患有一种滑膜炎，虽然经过了手术，但他的腿，尤其是膝盖，依然十分疼痛，偶尔甚至连走路都有问题。大叔说，他膝盖的剧烈疼痛会时刻提醒他，他人生里还有很多没有做完、没有尽兴的事。大叔还说，他的腿伤让他已经没有办法拍戏或者做偶像了。

大叔的身上，有一种韩剧里的经历沧桑而变得很不快乐的男主们的悲剧感。而这种悲剧感又深深吸引着我。所以，我也特别爱用韩剧里称呼又帅又有故事感的男人的称呼——“大叔”来称呼他。

大叔开着玩笑说，有两个女人因为他而死了，有一个女人遇到他之后死了，有一个女人为了他远走他乡。其他的女人呢，有一个为了钱嫁给了不爱的人，其他两个得到了幸福，和自己一直相爱的人在一起了。还有一个女人，是他心心念念，却从来没有得到过的。大叔说得概括，就跟演电视剧似的。我虽然不排除他有胡说的可能，但他说的那个心心念念的女人，我倒是有点儿相信的。那个女人应该就是他电影里演的那个初恋。

“你不是大叔的对手，大叔我，需要一个势均力敌的女人去谈恋爱。”大叔在台灯昏暗的灯光下，就像一个行走江湖、历尽沧桑的大侠。

“我不管你是伤了很多女人心的杨过，还是行走花丛中的小李飞刀，我都想和你过几招。做不了你势均力敌的女人，也总可以有被你伤害的权利吧？”我觉得自己挺勇敢的，对一个“来历不明”的大叔居然敢直接表白，可我直觉判断大叔不是个坏人。

“你的勇敢一直提醒着我，在你这个年纪的时候，我有多么不勇敢。”大叔有点儿感慨的样子。他还一瘸一拐地从酒柜里拿出了一瓶红酒打开，喝了起来。

“大叔，和你视频聊天的女人是谁啊？”我还是好奇。

“一个……可以走入我灵魂的女人。是个神秘的人，是个每当我遇到困惑的时候，就需要去依赖的人。”大叔的表情温柔起来，像是儿子遇到了妈妈。这感觉好奇怪。

“大叔，你还相信爱情吗？你也有初恋啊，比如电影里的那个女孩？”我试探他。

“在我很小的时候，父母之间的关系就已经让我不再相信感情了。我手腕上的疤，也是因为他们的死才留下的。”大叔看着我，笑了笑，“你和她真的很像——我高中时暗恋的女孩。”大叔摸着我的头发，又摸了摸我的脸。

既然我和大叔的初恋很像，去重温一下大叔没有完成的初恋，也是一件有趣的事吧！我已经暗暗打定了主意。

那个晚上，我了解了一些关于大叔的事，虽然不具体，甚至某些事情说不定大叔在瞎编，但我还是有这样的直觉：大叔不是坏人，大叔有点儿喜欢我。

第二天上午，我叫醒还在办公桌上趴着睡觉的大叔，告诉他，我制订了一个绝妙的计划。

“大叔！我们就别让你的青春是幻境了，我们真真实实地把它实现，好不好？”我把列出的清单放在了他眼前。

一起听活结乐队的演唱会；一起给动物拍一部纪录片；一起在沙滩上捡光所有的塑料瓶子；一起扮一次乞丐；一起包场看电影；一起通宵唱歌；一起和混混们打一次架；一起莫名其妙在街上赛车；一起吃下最辣的火锅……

“这些事情，放在电影里就很精彩，但是在现实生活里实现起来会很难。更何况，我又不是普通人。这么放肆地做这些事情，被别人看到我和少女粉丝混在一起，会让我十分难堪。可能会被攻击。”大叔的头发乱乱的，说话的表情很认真，但看在我的眼睛里却很有趣。

“大叔，今天晚上你来学校接我。我有办法让你不被别人认出来！一定来找我噢！就这么约定了！”我说完之后，大叔看着我笑了笑，说了一句：“游戏到此为止，很开心能够认识你。我叫我的助理来了，他会开车把你带回学校。”

我被他的助理开车带回了学校，但我知道，这个大叔已经打动了我的心。尤其是知道了他的抑郁和自杀经历之后，对我来说，更有无穷的乐趣了。

四、青春记忆和商业肮脏

“鲜肉大叔！”我嘴里叫出了这样一个奇怪的称呼，我看到自己倒映在玻璃墙上的影子：紫色短发、黑色短裙。那神采奕奕的大眼睛，因为黑色睫毛膏的衬托而显得格外动人。此刻，我周荣荣，新闻专业的多面手女王要出动了！

“周荣荣？你怎么来了？”大叔一脸惊讶。

“我说过，希望你今天晚上来学校找我，可你没来，我就自己来了。我们的‘初恋清单’！”我把写好的“清单”放在他的手上。

“呵呵……”大叔笑了，像看着一只宠物狗一样看着我，又摸了摸我的头发，“跟你完成这个清单，可是一件冒险的事。”

“交给我！”我牵着他的手，带他进入房间乔装打扮一番。

“大叔，你果然是鲜肉。很酷呢！”我看着大叔被化了浓妆的脸，笑得快要死掉了。

“粉丝们应该没有看到过我这个样子。不仅他们认不出来，连我自己都不认识自己了。”大叔一边说，一边启动了车子。

我们一溜烟儿开到了伯明街，那儿有一个练车场，是很多年轻人喜欢“斗车”的地方。大家也没什么金钱上的赌注，不过是喜欢显摆一下自己炫酷的车技。在我的理解里，那不过是驾校考试的升级版。但是，比比谁更擅长倒车、停车、漂移、避物之类的技巧，也很有趣。

是啊，“唰”的地一下，把车子准确无误地停在十分窄小的空档里，真是很帅的一件事。或者让车子围绕着偌大的练车场飞速行驶，形成漂移的状态，也是很帅的一件事。我和大叔在他的车里，就像两只飞在天空里的大鸟，那感觉神奇极了。

回到一大群切磋车技的年轻人中间，我们听到了响亮的口哨和欢呼声。大叔也从车里走出来，十分骄傲和幼稚地摇摆身体、得意唱歌，那样子十分搞笑。我情不自禁地像树袋熊一样跳上大叔的身体，搂着他的脖子，亲吻他的嘴唇。大叔其实是抗拒的，但在那个众目睽睽的节骨眼上，他要是十分明显地抗拒，就是向所有人通报：我在蹂躏他。他只能接受，哈哈，十分不情愿地接受。

“那个人好像是吴苇禾！”有人认出大叔了！

“对啊！好像是他啊！快拿手机出来拍！”大家一阵兴奋和骚动。

我马上从大叔身上跳下来，拉着他的手快速逃到车子里，我们像害怕定时炸弹会爆炸一下，迅速开车逃走了。那感觉，真棒！

我们开着车子离开练车场的时候，大叔问我：“你知道，你刚才是在众目睽睽下强暴我吗？”

“我知道啊！就是在众目睽睽下才要那么做呢！要不你会拒绝得很容易啊！”说完，我哈哈大笑，开心至极。

“大叔，带你去个好地方。”我一路指导。

“财经大学？半夜了，你居然带我来学校？”大叔惊讶地瞪着眼珠子。

“看！”我掏出一串钥匙，哗啦啦响着。“我是我们学校的文艺部部长，恰好又和财经大学的文艺部部长认识，关系甚好。我就偷着复制了他的钥匙。”我开心地继续显摆。

我们下了车，我拉着大叔通过一个坏掉的围栏进入了财经大学，还去了财经大学的剧院，我拿着偷偷复制的钥匙轻而易举打开剧院的门。

大叔对这一切“策划”简直有点儿傻眼。但他的傻眼并不妨碍我带着他继续快乐。我们在剧场的中央舞台上站着，偌大的观众席上一个观众也没有，只有我们两个在通亮的舞台上站着。

“大叔，这是送给你的礼物。”我说着，从舞台侧面拿出一把吉他，唱起了我为他写的歌。

青春是一种幻境，一种激情在闪耀，你抓住了我的心，哪怕只是一瞬间，我已经不能忘记你……

“这歌……真美。”大叔看着背着吉他的我，若有所思地微笑着。

“我今天早上想起来的谱子，就记录下来。这个快速的创作，都是因为大叔你——因为遇见你。”我捧起大叔的脸，我要给他一个吻。

“是谁啊，谁在剧场里？”突然有人大声喊。

“不好！是看更的大爷！”我拉着大叔的手就往外跑。

大爷似乎也看到了我们，他拼命追着，还喊着：“是哪个系的学生啊！半夜还在这儿排练，你们站住……”

我们拉着手，已经跑得上气不接下气了！当我们终于从那根破掉的围栏里钻出来的时候，两个人都累得躺在地上了，然后就是一阵哈哈大笑。

“大叔，有那么累吗？居然还躺在地上。”我感慨着。

“没有啊，就是想躺地上啊。”大叔闭上眼睛，舒舒服服躺着，很享受。

我凑到大叔的脸旁，在路灯下，我看到他很浓密、很长的睫毛，就忍不住用手拨弄了一下。

“啊！青春真好。那时，我就幻想，我和她一起做点儿这样疯狂的事。”大叔感慨着。这时候，大叔的手机响了起来。他拿出电话，看到来电显示，突然从地上站了起来，走到旁边接听。

“一定要这么急吗？好。你在蓝景等我。”大叔挂了电话，就拉着我坐上他的车。

“我给你找间酒店住下，你明天一早就回学校上课吧。”大叔表情严肃。

“可我没带身份证，没法办理入住。要不，大叔借我一下身份证。”我说。

“你跟我回蓝景吧。但你明天早上必须离开。”大叔十分无奈地带着我。

到了蓝景，他安排我住下，就急匆匆到办公室去了。我实在好奇，大叔大半夜有什么情况，变得这么严肃，我偷偷跟去了他的办公室。

“罗翔的助理好像已经怀疑我了。他们似乎知道是我出卖了他们的竞标信息。我很害怕。”一个长头发的清秀女孩此时正在大叔的办公室里坐着，显得六神无主。

“我不是给了钱，让你在罗翔死后马上离开。”大叔显得很生气。

“可是，如果我离开这个城市的话，我就见不到我男朋友了！”女孩抓住了大叔的手腕，那表情像是在乞求，“而且，一想到是我出卖了信息而导致罗翔投资失败，让他受了刺激心脏病发作而死，我就特别内疚，我内疚得每个晚上都睡不着。”

“钱和爱情，你只能选择一样。就如同，道德和救命，你也只能选择一样。既然穷，你就只能选择钱。你男朋友因为你的钱保住了命。你不能什么都想得到。”大叔面无表情。

“罗翔真的帮助我很多，他甚至对我就像对他的女儿一样。我不想离开他……不想离开这个城市……”女孩呜呜地哭起来。

“罗翔对你好，只是因为你长得像他死去的女儿罗灿灿。这也是我把你安排在他身边的原因。废话不多说——如果你不离开，休想得到你男朋友治病需要的最后一期款。他马上动手术了，你自己看着办。如果你不搭上明早7点的飞机离开这里，你男朋友后天的手术就泡汤了。”大叔的语气是冷酷无情的。

“好！我走！”女孩无助地流着眼泪，接过了大叔递给她的一张机票。

看到这一幕，我那幼小的不经世事的心脏都要停止跳动了！大叔居然安排女孩接近别人，还把那人刺激至死。可大叔看起来却毫无愧疚，这大叔太可怕了！

回到暂时休息的房间，我的手一直有些微微颤抖。我看看身处的环境，明明安逸舒适，可为什么我却觉得自己像在魔窟里呢？我好害怕。大叔究竟是什么样的人！

五、大叔的另一面

我感到一阵头痛，我的头脑清醒过来，让我意识到，我是周荣荣。我为什么有忘记自己是谁、身处何地的感觉呢？我努力回想了夜里发生的事情，我想起了大叔和那女孩的对话。

我看了看腕表，已经是凌晨5点。从夜里3点到凌晨5点，我根本无法入睡。我不能马上离开，否则大叔会知道我偷看到了他和女孩的那一幕。可我又害怕，好想尽快离开这里。我拿起衣服，从房间里走出去，就要走到咖啡馆大门的时候，我听到了背后有人叫我。

“这么早就走了？”是大叔的声音。

“啊！是呀，我要回去换衣服，还要准备上午的第一节课。”我转过身，尴尬地笑笑，尽力伪装成平静的样子。

“昨天夜里，我在门缝里看到影子了。是你吧？你在偷听？”大叔问得很直接。

“我……不是……对……是我……”我有点儿语无伦次，看着大叔若有所思地向我走来。

“既然你都听到了，那我请求你一件事，就是，不要说出去。我会给你一笔钱。”大叔用审视的眼神看着我。

“好……好……好啊……我……我还是要钱吧！要不然，你可能会杀了我。”我吓得有点儿结巴了。

大叔从口袋里掏出一张准备好的支票递给我。然后，他讲了一个简短的故事给我听。大致的意思是，他爱过的大学时代的女朋友，因为替大叔家还债，动用了她父亲给的200万留学经费。大叔决定和女朋友分手，因为不想被女朋友的父亲看不起。结果女朋友追他的时候，被马路上的车撞倒身亡。所以，女朋友的父亲就一直痛恨大叔，就想尽一切办法迫害大叔的事业。大叔无奈之下进行反击，导致女朋友的父亲意外病发身亡。

“可是，即使是这样，那个叫罗翔的人的死也是大叔造成的啊！”我大胆地评价着。

“真的没想到他会心脏病发作身亡。本来只是想打击商业项目而已。”大叔说着。

“你的秘密我不会说，钱，也不会要。我还是宁愿相信，我遇到的大叔是那个像电影里面的男主角一样，单纯善良的男孩。一个连狗狗都会去怜惜的人，一定不是坏人。”我瞪着大叔，虽然害怕得要死，但直觉告诉我，大叔不会伤害我。

“我在你这个年纪的时候，也相信爱情，也相信我爱的人不会伤害我。但这个世界不是这样的。如果你说了我的事情，我肯定会……”大叔没有继续说，但我明白那是一个威胁。

“大叔，在我们再也不见之前，能陪我再看一次演唱会吗？”我问他。

“好。其实……我也很开心遇到你。”大叔拨了拨挡在我眼前的刘海儿，表情有些无奈和悲伤。我看到了他露出来的手腕上的那道疤。虽然不知道大叔自杀究竟为什么，但是，那道疤却让我心生同情，也是我绝对不想为难大叔的原因。

想必，大叔也经历过一段十分痛苦难挨的人生岁月吧！我想着，情不自禁地在大叔的脸上吻了一下。大叔紧紧地拥抱了我一会儿。坦白说，我很留恋那个拥抱。

我离开的时候，看到了大叔发给我的微信，上面有他写下的一段话：

“谢谢你带给我的短暂快乐。可我承受不起你因为年轻热情而显得无所畏惧的爱情，就像你承受不起我因为经历世事而显得不择手段的反抗。祝福你，好运。”

我竟然开始悲伤难过，不知道具体为了什么，那感觉十分复杂。有对大叔迷恋却不得不告别的伤感，也有对大叔畏惧而不得不离开的彷徨。

两个小时之后，我们乐团的头儿打来电话。

“有个无名氏一大早在咱们练歌的band房放了一大包钱。上面留个纸条，说是因为你而赞助的演出经费。虽然觉得莫名其妙，但是，我们未来的经费确实是不愁了。”

“好。我知道了。”

挂上电话，眼泪终于流了出来。感叹大叔办事效率之快，以及我们划清界限如此之迅速。

六、最后的演唱会

我听到了嘈杂的声音。我听到了那个以模仿“活结乐队”而有名的地下乐队的主唱的声音。他还是嘶吼着那首活结乐队的代表作“*When all hope is gone*”。

你，怎样维持你崩溃的体系，我们将现实变成了过时和废弃，你想要什么？你需要什么？我们将找到出路，当希望尽释！

狂躁的音乐要把耳膜震碎似的。我抱着吉他上台和他们一起嘶吼。我的脑子里飞出了好多网络新闻，那是路人甲们拍下的我和大叔在练车场和财经大学附近的身影。大叔和小女孩的爱情绯闻已经铺天盖地。

在我拉着他重回青春的时候，却发现其实他早已经失去了青春，也失去了自由。我不顾后果的“青春清单”，可能是他需要找好多人进行公关的大麻烦。原来，他终究不能像我这样恣意地活。

我，周荣荣，弹着吉他，在面具的后面，我能感觉到自己的脸上已流满眼泪。这是我邀请大叔来听的最后一次演唱会。我们所有人向活结乐队致敬，就连他们的面具也是百分之百一样地制作出来。群魔乱舞之间，我看到吴苇禾大叔就站在台下，站在这种秘密又小型的地下乐队的表演现场。

在大家已经因为音乐而达到癫狂状态的时候，我看到了一个女人，她拨开混乱的人群，走向了大叔的位置。看到那个女人的瞬间，我感到天旋地转，耳朵轰鸣，好像整颗头都要炸开一样。那感觉真是太诡异了！大概一分钟之后，我的情况有所好转，我努力稳定情绪，透过面具向台下的两人看去。

那个女人和大叔紧紧拥抱在一起，他们开始接吻，仿佛长长久久地吻了一个世纪一样。他的初恋女孩回来了，她——回来了！

我在台上和大叔告别。谢谢你，大叔，给了我如此短暂的爱情、快乐和悲伤。对我来说，你如此神秘，又如此危险，就像一个稍纵即逝又目眩神迷的美梦。

卸妆的时候，我收到了大叔给我的最后的微信留言：

“我的她回来了。也许，我和你相处的每一刻时光，都是在温习和她过去的点点滴滴。谢谢你，让我明白了我还爱着她。祝福你，永远快乐。”

在那之后，我再也没有见到过大叔。如果想念他，我只能从电视、网络和新闻上看到他。虽然我不太喜欢看电视，但每个星期六，我都会打开电视机，看大叔制作的《艺术偶像》节目。好像，那是我和大叔之间唯一能够有所关联的存在方式。我还去了大叔经营的一个艺术品俱乐部，虽然里面的东西我可能永远都买不起，但我还是经常去看看。因为，我好想有一次能遇见他。可我从来没有遇见过。

直到我大学毕业，我们乐队的日常费用，总有一个神秘人定期送到band房，托我的福，我们没有再为经费发愁过。大叔好像终究害怕我出卖他的秘密，但我真的不会。

至于我和大叔的那点被人捕风捉影的绯闻，也很快就在网络上淡下去。不过，我偶尔会再搜出来，看看那时我们在一起被狗仔偷拍的照片。没想到，那样的照片竟然成了我和大叔为数不多的同框合影。

……

我，夏初篱，从周荣荣的身体里脱离出来，我看到了周荣荣对吴苇禾的怀念，也看到了她邀请他去听的最后一场演唱会上，我和吴苇禾紧紧拥抱在一起的时刻……

时光，仿佛是神奇的游戏，缘分，是调皮的小孩。我们都感到了青春时代里的勇敢是多么可贵；也明白了，内心里直觉的吸引才是命定的遇见。我们绕了一大圈，终于回到了彼此的身边，紧紧拥抱，不想再分离。

我回来了，回到你身边来。

我，夏初篱，穿越时光，回到3年前的那一刻，站在我和吴苇禾重遇的那个演唱会，置身事外地看着那场热烈的重逢。

在欢呼的人群中，我看到了振臂高呼的吴苇禾，那个帅气的吴苇禾，那个我一直抗拒、逃避，却又不得不狂奔回他身边的吴苇禾。

“苇禾！我回来了……”我从背后拥抱了他。

他感觉到突然的拥抱，震惊地转过身来。

“苇禾！我回来了……”我唯一能说出来的就是这句话。我唯一能告诉他的就是，我回来了！从 17 岁开始到现在，我终于回来了。

“夏初篱！”吴苇禾满脸的无法相信。

“我没有和简嘉澄结婚，因为，我好想你！”我能感觉到我一下子就无法抑制的眼泪。

“夏初篱！”吴苇禾的表情十分复杂，是惊讶、惊喜，他的眼眶也一下就红了起来。

“我……”我还没有说出我的告白，吴苇禾的亲吻就如潮水般涌来，他捧起我的脸，那么热烈地、无法掩饰地亲吻着我。

“你……”吴苇禾紧紧地把我抱在了他的怀里，我能感觉到他真实的想念和炽热的情感。

那是 3 年前，我从巴厘岛逃婚回来，去找我终于发现的真正的内心所向。我犹豫过、挣扎过、内疚过。我曾觉得那么舒服的简嘉澄，认识了那么多年的简嘉澄，那么爱我的简嘉澄，为什么在我穿上婚纱，和你宣誓一辈子相守的时候，我的内心那么强烈地思念着另外一个人呢？在我从婚礼现场逃开的时候，我就知道，我也许犯了一辈子最大的错。

当我和吴苇禾从震耳欲聋的酒吧手牵手走出来的时候，我甚至觉得，和我牵手的这个男人其实那么陌生。

“你知道吗？刚才那一幕，是我 19 岁那一年就特别渴望出现的情景。”吴苇禾说着，突然又加重了握住我的手的力道。

“我的手快被你捏碎了。我不会走，我会一直和你在一起。19 岁的时候我也期盼过，你能出现在活结乐队的演唱会上啊！可你……没有来。”我看着他，就觉得这个人的脸可能被时光冻结了，要不然，他为什么看起来好像和 19 岁一样。

“看不够吧，我很帅吧？”吴苇禾有点儿得意。

“其实，没有变的，不是你的脸，而是我的心。”我突然感到有点儿害羞，好像脸开始变得有点儿烫。

“要是 19 岁那一年我们没有错过，今天的我们会是怎样的呢？”吴苇禾摸了摸我发热的脸。

“也许我们很快就厌倦彼此，然后分开了。也可能，我们一路相处下去很默契，就结婚了。然后……我们还会有自己的孩子，不紧不慢地过着日子。”我的脑子中居然开始幻想一些不切实际却特别美好的画面。

“好啊！那就那样吧！我们结婚！”吴苇禾点了点头，很认真的样子。

“啊？你疯了？”我哈哈大笑起来。

“大婶！接受大叔吧！他可是因为你才甩掉我的啊！”一个和我们擦肩而过的短发女孩突然说了这样一句。不过，那个女孩一溜烟儿就跑开了。

“周荣荣！谢谢你！让我来听这场最后的演唱会！”吴苇禾大声喊着。

我看着他，心里想，看来我错过了很多和吴苇禾有关的精彩情节，但是，这些已经不再重要了。重要的是，我鼓起勇气重遇所爱。

“好！我们结婚！让我们真正的恋爱从结婚开始！”我爽快地答应了。

我看到了我们疯狂决定结婚的那个晚上。那以后的激情我还记得。我们一路开车去了吴苇禾的别墅，我们迫不及待地热吻彼此，然后把自己交付给彼此。那不只是疯狂地做爱，那更是差一点儿就失去彼此的“劫后余生”。

我从巴厘岛“逃”回来以后，曾经和简嘉澄通过一次电话，他问我，为什么放弃他而选择了吴苇禾。其实这个问题我也问过自己很多次。究竟为了什么而放弃了平静的海洋，却选择了危险的海啸。唯一的解释就是：我是一个不安分的人。一眼可以看到未来的安全的我和简嘉澄的爱情，却敌不过我无法信任的充满变数的我和吴苇禾的爱情。

所以，爱情是什么呢？是无法掌控的自虐、是变幻莫测的吸引、是悬而未决的蛊惑、是心有不甘的求证，是不能抗拒的缘分。

七、他，太可怕了！

“我打一个电话，就可以让简嘉澄永远也出不了医院。需要我现在就打这个电话吗？”吴苇禾笑呵呵地看着我，另外一只手已经开始拨号码了。

我听到了吴苇禾说出的这句话，努力让自己冷静下来。我盯着他，终于明白，我又回到了我酝酿杀死他的那一刻。他正威胁我说他会找人杀死简嘉澄。

“不要！不要伤害他……其实，很多事情都是可以商量的。你把合约放下，让我想想吧。我想通了，也许会签。”我不想激怒他，我必须得哄着他。

“呵呵……”吴苇禾笑了起来，那是诡计得逞之后的“预料之中”的表情。他盯着我的眼睛，然后眼神突然温柔起来，还捏住了我的下巴，把我的脸扬起来，说着，“后天，是我们结婚三周年的纪念日。我们……去度假吧，就我们两个人。”

“已经3年了。你还记得，3年前我从巴厘岛逃婚跑回来，在摇滚演唱会上找到你的那个时刻吗？那时候我多么爱你……连在一起那么多年的简嘉澄都扔下了。”说着说着，我发现自己突然哭了。我觉得，其实我们都忘了那时的爱情。

吴苇禾在我的嘴上印下了一个吻，浅尝辄止的吻。然后，他闻了闻我的发梢，说着：“好香……我也曾经相信，你离开他是因为你爱我。呵呵……”吴苇禾残酷地笑了。

看到他残酷的笑，我听到了自己的心轻轻破碎的声音。

看着他离开书房的背影，我知道，这一次，用折叠刀杀死他的计划又没实现。不知道是谁，是什么力量，一次又一次地阻止了我杀死他的行动。每一次穿越，我都体会了他丰富的心路历程。每一次穿越回来，我对他的理解和原谅，都被他变本加厉的冷酷无情和不择手段的无耻给彻底消除。

我觉得，我想妥协了。如果把《真爱幻境》的项目还给他，如果我和简嘉澄划清界限，就能让他不再那么扭曲和残酷，也许我会愿意妥协。

两天之后，吴苇禾开车带我去北苑度假村。他打开音响，放着他很喜欢的那首惠特尼·休斯顿的“*I will always love you*（《我爱永在》）”。

I hope life treats you kind
And I hope you have all you've dreamed of
And I wish to you, joy and happiness
But above all this, I wish you love
（愿生活对你温柔以待
愿你的梦想都如愿以偿
愿你快乐幸福

除此以外，唯愿你爱我）

“这首歌唱得真好。”我感慨着。

“是啊！每个人都希望一个人爱另一个人，一直爱着。”吴苇禾目视前方，转动着手中的方向盘。

“可是，你不会永远爱着另一个人。你的心里已经没有爱了。”我看着他。

“如果你的心回来，我也愿意试着唤醒我的心。”他看了我一眼，又目视前方开车了。

“你的心经历了太多黑暗，即使回来了，也不是最初的那一颗了。”我看了他一眼，还是那么好看的侧脸，让人因为英俊而被蛊惑的侧脸。

我们的车停在了一栋独门别墅的前面。我们下车，吴苇禾拉着我的手走了进去。

“亲爱的，我给你布置了一个很漂亮的房间。带你上去看看？”吴苇禾指了指旋转楼梯上的一个房间。

“小二楼别墅，真的很精致。让你花心思了，谢谢。”我说着口不对心的话，其实，我没有一点欢喜的心情。这可能是他哄过的无数女孩都体会过的伎俩。

我们手牵手走上楼梯，我感到他的手心冰冷。

“如果你的心回来，我也愿意试着唤醒我的心。但是，你的心却回不来了！那么，我愿意试着封锁我的心。”吴苇禾看了我一眼，他的眼神冰冷。

“你……这是什么意思？”我完全不懂他的说法。

“你一直都计划着杀死我吧？”吴苇禾的两只手突然抓住了我的肩膀。

“你怎么知道的！”我有些惊慌。

“既然你已经在计划杀死我了，那么，倒不如由我来杀死你！你死了之后，可以合法继承你一切的人就是我！”吴苇禾阴森地笑了，两只手开始用力。

不！不要！我能感觉到，他要把我从楼梯上摔下去！我拼命挣扎，奋力反抗，终于挣脱了他的两只手！我向楼梯相反的方向跑过去的时候，他拼命拉住我的胳膊。我竭尽全力，挣脱了他的拉扯。霎时间，我看到了他从楼梯跌落下去的样子，那难以置信又恐惧至极的眼神，是他摔下去之后，最后留在我脑中的影像。

我站在二楼，看着旋转楼梯下的吴苇禾，他躺在大理石的地上一动不动。

他是要杀死我的吗？他是酝酿着来这里杀死我的吗？我的心已经被恐惧占满。我真的不敢相信，他把我带到这里居然是要杀死我！

他的计划是让世人相信一个事实：我，夏初篱，因为心情不好而来度假村散心，在恍惚之间，不小心坠楼而死。没有任何人证、物证可以证明，吴苇禾是和我一起来的。他可以把所有事都推得干干净净，好像和他毫不相关。

吴苇禾，他太可怕了！在感慨这个事实的时候，我看到有一个透明的身影从他的身体里脱离出来。那个透明的吴苇禾就站在他死去的躯体旁，然后抬头望向楼梯上的我，就像电影《泰坦尼克号》里，西装革履、英俊无比的杰克望着从楼梯上走下来的露丝一样。吴苇禾的眼神是充满渴望与热爱的。

透明的他，正一步一步向楼梯走来，他要走到我的身边，说他最想说的话。

遇到林景依的时候，我几乎已经向命运妥协了。我不再相信爱情，也不再相信我能得到我要的爱情。但我们后来终于发现，婚姻条件天衣无缝的匹配，也无法掩盖不能和真正爱的人度过一生的悲哀。我们都不甘心，虽然我们都精明算计。连林景依都有勇气追求真爱，我为什么不能。后来遇到了周荣荣，她的外在简直就是你的翻版。我从她的身上找到了青春的记忆，但她绝对不能承受我的颓废和黑暗。我们根本不是势均力敌的对手。但我感谢她给我的勇气，让我能像个年轻人，勇敢一点儿去爱。但是你们谁能知道，那时的我已经颓废得像个空壳。我不择手段去追求的，只是让简宁舒知道我活得很好，我酝酿有一天让他为自己的错付出代价。而且，为了实现那样的目标，我必须打击罗翔，但是他的死曾经让我内疚很久。你们不会知道，我活得有多辛苦。

而你，是我活得辛苦时唯一的一点安慰。那时你回来了，让我觉得又有了好好活着的希望。可是，你却从来不知道……

“苇禾……”我看着透明的他，早已泣不成声。他又何曾知道，他一直是我心心念念的追逐。从 17 岁到 35 岁，这漫长的 18 年里，其实，我最爱的人始终是他。

10. 夏初篱　真爱是你

一、你是乞力马扎罗的雪

像整个世界那样宽广无垠，在阳光中显得那么高耸、宏大，而且白得令人难以置信，那是乞力马扎罗方形的山巅。那里有一只豹子，它死在了雪山上。但它的灵魂不朽，死亡不是虚无和幻灭，只要精神还在，那么死亡也“像整个世界那样宽广无垠”。

我睁开眼，看到了母亲夏楚写下的摘抄。我念着她写下的字字句句，恍惚之间，只觉得自己念得情真意切，却不知道自己到底身处何方。

我看到了一个神奇的景象：我的母亲站在乞力马扎罗雪山上，微笑着展开双臂，我奔向她的怀中，我告诉她，我是多么想念她。然而，几秒钟以后，我的母亲消失了，我看到的是一个装饰得如同婚礼会场一样漂亮的舞会现场。

我看到母亲的大照片放在小舞台的中央，她的微笑还是那么美。她的照片上写着生卒年月：1958 年—1998 年。这是她期待的葬礼，在她还不能预知自己的死亡时，就曾和我说过，如果有一天她去世了，请一定不要给她举办黑色的传统的葬礼，一定要给她一个人人都来她的葬礼上跳舞的如同舞会的葬礼。

我的意识清醒过来，我的记忆回来了：此刻，我正站在母亲的葬礼上，以女儿的身份念着母亲的追悼词。就在上个月，我的母亲死在了乞力马扎罗雪山。爱好登山的她，为了征服心中那座不朽的雪山，遇到雪崩而永远离世。

我能为她做的就是在她的葬礼上为她朗读她日记上的摘抄。

海明威的《乞力马扎罗的雪》是她一生最爱看的小说。我翻开她的日记本，她娟秀又独特的字迹还是那样闪闪发光地在日记本上。她把她对那部小说的所有感悟都一一清晰地记录下来。我知道，她爱的不仅是那部小说，还有我的父亲。这个世界没有几个孩子，是真正不知道自己的父亲到底是谁的。但我是那为数不多的、永远不知道自己父亲身份的孩子。

母亲说，我的父亲是个才华横溢，却没有闪耀就死去的人。他们的相逢很短暂，但母亲却疯狂而执着地爱了他很多年。母亲说，她曾经在父亲去世前的最后 5 个月陪伴着他。她说，她听父亲讲他一生精彩的回忆就足够了。

母亲的葬礼真的来了好多她经商时合作的生意伙伴，还有很多娱乐圈的知名人士。我母亲是国内最早那批经营模特公司和演员经纪的创业人。她的公司叫作“远大前程”，意义就是要给模特和艺人带来最好的前程。短短几年内，“远大前程”就成了业内很有知名度的公司，开发了很多国内国外的娱乐演艺项目，也培养和塑造了很多明星。

可想而知，如此有影响的“远大前程”，领头人突然意外身亡，震惊了多少人，来参加母亲葬礼的人真是五花八门。这葬礼，仿佛夜上海的百乐门，歌舞升平，喧闹不息。

“母亲的意外去世，没有给我的心灵蒙上灰，相反，她的死亡就像乞力马扎罗的雪，永远闪耀着不朽的光芒，一直照亮我。”我念完了那段追悼词，没有流泪，而是邀请大家在快乐的圆舞曲中尽情跳舞。

我走进舞池，看到大家都翩翩起舞，却发现，没有一个人能和17岁的我——葬礼的主人，跳上一曲纪念母亲的舞。就在那一刻，一个男孩突然站在我面前，他伸出手，说了一句：“我能请你跳一支舞吗？”那个男孩唇红齿白、明眸善睐，他的出现，仿佛天都亮了，花都开了。

“非常乐意，感激不尽。”我也伸出我的手和他牵起来，然后我们伴随音乐翩翩起舞。

“你很勇敢。我从没想到，原来一个女孩可以这么淡定地面对死亡。”

“我母亲就是一个勇敢而淡定的人。”

“我看过关于你母亲去世的报道。如果可能，你希不希望时光倒流？那样，你就能阻止你母亲去那个危险的雪山登山了。”

“我不会阻止她的。我觉得，我母亲也不会后悔。一个敢于冒险的人，其实是不惧怕死亡的。更不会因为自己会死亡而后悔。”

“真是了不起的母亲，所以你才会同样那么勇敢吧。可我觉得自己好懦弱，别说是死亡，我其实什么都害怕。怕我爸妈会分开、怕失去好的生活、怕比赛不能得奖、怕将来不能考上好的大学、怕朋友不理我……”

“本来我也会怕那些的，可我母亲是个奇异的人，她把我也教育成了一个奇异的人。我们就总是显得无所畏惧。”

“什么是奇异的人？”

“敢爱敢恨，勇往直前，虽然可能会死在雪山，也潇洒去雪山探索的豹子。”

“潇洒去探索的豹子，我记住了。”

“谢谢你请我跳舞。”

“加油！我该走了。否则，我老爸会发现我一直在跟踪他。”

那一曲终了，男孩就消失在了跳舞的人群中。我还不知道他叫什么名字，以什么身份来参加这场葬礼。

二、有种你亲他

也许是我不懂的事太多 / 也许是我的错 / 也许一切已是慢慢地错过 / 也许不必再说 / 从未想过你我会这样结束 / 心中没有把握 / 只是记得你我彼此的承诺 / 一次次的冲动 /Don't Break My Heart（别令我心碎）/ 再次温柔 / 不愿看到你那保持的沉默

我的耳边响起了音乐的节奏，我的手指在拨弄着琴弦。我口中唱着的是窦唯的那首“*Don’t break my heart*”。

当我的意识醒来时，我看到了自己站在露天舞台上，夜色刚好，灯光闪亮，夏风吹拂。台下人头涌动，手臂挥舞，大家仿佛都沉醉在这样的轻摇滚中。而且，我能十分清楚地看到人们手中举起的灯牌：1999 世界末日演唱会。我记得了，1999 年，传说中的末日年，我和几个玩 band 的朋友一起参加了市内几所大学联合举办的校园乐队演唱会。此刻，我们正在风帆广场正中央的露天舞台上。

“夏初篱！我喜欢你！接受我吧！Don’t break my heart！”鼓手汤帅在歌曲结束之后，突然来到我的面前，拿着一支玫瑰花大胆求爱。

“Sorry（抱歉），我已经有喜欢的人了。”大庭广众之下，他突然来了这么一出，还真是让人十分为难。答应他，不可能，因为我们不来电。拒绝他，又是好哥们儿，他会无地自容。我突然看到台下站在第一排的那个男孩，他正盯着我们看，而且，远观起来他貌似挺帅。因此，我应对这个突发状况的办法是，突然跳下舞台，拉住那个挺帅的男孩，告诉台上的汤帅：“他是我男朋友，你要是求爱，先问问我男朋友答不答应吧！”

“别胡扯！夏初篱，我们天天一起练歌，我就没见过你和那个小子约会。”汤帅一脸不屑。

“你不信是不是？”我也来劲儿了。

“有种你亲他！”汤帅显然把我逼上绝路了。

现在，我只能亲这个陌生帅哥了，心一横，我拉住男孩，捏住他下巴就吻了下去！而且，我必须吻得久一点儿，深一点儿，否则……其实，我也没接过吻啊，也不知道要怎么做！而被我突然绑架接吻的男孩似乎瞬间傻了眼，连躲都来不及。“拜托，帮帮我。”我小声求救。

于是，我们就在众目睽睽之下吻了起来，男孩先是僵持，后是主动，也像豁出去了似的，回给我一个回肠荡气的舌吻。

吻完之后，我觉得我的心都要跳出来了。男孩的脸也似乎红成了猴屁股。但是我必须死撑着转过身，望向台上的汤帅，他脸都绿了，气得把敲鼓的鼓棒扔在台上，跳下舞台跑了。可是，此时此刻我们是表演嘉宾啊，不能毁了演唱会！我只好跑回舞台，拿着麦克风打圆场：“求爱的小伙儿无地自容了！那……我们一起无地自容，好不好！”乐团的其他成员也算是机灵，马上开始演奏起《无地自容》的曲子。

还好，那个突然求爱的汤帅也知道不能出现演出事故，自己又跑回了舞台，继续敲鼓的任务。那个尴尬的事件总算就那么应付过去了。

“那小子谁啊？你有必要为了拒绝我，随便找个人接吻吗！”下了舞台，汤帅还是一脸怒气。

“你疯了？你可以不介意毁我，但你不能毁我们演出啊！”我给了他一个小耳光，虽然不是很重，但还是把他打愣了，他看起来很受伤。

汤帅跑了，背着吉他，一溜烟儿地从后台跑了。当我一个人落寞地背着吉他走在回家的路上时，心情很复杂。距离母亲去世已经有半年的时间，我的心情也平静了许多。明天是我转学的第一天，去母亲读过书的学校上学，是我怀念她的方式。一路上，我想起汤帅的表情，感到很沮丧，我觉得，我深深伤害了我的好朋友。可是，不喜欢就是不喜欢，我不能骗自己。

“嗨！”我听到有人和我打招呼，是刚才和我接吻的那个男孩。

“噢……嗨……”我看到他，突然有点儿不好意思。男孩穿着粉色的T恤、蓝色的牛仔裤，头发又柔顺又光滑。刚才情急之下，再加上台下的光亮不是很足，其实我都没看清楚男孩的样子，现在再次遇见，我倒是看清楚了。

“其实我们见过的……还记得吗？在你母亲的葬礼上。”男孩问我。

“啊……你是邀请我跳舞的那个男孩……”我突然之间恍然大悟，这一次是真的想起来了，那个男孩就像一道阳光。

“我叫吴苇禾。很高兴认识你。”男孩伸出手。

“我叫夏初篱。Me too（我也是）。刚才，不好意思。”我一边和他握手，一边挠了挠头发，确实为了自己的“突吻”举动感到有点儿尴尬。

“噢……没事啊。能帮到你就好。”男孩已经红了脸，他还真是羞涩，可他的接吻技术还算不错，我不觉得我是他第一个接吻的女孩，他干吗还那么害羞呢？

这时候，我听到人按车喇叭的声音，是舅舅黎继远开车来接我了。

“我舅舅来接我了，今天谢谢你。”我一下子打开车门，跳上了车。

“不客气……”男孩傻傻地站在原地，看着我坐上舅舅的车扬长而去。

三、那年的情书

嗨！

和你邂逅很多次，但我却从来不敢叫住你。我也从没想过，我会这样被一个陌生的女孩吸引。从哪一刻开始的呢？

是从你推着单车从我脚上压过去，却没有说对不起的那一刻吗？是从你在酒吧唱摇滚，完全不在乎其他人怎么看你的那一刻吗？是从你针对外教不合理的教学方法，用流利的英文和他抗争的那一刻吗？是从你整天和一群老师们界定的“混混少年”在一起，却成绩出色得让人吓一跳的那一刻吗？是从你突然有一天擦掉了朋克浓妆，换上了芭蕾舞鞋，婀娜多姿地跳着小天鹅那一刻吗？

看吧，我记住了那么多关于你的“时刻”，你就像一个十分重要却不在我身边的精神支柱。我依赖你获得每天的快乐，但却不敢靠近你。我一直觉得，自己是优秀的，所以是骄傲的，我只是等待别人来我的世界，有时候，我躲她们还来不及呢！

唯独你，只有你，是我很想进入的世界，却如此没有勇气，不知道该如何表达。我用了特别老土的方式，写了情书给你，因为我怕再不写，我们就要高中毕业，各自分开了。

希望这封信不会发出的太晚。如果你也想来我的世界，请你回信给我。或者，以任何你喜欢的方式来靠近我吧！

2000 年 5 月 20 日　吴苇禾

一行一行好看的隶书字迹映入了我的眼帘，那真是一封文艺的情书。我看到桌上的台历显示：2000 年 5 月 20 日。我突然有些恍惚的感觉现在开始清晰起来：5 月 20 日，是个传说中最适合表白的日子。距离高考还不到一个月的时候，我收到了吴苇禾的表白。

我坐在图书馆靠窗的座位上，清晰地看到对面那块雕刻着校训的石头上刻着的学校的名字：飞腾国际高中。这是我母亲就读的高中，高二那年夏天转学来这里时，我遇到的第一个校友就是突然被我揪住接吻的吴苇禾。

想起那时吴苇禾的脸红，我突然笑了出来。他其实一直不能算是我期待中的男孩，可是每次想到他脸红的样子我都很想笑。我也有点儿费解，为什么很多女生都喜欢的校草王子吴苇禾却不能引起我太大的兴趣呢？因为他太腼腆、太温柔、太“正派”、太“根正苗红”，太“好学生”吗？

他的情书，确实让我回忆起了很多我们擦肩而过的瞬间。我知道，他是在意我的，他每次望向我的眼神都轻易泄露他内心的秘密。其实，我也一直等他来找我，最好像汤帅一样，哪怕像那个混蛋小子一样呢，大胆地说：“我喜欢你！”但是，吴苇禾没有，他总是默默地关注、轻轻地走开。他有时故意跟在我左右，却在我想走向他的时候委婉躲开。我们之间，就好像一场若即若离的欲擒故纵。其实都不是，怪只怪吴苇禾太不勇敢、太要面子。一个自尊心高高在上的王子级的校草，害怕被全校传说的最难追的、整天和混混搅和在一起的学霸校花狠狠拒绝。

我不能接受一个不带种的男朋友。我的男朋友应该敢爱敢恨、独树一帜。回复吴苇禾那小子最好的方式，就是邀请他去美国看演唱会。如果他是个带种的男孩，那么他一定会去。虽然办护照、一个人去美国，都不是太容易的事。不过，我会在演唱会的现场等他出现。我相信，他一定会来。

我把舅舅买给我的两张演唱会的门票夹在了吴苇禾的书里，此时此刻，他并没有在座位上。其实，我一直都知道那是他最爱坐的位置。

“你们就不能直接一点儿吗？都两年了，距离你们那次接吻两年了！居然还没到表白的阶段，真是迂回得可以啊。”汤帅在我身边都要急死了。其实，他后来也知道了，那天我和吴苇禾的接吻不过是在他面前演的一场戏。

“他确实比你优秀、比你学霸，可是，你确实比他勇敢、比他带种。他要是能像你一样，也许我们早就开始了。”我确实不喜欢吴苇禾的好学生作风。

“你那天还让我托人给你打听吴苇禾要报考哪个大学，你还报了和他一样的大学。你们这明明就是两情相悦，这一天天如此迂回，累不累啊！”汤帅还是一脸不屑。

“可能我还是没有那么喜欢他吧。我需要的初恋是一个黑洞，让我沦陷下去就拔不出来的黑洞。我需要一个像黑洞一样有吸引力的人。”我搭着汤帅的肩膀，还是觉得他们两个似乎都不是那样的黑洞。

四、跳上舞台去求爱

舞台上灯光忽明忽暗，一直在变换。配合这忽明忽暗节奏的正是韩国歌手李贞贤的《换掉》，2000 年红遍大街小巷的劲爆舞曲。我站在台下，看到一群女孩正穿着超短裙，十分酷帅地跳着舞。台上的横幅上写着：2000届金融系入学联谊晚会。

这闹哄哄的喧嚣音乐，让我有些不明自己身在何处的迷惑突然清晰起来：我是为了吴苇禾才来到这里的。2000年，我们都考上了财经大学，吴苇禾在金融系，而我在经济系。高三暑假前，我收到了他的情书，然后我的回复是两张活结乐队的演唱会门票。结果，他没有来美国的那个演唱会现场。他果然不带种地没有来。

我心里已经打算放弃那个总是小绵羊一般的校草吴苇禾了，明明放弃了，可不知道为什么，今天路过学校的小剧场，知道里面有金融系的入学联谊晚会，我还是鬼使神差地进来了。混在一群金融系的学生中间，我远远地看到了烫了头发的吴苇禾。那个家伙，经过了一个暑假果然改变了很多。似乎看起来……更man（男人）了一些。

就在那首《换掉》舞曲结束的时候，吴苇禾突然拨开人群冲到了舞台上，一把抱起了其中一个跳舞的女孩，大喊着："这个女生是我的！我喜欢罗灿灿！"而且，他是对着那个立着的麦克风喊出来的！全场的老师和学生都听到了，简直就是震耳欲聋的求爱。我承认，他抱着的女生确实是那群跳舞的女生中最抢眼的一个，她真的很漂亮。吴苇禾确实有理由喜欢她，可他也未免太夸张了吧！这幼稚的求爱！而且，他明明和我在高中的时候暗送秋波两年之久，那么快就忘了那场盛大的暗恋了？真是一个狼心狗肺的家伙！

我站在台下，看着他们在爱情宣言下的激动，听着台下一片欢呼雀跃的声音，觉得全世界都好吵啊！可是，为什么突然之间我的心就好难过呢？我在难过什么呢？难过吴苇禾为什么没去美国和我一起看演唱会？难过他不带种，没有本事？还是难过他这么快就忘记了我，又爱上了别的女生，而且还用这么轰轰烈烈的方式在众目睽睽之下求爱？那不一直是我渴望的吗？他可以放下他那该死的校草的尊严，也能够像汤帅一样在众目睽睽之下大喊着喜欢！可吴苇禾却把这激动的一幕献给了别的女生！

台上和台下依旧欢呼一片，我却黯然地从那片吵闹声中穿梭而过。后来，舞台上还响起了吴苇禾即兴唱的那首张信哲的《太想爱你》。

太想爱你是我压抑不了的念头／想要全面占领你的喜怒哀愁／你已征

服了我却还不属于我 / 叫我如何不去猜测你在想什么 / 太想爱你是我压抑不了的折磨 / 能否请你不要不要选择闪躲 / 只想爱你的我 / 太想爱你的我 / 难道只能在迷雾中猜你的轮廓……

“吴苇禾……我也喜欢你。”我听到了罗灿灿的回应，就在吴苇禾唱那首歌的时候，我听到了罗灿灿的回应，她也是对着麦克风说的，好像就是想让全世界知道，他们一见钟情、一触即发。

我走出了小剧场，觉得自己的眼眶竟然有点湿了。我想，可能我有病吧！明明也不是那么狂热地喜欢吴苇禾，却居然站在这里矫情得要哭出来。是不是爱情就像一坨臭狗屎，没有人来抢的时候，它就臭烘烘，不值得在意，甚至会躲开，直到别人捡走了臭狗屎，塞进嘴巴吃的时候，我才觉得那味道也许不错，完全忘了是臭狗屎呢？不，吴苇禾怎么能是臭狗屎呢？他是那么骄傲的王子、那么乖的小兔子，难道就因为他移情别恋了，他在我心里就变成了那个吸引我的黑洞了吗？

我真疑惑自己是不是变得太贱了。

我安慰自己：我不过失去了一个一开始就不太喜欢的娃娃，现在这个娃娃被别的小孩子拿走了，我有一点点出于占有欲的失落而已。那毕竟不是自己太喜欢的娃娃，所以失去了也没什么好可惜的。

我在偌大的校园里绕了好几圈，当我绕回宿舍楼前的时候，看到了送罗灿灿回女生宿舍的吴苇禾。我躲到了一棵大树的后面。我看到他和她一直手牵手，他还在她上楼之前在她的额头吻了一下。一直等到他们的恩爱上演完毕，我才向宿舍楼正门走去。

“夏初篱！”我听到有人叫我的名字。转过身看，才知道是吴苇禾叫我。

“噢……你有什么事吗？”我问得好尴尬。

“我刚才在楼下的小卖店买了一包饼干。能麻烦你帮我带给 421 寝室的罗灿灿吗？女生宿舍我没法上去。”吴苇禾很真诚地请求着。

“好。”我接过他手里的饼干。那一刻，觉得一切好残酷，我们懂什么是爱情，不过一个暑假的时间，一切的暧昧迂回就被忘到九霄云外去了。

“对了，夏初篱……很开心和你在同一个大学。我想，我过去真的是一个不勇敢的人，所以我今天做了一件特别勇敢的事。”在我要上宿舍楼之前，吴苇禾说出了这样一句。

“勇敢好啊，我就喜欢带种的男生。”我勉强挤出一丝微笑，然后和他说了拜拜。

走在宿舍楼的楼梯上，我知道，吴苇禾根本不知道我刚才也在他们金融系的入学联谊晚会现场，更不会知道，我因为他的变心而那么伤心。

五、重庆森林，我爱你

不知道从什么时候开始，在每一个东西上面都有个日子，秋刀鱼会过期，肉酱也会过期，连保鲜纸都会过期。我开始怀疑，在这个世界上，还有什么东西是不会过期的？

我听到了金城武念台词的声音，我眼前出现的影像是王家卫的电影《重庆森林》，那是我最喜欢的一部电影。我是在1995年吗？我又开始恍惚起来，忘记了时间和地点。我看到了墙上的台历，它显示的时间是：2003年5月20日。

又是5月20日，3年前的今天，是吴苇禾写情书给我的时间，可3年后的今天，我却看见他正和他的罗灿灿开心地庆祝着这个日子。就像金城武说的，还有什么东西是不会过期的？吴苇禾的爱情，他对我的爱情，早就过期了。

最近这3年，我总是喜欢一遍又一遍地重播王家卫的这部《重庆森林》。我发现，我也养成了一个奇怪的习惯，就像《重庆森林》里的王菲：给心仪的人收拾屋子。我倒是不能给吴苇禾收拾宿舍，但我会偶尔帮他摆好他在自习室弄得很乱的桌子。而且，他也不知道，我买了一个小DV，一直放在包包里，从不离身。只要我偶尔遇见他的时候，就会偷偷拍他。虽然距离很远，虽然影像模糊，但我还是会拍。

然后，我会把我偷拍他的那些镜头导入电脑里，再用各种剪辑和特效软件编辑好。那些零散的片段组成了一个又一个关于他的小电影。3年来，我一直这样，乐此不疲。在这种遥远而隐匿的过程里，我似乎感到我是爱上他了吧？可我又觉得，那种爱依然没有那么强烈，我还能够抑制，依然能够和他形同陌路地保持两条平行线的状态。

晚上，我要去参加学校举办的“大学生创业项目大赛”，学校还为此邀请了好多家知名企业，还有一些可以做投资的公司负责人和独立投资人。比赛中获胜的创业学生，能够得到企业和创业资金的支持，可能在没毕业的时候就有机会实现自己的创业梦。

“最后，通过评委和观众的评分，得分最高的那个，就可以成为真正的偶像，获得经纪公司的合作合约。即使没有成为第一名，也有可能因为受到关注而被其他公司看中，有出头的机会，成为真正的偶像——所以‘偶像人生’绝对是一场真实人生的华丽模拟和预演。”

穿着一身白色西服的吴苇禾，以金融系资优生的身份，带着绝佳的商业创意，自信满满又风度翩翩地站在“大学生创业项目大赛”的舞台中央。他没有怯场，他十分从容，他神采飞扬。台下的投资公司和赞助企业的负责人，都向他投去了赞许的目光。

我也在台下坐着，就那样一直看着台上闪闪发光的他，心里不禁感慨：3 年的时间，真的让那个小绵羊校草变成了今天这只将要展翅的雏鹰。他从来不是一个黑洞，反而像一道阳光照亮了我。现在我对于他的感情，应该是欣赏多于好感了。吴苇禾讲完创业项目之后，就轮到我上台了。

“‘真爱幻境’，是想为客人量身定制属于他们的爱情故事。我们鼓励客人把他们最真实、最生动的相爱细节回忆并记录下来。虽然时下流行的仅仅只是婚礼跟拍，但我们相信，不同于婚礼的、对于普通爱情点滴的展现，依然能满足大多数人的心灵需求。”

我站在舞台的中间，对所有投资人讲述着我的商业理念。但只有我自己心里清楚，‘真爱幻境’这个计划，完全来自大学的这 3 年里，我偷偷跟拍吴苇禾所带来的创意灵感。但台下坐着的吴苇禾却对此一无所知。这样也好，爱情没有了，还能转化为事业。

所有参加本次创业项目展示会的大学生都发言结束之后，我们回到座位，等待投资评委们的最后评判。

当几乎所有的人都认为吴苇禾的“偶像人生”项目会获胜，从而赢得创业投资的时候，最后的投票结果却让大家有些意外。

“‘偶像人生’这个商业项目很好，也很具有时代性，但我们经过分析之后，依然认为它的超前性恰恰是它最大的风险。如果没有一个好的策划创意和幕后推手，这个商业计划很可能会让投资的人损失巨大。因此，我们决定，把我们关键的一票投给夏初篱同学的‘真爱幻境’项目！”

伟创投资公司的投资总监进行了这个具有总结性的发言，他的发言几乎决定了“创业投资”的最后取向。

“恭喜你。”吴苇禾就坐在我的旁边，在这场创业大赛里，我们的座位竟然是挨着的。

“其实你的‘偶像人生’真的很棒！他们最终决定把资金投给我，无非是因为我的项目其实不需要太多投资，风险也很小。其实，这些投资者也是虚伪的，他们对于真正的好创意是不敢买单的。”我很诚恳地说着我的看法。

“你看得很透彻。”吴苇禾礼貌地回应着，但他的表情还是十分沮丧的。

“能把你方案的 PPT 发我一份学习吗？因为我觉得你的方案真的很棒。”我心里已经有了打算，我会试着去帮他。

“你，还记得我吧？”他侧头看着我。

“当然记得。”我微笑着回答。

吴苇禾把他手里拿着的打印版本的创业方案 PPT 递给了我，他似乎没有一丝犹豫，没有戒备，也没有妒忌，虽然明知我的项目抢了他的机会。

“谢谢！我会好好学习的。”我看着眼前的这个男孩，那一瞬间，我们四目相对的一瞬间，我的内心竟然升腾起无限的眷恋和不舍。我在想，我们终究是错过了吧？

下个月，我就要离开这所大学、这个城市了，我申请的美国大学给我发来了录取通知。因为这个快速的进程，我其实还悲伤过。谁能想到，堂堂的经济系排名第一的学霸，因为就要离开自己暗恋的男生而责怪美国的大学录取得太快呢！

我好想告诉吴苇禾，这 3 年来，我其实一直偷偷暗恋着高中时偷偷暗恋我的你。

我们，都是爱情的隐匿者。

六、一个吸血鬼的爱情风暴

“你相信冥冥之中有谁在指引我们的命运吗？就连时间都被这种力量所操控。生命的极致其实是……得到真爱。”

台上的吸血鬼在阴郁的音乐背景下，一直念着那句打动我心的台词。他面色苍白，嘴唇鲜红，他涂着浓重的烟熏妆，他眼神迷离，他忧郁迷茫。我看清楚了他的眼睛，那是鲜红色的，还有他的嘴唇，那上面还有血在流淌。

他就是我心中的德古拉，那样黑暗又充满蛊惑力量的德古拉。

“我愿变成你，见你所见，爱你所爱。你是我的爱、我的生命，永远都是。”

我情不自禁读出了这句台词。

台上的德古拉突然愣住了，在我这个不速之客突然说出那句台词之后。

刚才我突然之间像失掉了灵魂，被那台上的情景蛊惑了，之后，我镇定了一下自己的情绪，努力回忆着现在的处境：我在一个被改造的废旧的大仓库里，这里是那些爱好舞台剧的大学生最喜欢排练剧本的地方。而且这里是2004年的纽约曼哈顿。我对那个台词的记忆如此深刻，因为它刚好是我最喜欢的电影《惊情四百年》里的经典的句子。

“那么，我会给你永恒的生命、永恒的爱，风暴的力量和大地上的野兽。跟我走吧，做我的妻子，永远。”

德古拉念着那句经典的台词，走下了舞台，他来到我的身边，他拉住了我的手，然后，他捏住了我的下巴，把他那带着血滴的鲜红的嘴唇印在了我的嘴唇上。他吻了我，深深地吻了我。

“Are you crazy（你疯了吗）？”他的唇离开我的唇之后，这是我的第一个念头。

“我没有疯，我只是为你疯狂了。”德古拉居然会说中文。

“你是中国人？”我问他，因为从他化着浓重妆容的脸上，我实在无法辨认他的国籍。

“你好，我叫简嘉澄。现在在哥伦比亚大学读书，主修创意写作。”听他介绍自己，那富有磁性的声音突然让我有了安全感。

“你好，我叫夏初篱。在哥伦比亚大学主修经济学。不过，我对戏剧和舞台也很感兴趣，正打算再进修一个学位。”我主动伸出手和他握了握。他和我握手的瞬间，我拽过他的手臂，突然给了他一个过肩摔。

“噢！”他叫出了声。

“我母亲从小就教育我，女孩子要提高警惕，还得有点儿功夫傍身。尤其是对于那些不明来路就跑过来接吻的人。”我看着摔倒的他。

“正好，我也累了，那就躺在地上休息一会儿吧！”他就此耍赖，躺在地上了。

我正要离开的时候，他又开口说话了。

“突然亲你的确是我不对。但我从不这么直接亲女孩子的，你是第一个！我的意思是，你是我平生亲过的第一个女孩子。我用我一生的荣誉担保，我说的是真话。”他一边说，一边伸出一只手，希望我拉他起来。

听到他说的话，不知道为什么，我也觉得他似乎不是在说谎，就伸手去握他的手，准备把他拉起来。

“啊！”我叫出了声，因为他一使劲儿把我也一下子拉倒了，还正好倒在了他的怀里。那个姿势暧昧极了：他在下面，我在他身体上面。

他还顺势把手垫在了自己的头下，一副十分舒服、享受地躺着的样子。

“真不该相信你。”我恨恨地说。

“但我还是希望你相信，你是我吻过的第一个女孩子。就像德古拉遇见了米娜，他觉得那是他命定的情缘，那是他前世的爱。”他用血红的眼睛看着我，很真诚。

那一刻，我居然真有一种感觉：他就是吸血鬼德古拉，而我就是他的命定情人，米娜。

“记住，今天……是5月20日。是人人都说‘我爱你’的日子。”德古拉用鲜红的眼睛真诚地看着我，我明明看到了他眼睛里渗出来的眼泪。

我和简嘉澄的第一次遇见，他是一个那么……放肆的人。他带着德古拉的妆容，就像一个黑洞，让我掉了进去。卸了妆的他，还真是一个十分清秀的男孩。原来，单眼皮的男孩也可以很好看。我想，要不是朋友介绍我去看那个学生们喜欢排练的旧仓库，我应该不会遇见他，虽然我们其实一直在同一个大学。难道……那真的是所谓的“命中注定”？

我在QQ空间里写了这段话，回味着我和简嘉澄的相遇。我竟然觉得，这个男孩挺有趣，至少他引起了我的兴趣。

这时候，舅舅黎继远打来了电话。

“你推荐的吴苇禾是个很聪明能干的人。现在，远大前程推出的‘偶像人生’项目已经上了轨道，吴苇禾也成了大家喜欢的偶像了。虽然才刚起步，但现在的势头很好。”

“很好啊！不过……舅舅，你一定不要告诉他我和你的关系，也不要说是我推荐的他噢！一定要保密。”我叮嘱着。

“放心吧！你要好好照顾自己。”

挂断了舅舅的电话，我又想起了吴苇禾那个家伙。来了美国之后，我就尽量避免想起他了，也不会去看他的消息和新闻。冥冥之中，我有一种躲开他的意图，不知道为什么。

正在思考的时候，我的电话又响了起来，这次是简嘉澄打来的。

“你不是要辅修一个和戏剧有关的专业吗？我们一起申请戏剧系的第二学位吧？”

“可是，我对戏剧系还不太了解，也不知道科目会不会太多，能不能读下来。”

“我已经找好了资料，我发到你邮箱吧！嗯……还有，你在校园主页上可以看到关于我的介绍。”

“OK，谢谢。”

挂掉电话，我打开了邮箱，他果然发来了戏剧系的报读资料。还有一个他特意发过来的网络链接。我点了进去，就看到了他的校园主页。我一页一页浏览着。

哇！这家伙果然还不赖，他也算在他们专业小有名气呢！我一篇一篇翻看着他的文章，他是一个很有想法和见解的男孩。

爱情对我来说，就是一个宇宙的黑洞。虽然明知被吸引的过程就是毁灭和消失，但却依然无法自拔地深陷其中，无怨无悔。那样的吸引才是我要的爱情。

看到一篇简嘉澄关于“爱情黑洞”的高见。我突然对这个家伙有了一些感觉。谁让我们都对那种黑洞的感觉那么上瘾呢？我们应该是同类吧？

七、黑洞与导航仪

我感觉自己正在举着一个东西，睁开眼，看清那个一直在闪的东西是手持 DV。我躲在一个角落里，对着一个男人拍着。随即我听到了一个女人尖叫的声音。她一直喊着：“Help!（救命）”“Help！”女人的脸上已经全都是血了！

男人疯狂地抽打着女人的脸，还拿出了一把长长的匕首，他正要朝女人的腹部刺过去。这个时刻，有人大喊“Hands up！（举起手来）”然后是刺眼的光亮和警笛声。我看到警察举着枪对着那个一直不停殴打女人的疯狂男人大喊着。

霎时之间，我不知道为什么自己陷入了这个诡异的处境里！这时，另一个女人从警察的身后冲了出来，大声喊着：“Jack！ it’s me ！(杰克，是我)”，女人哭得满脸是泪。但疯狂的男人看到女人之后，竟然不再抵抗，而是乖乖地自愿被警察带走。

看到那个冲出来的女人之后，我的记忆开始复苏了：我正在受 Joanna（乔安娜）的委托，拍摄她和男朋友 Jack 之间的爱情纪录片。我的 DV 上显示的拍摄时间是 2007 年 5 月 20 日。

“夏初篱！我就知道你肯定会来拍。”简嘉澄一脸无奈，他站在一群嘈杂的人群中间，他的身前身后都是记者。

“Joanna 已经通报了警察，只要 Jack 再出来杀人，警察就会第一时间抓捕他。这都是安排好了的，很安全。”我辩解着。我当然知道自己在辩解，拍摄过程确实是有点儿危险的。

“上车吧！我带你回工作室做剪辑。”简嘉澄打开车门，虽然他已经十分生气了，但他仍然保持着作为男人的风度，还有作为男友的体贴。这就是他：我以为他是个具有毁灭性的黑洞，但其实他是个安全又稳定的导航仪。

简嘉澄一直沉默不语地开着车，我坐在他旁边也没有说话。4 年了，我们从认识到相爱，整整 4 年。这 4 年里，他一直是一个被教授们欣赏、被同学们喜欢、被合作媒体称赞的优秀的男孩。

我们在一起最大的快乐，就是曾经共同报读戏剧专业的辅修学位。每个星期，我们都会去上戏剧课程。后来，我们还合作了一个工作室，名字叫作“真爱幻境电影工作室”，专门为一些年轻人定制他们的真实爱情纪录片，也就是根据他们的讲述，我们跟拍一些镜头，再剪辑成纪录片或者微电影。当然，这个小的创业，还得到了因为我出国而一度中断的伟创投资公司曾经许诺的创业资金。那可是我在大学毕业之前 PK 下了吴苇禾的“偶像人生”才拿到的创业项目的投资。

“我知道，‘真爱幻境’帮了我很多，这几年里，我们访问了很多情侣，他们的故事和感悟也对我创作小说、写文章有很大启发。也许，没有‘真爱幻境’就没有一个特别成功的情感小说家。但是……”简嘉澄终于开口说话了，我甚至都知道他要说的是什么。

“但是，你还是觉得，我越来越失控了，对吗？对于那些看似疯狂的人，那些让人无法理解的爱情关系，我们就不应该接受他们的请求，不应该让他们成为顾客。但我却偏偏沉迷在那样的爱情跟拍里无法自拔。”我把他要说的话说了出来。

“你去拍那些吸毒者、妓女、流浪汉也就算了。但这一次，特别不一样！这次的 Jack 根本就是个变态杀人狂！ Joanna 虽然把他举报给警察，但疯子就是疯子，你总跟拍他，你可能会随时没命的！”简嘉澄停下了车，我们已经到了我们在市区租用的一个不太大的办公室门前。

“其实，我真的很想体会一下 Joanna 的那种感受：深爱着一个随时可能会让自己没命的男人到底是什么感觉。”我拿出钥匙打开了办公室的门。

我当然知道，这是我们有史以来接下的最危险的一个单：我们的委托者 Joanna 在大学的一个派对上邂逅了风度翩翩的 Jack，他们一见钟情，坠入爱河。Jack 是个数学天才，还没毕业已经被几家科技大公司争抢。但是，Joanna 逐渐发现了 Jack 的怪异，她甚至发现了 Jack 是个喜欢虐待女人、杀死女人的变态杀人狂。Jack 竟然没有向她隐瞒，他坦承自己无法控制的杀人欲望。他甚至也去咨询过心理和精神科医生。他们两个人都知道，除非 Jack 被抓，否则 Jack 根本停不下来。

“Joanna 的预测是对的，Jack 今晚会再出去杀人。但 Jack 是真的爱 Joanna，他并没有怨恨女朋友举报他的行为。他甚至还有一种解脱感。杀人狂也是有爱情的……”我正回看着今晚录制的视频。我真是对这次的 case（案子）有点儿过分投入了。我知道，我被黑洞的感觉吸引了。

“你有时候就像一个享受自毁快感的赛车手，明知道就要撞上围栏，车毁人亡，还是极速前进。我不得不做你的导航仪，让你回到正轨上来。”简嘉澄就坐在我的身后，在一片黑暗里看着我剪辑录制的视频。

也许他说得对，我那喜欢黑洞的感觉也许正是沿袭了母亲的某些特征。她当年爱上的就是一个根本不爱她，还得了绝症、濒临死亡的男人。她说那男人对她有致命的吸引力，哪怕她明知那不会长久，也要去爱他。后来即使男人死了，她也坚持生下和那男人的孩子，她不在乎自己在那个年代变成单亲未婚妈妈。虽然明知喜欢攀登雪山的爱好可能在某一天让她送命，但她依然被那雪山的“黑洞”吸引着，她从不后悔自己的冒险，即使面临死亡也不会后悔。

简嘉澄也不是生活在健全的家庭里。他的母亲在他读初中的时候，在他父亲出了严重车祸、双腿残疾之后，就抛下了他和父亲，和其他的男人跑了。但他的父亲十分谨慎和隐忍，他告诉自己的儿子所有的危险都应该被控制在有限的范围内，而且，人必须时刻保持理智的思考和清醒的态度。所以，简嘉澄永远是认认真真的、才华横溢的、理智冷静的、谨慎克制的、温柔体贴的……他优点太多。于我而言，他不是如母亲遇到父亲的那种“黑洞爱情”，他是安全范围内永远理智冷静的“导航仪爱情”。

“你一开始迷惑了我，可能是因为你吸血鬼的扮相，可能因为你博文上的那段黑洞爱情观的评说，让我误以为，你就是那个我在等的黑洞。”我暂停了视频剪辑，点燃了一支烟。

“在我的世界里，我是会爱上黑洞，但我自己不是黑洞。你就是那个我爱上的黑洞。谁在年轻的时候，不想被那样一个有致命吸引力的感觉抓住一次呢！所以，你是厌倦我了吗？”简嘉澄打开了窗子，他其实一直不喜欢烟味，他也从来不吸烟。

今天又是5月20日，这个敏感的520的标志。我心里想着，手上就不受控制地打开了一个国内的新闻网页，上面的一则新闻标题是：创业偶像吴苇禾：吸毒和嫖妓，哪个才是真相？我点击了那则新闻，看到了吴苇禾的样子，消沉、颓废，被警察扣留的时候消瘦而苍白。这则新闻下面还有一则新闻链接，标题是：女经纪人自杀身亡，吴苇禾难逃干系。我点击进去，大概是说，吴苇禾抛弃旧爱，导致旧爱为情所困，一时想不开，自杀身亡……在美国的这4年，我几乎从来都不看他的新闻，也不会刻意向舅舅黎继远打听他的消息。可能今天是5月20日吧，所以我才看了关于他的新闻。

吴苇禾，他曾经是一道阳光，因为他的骄傲自尊和谨慎，让我对他总是没有那种强烈的渴望。但现在，显然这道阳光已经开始灰暗，那个校草小绵羊为什么变成了一个吸毒、嫖娼，还抛弃别人导致别人自杀的“坏人”了呢？难道……阳光开始变成黑洞？

“没有！因为一个人太好、太谨慎、太安全就产生厌倦，是人性本贱的表现。我是爱黑洞，但我还有理智。我也是堂堂经济学的高才生，也是靠着分析数据来得出结论的女学霸。”我马上关掉了关于吴苇禾的新闻网页，当我发现简嘉澄走过来站在我身后的时候，我竟然有了一种下意识的动作：我要掩盖吴苇禾，我不喜欢简嘉澄知道吴苇禾。

“那我们有一天会结婚，是吗？我们会奔向天长地久。”简嘉澄从身后抱住我，我能听到他呼吸的声音。

“会……我们……会永远在一起。”我享受着他的怀抱，嘴上说着自己也没有把握的结论。

八、他的过往，我的动摇

“成为一个所有人都瞩目的偶像，带上华丽的光环，在世界闪耀。这是每一个年轻人的梦想吧！可在那遥不可及的灿烂之中，也有磨刻心智的煎熬和浮浮沉沉的考验。今天，我带来了《偶像人生》，就让我带领大家一起进入那个神秘又绚丽的世界吧！我希望，我能帮你实现你的梦想。”

吴苇禾神采奕奕地站在舞台的光亮之中，他英俊、自信，那样闪闪发光的他就是偶像啊！看着那样的他，女人们很难不动心吧！

看着桌上的电子日历，现在的时间是：2008 年 5 月 20 日 3:12。我想，我是疯了，我竟然连续看着吴苇禾主持的《偶像人生》的真人秀节目，没白天没黑夜，累得有些虚脱了地在看他的节目。我的电话铃声响了起来，是舅舅黎继远打来的。

“你还在看吴苇禾的节目？你回来之后就没日没夜地看他的节目？你是需要了解公司的情况，也需要看资料，但不能总是看他一个人的啊！”舅舅开始抗议了。

“舅舅！《偶像人生》可是公司这几年经营最好的一个项目，也是最火的节目。我当然要研究一下了。”

“可是现在的吴苇禾已经和公司解约了，他自己也负面新闻缠身。现在那小子都不知道跑到哪儿去了！还是帮舅舅想想，《偶像人生》中断所造成的损失要如何弥补吧！”舅舅挂了电话。

在远大前程的资料室里，我伸了一个懒腰，的确，这样没日没夜地看视频资料，让我感到十分疲惫。我想起舅舅说过，我有一个单反相机落在了他的办公室，那是我出国之前落下的。我打开了资料室的储物柜，那个相机果然还好好地放在那里呢。我打开了相机，里面居然一张照片也没有了！我明明记得曾经拍过一些照片的，是谁把照片都删除了呢？

我给自己冲了一杯咖啡，一边喝一边回想起高中时，有一次偷偷跟着吴苇禾走回他家，还偷拍了几张照片。他那时候会路过他家附近的一个小公园……难道，我真的在高中时代就迷恋那个软塌塌的校草王子了？我还想起母亲的葬礼上他邀请我跳舞的画面，虽然到现在都不知道他那时候为什么会出现在那里。

“现在那小子都不知道跑到哪儿去了！”我想起了舅舅的这句抱怨。

其实，我知道他在哪儿，他在美国。3 月 5 日，活结乐队重开演唱会，我在演唱会的现场看到了他，虽然他打扮的样子很怪，但我还是能认出来，那个人就是他。但我没有去和他打招呼，我只是远远地看着他。就像高中的时候，我们两个在唱片店门口一前一后站在橱窗前，看着里面的屏幕上播放着活结乐队演唱会的视频一样。

高三那年的暑假，我邀请他，他没有去，倒是几年之后，他自己去了。要是那时候他就去了，我们是不是就不会错过了？我都在想些什么啊！我拍着自己的脑袋。

“偶像，不过是一个被塑造的概念。有时候，作为一个偶像也是悲哀的。无论你是在商业上领头，还是在娱乐圈闪耀，但一个谣言、一场变故，都足以把你打垮、让你陨落。而不明真相的众人就像广阔的水域，水能载舟，亦能覆舟。我已经厌倦了这样的局面……”

我盯着屏幕，那是吴苇禾因为吸毒、嫖娼被抓之后接受记者采访的视频。他十分憔悴，他那绝望的眼神竟然让我有一种强烈的感觉：他似乎是被冤枉的。

到底，他身上发生了什么事情呢？我从档案柜里拿出了他做的一期《偶像人生》节目的策划案，他做得真的很棒。他绝对是一个有商业头脑、运营才能和节目策划能力的优质偶像。他的投资申请和他的商业计划书，足以证明他的才能。就这么陨落了，确实可惜。

这时，我听到有人敲门的声音。

“就知道你还在熬夜看资料。我买了三明治给你，不要总是吃泡面了。”简嘉澄走进来，把手里的三明治递给我。

“谢谢，亲爱的……”我吻了一下他的脸颊，他还是那么温柔体贴，真是一个好男人。他放弃了一些美国出版社和编剧组织的邀请，是为了陪我，才决定和我一起回国发展的。能有一个这么死心塌地的男朋友，真是我的幸福。

可不知道为什么，我的心竟然开始动摇了。这动摇居然是因为一个许久不曾谋面的陌生的家伙。

九、青春，是一场关于爱情的幻境

其实，我过得不太好。那天整理旧物，偶然翻开教科书，才发现你夹在我书里的那张摇滚乐队的演唱会门票。就在我最迷茫的时候，才知道原来你也爱过我。只是那张门票我发现得太晚了。巧合的是，我在网上查到那个乐队又要举办演唱会了。我当时什么都没有想，就马上在网上买了门票和机票。我也不知道，我是想找回我错过的青春，还是想找到我已经错过的你。但我知道，这个念头似乎成了绝望的我内心里唯一的希望……我……可以再爱你吗?

电影里的男主角吴沁和女主角夏檬相遇在演唱会的现场。我竟然感到自己的眼泪慢慢流下来了。我记起来了，现在是 2009 年 7 月 18 日，吴苇禾的电影《青春幻境》首映。

是啊，为了能见他一面，我特意弄到了首映的门票，我知道他和女主角今天会来。

“这部《青春幻境》是在讲主演吴苇禾的初恋故事。那么，苇禾，作为一个创业偶像，你怎么突然转型去拍电影了呢？这个转变一定有什么故事吧？和你的初恋有关吗？”

“大家都知道，我经历了吸毒、嫖娼和女友自杀身亡的很多负面新闻。我自己也一度陷入人生的谷底。我很迷茫、很颓废，我甚至不知道逃去哪里才能解脱。后来，偶然看到了我高中时一直暗恋的那个女孩给我的演唱会门票，我才知道，几年前没有发现的门票表示我错过了一个很重要的人。我就决定去美国赴约，去看那场迟到的演唱会。之后，我还在美国学习电影，剧本写作，回国拍电影……这冥冥之中的改变，似乎就是那个女孩在无意中指引着我。我也突然发现，其实她才是这么多年来我心里最纯真的感情。对她的感情，已经变成了一种不切实际却很重要的寄托。”

“那后来，你们在美国真的相遇了吗，像电影里演的那样？”

“没有……电影里的只是我内心最向往的画面。可我再也没有……遇到过她……”

看到台上记者对吴苇禾的采访，我哭得甚至有点儿泣不成声了，我要用双手捂着自己的脸，来掩饰那哭泣的声音。

要不是来看这场电影，我可能永远都不知道，当年我们是怎样错过的。他根本就没有看到那张夹在他书里的门票。电影里演过，他在那个高三的暑假是多么的沮丧失落。怪不得大学里遇见他的时候，他烫了头发，像变成另一个人。他以为自己写的情书我没回应，骄傲的他受到的打击一定很大。所以他才说，他疯狂地向罗灿灿求爱的举动是证明他变得勇敢了。他也在后悔，没有那样疯狂地向我告白吧？可如果不是告白受挫，小绵羊一样的他永远不会那么带种地表达自己……

我擦干了眼泪，走出了电影院。混在人群中，没有人知道，我就是电影里的男主角曾经心心念念的人。

“你怎么了？看个电影感动成这个样子？”我在电影院门口看到了来接我的简嘉澄。

“电影确实拍得很好。”我敷衍着。

“吴苇禾……曾经是你舅舅的公司签约过的偶像吧？要是早点儿回国，你有机会和他在同一家公司做事呢！”

“我也不知道，我是想找回我错过的青春，还是想找到我已经错过的你。但我知道，这个念头似乎成了绝望的我内心里唯一的希望……我……可以再爱你吗？”

我的脑子里始终回放着男主角的那句台词。以至于简嘉澄和我说些什么我都听不见了。我的精神有一点儿恍惚。

“夏初篱！你的‘真爱幻境电影工作室’的执照已经下来了，刚才我去取回来了。我们现在要去验收装修好的办公室。”简嘉澄突然放大了声音，我才恍悟已经坐在他的车里了。

“噢！好……我和舅舅的理念实在分歧太大，还是另立门户自己创业好了。”

“但是，那是你母亲留下的公司啊！你真的要一直交给你舅舅管？”

“从商业角度说，其实舅舅一直管理得不错，公司也很赚钱。只不过，太商业化的理念并不适合我这个不切实际的人。”

“有没有人告诉你，你真的是一个很有魅力的女人。”

“你怎么了？我们都认识好几年了，突然来了这样一句表白。”

“染成红棕色的长发，飘逸的眼神，念那句台词，你盯着我看时我的心就被你抓住了，一直牢牢地被你抓着。如果说4年前，只是一种一见钟情的直觉，那4年后，就是了解之后的欣赏。都说女人会爱上一个让自己崇拜的男人，可我好像爱上了一个让我崇拜的女人。但不知道为什么，我最近越来越觉得，我好像有点儿要抓不住这个女人了，突然没了安全感。”简嘉澄把车子停了下来，我们下了车。

我看到临街咖啡馆被改造成了工作室，一块牌子写着“真爱幻境电影工作室”。其实，在咖啡馆里办公一直都是我的梦想。简嘉澄一直是个体贴的人，连买下的办公室都是我最向往的。

“亲爱的，你也是一个让人欣赏的男人啊！在我的眼里你也魅力无穷。”我看到眼前的美好的办公室，由衷地抱住了简嘉澄。我由衷地鼓励自己：要好好珍惜眼前的这个男人。

简嘉澄若有所思地回报给我一个温暖的笑容。

十、黑洞爱情

给吴苇禾：

有一种爱情就像黑洞，你难以抗拒那种吸引力，只能不断沦陷。即使明知那可能是毁灭、是终结，也义无反顾、心甘情愿。疯了一样，连自己都阻止不了。

简嘉澄　2010 年 5 月 20 日

我翻开《黑洞爱情》这本小说的扉页，看到了扉页上的这段简嘉澄写给吴苇禾的话。我努力回想拿起这本小说的情况，我记起了简嘉澄已经签署了和苇禾时代公司合作的协议，他会把《黑洞爱情》这本小说的电影改编权转让给吴苇禾。而我手上拿着的这本小说正是简嘉澄的签名赠言版，他要把它送给他的合作者吴苇禾。

“吴苇禾让我写上一句我最想通过这部小说传达的思想。那几句话就是小说的精髓。”简嘉澄在我耳边说着，他此刻正开着车。

“这是两年前你在美国出版的英文小说，去年才有了中文版。年初才刚刚上市。你还真是厉害，吸引了很多影视公司争取改编权。可你为什么偏偏要选择吴苇禾呢？”我有一种难以逃开，被什么抓住了的感觉，虽然我明明知道简嘉澄和吴苇禾并不认识。

“他约我见面，和我谈这本小说的时候，表达了一种和我很有共鸣的理念。他认为，我在写这本小说的时候，已经遇到了我的黑洞；而他，也正在等待着他的黑洞。”简嘉澄居然笑了一下，那笑里隐藏着一种英雄所见略同和共鸣知音者的默契。

“你们成为朋友了？”

“虽然只见过几面，但我很喜欢那家伙。他的深刻，是冰冷的；我的深刻，是温暖的。我们相互排斥，又相互吸引。”

“说得好像在谈恋爱一样。作家都是善于鬼扯的。”

一路谈论着，我们终于到了目的地：清风墓园。我看到后面车座上有一束百合花，那芬芳提醒着我，我们是来给简嘉澄的母亲扫墓的。

对于简嘉澄的家庭，我其实了解得不多。除了知道他的父亲是知名作家简宁舒之外，他的母亲和他的成长，他其实很少提起。

我跟着他来到了一座墓碑前，墓碑照片上的是个端庄的女子。上面刻的名字是：黎格。

简嘉澄放下了那束百合，然后讲起了关于他母亲的事。

“人人都说‘我爱你’的5月20日，却是我母亲的去世纪念日。5年前，我在排练《惊情四百年》的时候接到了电话，得知了她那天去世的消息。”简嘉澄脸上的表情充满了伤感，还有一点泪光。

我突然想起5年前我们第一次相遇时，他说过的那句话：“记住，今天……是5月20日，是人人都说‘我爱你’的日子。”

“原来我们邂逅的那一天是你母亲去世的日子。”我看着他。

“遇见你的30分钟之前，我才刚刚得知那个不幸的消息。虽然和母亲分开很多年，一个在美国，一个在中国，但我们一直都有联络。那天的感觉很复杂。她的离开让我悲痛，你的出现让我震撼。”

“所以才会来吻我。你受到了刺激。”

“也许吧，但吻你是因为真的被你吸引了。”

我们沉默了一会儿，听到了墓园里风吹过的声音。我明白了，一向理智冷静、谨慎温柔的简嘉澄遇到我的那一天，第一次打破理智的风格、第一次放肆的原因。

后来，他讲述了一个有些悲伤的故事。

一个女人深深被一个男人的才华吸引，义无反顾地爱上男人，和男人结婚，生下可爱的孩子。可她并没有感到幸福，因为她知道，男人心里真正爱的女人其实不是她。男人能给她婚姻，却不能给她爱情。终于有一天，她选择离开男人和孩子，去寻找自己的生活和一段真正的爱情。

“虽然母亲离开父亲的时候，恰恰是父亲遇到车祸，双腿瘫痪的时候。但我和父亲并没有怪过她。母亲离开之后，我和母亲一直在通信。我们并没有断了联结，倒更像是保持着一场‘精神之旅’的教育。情人之间会有‘柏拉图式的恋爱’，那我和母亲之间，就是‘柏拉图式的母子情’了。”简嘉澄看着他母亲的照片，缓缓道来。

我想我明白了，不管简嘉澄的父亲是不是遇到车祸、双腿瘫痪，他的母亲早已经做好了离开他们的决定。离开是必然的，他的父亲是接受离开的。这是一个很酷的家庭，他们没有沉浸在传统的、世俗的批判里。

“你父亲真正爱的女人，你知道是谁吗？”

“不知道。母亲离开之后，我去了寄宿学校，父亲说，他的状况使他无法照顾我了，他也不希望我照顾他，他不想让我看到他那种状态。其实我知道，他从来不想让我陷入人生的惨状和绝望里。他希望我独立、光明、理智。”简嘉澄说着，转向我，“但他说过，他被一个黑洞吸引了。那个黑洞可能是他永远的秘密吧。”

“你们父子的关系真奇怪，但很酷。”我看着简嘉澄那迷人的单眼皮，我知道他要表达什么，但我故意转移了方向。

“到了美国之后，我们也是各自两条平行线的生活。他有他的创作，我有我的学业。很少人能保持疏离却温暖的关系。但我觉得，我和父亲是那样的。”

“很荣幸，你讲了你母亲的故事和你的成长。”

“我没有怪父亲，因为我明白，黑洞的力量是自己抗拒不了的。就像……我遇到你。”简嘉澄还是说出了他想说的，而且他还拿出了一枚戒指。

“你……”我看着他。

“5 月 20 日，是人人都说‘我爱你’的日子；是我母亲离开世界的日子；是我和你邂逅的日子。我希望这一天，也是我向你求婚的日子。你……愿意嫁给我吗，夏初篱？”

看着那枚在墓碑前闪亮的钻戒，我的内心感慨万千，我的想法犹疑困惑。

简嘉澄，以“黑洞”的姿态出现，我以为我遇到了我命定的“吸引”。但相爱之后的日日夜夜，都证明着他绝对不是“黑洞”，他是理性的阳光，他是冷静的王子，他编织童话的美好，他维持现实的安全。他像一个电影里的人，他吸引你，却在真实的生活里永远保持刚刚好的距离。5 年是一段不短的时光，可我们却没有“老夫老妻”的厌倦，因为我们之间永远有一道藩篱，一道理智思考的藩篱。

可我有什么理由不接受呢？婚姻不就是这刚刚好的距离吗？还有谁能让我 5 年不厌倦，依然欣赏如初呢？

“如果命运让我成为你的黑洞，那我感谢你只是被它吸引，却不曾因它毁灭。这刚刚好的距离，也许会让我们一辈子相守。”我伸出了手。

“我们，会天长地久的。”简嘉澄给我戴上戒指，吻了我的额头。

十一、因为，未完待续

他显出了一副很疲惫的样子，但他的疲惫不仅在身体上，也在心里。他的腿其实还没有完全好起来，对他来说，走路还有点儿疼痛和艰难。

我坐在他的旁边，看着他手里拿着剧本认真地阅读。他确实是个十分英俊的男人，虽然白皙的皮肤上有了几道浅浅的皱纹，眼睛里也有了复杂的目光。但他的样子确实还和 15 年前那个男孩很像，好看到人们很难忘记他的脸。

那一刻，我有点儿忘记了自己身在何处。看到树上挂着的牌子上写的都是日本字，我想起我们正在日本的林区，拍摄在这里真实发生过的一段爱情故事。这是我和吴苇禾为了满足旅行作家窦鲮的遗愿，而按照她记录的真人真事，寻找各个爱情故事的主角，为他们拍摄爱情微电影的《真爱幻境》海外项目。

我和吴苇禾坐在我们偷偷燃起的火堆旁，在这个寂静的夜，在其他工作人员都睡下的夜，竟然有一种私奔出逃的故事感。

“你说，要是当年你夹在我书里的那张演唱会门票我及时看到了，我们今天会怎样呢？”吴苇禾从埋头于剧本的状态里出来，问了这么一句。

“应该因为了解和厌倦而分开了吧。”我笑了出来，为了这个猜想。

“故意邀请我参加你的订婚派对，帮你拍婚纱照，做你的证婚人……你是在阻止我，还是在阻止你自己呢？”

“命运让我们错过了，如果我们一定要上演反转剧，就会伤害别人，也会让自己进入不可预期的结局。”

“一直有一句迟到的‘谢谢’还没有说。黎继远是你的舅舅，我后来知道了。你的推荐，其实把我从十分绝望的困境里解救出来了。”

“原来你知道了。”

“你遗落在财经大学的那个DV，偷拍我的DV，我也看到了。拍得很好，那些日子连我自己都遗忘了。”

“高三的暑假一定很伤心吧，以为自己失恋了。”

“从没那么难过，从不知道原来失恋是那么痛苦和伤自尊心。呵呵……”吴苇禾笑了，带着倦意地笑了。

“高中的时候，我是对你有一些好感，但我真的没有感到没有你不行。你是骄傲的、优秀的王子，但对我来说，却是软绵绵的、缺乏独特性的小绵羊。小绵羊虽然可爱却少了一些吸引力。”

“所以才买了演唱会的门票，看我敢不敢去美国找你。你不喜欢的高中的我，恰恰是一段我最怀念的单纯的时光。”

“大学的时候，你疯狂地站在舞台上向女生求爱，其实我就在台下，眼泪直流。因为那时候，我竟然觉得没你不行，你离开了，让我的心很痛。”想起那一刻，我居然还有一点儿要流泪的酸楚。

“知道了你是别人的女朋友，还要订婚了，我也心痛啊。所以在后巷抓住你、吻你，换来你的耳光……”

“吴苇禾，其实我们根本不了解彼此。我们不甘心的只是错过造成的‘未完待续’的状态。人性本贱，我们只是好奇，要是我们没有错过会有怎样的爱……”

“但故事的开头，却是我唯一一段没有经历世事的、深埋在内心里的纯洁爱情。像一种信仰一样，变得高贵而不可侵犯。”

他放下了手中的剧本，轻轻地拥抱着我。他闭上了眼睛，我也闭上了眼睛。我们没有热切地接吻，没有做什么，只是轻轻拥抱着彼此，闭着眼睛，听着深夜的风声，溪流的声音，动物出没的声音。

但我的内心却没有平静。它始终波澜起伏，它始终蠢蠢欲动。我记得，我们刚来日本拍纪录片的时候，他说，他在我母亲的葬礼上遇见我的那一刻就被震撼了。早在那一刻我已经住进了他心里。

迷迷糊糊地，我们都睡着了。

当我再一次苏醒的时候，发现自己躺在一个病房里。有人握着我的手。

“我怎么躺在这里了？”我看到了吴苇禾。

“你替我挡住了石头，石头砸到了你。”吴苇禾用手拨开了挡在我眼前的碎头发。

“噢。看来，我‘美救英雄’了，还是一个腿不利索的英雄，不救可能会被砸死的英雄。”我看到他担心的样子，觉得有点儿好笑。

“你昏倒后，我也扑过去叫得死去活来的啊。”

呵呵……

我们实在被这样的对话弄得不得不笑。

十二、我们的命运

我的脑中闪现了一些画面：我和吴苇禾亲吻着彼此，狂热地，无法抑制地。然后，我们占有彼此，进入一个又一个忘我的境界。如果做爱就是表达爱情的最好方式，它应该是灵魂之上的肉体欢愉，而不是堕落于只为肉体而肉体的欢愉。

可我脑中却有一个模糊之间的清晰：我们做爱是为了纪念分离。它是表达爱情的方式，也是表达再见的方式。

我睁开眼，看到桌上的电子台历显示着那个时间：2012 年 10 月 22 日。桌子上还有一张飞去巴厘岛的机票。而我的双人床上只有我一个人了，那空着的另一半代表我爱的那个人——吴苇禾，离开了。

我想起了，我昨晚去吴苇禾的别墅找他，把拍摄资料转交给他，其实，我不过是为了在结婚之前再见他一面。我还告诉他，为了破坏他和 Art 的婚礼我做了什么。那些简直就是赤裸裸的表白。

两天之后，我就要和简嘉澄结婚了。我是爱他的啊，是我决定和他结婚的啊，可为什么，我的内心竟然充满了遗憾呢？

这时候，我收到了简嘉澄的微信。他发了一张照片给我：

“那年，我去飞腾高中的图书馆找我的朋友，我们约好了要去练习摄影。那时我就见过你，为了偷拍你一张照片，我躲在一堆书后面，后来还把那堆书碰倒了。不过我还真拍到你了，虽然不太清楚——那时候的照相机啊！”

看到简嘉澄的这段话，我也想起了那天，他照片里拍到的我手里还攥着另外一张活结乐队的演唱会门票呢！原来是他！是他碰倒了吴苇禾的那堆摞得很高的书，是他把那张演唱会的门票夹在了别的书里。是他，让我和吴苇禾错过了！

突然间，我的内心感慨万千。我们的命运啊！分离之后的年年月月却不断牵绊彼此。

我感到一阵眩晕。

我再张开眼睛的时候，发现自己正在储物室里，手里捧着日记本，日记本里夹着吴苇禾和很多女人的合影。

我感到，我的记忆似乎还停留在我飞去巴厘岛和简嘉澄结婚的前一天——那分离的时刻，我们重遇彼此又必须分开的时刻，突然明白，也许我的存在一直在改变吴苇禾的命运。

2003 年，我把受到巨大打击的吴苇禾推荐给舅舅黎继远，吴苇禾就成了远大前程公司成功包装和运作的创业偶像。

2007 年，吴苇禾和董薏甯决定结婚，在试穿婚纱并且拍照的时候，吴苇禾发现了相机里存留的那张他父亲吴樊和董薏甯约会的照片，这直接毁灭了他们的关系，还有董薏甯的生命。而那部相机，是我几年前无意间落在舅舅的办公室的，又刚好，我多年前拍公园的照片时，拍到了那一幕，又刚好，舅舅把那部相机借给吴苇禾去拍婚纱照。

2008 年，吴苇禾事业受阻，未婚妻自杀，他绝望迷惘的时候，看到我 19 岁时送给他的演唱会门票，就跑到美国去听他错过已久又重开的活结乐队的演唱会。在那里，他遇到了欧幻言，又学了电影创作。

2009 年，我们在路上开车，擦肩而过的瞬间，吴苇禾看到我就开车追上，结果，他发现我开车载着的人正是他痛恨的简宁舒。后来，他又偷听到简宁舒和奇幻时代老板的对话。简宁舒对他的帮助，让他对简宁舒的痛恨加深，发誓要好好发展和赚钱。

2010年，吴苇禾拍的以我为原型的电影《青春幻境》杀青并上映，后来，那部电影还让他获得了大奖。他再一次赢回了自己的事业。

2011年，吴苇禾本来打算和Art结婚，我无意间发现Art和高官的暧昧照片，使他遭到罗翔的恶意攻击，这不仅导致他和Art分开，也导致他日后对罗翔的痛恨和反击。

2012年，窦鲮把自己的遗愿委托给吴苇禾，而窦鲮的遗愿恰恰是我曾经给她的建议：把她漂流各地记录下的爱情故事拍成纪录片。而这个遗愿又促成了我和吴苇禾一起去拍摄纪录片。正是在那短暂却十分重要的三个月里，我们发现了彼此的真心。

人生，真是神奇。爱情，真是缘分。分离，真是命运。

我看到了我17岁时，在母亲的葬礼上第一次遇见17岁的吴苇禾，还有我们之后的兜兜转转。我的眼睛盯住眼前的电子台，上面显示的时间竟然是：2012年10月22日。

我脑子里不停播放着那些不甘心沉寂的记忆，然后，就像麻木了一样，洗澡，化妆，收拾行李，去机场，过安检，上飞机。

这个过程里，简嘉澄一直守在我的身边，他感觉我状态异样，但一直没有问。他只说，一年半前，吴苇禾购买的他的《黑洞爱情》已经上映了。我们婚礼之后可以一起去电影院看。

我们的婚礼现场很美，简嘉澄事先花了很多心思安排人布置。

“初篱，我父母的婚姻只让我深刻地学会了一件事，那就是人一定要和一个自己真正爱的人结婚。我在很多年前就暗下决心，我一定要娶一个我爱的人。我不知道父亲的黑洞是谁，但我的黑洞，是你。”简嘉澄穿上了一身白色的新郎西装，很有魅力，很吸引人。

“好……”我点着头。我看到了周围人们羡慕的眼光，他们是带着祝福来参加婚礼的。我还听到了他们小声说着：“新娘好美啊，他们好配啊！”

就在这举办婚礼的早上，就在婚礼进行曲响起之前，就在简嘉澄的深情表白之后，我却只轻描淡写说出一个“好”字。

“对不起，嘉澄，但我的黑洞不是你……对不起……”我最后看了一眼简嘉澄悲伤和无助的脸，转过身，头也不回地拖着婚纱的裙尾大步跑开了。

我知道我要奔向的是什么，是那个未知的、属于我的、命定的黑洞。

我看到了透明的自己，从那个逃跑新娘的身上脱离出来。原来，现在的我一次又一次地穿越回到了过去，回到了自己的身体里，再一次体验了我和吴苇禾相离相爱的所有过往。我再一次看到我是如何被那个黑洞吸进去的。

十三、我们终于都下了手

我缓缓地睁开了眼睛，闻到了空气中药水的味道。我看向所处的环境：苍白的天花板、拉上的窗帘、衣柜、桌子、电视机、输液架、吊瓶、抢救仪……我的脑子昏昏沉沉的，我完全不知道自己是谁又身处何方。

“你醒了？”我听到了一个男人的声音，淡定，不带有一丝感情。

“你……”我视线模糊，但开始逐渐清晰起来。

我的脑中开始回放一些片段。

“如果你的心回来，我也愿意试着唤醒我的心。但是，你的心却回不来了！那么，我愿意试着封锁我的心。”

“你……这是什么意思？”

“你一直都计划着杀死我吧？”

“你怎么知道的！”

“既然你已经在计划杀死我了，那么，倒不如由我来杀死你！你死了之后，可以合法继承你一切的人就是我！”

“不！不要！”我大喊着，却被男人狠狠地从楼梯上推了下去！

我想起了我的丈夫吴苇禾要杀死我，而且他已经付诸行动了。

“恭喜你，夏初篱。你活过来了。”男人看着我的脸，他面容憔悴、两腮塌陷，还有几天没剃的胡楂儿。

“吴苇禾……”我记起来了，眼前的这个男人就是我的丈夫吴苇禾。可是摔在地上死去的人明明是他啊！为什么现在我躺在病床上。

“其实，你昏迷的这两个月我一直很矛盾。一方面，我希望你尽快死掉；

另一方面，我又希望你能活过来。我快被这两种念头折磨疯了。”

“苇禾，我好像经历了一个非常漫长的旅程，在这个旅程里，我遇到了好多人，那些都是和你相爱过的女人。我看到了你父母的坠亡，你对简伯伯的仇恨，罗翔对你的报复，还有你在商业上的手段……当然……还……还有……我们17岁那一年，第一次在我母亲的葬礼上相遇，然后我们兜兜转转地相遇、分离……我还看到了我们疯狂地结婚，拥抱彼此……”我有气无力地说着，感到自己呼吸十分困难。

“你在说什么？夏初篱！”吴苇禾一脸困惑。

“我看到了你的所有记忆和过往……是我不了解你，是我没能体谅你的痛苦和悲伤……”我感觉到自己的身体开始变轻，好像正朝着死亡奔去。

“你怎么了？夏初篱？夏初篱！”我能听到吴苇禾疯狂地叫着我的名字。

“如果……如果有来生，我想好好遇到你……17岁的时候就遇到你，然后守护在你的身边，不让你孤独地面对那一切痛苦和伤害，阻止你变得疯狂和扭曲……”我感觉到眼泪从我的眼角无法抑制地流出来。

“夏初篱！是我的错，是我把你推下去的！是我害死你的！”吴苇禾紧紧握着我的手、他的眼泪掉在我的手背上，我能感觉到。

“苇禾……我不怪你……因为我真的一直都很爱你……在我们家的储物室里，你的皮箱里，有一个笔记本，我在上面写了要对你说的话……如果我的死，能换回那个纯真善良的17岁的你，我……死而无憾……”我感到一种无法阻挡的窒息感侵袭了我，我已经撑不住了。

我看到了透明的自己从死去的身体里脱离出来，我看到了跪在床前紧握着我的手，热泪纵横的吴苇禾。

“夏初篱！夏初篱！夏初篱……”我听到吴苇禾一遍又一遍不停疯狂地叫着我的名字。

“对不起！对不起！对不起！从17岁第一次遇见你到现在，我最爱的人始终是你……对不起……我还没有告诉你……”吴苇禾一直紧紧抱着我的身体，那没有生命的、冰冷的身体。

我化作一团空气，徘徊在有他的空间里，轻轻叹息、哭泣。

我终将毁灭在这命定的黑洞里。

11. 关欣　爱与不爱

一、那惨烈的一刻

我站在一座大楼前，我不知道自己是谁，不知道我为什么站在这里。我看到一个年轻人一直在阳台上徘徊。然后，他越过阳台的围栏，跳了下来！

不！不要！不管他是谁，都不应该以这样的姿态结束他的生命。我跑过去看他，他已经趴在了地上。他一动不动，身下是一摊鲜血。我看到了他的侧脸，嘴角、耳朵里渗出鲜血，眼睛里还有眼泪。他死的时候眼睛都没有闭上。

这无法瞑目的、死亡那一刻都十分悲伤的年轻人竟然是……我的儿子！他是我的儿子吴苇禾！我认出来了！可是，可是我自己是谁呢？

我脑子里突然闪现出这样一幕：我和一个男人激烈争吵着，然后，我把他从楼上的阳台推了下去！

“为什么只有我也背叛了你，你才意识到你还爱我！”我看到了自己哭得崩溃的样子。

“对不起，过去伤害你太多。我太容易厌倦、太不安分。但是，请你别离开我，别去找他！他已经为了钱彻底背叛你了，他就是个无耻的、见利忘义的男人！”吴樊也哭着求我，拉着我的手。

“他无耻？他确实无耻，但你更无耻！”我愤怒地瞪着双眼，发狠了一般把站在围栏边缘的吴樊推了下去！

不要！我内心里大喊着。那记忆好可怕！我记起来了，我叫关欣，是吴樊的妻子，吴苇禾的母亲。为什么我的丈夫和儿子都是从楼上坠落而死的命运呢！

我看到了躺在地上的儿子，有一团透明的影像从他的身体里脱离出来。那透明的影像站起来，走向我，带着茫然和热泪。

“妈！是你吗？妈？”儿子叫我。

“是我，小禾。”我哭着拥抱了他。

“妈……你离开以后，我活得好累。我一直很恨你和爸，我好恨你们！”小禾眼泪直流。

“我们对不起你，小禾。”我只能抱着儿子，因为我已经不知道该如何安慰他。

“妈，我亲手杀死了我最爱的女人，是我把她从楼梯上推下去的。可我杀她的时候，并不知道她在我心里是那么重要。直到她真的死了，我才觉得我也活不下去了。”

“小禾，妈也是。妈把你爸推下去的时候才知道，此生没有了他我也活不下去了。”

我看到了那天惨烈的一刻，吴樊坠楼之后，我写了一封简短的诀别信给小禾，然后，我也从阳台上跳了下去。

我想起了我写给小禾的那封诀别信。

小禾，当你看到这封信的时候，妈应该和你爸一起离开这个世界了。你爸爸，是我从阳台上推下去的，是我杀死他的。二十几年来，我一直忍受着他不断外遇的生活，只是他自以为隐藏得很好，其实我早就发现了。后来为了报复你爸，我也找了简叔叔寻找安慰。我和你爸的婚姻就像一场完美的表演，各取所需，却早已空壳。这样的生活早就应该结束了。我知道这对你来说很残忍。但妈希望你坚强、勇敢地生活下去。不要再重复我和你爸的悲剧。我们对不起你。永别了，儿子。

如今，小禾也因为杀死了心爱的人而选择坠楼自杀，命运再一次如此残酷地重现了悲剧。要是我和吴樊从来没有认识过，不曾结合，这一切的悲剧就不会发生了！我的记忆回到了 36 年前，我们遇见的那一刻。

二、无法抗拒的才是爱情

迷人的微鬈发、白皙的皮肤、总是带着笑意的眼睛、白色的夹克衫，还有一顶灰色的礼帽。我看见一个男孩，他的样子就像我的偶像刘文正。

在学校的食堂里，他弹着吉他，唱着“梅兰梅兰我爱你”。他笑笑地看着我时，我就觉得他在唱“关欣关欣我爱你”。我不得不承认，看见他第一眼的时候，我就爱上他了。

可是，我突然有一点儿头昏脑涨、记忆模糊的感觉。我努力让自己振作和清醒起来。我记起来了，我在师范大学的食堂里。

“你的样子很像《一颗红豆》里的初蕾。我喜欢她那样的长发、那样的长裙。”男孩唱完歌向我走过来，在我身边停下，他和我说话了。

“你很像刘文正。刘文正……是我的偶像，我很喜欢他。”我说出这句话的时候，觉得自己的脸好热，我很懊悔，一个女孩子怎么那么不矜持，居然说出“喜欢”这样的字眼。

“林青霞也是很多男生心中的偶像啊！我也喜欢林青霞。”男孩依然笑着，那双眼睛就像会说话一样，含着情。

“他就是吴樊，数学系的高才生。咱们学校好多女生都偷偷喜欢他呢。”我的朋友在我耳边小声嘀咕着。

“吴樊你好，我叫关欣，是中文系的。”我内心慌乱，突然之间也不知道要说什么，只能介绍自己。

“看来我还挺有名呢，你也知道我叫吴樊？很高兴认识你，关欣。”吴樊依然目光炯炯地看着我，看得我心慌意乱、脸红心跳。

“噢，我也是。”我慌乱应对着。

和朋友从学校的食堂走回宿舍的路上，我的脑海里一直浮现出吴樊的样子。这就是爱情的力量吗？让人目眩神迷、不由自主。

“关欣！晚上的文学讲座我已经占好了座，你别迟到！”我身后传来了男生的声音。我回头看，原来是简宁舒。

“好啊！”我回答着，然后看着他骑着自行车一溜烟儿地从我身边走了。

突然之间，我有些苦恼起来。我和宁舒在一个大院长大，是最好的邻居和朋友。宁舒是那种温文尔雅的男孩，他热爱文学，他博学多才，他才华横溢。我知道，学校里有很多女孩对他钟情，但他的心里却只有我。我们两家人都默许了我们的关系，他们一直认为，有一天我们会结婚。我突然想到了琼瑶的那部《我是一片云》，想到了宛露夹在友岚和孟樵之间十分为难。我怎么觉得，我也夹在宁舒和吴樊之间十分为难呢？

我努力晃了晃头，我要让自己停止做梦，清醒一下，我才刚刚认识吴樊呢！我都在想些什么乱七八糟的。

晚上，我坐在大教室的第一排，正在等待就要开始的文学讲座，但是我感到有人拍了我肩膀一下。

“关欣，我买了电影票，我们去看电影吧？”我听到了吴樊的声音。

“是你？”我抬起头，果然看到了帅气潇洒的吴樊。

“跟我一起去吧！”吴樊举着手里的两张电影票。

“什么电影啊？”我问他。

“琼瑶的《雁儿在林梢》，据说很好看。”

“可是，我要听文学讲座呢。”我犹豫着。

“走吧！”吴樊的眼睛会说话，依然含情脉脉。

“好吧！”我笑着答应。其实我知道，电影有什么重要呢，关键是要和吴樊一起看啊！

我们从大教室走了出去，正好撞见买来冰棍的宁舒，我连招呼也没和他打，就被吴樊拉着去看电影了。我听到身后的宁舒一直喊我的名字：“关欣！关欣！”

我知道，无法抗拒的才是爱情。我爱上吴樊了。

三、此生，失去了最宝贵的感情

“关欣？”我听到有人叫我的名字。刹那，我有些恍惚，依然弄不清楚自己身在何处。

“宁舒？”我回过头，看到了一个年轻的男人，我下意识地喊出了这个名字。

“怀里的宝宝是你的孩子？”宁舒问我。

“是啊，是个男孩。他叫吴苇禾，吴樊给取的名字。”我笑着回答，这才感觉到我的怀里抱着一个很小的婴儿，我的记忆也清晰起来：我刚刚抱着小禾去照相馆给他照百天纪念照了。

“很可爱……好久不见。”宁舒显得欲言又止。

我的记忆开始苏醒，我想起我和吴樊结婚了，我们大学毕业之后就结婚了。他放弃了稳定的数学老师的工作，选择开小卖店。虽然很多人不理解他的行为，但他却坚持那样做。不过，小卖店的生意不错，我们的生活也过得很好。后来，我们还有了小禾。

当然，我还记得结婚的那一天，宁舒来参加婚礼了，他还带来了一个女朋友，他的女朋友叫黎格。黎格是我们学校政治系的学生，高干子弟，学业很优秀，人也很漂亮。我还记得，每当宁舒参加学校的文学小组，朗诵他的作品时，黎格就很欣赏地在台下看着他。我想，她欣赏他的文学才华。

婚礼之后，我就没再见过宁舒了。我一直因为自己离开了他，让他那么伤心而感到内疚。但看到他也有了很要好的女朋友，我就放心了，我的愧疚也少了一些。

“宁舒，你结婚了吗？”我问他。

“嗯！你结婚之后两个月，我和黎格就结婚了。我们也有了孩子，上个星期刚好满月。孩子很可爱。”宁舒微笑着。可不知道为什么，我却觉得宁舒的微笑看起来有些伤感。

“男孩女孩？”我突然之间不知道该问什么。

“男孩，叫简嘉澄。名字有点文绉绉，黎格说笔画太多了。”宁舒说着。

“恭喜你。”我说了这么一句。好像这一句不仅仅是祝福他有了儿子，还是看到他结婚生子、获得幸福而感到欣慰。那感觉就像欠了一个人一笔钱，欠了好多年，终于还清的那一天，有一种解脱感。

“你还好吗？”宁舒看着我，那眼神里有很多不舍，我能读懂。我也知道他问的这句“还好吗”是什么含义。

“我们还好。”我回答着。

可是我知道，我和吴樊并不太好。吴樊永远和宁舒不一样，他不会长久把焦点放在我的身上。他会把更多注意力放在小卖店的生意上、歌舞厅、流行的风潮，还有其他女人身上。

“快回去吧。抱着孩子手也应该感觉累了。”宁舒看到了我反复几次托着就要滑落的小禾，有点儿吃力。

“好，再见。”我和宁舒说了告别。然后，我们转头，向各自的家走去。我们没有说现在住在哪里，也没有留下任何联络方式。因为我们知道，各自有了家庭，确实已经没有联络的必要了。我可以继续把他当成好邻居、好朋友，但他不能，他还爱着我，我能感觉到。这就注定了我们不能再联系。

抱着小禾，走在路上，我突然就哭了出来。不知道究竟为了什么。想起宁舒对我的好，我就觉得此生是失去了什么最宝贵的东西。

四、他是她的哈里

浅尝过的爱情是梦是真是疑，怎么自己都不敢相信，陷入爱恋情绪如此地轻易，低回过的心情是爱是情是你，怎么把这感觉说得尽……

“我很喜欢这首歌。每当听到它的时候，就能想起我陪高寒的那段日子。”

我听到了一段歌声，还有一个女人说话的声音。我睁开眼的瞬间，端庄又美丽的夏楚正品着一杯咖啡，她的指甲涂成了红色，她的样子像个女明星。她现在已经是一家模特公司的老板了，真是一个能干的女人。

“张学友的《沉默的眼睛》，有点悲伤的歌。”我说着，看到了咖啡厅的墙上挂着日历，时间是1988年。

忧伤的歌也让我想起了过去的岁月。

夏楚是我的大学同学，也是很好的朋友。她当年随爸爸妈妈从国外回来，也是个骄傲美丽的公主般的女生，本来得到很多男生青睐的她，却让人出乎意料地爱上了小混混式的人物高寒。

“8 年前，听同学说你和高寒私奔了。你们……”

“关欣，你是我的好朋友，所以我不想骗你。其实，我和高寒没有结婚，但我们有一个女儿，今年都快 7 岁了。”夏楚笑起来的样子很漂亮，还有两个很大的酒窝。

“噢。那高寒为什么……他现在，在哪里？”

“高寒已经去世 8 年了。我们私奔之后的第五个月，他就死于白血病。正是因为知道他将不久于人世，我才义无反顾地和他一起私奔的。”

看着漂亮的夏楚，还有她那云淡风轻的笑容，我突然感觉很心疼她。这个当年任谁看都应该集万千宠爱于一身的女孩，居然因为疯狂地爱上一个混混而成了单亲妈妈。一定受了很多苦吧！大家的唾沫都能把她淹死。

“其实，我一直很费解你为什么会爱上高寒呢？喜欢你的男同学那么多。”

“有一次，我在后巷走路的时候遇到了流氓，是高寒救了我。但我爱上他不是因为他英雄救美，而是之后我们的接触。他参加过对越自卫反击战，他还给我讲过他在战场上的事，就跟传奇一样。”

夏楚带着神往的表情回忆着她和高寒的感情。高寒在战场上遇到狡猾的敌人，战友牺牲，弹尽粮绝……那些生与死的考验，鲜血与牺牲的经历，都让高寒有了一种迷人的气质。但是，高寒因为战争而在心里蒙上了一层无法摆脱的阴影。他虽然没有大碍地从战场上回来了，也很快就退伍了，但战争给他的伤痕、那些战友的死亡和敌人的残忍，让他回到和平的生活里后变得颓废、消沉。他本来是军人世家的独子，家境也不错，但退伍之后，他无意在地方政府工作，一直游手好闲。

“如果他的父母都是军人，不会允许独子那样生活的。”

“他的父母在他参加对越反击战的时候，因为车祸双双去世了。这也是他质疑人生的很大原因。父母留下的家底可以供给他游手好闲的生活，但他不是一个流氓，也不是混混。他很有才华，他一直想写点儿什么，但直到病逝都没有动笔。”

“那高寒真的就是海明威在《乞力马扎罗的雪》里塑造的哈里了。怪不得，你会爱上他。”我由衷地感慨着。

“但他一见钟情，有灵魂共鸣的人，却是黎格。可能他们都是军人世家出身吧，我不懂。他直到死，心心念念的都是根本不爱他的黎格。”夏楚苦笑了一下。

黎格，她现在是宁舒的妻子。当年，在高寒爱着黎格的时候，黎格正在爱着宁舒，她当然不可能选择高寒。我突然发现，我们那一届恢复高考之后的大学生，进入大学之后的生活也十分琼瑶啊。难道是因为爱情电影看多了，才让我们都陷入了不理智的爱情里吗？想起当年，真是有些感慨。

“那你后悔吗？至少，在外人看来高寒算是毁了你的一生。而你和他共度的日子，也不过才 5 个月而已。”

“我不后悔，而且觉得自己很幸运。至少，是我陪伴他度过了人生的最后 5 个月。所以，有一天，我们的女儿夏初篱长大了，我会告诉她，人应该勇敢去爱。”

“夏初篱，很好听的名字。”我接过了夏楚递给我的她女儿的照片，照片上的小女孩十分漂亮可爱。

“冲出藩篱，其实是这个含义。希望她是一个能打破世俗边界，敢于自己去探索的孩子。”

“就像她妈妈一样。”我给了夏楚一个鼓励的微笑。

和夏楚在咖啡厅告别之后，我的内心竟然有一种对她的不舍和想念，那种感觉好神奇、好奇怪。发自内心的、无法抑制的思念竟然在我的心头蔓延。不知不觉间，我的眼泪竟然流了出来。我站在咖啡厅的玻璃窗前，看到窗子里映衬出来的身影有一瞬间是那么陌生。

我难道不是我吗？那窗子里映出来的年轻的女人究竟是谁？

五、我发现了他的秘密

“老婆，我今天要去外地和供应商签合同，可能晚上回不来了。你不用做我的饭了，也不用给我留门了。”我听到了吴樊的声音。

“噢，好，那你注意安全。”我照惯例回应着这句话。

我看到了吴樊离开的背影，他关上门走了。

“妈，我爸他又走了。”小禾走到我面前，他的表情有点儿怪。

“明天是你初二开学的第一天，妈给你做点儿好吃的。”说着，我走进了厨房，内心却十分难过。

虽然我顷刻间有点儿恍惚，但镇定下来，我的意识还是逐渐清晰了。我知道，吴樊今天很可能不是去见供应商，而是约见他的某个“相好”去了。这些年来，他一直每隔一段时间就换一个“相好”，他就是这样不甘寂寞。

生活就是这样可笑，吴樊走的就是典型的穷小子变富翁的发迹之路。当年放弃了稳定的数学老师的工作，毅然决然开了小卖店的吴樊，已经把当年的小卖店变成了一个超市，之后又变成了大型超市，又陆续在市里开了几家大超市，形成了连锁。他的生意越做越大，工作也越来越忙。但那么忙碌的他，却从来没让自己寂寞过。他越来越有钱，黏上他的女人也越来越多。

我第一次知道吴樊的秘密，是在我怀着小禾的时候。按捺不住寂寞的吴樊和一个总去他店里买东西的女人好上了。我曾经大着肚子跟踪他，亲眼看见他们躲在树林里十分亲密的举动。瞬间我内心是十分崩溃的，但同时，也十分彷徨，甚至有些惧怕我和吴樊的正面对决。难道我们要离婚吗？孩子不能一出生就没有父亲。难道我要和他大吵一架吗？可我那时的身体状况真的不应该过于动怒。

第一次看到吴樊出轨之后，我选择了沉默。当初和他结婚的时候，我的父母是不赞成的，因为他们一直认为正直体贴的简宁舒才是最好的丈夫人选。难道我要用我和吴樊的决裂或者是争吵，来向我的父母证明，我的选择多么错误吗？

“老婆，我买花给你了。”“老婆，我买了戒指给你。”“老婆，咱们换个房子吧！”“老婆，我的钱都放你那儿了，你可好好保管啊！”“老婆，你不用上班，苦的、累的，让我来承担。你就尽管在家享福就好。”“老婆，我给你买生日礼物了！”“老婆，亲一下，怪想你的。”……

我的耳边还能回响着吴樊各种体贴的声音。不可否认，除了喜欢出轨之外，他还算是个好丈夫。只可惜，生性风流的他很难把注意力放在一个女人身上。这是他致命的缺点。当我终于发现他死性不改、本性难移的时候，我感到绝望。

“妈，你做饭累不累啊？”小禾在我身后问，这孩子十分体贴，总是跟在我身边，他比他爸爸对我的照顾多太多了。

“妈妈虽然每天都有点儿累，但照顾你……和爸爸，是心甘情愿的。”

我敷衍着小禾。

我一边淘米一边陷入思考。我和吴樊的关系很奇怪。他一直以为，我不知道他出轨的秘密，虽然他对我已经审美疲劳厌倦了，但还是尽可能地表现出他的温柔和体贴。我也就一直假装什么都没发生过，每天好好地照顾着他们父子两个。我养花、种草、养鱼、学茶道、学插花、学高尔夫、学服装裁剪、学画画、学摄影……我报了很多兴趣班，只为了让我的生活不寂寞，只为了更好地掩盖我发现了吴樊最不堪的秘密这件事。

我似乎没有理由破坏一家三口平静如常的生活。我也在思考，我为什么一直不揭发他对婚姻的不忠。一开始可能是因为我大着肚子，我害怕家庭破碎，我脆弱无助；后来渐渐地我发现，我不想揭露他是因为我的清高和骄傲。我也是被很多男人追求过的女人啊！为什么要变成一个犹如怨妇一般的和丈夫撕扯的女人呢！他厌倦了我，我为什么不能也厌倦他？非要显得那么在乎他、害怕失去他而大吵大闹、寻死觅活吗？我不想变成那样的女人，吴樊也没有那么重要。

我想通了，在我们的婚姻关系里，我已经决定了我的姿态：表面和平，各自独立。想着想着，我就笑了出来，这世界，还有什么特别值得悲伤的事呢？

六、还有他爱我

我听到了一声巨响，是车辆撞击的声音。然后有好多人在围观，应该是什么人被撞了。不知道为什么，这一刻我的心好不安，就像预感到了什么不幸。可是，我是谁，我在哪儿，谁被撞倒了？

我回头冲向人群，奋力扒开那些围观的人。我看到一个人躺在马路上，身下是一大摊血。

“宁舒？”我简直不敢相信我的眼睛！被车子撞倒的人竟然是宁舒！

恍惚之间，一些画面浮上脑海，就在 5 分钟以前，我在过街天桥上和一个男人擦肩而过，那个男人很像多年不见的宁舒。走下天桥没多久，我就听到了车祸的声音。

“关……欣……真的……真的……是你？”听到我呼唤的声音，宁舒勉强睁开眼睛，只说出了这句话，就陷入了昏迷。

再接下来，就是一片混乱。我报警，叫救护车，然后急救人员来了，把宁舒带到了医院，宁舒进入手术室，进行紧急抢救。他的手术进行了整整六个小时，在那六个小时里，我紧张得心都要跳出来了。我联系不到他的家人，只能一个人在手术室门口默默等着。因为手术需要一大笔钱，我就让正好在家做作业的小禾从家里拿钱送过来。

“妈，你的脸色好苍白啊！动手术的是谁啊？”小禾问我。

“是妈妈的一个好朋友。你应该叫他简叔叔。”我拿出手帕擦了擦脸上的冷汗。

我会紧张不安，因为我还有一种感觉，宁舒遇到车祸好像和我有关。要不是……要不是他追着确认和他擦肩而过的女人是我，可能不会注意不到迎面而来的车，也不会出车祸。为什么我还能有这样的感觉？我太自作多情了吧，我和宁舒分开都快 14 年了！

手术室的灯灭了，宁舒的手术做完了。

“医生，他怎么样？”我焦急地问。

“命，是救回来了。但是，他的腿不能走路了。你们要做好心理准备，他未来可能都要坐轮椅了。”医生说完，就带着一脸疲惫走开了。

宁舒被送入了加护病房，我却瘫坐在走廊的椅子上。不过，这不是我应该脆弱的时候，我要进去陪宁舒，我要等他醒来！

真是十分难熬的 16 个小时！宁舒终于醒来了。他脸色惨白，犹如死人一般憔悴。

“宁舒。”我只叫了他的名字，眼泪就流了出来。

“关欣。”宁舒也只是叫着我的名字，眼泪也流了出来。

这时候，病房的门响了，一个女人走了进来。她正好看到我握着宁舒的手，我慌忙把手拿开了。

“宁舒！你感觉怎么样？”问话的女人正是他的妻子黎格，终于有人辗转联系上了她。

因为他的妻子来了，我简单交代了宁舒的情况之后，就走出了病房。我看到了小禾还在病房门外等我。

“我爸说他去外地寻找供应商了，两三天都回不来，让我转告你。”小禾盯着我看。

“好。反正你爸一直都很忙。”我冷淡地回答。此刻，我不关心吴樊又去见哪个女人了，我只关心宁舒以后的生活要怎么过。

因为，我能深切地感觉到，宁舒还爱着我，那么深地爱着我。要不是为了追上我，他就不会出车祸！我要怎么面对他？他要怎么面对以后的生活？我掩面哭泣，倍感愧疚。

七、另一种宁静

我的眼前展现出一幅油画，画上是一个中年男人，一个儒雅、清秀的男人。手里握着画笔的我，此刻感觉心里十分宁静美好。

“关欣。”有人叫我。我回头看，宁舒正在我身后，坐在轮椅上。

“小禾上了寄宿高中，我现在的时间很多，就想好好学学画画。”我微笑着。

“小澄去的也是寄宿学校。”宁舒手里还端着一杯热茶，他把茶递给我。

我接过他递来的茶闻了一下，是清香的玫瑰花茶，宁舒一向都是这么贴心，他知道玫瑰花茶有助于养颜，每次我来看他，他都会给我沏好玫瑰花茶。

虽然坐在了轮椅上，但不否认，宁舒依然是个有儒雅气质的清秀男人。他是个那么好的男人，可是在许多年以前，我却没有办法疯狂爱上他。好像，我一直都是宁舒不幸的根源，无论是曾经让他伤心欲绝，还是让他接受和不爱的女人结婚，或是后来因为我而遇到车祸导致双腿瘫痪，我一直在给他带来痛苦和困扰。可他却从来不曾怪过我，还是一如既往地爱着我。

“关欣，你怎么了，为什么哭了？”宁舒慌忙用手给我擦眼泪。

“宁舒……我，我对不起你……”我从哽咽变成了无法抑制的泣不成声。

我想起了两年前，宁舒遇到车祸后，他的妻子黎格留下了离婚协议书和一封信，就离开了他。他和儿子被他的妻子抛弃了。这一切悲剧都是我造成的！我的内疚一直折磨着我。

“你又想起黎格离开我的事了？”宁舒微笑了一下。

“我一直很内疚。”

“其实，一直以来真正内疚的人是我。当年因为失去你，我太痛苦了，就接受了黎格的感情，后来还和她结了婚，有了嘉澄。可在我们的婚姻里，她从来没有真正得到过一个女人、一个妻子应该得到的爱，这对她很不公平。”宁舒脸上现出了悲伤的表情。

“所以，你并没有怪她在你最痛苦、最需要人照顾和关怀的时候离开你？”

“从来没有怪过她。其实，在没有出车祸之前，她已经向我表达了她要离开我们的想法。我也赞同，她应该去寻找真正属于她的生活和一个真正爱她的人。”宁舒的表情又从悲伤转为平静，那也代表着他内心的释然。

看着这样的宁舒，我的内心也感到一种前所未有的平静。是啊，只有宁舒才能带给我这种心灵的平静。这也是我几乎每天都要来看他的原因吧！我们之间是一种多么奇怪的关系！我会找各种借口来宁舒的家，吴樊也没有发现过。似乎，我在宁舒的身边照顾他、陪伴他，才是我生活里最大的寄托和快乐。

“小澄的学费我已经以你的名义给他汇过去了，我还多给了他一些生活费。孩子本来就独自一个人在外地读书，很不容易了，应该有点儿钱在身边。”我说着。

“真不好意思。这两年让你照顾我，还要让你……”宁舒一脸羞愧。

我知道，对于宁舒来说，我用钱接济他的生活，让他十分不好受。可宁舒自从出了车祸就不能上班了，他只能靠着偶尔写点稿子填补家用。他还要抚养儿子，他的腿也需要护理和治疗，这些都需要钱。他的钱确实不够支撑生活。如果钱是我能够为他付出的，我愿意以此帮助他的生活，也减少我的愧疚。

我和吴樊的婚姻还在维系，一个很大的原因就是吴樊在钱上一直很相信我，他不会特别过问家里的钱都花到哪儿去了。男人在钱上这么慷慨，多半也是因为心里有愧吧！这样也好，方便我照顾宁舒。

“宁舒，其实，只有照顾你我才能感觉到还是有人需要我的，我的人生还是有意义的。”我握住了宁舒的手。

“可是，你儿子小禾也需要你啊！”

“我是指，像一个男人需要一个女人那样的需要。”我看着宁舒，在他脸上轻轻吻了一下。

宁舒也在我的嘴唇上轻轻吻了一下。

这一吻让我想起了吴樊，我的丈夫，我当年不顾一切放下宁舒，疯狂爱上、跟随的男人。对我来说，宁舒就像一直温暖我的阳光；而吴樊，他是龙卷风，瞬间把我搅入他的漩涡，然后一辈子承受从那漩涡中跌落的痛苦。

“宁舒，如果可以，我愿意永远像这样在你身边，宁静地生活……”我轻轻拥抱着轮椅上的宁舒，就像拥抱了太阳。

八、爱，本贱

我狂按着门铃，可房间里一直没有人应答。没有办法，我只能自己拿出钥匙，打开门。我进了屋子，可屋子里一个人都没有了！而且，所有家具都盖着白布，一些重要的东西也被拿走了。明显是有人彻底搬走的迹象。

一阵眩晕之后，我的意识逐渐开始清醒，我想起就在20分钟之前，我接到了宁舒的电话，他告诉我，吴樊给了他200万，他要走了，带着儿子走了，让我千万不要去找他。然后，我就疯狂地飞车来他家，可看到的竟然是这人去楼空的场面。

是吴樊！是吴樊这个可恶的家伙！我又疯狂地飞车回家，我要去找吴樊算账！

我用钥匙打开门，走进客厅的时候，看到了正在客厅吸烟的吴樊。他还是那种风流的样子，虽然他棱角分明的脸、很有品位的衬衫让他显得极有吸引女人的魅力，但他的样子在我的眼里却是令人憎恶的。

“你赶走了宁舒？”我质问他。

“宁舒？叫得真是亲切。”吴樊吐了一个烟圈，很不屑地笑了一下。

“你是怎么知道的？”

“那天，我去小禾的房间，本来想找他的相机用一用，却把他的日记本碰到了地上，翻开的那一页，正好写着他妈妈和另外一个男人在一起多开心。然后，我跟踪了你。”

“呵呵……其实，你早该知道的！可你一直对我视而不见。一个还在乎老婆的男人，怎么可能放任老婆出轨多年都没有发现呢！哈哈……”我突然很想放声大笑。

“你真的爱简宁舒？”吴樊看了我一眼，然后捏着烟走向了阳台。

“他让我觉得自己还被一个男人需要。他让我觉得自己的生活不那么悲惨，他可以让我暂时忘记我的丈夫一直在出轨。”我站在吴樊身后说着。

“你知道了？”吴樊问我。

“知道！在十几年前就知道了。也知道你出轨很多很多次，换过很多女人了。”我追着他到了阳台。

“我……我是在小禾的日记里看到的。他也早就知道了我出轨的事，他还写着，他妈妈也知道，只是不说出来。”吴樊有点儿哽咽。

“当年，我不顾一切爱上你、嫁给你，放弃了一直爱我的宁舒，是因为我相信你是爱我的，你会带给我幸福。可我的婚姻里却充满了一次又一次的外遇和出轨！”

“其实，我跟踪你有一段时间了。我看到你那么无微不至地照顾简宁舒，我竟然感到……无比的嫉妒。那种嫉妒，让我自己都感到震惊。这难道是我对一个让我感到厌倦至极的女人应该有的情绪吗？坦白说，我知道自己并不适合婚姻，我知道自己的本性，我就是个不安分的畜生。但我……是真的爱你的。”吴樊转过了头，原来，他突然来到阳台只是为了掩饰他流泪的样子。

“爱我？呵呵……一直爱我的人，是因为我而失去了一切的简宁舒。但我却让自己深陷在一个不能对婚姻忠诚的畜生这里。”

“人们说着爱的一刻可能是真的爱的。就像我遇到你时，说我爱上你这个姑娘了，我真是爱你。就像我和你结婚的时候，我说我想给你幸福，是真的想竭尽所能给你幸福。但生活会归于平淡，感情会归于厌倦。可能人性本贱，要不是遇到什么刺激，就会忘了自己还爱着。”

“简宁舒就是那个刺激，对吗？”我冷冷问他。

“对！我看到你对他好，我就明白了你知道我对别的女人好是怎样的心情。我才开始反省，这十几年里我都做了什么！我竟然一次又一次让你承受像我今天一样的痛苦，我竟然忘了，我还爱着我的老婆。”

“哈哈……十几年，你才知道吗？我都不想搭理你，我才不想和你争吵，要死要活的，然后让你得意，让你以为我没有你就活不下去。哈哈……”我像疯了一样，无法抑制自己的大笑。

“我给了简宁舒一笔钱，他就决定离开你了。你醒醒吧！你要知道，他要钱，不要你了！你爱的男人，比我还畜生！你忘了他吧，回到我身边来，好不好？”吴樊竟然开始求我了，这些年来，我多么渴望看到他求我的一幕啊！这简直就是对那十几年屈辱的最好反击。那不正是我期待的一瞬间吗！可为什么，这一瞬间却让我感到愤怒至极呢！

“吴樊！你不仅是个畜生，你还是个贱货！虽然贱货这个词是用来骂女人的，但是我觉得，用在你身上最合适不过了！凭什么你可以一个又一个换女人，我就不能和爱我的男人在一起！凭什么只有我也背叛你，你才意识到你还爱我！”我的愤怒已经无法抑制。

“对不起。过去伤害你太多，我太容易厌倦、太不安分。但是，请你别离开我，别去找他！他已经为了钱彻底背叛你了，他就是个无耻的、见利忘义的男人！”吴樊哭着求我，拉着我的手。

“他无耻？他确实无耻。但你更无耻！”我愤怒地瞪着双眼，发狠了一般把站在围栏边缘的吴樊推了下去！

哈哈哈哈哈……看到吴樊坠落下去，我仰天大笑。吴樊掉下去了，他摔死了。我想，我是爱他的吧！我决定，写一封信给我们的儿子小禾，然后，我就陪吴樊一起走。

写诀别信给小禾的时候，我想起了我第一次遇见吴樊时，他唱着“梅兰梅兰我爱你”，就像唱着“关欣关欣我爱你”。

如果有人问我，此生最快乐的事是什么？我会告诉他，是遇到吴樊。如果有人问我，此生最痛苦的事是什么？我会告诉他，是遇到吴樊。

宁舒，对不起，你给了我你一生的爱。可我这一生，最爱的人却是吴樊。虽然，他贱到要我背叛他，才意识到他有多爱我。虽然，他不是一个能够忠于感情和婚姻的畜生。但只有他，才是注定能让我震撼的龙卷风。宁舒，从此以后要多保重。后会无期。

我发了短信给宁舒，放好了给小禾的诀别信，等待小禾回家，见他最后一面，我就要告别这个世界了。这时，门开了，小禾回来了，我的儿子回来了！

小禾，此生让你遇见了不好的父母，两个不懂爱的人，对不起。

我纵身，从阳台上跳了下去。

在纵身的一刻，我看到了自己的影子，那团透明的影子，从关欣的身体里脱离出来。

我是夏初篱，我从我最爱的吴苇禾的母亲的身体里脱离出来，我体验到了她最深情也最悲惨的爱情。

我站在吴樊和关欣的尸体旁，在对面，我看到了我的丈夫吴苇禾，我竟然看到了透明的吴苇禾！

九、挚爱·别离

“苇禾……你……”我不懂，为什么他会出现。

“你所体验的和你所看到的，我都经历过了。我从医院的窗子里跳下来以后，就和你一起经历了我父母的爱情过往。”苇禾走过来，蹲下来看着他父母的尸体，眼里都是泪水。

“苇禾！”我紧紧地拥抱着他。

“初篱，你不会知道，十几岁开始，我发现了父亲出轨，然后跟着他，偷拍他出轨的证据，这是多么痛苦。你也不会知道，我发现了母亲出轨，竟然还暗自为她感到高兴，觉得有人爱她，她能幸福，那种感觉是多么扭曲。你更不会知道，获悉那么爱着我妈的简叔叔也因为钱背叛了她，还导致我爸妈惨死，我是多么痛恨这个世界！”苇禾泪如雨下。

“苇禾！”我只能一直紧紧抱着他，怎么会有这么可怜的孩子，要经历这一切！

“其实……年少的时候，我就已经不再相信感情了！他们让我一辈子都没有办法再相信感情了！让我一辈子生活在对感情的怀疑、不安、折磨和煎熬里！每当我想相信一个女人是真心实意爱我的时候，我就会想起他们的婚姻和他们的惨死！”苇禾就像一个孩子一样，无助地、无力地倒在我的怀里。

“我相信，简宁舒不是因为那200万才离开你妈妈的。一定是你爸爸吴樊找他的时候，让他明白吴樊还是深爱你妈妈的。而得到吴樊的爱，让他回心转意、一心一意，才是你妈妈一生的期待。”

“是啊！简叔叔为了我妈几乎毁掉了自己的一生。他不会因为钱离开我妈的。我错怪了他，我错怪了他，我错怪了他！”苇禾几乎是在用咆哮忏悔。

我抱着苇禾，心里想着，他不仅错怪了简宁舒，他几乎毁了自己的一生。

苇禾一生都生活在错误的仇恨里，生活在对感情的恐惧里。他从一个单纯得如同小绵羊一样的男孩，变成了今天这个冷酷、麻木、不择手段、不忠于感情的男人。原来，一切的根源都深埋在他父母的爱情里、婚姻里。

“我知道，你曾经指使别人买下简宁舒的那本小说《挚爱·别离》的影视改编权，并把它永远雪藏。”

“那是因为我根本不相信他对我母亲的爱。我还不断用我父母死亡的照片来逼疯他，我怎么变成了那么可怕的恶魔！”

也许，这个世界上真正懂得爱的人恰恰是简宁舒那样的人。我想起了他在小说《挚爱·别离》里写道：

我用一生的爱去等候她，虽然她最后选择的人并不是我。但真正的爱，应该站在对方的立场去理解她的心路历程，去接受她的心之所向。只有跨越了以自我为中心的迷恋，放下自己的执念，才算是爱到了一定境界吧。无论如何，我还是感谢能够遇到她，和她共度的万水千山，聚散离合，让我超越自己，感受到真爱一个人的伟大境界。如果我们注定会别离，分离之后每一次想起她，我都会觉得自己因为爱情而变成了一个了不起的人。谢谢她，也谢谢爱情……

“苇禾，和你在一起，我犯的最大的错误，就是我由始至终都由着自己的性子去爱你。我永远都只站在自己的世界里去臆想你、去揣测你、去塑造你，却从来没有真的去了解你、理解你，看看你来时的路。我对你的爱，即使再久，也只是一种迷恋，但那不是能给你力量、让你改变、让你对感情有信心的爱。”我紧紧地抱着苇禾，我感觉到他透明的影像在逐渐消失。

“初篱，我又何尝不是这样呢？我只是把你当成未完待续的执念，当成我主观塑造的纯真感情的源头，当成我向简宁舒和简嘉澄报复的方式。却唯独没有发自内心地相信过你、了解过你，自以为已经爱你爱到疯狂了。我嫉妒简嘉澄，也不过源自一种对你的迷恋，那同样不是能给你信心、让你对我产生安全感的爱。”苇禾用他那几乎已经消失不见的右手摸了摸我的脸，含着眼泪，在我的眼前消失了。

“苇禾！”我大声喊着，但他的确消失了。

十、回到那一刻

我感觉，我正握着一个人的手。他的手很温暖、很舒服。我睁开眼睛，看到吴苇禾躺在床上，一动不动，床边是各种医疗仪器。

一时之间，我完全搞不清楚自己身在何处，为什么吴苇禾躺在病床上面如死灰。他明明和我一起回到了他父母坠楼的那一刻啊！我看到他彻底消失在我眼前了。我努力搜索比那更早的记忆，我想起吴苇禾带我去北苑度假村，然后，我们进入了一个二层楼的小别墅。

“既然你已经在计划杀死我了，那么，倒不如由我来杀死你！你死了之后，可以合法继承你一切的人就是我！”吴苇禾阴森地笑了，他的两只手开始用力。不！不要！我能感觉到，他要把我从楼梯上摔下去！我拼命挣扎、奋力反抗，终于挣脱了他的两只手！我向楼梯相反的方向跑过去的时候，他拼命拉住我的胳膊。我竭尽全力，挣脱了他的拉扯。霎时间，我看到了他从楼梯跌落下去的样子，那难以置信又恐惧至极的眼神，是他摔下去之后，最后留在我脑中的影像。

“苇禾！”我被回忆到的影像吓呆了！

是我，是我把吴苇禾推了下去！所以他才会重伤昏迷吗？我是杀人凶手，我竟然杀死了自己的丈夫！

这时候，我感到吴苇禾的手轻微地动了动。

“苇禾！你醒了吗？”

“初……篱，我……我读了……你写在……日记本上的文字……所以我决定……我决定……”吴苇禾断断续续地说着。

恍惚之间，我看到了一个男人的影像，他走进一个储物室，打开一个旧皮箱，找到一个旧的日记本。然后，他一页一页翻开来，仔细地看着。

2003 年 6 月 25 日　罗灿灿

毫无预警地，莫名其妙地，我变成了罗灿灿，你的大学女朋友。不过，令我惊喜的是，我看到了那时善良、骄傲又优秀的你。我和你一起经历了罗灿灿的父亲罗翔对你的轻视，你父母惨烈的坠亡，你背负的巨债，你要求的分手，罗灿灿的车祸身亡和你被罗翔打断腿的过往。那对你来说，是一段多么残酷、难熬的时光啊！原来，你那一身的伤痕，就是从那时开始侵蚀你年轻的心的。可这些你从来不曾告诉我。我想，那是你的伤口、你的自卑，也是你的逃避。原谅我，一直不懂你最复杂的悲伤和愤怒。

2006 年 5 月 24 日　董薏甯

变成董薏甯的时候，我遇见了在事业上意气风发、才华横溢的你。我也知道了，你那时正经历着罗灿灿背叛你的痛苦。董薏甯，这个成就了你最初事业的女人，竟然是你父亲曾经的情人，这给你的打击远比罗灿灿的背叛大很多。你心如刀割地做出了惨烈分手的姿态，却招致了董薏甯对你的陷害。即使被毁掉了前途，你还是买了梦想之屋给心爱的女人。那时的你多么真挚。因为内疚而自杀身亡的董薏甯可能成了你一生的沉重烙印，对于还那么年轻的你来说，根本无法承受那种沉重。命运对于好不容易充满希望的你真是太残酷了。可我还一直因为你利用董薏甯翻身而责怪你、不信任你。原来，不了解一个人的经历就做出的判断，真的好不负责任、好冷酷啊！

2008 年 3 月 5 日　欧幻言

我想，我通过变成欧幻言才感受到了你人生中那段最颓废、最迷茫的时光。不过，让我欣慰的是，你为了那场我曾经约你一起去看的演唱会而去了美国，才让你在冥冥之中找到了另一个理想，也写下了我们的爱情故事。体验到你为了救欧幻言连命都不要的瞬间，我知道，你处于连死都不在乎的状态了。我多想那时能遇见你、抱抱你，给你鼓励，为你加油。我一定不会像欧幻言一样，把你逼向不择手段、以黑暗抗击黑暗的状态。不会让你从那时开始放弃最初那个善良、正直的自己，更不会让你就此埋下对简宁舒的痛恨而走向歧途。

2009 年 2 月 14 日　纪楠希

纪楠希，对你来说应该是游戏爱情的真正开始吧？我变成她的时候，可以体会到，你在通过她寻找遗失的青春记忆。你把和她在一起无数次想象成和我在一起吧？但她的虚荣让你嘲笑自己仅有的那一点真心。你戏谑她的爱情，你故意利用她获得和纪康铭的合作，不过是在向世人证明，一个虚荣的女子不配谈爱情。可那不过是你开始偏执对待感情的表现，你已经疯了，利用和伤害了别人，你不再有一丝愧疚。亲爱的，我多么心疼你，从那时开始你的心里已经没有爱。

2010 年 9 月 28 日　Art

其实，我一直嫉妒 Art。因为在你的爱情经历里，她绝对是一个你发自内心爱过的女人。虽然因为对我绝望，你才彻底奔向了 Art，但你们共同的悲伤和难堪的遭遇，却让你们同病相怜、相爱相惜。变成 Art 的时候，我能感觉到，她是那么爱你！多么羡慕 Art 看到了你特别美好的一面：喜欢平凡的生活、喜欢小动物、喜欢烹饪，喜欢感受文艺的气息。我甚至有点敬佩 Art，为了理想付出一切代价，不惜承受一切屈辱。为了爱情甘于放弃一切，成全她爱的男人。罗翔对你的围追堵截，终于让这唯一一段美好的爱情不得不以分离告终。于是，你开始抑郁了。我知道，你感到孤独，无比的孤独。

2011 年 11 月 11 日　窦鲮

在你暗淡的时光里，给了你一点希望和力量的女孩，应该就是这个不幸得了艾滋，却从来不后悔自己行走世界的窦鲮吧！虽然，我变成她的时候只体验到了她人生中的最后一段时光，但她的存在深刻地震撼了我！是她让你明白，珍惜生命，拥抱梦想，人生才能无悔。其实，你遇到窦鲮的时候，我去偷偷看过你，看到你腿的旧伤让你疼痛难忍，你因为情绪抑郁而消瘦憔悴的时候，我好心痛。为什么你人生中所有最脆弱无助的日子，我都不在你身边呢？有人说，如果你看不到一个人真正的脆弱，其实你就不曾真正地靠近过他。多么遗憾，我没有给你信心，让你向我展现脆弱。

2012 年 5 月 5 日　林景依

遇见林景依的时候，应该是你对爱情失去勇气、感到绝望的时候吧？很抱歉，我却在那时一再逃避你，因为我害怕变故，害怕放弃一段稳定的感情而去开始一段未知的冒险的旅程。但即使林景依因为你的条件而要和你结婚，最后还是奔向了她隐藏在心里多年的爱恋。她的勇敢给了你勇气，对吗？多希望，你能珍惜那时对真爱的渴望。每当想起那段时间，我因为放弃你而忍受的思念和痛苦，就觉得我们真的应该好好把握日后的相聚和婚姻。好像在婚姻里都忘了我们曾经那样爱过彼此。

2013 年 2 月 24 日　周荣荣

我从周荣荣的身体里苏醒过来，听到了那熟悉的活结乐队的音乐。咆哮着、嘶吼着、愤怒着，呐喊着。就像周荣荣的青春激情，就像我们高中时的青春激情。她爱上了你这个大叔，虽然她明明知道大叔的忧郁、大叔的黑暗，但她还是沉迷在对你近似于直觉的爱恋里。你从她的身上寻找到了我的影子吗？你想体验的是她的青春，还是回味我们的初次心动呢？你遇到她时，我正从巴厘岛逃婚回来，当我沉淀自己，发现我的内心所向依然是你时，我就下定决心，不顾一切奔向你。那个重逢多么令我们欣喜！

那个男人合上了日记本，泣不成声，泪如雨下。然后，他开车返回了医院，在一个女人的病床前默默哭泣。泪干之后，他走向病房的阳台，纵身跳了下去！

“苇禾……我不怪你……因为我真的，一直都很爱你……在我们家的储物室，你的皮箱里，有一个笔记本，我在上面，写了要对你说的话……如果我的死，能换回那个纯真善良的 17 岁的你，我……死而无憾……”

我想起了昏迷醒来之后对吴苇禾说过的话，我从画面里看到的男人就是我的丈夫吴苇禾，亲手把我从楼梯上推下来的吴苇禾！因为我的死，他去看了我写下的日记，他看到了他不堪回首的过去，和那见证了他一段又一段人生的爱情。他发现了自己如何从一个纯真善良的男孩变成一个冷酷无情的男人。他决定结束自己的生命，亲手杀死自己最爱的人，让他已经没有活下去的信念和力量了。

十一、他的选择

不！不要！我能感觉到，他要把我从楼梯上摔下去！我拼命挣扎，奋力反抗，终于挣脱了他的两只手！我向楼梯相反的方向跑过去的时候，他拼命拉住我的胳膊。我竭尽全力，挣脱了他的拉扯。霎时间，我看到了他从楼梯跌落下去的样子，那难以置信又恐惧至极的眼神，是他摔下去之后，最后留在我脑中的影像。

我的脑中突然浮现出这样的画面！是我！是我杀死了我的丈夫！

我紧张得快要跳出来的心一直无法平静，我呆呆地站立了很久才回过神来。

阳光洒在我的脸上，那温暖让我几乎忘了，我已经失去了最爱的人。恍惚之间，我看到了我和苇禾从17岁到35岁之间的很多画面。

像整个世界那样宽广无垠，在阳光中显得那么高耸、宏大，而且白得令人难以置信，那是乞力马扎罗方形的山巅。那里有一只豹子，它死在了雪山上。但它的灵魂不朽，死亡不是虚无和幻灭，只要精神还在，那么死亡也“像整个世界那样宽广无垠”。

我的脑海里突然闪现这样一段文字，我的记忆开始清晰，那段文字是我母亲日记上的文字，也是我刚刚在苇禾的墓前读过的文字。我看到了眼前的墓碑，那上面还有苇禾的照片，照片上的他英俊非凡。

“其实，本来躺在这墓里的人应该是你。”我听到了一个女人的声音，那个女人是许安静。

“应该是我？”我十分费解。

“吴苇禾最终做了选择，他决定回到他把你推下楼梯的那一刻，他决定让你们之间的命运做一个交换。”许安静微微笑着，那笑容令人感到寒冷。

“我不懂你在说什么？”

“在你们相爱相杀的婚姻里，你们一直计划杀死彼此。于是，吴苇禾在楼梯上把你推下去，导致你重伤昏迷以至死亡。你死后，他开始反省自己，他看到了自己的人生，也意识到他很爱你。所以，他愿意回到他杀死你的那一刻，换回你的命。你们之间，不是他杀死你，就是你杀死他。既然结局是他死了，杀死他的凶手必然就是活下来的你。”

“我不应该杀死他的！你说得对，我又和别的女人有什么分别呢？我不配做爱他的人。我从来就没有真正了解过他，更没有站在他的角度去理解过他。我只自私地站在自己的世界里，用自以为是的方式去爱他。”

“其实吴苇禾是一个经历过人生千山万水的男人。你遇到他的那几年，只是他人生中很短暂的一段时光。也许你从来没有真正了解过他。比如，他的心路历程、他的成长轨迹、他的转折与蜕变。而巧合的是，恰好他的这些改变都被我遇到了。”许安静说着。

“遇到我之前的吴苇禾的人生，我确实来不及参与。难道就因为这样，我就要接受他已经成为‘成品’之后的负面人生吗？难道就因为这样，我就要忍受他失去理想变成一个腐烂的人，失去忠诚变成一个滥情的人吗？”我觉得自己的情绪变得有点激动。

“吴苇禾为什么变成了现在的样子呢？你找私人侦探去搜集他外遇的证据，只是想知道他为什么滥情。但是你难道从没想过，走入他过去的人生，去看看他来时的路吗？你在乎的是他爱不爱你，还是他这个人本身呢？”

我想起那天许安静来我们的别墅时，我和她之间的对话。我现在终于明白她说的话多么深刻，但那时的我却是绝对没有心情、更没有机会去领悟的。

“可是……你怎么会知道这一切？你为什么说吴苇禾换回了我的命？难道他能穿越时空？”我突然感到，许安静似乎早就预知了今天的局面。

“吴苇禾是一个一生充满伤痕的男人。要陪伴这样一个男人度过人生，是一件很艰难的事。他向你隐藏了他来时的路，你也就几乎丧失了走进他内心的契机。你们需要一个机会，哪怕这个机会牵涉到生死。”许安静的眼睛一直盯着吴苇禾的墓碑，她的语气冷静而又镇定。

“可这一切……究竟是怎么回事？好像我们一直都在进入一个扑朔迷离的世界。我完全分不清楚什么是真实，什么是回忆。”我想起了自己如何计划杀死吴苇禾，也想起了我一次又一次地去杀他的画面。可每一次杀死吴苇禾之后，我都会回到过去的某段时光，进入吴苇禾某个前女友的身体里，和她们融为一体。

“他的心路历程、他的成长轨迹、他的转折与蜕变。而巧合的是，恰好他的这些改变都被我遇到了。”

我想起了许安静说过的这句话，她为什么遇到了吴苇禾的一切呢！她究竟是谁？

十二、诡异的旅程

“不服气吗？你不配做爱他的人……但我知道他的每一个秘密，他脑中的每一个念头和他心里的每一个火花。这是爱他的人应该知道的。”

我的意识开始苏醒，我脑海里回响的是许安静临走之前说过的话。我记得她向我走来，我感到一阵眩晕，然后就昏倒了。我睁开眼，发现自己躺在冰冷的大理石地上，头痛欲裂，还抑制不住地干咳。这个时候，我听到了客厅门响的声音，吴苇禾回来了。

“夏初篱！你怎么躺在地上了？”吴苇禾过来扶起我。

“我也不知道，许安静来过，然后我就昏倒了。”我被吴苇禾抱了起来，他把我放在客厅的沙发上。

我们两个都沉默不语地坐在沙发上，没有开灯，客厅里只有从窗外映进来的月光，因为太安静，我们能够清楚地听到客厅墙壁上那个机械时钟“咔咔”走动的声音。好诡异的感觉。

“苇禾，我好像……经历了一个特别漫长而奇怪的旅程。在这个旅程里，我无数次地想要杀死你，但每次真的杀死你了，我就会穿越回过去，变成一个与你相爱的女人，遇见不同人生阶段的你。我好像……见证了你的所有过往，体验了你的所有爱情。”我打破了沉默，先开了口。

“初篱，我也有这种奇怪的体验。我感到，我一次又一次地被你杀死，然后，我的灵魂就会从我的身体里出来，我会和你说我心里的秘密，那些都是我一直向你隐藏的、沉积在我心里永远都不想被你碰触的阴霾。而且，我后来还感到我杀死了你，你死了之后，我开始反省我的一生，我感到愧疚，我明白了我一直都走在歧途上。”吴苇禾也说了他的感受。

“不过，最怪的是，我好像也变成了你的妈妈关欣，我还遇到了你的父亲吴樊，还有简嘉澄的父亲简宁舒，他的妻子黎格，对，还有我的母亲夏楚，她谈到了一个可能是我父亲的男人高寒。我好像见证了上一辈人的爱情。”

“是啊！我也有同感！我感觉到自己死了之后，我的灵魂回到了我父母相爱的那个年代，我看到了他们的所有过往，还有他们坠楼死亡的那一刻。我知道了，简叔叔没有背叛我妈，而我爸妈在临死的那一刻也是彼此相爱的。只是他们没能处理好他们的关系。这感觉太神奇了！”

“苇禾，我有一种幻觉，把你杀死以后，我在你的墓前很痛苦。我想，虽然我们的关系恶劣到我恨不得杀死你，但如果你真的死了，我会痛不欲生。原来，我还是很爱你，只是我被自己蒙蔽了。”我突然有一种抑制不住地想要哭出来的冲动。

“初篱，我也有一种幻觉，我杀死你之后很痛苦，意识到没有你我就活不下去。然后我改变了命运，我宁愿被你杀死，也希望你好好活着。这才明白我也很爱你。”吴苇禾把我抱在了怀里，我听到他啜泣的声音。

我突然想起了我们储物室的那个旧皮箱，还有那个旧的日记本和那些合影。我拉着吴苇禾去了储物室，找到那个日记本，迫不及待地翻开。

“回不来的岁月”，只有扉页上写着的这几个字，可日记本里面是空白的。

“这个日记本上怎么没有字呢？”在我的记忆里，我明明曾经写过很多感受，记录了我体验到的每一段吴苇禾的爱情。

“我怎么好像觉得……我看过这个日记本，而且上面还有好多字……”吴苇禾也拿过日记本翻起来。

我突然想起了什么，就打开了储物室里放着的一个旧柜子，我把那天收到的信藏在了旧柜子里。奇怪的是，我打开信封，里面的信却没有了！

睡在你身边的人，心早已不在你那里。

但最可怕的是，他的心可能也不在他自己的胸膛里。

很早以前，他就已经是一个无心人了。否则，他怎能干出那么多让人不齿的勾当？

控制别人的命运，对他来说，是一种体验王者权力的乐趣。

制造世界的表象，对他来说，是一种玩弄大众的娱乐。

金钱，是报复世界的武器，唯独，没有取之有道，用之有度。

感情，是嘲弄世界的游戏，唯独，没有真心真意，相濡以沫。

他已经变了。又或者说，他掩藏真正的自己，已经太久了。

你要把那个有心的他找回来吗？

还是继续守着这个早已经空心的人？

我还清楚地记得信的内容！那时我们举办庆祝苇禾时代上市的庆典，我在化妆间里发现了一封信。就是那封信激起了我调查吴苇禾的决心。

“你到底在找什么？”吴苇禾过来问我。

“这一切都太诡异了！我觉得一直有人在设计我们。”我感慨着，瘫坐在地上。

我的手机响了，是简嘉澄打来的。

“嘉澄！你还好吗，你还在医院吗？”我急切地问，因为我好像记得嘉澄被吴苇禾设计陷害，受伤躺在医院里了。

“我很好啊！初篱，你是怎么了？我没去过医院啊！我正要开车去找你，我们沟通一下《真爱幻境》的策划案？”嘉澄说着。

“噢，不，改天吧！改天我找你。”我挂了电话。

难道，我和吴苇禾那些剑拔弩张的记忆，我一次又一次杀死他的记忆，他伤害了嘉澄的记忆，都是不存在的？是啊，本来就不存在啊！那不过是我解释不清楚的幻觉而已。我突然笑了出来，竟然有一种劫后余生的庆幸。

十三、冰释前嫌

虽然我和苇禾都搞不清楚，我们那些神奇的幻觉和体验究竟是怎么一回事，但那些奇异的感觉却让我们放下了芥蒂，也发现了我们还爱着彼此。对于我来说，看到了苇禾来时的路，明白了他的心路历程，知道了他伤痕的根源和堕落的缘由，我至少拥有了比过去更多的对他的宽容、理解和包容。我愿意去好好爱这个复杂的男人。

当然，苇禾解开了对他父母之死的心结，也试着放下那些对感情的不信任和绝望，他整个人也轻松了许多。命运在过往岁月中带给他的跌宕起伏、心力交瘁，让他开始试着从更理智、更正面的角度反省他的各种做法。于是，他决定停止打擦边球的艺术品生意，也停止为了利益而为所欲为控制别人人生的真人秀比赛规则，他还向慈善机构捐出了一大笔钱。这些改变我都看在眼里，也为他高兴。

“这是什么？”苇禾问我。

此刻，我们正在苇禾时代的办公室里。

“《真爱幻境》项目的转让书。它依然属于苇禾时代，我们两个共同的苇禾时代。”我微笑着把协议递给他。

“那简嘉澄怎么办？他岂不是下半年没有工作做了。”苇禾笑着逗我，他的样子还是那样迷死人不偿命。

“你把他父亲简宁舒的小说《挚爱·别离》解禁了，还投资去拍摄小说改编的电影，简嘉澄要写剧本，还要进剧组。他可有的忙了，他不会没有工作做！”

“希望简叔叔看到电影上映能得到一些安慰。我过去差一点儿就做出疯狂的事，我还曾想着把父母坠楼的照片给他看，刺激他，还好我没有那么做。”苇禾叹了一口气，很尴尬地微笑了一下。

“你可不只是会做那一点儿疯狂的事。你会找人拍我和简嘉澄的照片，然后发给媒体，诬陷我们是奸夫淫妇。你还可能会设计伤害简嘉澄，还威胁我，你会找人杀死他。你还会把和你父亲相好的那些女人的照片发给她们的丈夫……总之，你会做很多疯狂的事。还好其实都没做。”我感叹着，竟然有一种后怕。

“噢，我居然那么卑鄙无耻。但我好像真的做过似的……”苇禾若有所思地看着我。

“苇禾……别和那些女人搞在一起了。虽然我知道你身在这个圈子诱惑很多……”我从背后抱住了苇禾，像是在撒娇。

“嗯。其实你知道的，这一生我最爱的女人就是你。虽然我们可能不太了解彼此，还总是隐藏真意，彼此较劲儿。”苇禾握住了我抱着他的手腕。

“我们要好好相爱……我们不要重复你父母的悲剧。”我知道，我也许不应该说出这么残忍的话。

“不会的，我们在幻境里不是都死过一次了吗？如果只有死亡才能让我们开始反省人生，让我们意识到还爱着彼此，那……我觉得那样的幻境也不错。虽然很痛苦。”苇禾并没有怪我提起他父母，他很平和。

“可是……我还是不明白，那一切奇怪的感觉究竟是怎么回事呢？”我感慨着。

这时候，我看到我们办公室的门口站着一个女人，这个女人就是露出冷酷面孔的许安静。

她的表情，好诡异。

十四、真爱幻境

我走进舞池，看到大家都翩翩起舞，却发现，没有一个人能和17岁的我——葬礼的主人，跳上一曲纪念母亲的舞。就在那一刻，一个男孩突然站在我面前，他伸出手，说了一句：“我能请你跳一支舞吗？”那个男孩唇红齿白、明眸善睐，他的出现，仿佛天都亮了，花都开了。

“非常乐意，感激不尽。”我也伸出手和他牵起来，然后我们伴随音乐翩翩起舞。

“你很勇敢。我从没想到，原来一个女孩可以这么淡定地面对死亡。”

“你为什么会来参加葬礼？”

“因为我在跟踪我爸。他说他来参加大学同学的葬礼，但我觉得他可能借着这个机会又寻找他出轨的对象了。”

“如果真的被你发现了，你会怎么做？”我问男孩。

“我会揭发他，告诉我妈，如果他还是不改，我会鼓励我妈和他离婚。”男孩说得坚决。

那次跳舞，我记住了那个男孩的名字，吴苇禾。

之后，我们又在一次校园演唱会上相遇了，为了躲避汤帅的求爱，我跳下舞台吻了站在第一排的男孩，我们吻得很热烈。那个男孩就是吴苇禾。后来，我转学去了飞腾高中，再次遇到了也在那里读书的吴苇禾。没想到，他是那所高中的风云人物，是有名的校草。虽然班主任和教导主任极力劝阻我们，但我们还是毫无意外地早恋了。不过，我们并没有影响学习，谁让都是高智商的学霸呢！

高中毕业之后，我和吴苇禾一起考入了财经大学，他在金融系，我在经济系，我们依然是响当当的学霸情侣。但可惜的是，我们都有点儿“不务正业”，还没毕业就设计了一个“真爱幻境”的商业项目，还参加了学校举办的创业大赛。很幸运，我们拿到了伟创投资公司的创业资金，所以，我们从大三开始创业了！我们的项目运作很顺利，我们的真人爱情电影在电视台播出之后反响强烈，我们的节目还拿到了巨额广告费。

随着事业的成功，我们的爱情也瓜熟蒂落了。我们结了婚，婚礼十分盛大，就像一场童话庆典。吴苇禾的爸爸妈妈对我很好，虽然他们二老时常会有点儿小矛盾，但两个人的感情还不错。我听吴苇禾说，他爸爸妈妈年轻时经历了出轨的考验，但他妈妈始终和他爸爸做着斗争，终于让他爸爸“改邪归正”，珍惜家庭了。

结婚之后，我们的工作依然很忙。娱乐圈事业对我们的婚姻也是一个巨大的考验。吴苇禾因为相貌英俊，有才华又努力，难免招来一些桃花。而且，娱乐圈的诱惑真是太大了！结婚一年以后，我有了宝宝，在怀孕、生子、照顾宝宝的过程里，我明显感觉到吴苇禾的些微变化。偶尔晚归、不明行程的出差、偷偷摸摸的电话……这一切让我产生了怀疑。

我发现他有了别的女人，那个女人好像是一个喜欢画画的艺术家。我偷偷跟踪，终于看到了他和那个女人在酒吧后巷接吻。我拆穿了他们，他们看到我时很惊慌。回家后，我和老公大吵一架，几乎是歇斯底里地狂吵。我们的争吵把睡着的宝宝都吵醒了，宝宝一直大哭。我着急回卧室看宝宝，就被柜脚绊倒，整个人摔在地上，头碰到桌子，鲜血直流。

“初篱！我投降！是我不对。我不应该禁不住诱惑。你不要有事啊！”吴苇禾冲过来抱着我，哭得鼻涕一把泪一把的。

“苇禾，我很珍惜你和宝宝，你不要破坏我们的幸福。”我也大哭。

苇禾抱着我去了医院。看到他心急如焚、非常愧疚的样子，我就暂且放过他吧。

哎……生活，简直就是一场闹剧。我在医院醒来，看到坐在旁边的苇禾，只有这一个感受。他已经累得睡着了。这时，他的手机响了，我还是没忍住，看了他的短信。竟然是那个女人发的。

……

突然，我被手机短信的声音惊醒了。我看到我身处的环境竟然是一片漆黑的电影院。大屏幕上正上演的就是躺在病床上的女主角被老公手机短信的声音弄醒了。对啊，我记起来了！今天是我们苇禾时代出品的院线电影《真爱幻境》上映的第一天，这电影可是我亲自操刀编剧的。在首映礼上，我和苇禾还在电影开演前接受了媒体的采访呢！

“苇禾，你手机响了。”我小声地对坐在身边的苇禾说，可他竟然已经睡着了。可能最近几天一直忙电影首映的事，一直通宵，他太累了。

看到短信提示的闪光一直亮着，我还是没控制住自己，偷偷从苇禾的口袋里拿出了他的手机，我打开了那条新发来的短信。

“苇禾，别忘了我们今晚的约定。我买了新的内衣，你一定喜欢。别忘了带红酒来。我等你。”

发来这条短信的人，名字是：Art。

我偷偷地删掉了这条短信，就像它从来没有发过来一样。

“我竟然睡着了。我太累了。”苇禾醒了。

“我幻想了一个我们从 17 岁邂逅的那一天开始就爱上彼此，然后情路顺畅的故事。而且，在故事里你也成了你父母婚姻的调解者，你的父母虽然偶尔有矛盾，但还是很幸福地度过了他们的晚年。我觉得你也很喜欢这种人生的可能性。”我感慨着。

“确实喜欢啊！没有生离死别，没有心结抑郁，没有扭曲复仇。”苇禾看了看他的手机，可他的手机一直很安静。

“我觉得，那样你的人生会更快乐，你对感情会更珍惜。可生活还是会给我们一些麻烦和诱惑。永远无法一帆风顺、尽善尽美，可能这才是真实的婚姻吧。”我听到了我的手机提示音响起。

“哪有那么多完美。但我们至少能提高对彼此的容忍度吧？看到了各种生活的真面目之后，最深刻地了解了彼此之后，就能容纳那些眼里的沙子了吧？”苇禾也注意到了我手机的提示音。

我拿出手机，看到了简嘉澄发过来的微信：

“你的邮件我收到了。我愿意永远做你的聆听者。无论有任何烦恼和痛苦，都靠过来吧！我的肩膀永远为你准备好，我的怀抱永远为你敞开。”

我有些不自在地马上退出了微信。我分明感觉到，坐在我旁边的苇禾好像也看到了。

但是，我们都装作不知道，继续在一片黑暗里看今天首映的电影《真爱幻境》。只是，我们都坐在座位上偷偷地、诡异地笑了。

电影剧终，主题曲响起的时候，居然有一个女人出现在了大屏幕上！

此时此刻，你所在的这个世界，会不会只是一个幻境呢？

每一个真爱幻境，都让你学会了爱的意义了吗？

女人说着，诡异地笑着。

“许安静！你看到了吗？是许安静！”我大喊着。

“我看到了！她怎么出现在了电影上！”苇禾也抓狂了。

“你们看到电影里有个女人吗？”我们一起问周围的观众。

“没有啊，只是字幕啊！哪有女人啊？”观众们一脸费解。

我和苇禾一起叹了一口气，相视一笑，不再追问了。

12. 许安静　彼间剧场

一、家庭的原罪

我是许安静。一个安静地观察人们的内心世界和人与人之间关系的人。我行走在这世界上的目的，就是以一个旁观者的身份见证每一段爱恨情仇、缘起缘灭。

当然，我的对外身份是纪录片导演。我愿意去发现那些有着独特经历，又能给别人的人生带来启发的人。吴苇禾，就是我发现的其中一个特别的人。

我第一次遇见他时，他还是一个 17 岁的少年。

那天，外面下着很大的雨，他一个人落寞地站在我的工作室外面，没有打伞，全身湿透。我请他进来，帮他吹干了头发，给他端来了热茶。他很感动，两眼涌出热泪。我知道，他的眼泪不仅仅只是因为感动，肯定还有别的原因。

“为什么这么难过？”我问他。

“因为我觉得我的家很奇怪。”他哭得更厉害了。

吴苇禾是个聪明又骄傲的男孩。在他的心里，擅长做生意的父亲是他的偶像，爱好文学和艺术的母亲也是他的偶像。他觉得自己的优秀和才华离不开父母的栽培。但可惜的是，他的父亲和母亲却在经营着一段怪异的婚姻。

对于一个少年来说，因为偶然发现了父亲出轨而引起的内心震动一定很大，他犹豫和挣扎的是，该不该把他发现的事告诉母亲。少年还是会软弱，他恐怕没有足够的勇气去挑明一切，因为代价也许是父母决裂。他选择了隐瞒，但同时，父亲的出轨也在他心里种下了不安和敏感。自此以后，他总是留意父亲有没有说谎，有没有又去见别的女人，他甚至还会偷偷跟踪父亲，然后拍下父亲外遇的照片。

一直同情母亲的少年变得格外懂事、格外心疼母亲。但令他无法接受的是，他的母亲之后也有了外遇。被母亲叫去医院送钱的那天，他就感觉母亲和出车祸的叔叔关系非同一般。他后来也去跟踪他的母亲，发现了母亲和出车祸叔叔的相处模式。但当他看到母亲再展笑颜时，竟然为母亲获得快乐而感到欣慰。他甚至感谢那位叔叔。

“如果简叔叔的存在能减轻我爸带给我妈的伤害，我倒觉得我该感谢他的出现。”

“可是，你家里面不和谐、充满冷暴力吗？”我好奇。

“没有。我爸妈很和谐，他们不吵架，都各自保护着自己的秘密，都以为对方不知道。我也当作什么都不知道。”他喝了一口热茶，但眼泪掉进了茶里。

“那你为什么难过？”

“其实，我爸妈依然很爱我，对我很好。他们也表面和谐。但我不相信他们了，也不相信感情了。我不知道我是不是得了什么病，我甚至都不相信我学校里的朋友，也不相信我喜欢的人，更不相信喜欢我的人。”

“因为和谐却虚假的家庭关系，对吧？”

“嗯。我一直有一种不安全感。虽然我身边有父母，有好朋友，有喜欢的人，但我就是觉得很孤独。好像这个世界上只有我一个人。”

少年那天一直把茶从热喝到凉，眼泪一直在慢慢流，他的诉说一直在继续。

从那天开始，我决定把这个少年当成我人生纪录片的一个主角。我会跟随他的成长，关注他人生的变化。

二、最初的爱情

我和吴苇禾成了朋友，每当他遇到困惑，都会来找我谈谈。

他说，他喜欢[彼间剧场]的氛围，很舒适，很温馨，完全不像一个工作室，倒像一个茶室，或者小型艺术馆。

那一天他来找我，我看到他明显消瘦了很多。虽然已经是个快毕业的大学生了，但他那副无助的样子，看起来还是像当初那个 17 岁的少年。我知道了他父母坠亡的事，他讲了他的心结和选择。

“父母的死给我很大打击，我觉得那是我的错。”他脸色不好。

“为什么？”我问他。

“要是我早一点揭穿我们家的虚假和平，也许他们会分开，但至少不会死。”

“那是你的父母应该面对和解决的问题。即使你是他们的孩子，某种程度上说，在他们两个人的关系里，你也是‘外人’。”我开解他。

“除了他们的死，让我困惑的还有我和罗灿灿的关系。在我的观念里，我们是没有‘差距’的。但她的父亲让我意识到我们竟然有‘阶级差别’。”

“那你会怎么选择？”

“我会放弃罗灿灿。可能是我骄傲吧，也许我的骄傲多过我对她的爱。但我不能因为爱而屈辱地活着。”他目光坚定。

我想，吴苇禾的价值观即是如此。一个一直被称赞声包围的男孩，在那个年纪无论如何也没有足够的“宽度”容纳因为爱而变卑微的局面。

之后的故事悲惨起来。罗灿灿因为替吴苇禾还了 200 万的债而被提了分手，罗灿灿追出解释时出车祸身亡，罗翔因为愤怒找人打断了吴苇禾的腿。吴苇禾拼命奋斗，为了归还 200 万，也为了减少愧疚和证明真爱。结果却发现，罗灿灿其实早就背叛了他。

“她的日记，字字句句都像刀一样割在我的心上。我才发现，我是个既无趣又认死理的人。我怎么就变成她的玩具了呢？随便抛下，只因为有了另一个好玩的玩具。”他看起来很愤懑。

“可能特别年轻的爱情就是需要变化与激情，你要试着去理解。”我安慰他。

“我最困惑的是，我家遇到了不幸，我很倒霉，为什么反而激起她对我的爱了呢？”

“有些人身处平淡的生活里，如果没有戏剧性的体验，就感受不到强烈的需要。这也是一种爱情存在的状态。”

“可我需要的是不管我多么无趣也爱我的人。”

“也许，你应该去寻找一个成熟一点、经历过一些事、可以很好地帮助你和包容你的人。”这是我给他的建议。

那次交谈之后，他很长时间没来找过我。我却总在电视、新闻上看到他。他已经是一个十分成功的创业偶像了。直到有一天，我看到了他的女朋友董薏甯自杀身亡的新闻，我知道，他会来找我。

那次来找我的他，已经彻底没有了精神，十分消沉，脸色也不好。我请他坐下之后，给他倒了红酒。

“我真的没有办法接受她曾是我爸的情人。面对她让我很痛苦。”他快速喝了一杯红酒。

“可是，你的处理方式确实太极端了。”我还记得看过的那些他和董薏甯划清界限的新闻。

“自以为了解她，用打击她骄傲的方式逼迫她快速离开我，却忘了骄傲的反面是破坏。”

“爱的另一个极端表现就是恨。你的处理方式，终于逼迫董薏甯用‘恨’的方式来表达她对你的‘爱’了。”

“她毁掉我的事业，她自杀，都让我心里蒙上阴影。但最可怕的是，从此以后我很难再相信女人了。有人得不到你就要毁掉你，甚至毁了自己。”

“那你以后就不再恋爱了吗？你的人生会很寂寞。”我问他。

“也许还会恋爱。但我不喜欢陷入过于投入和纠结的恋爱。也不想爱上太爱我的人。”

这两场失败的恋爱，导致两个女人的死亡。除了吴苇禾本就想极力摆脱死亡的阴影之外，他以后对爱情的观念一定会转向更疏离的境界。这几乎是无力改变的，我劝不了他。毕竟，人的观念都是被经历塑造的。

“理性去爱，不变得疯狂，不纵容自己，也是好事。也许你需要那样的女人。”我微笑着把杯中的红酒一饮而尽。

少年变成了青年。意气风发到颓废茫然。我还要继续跟踪这个年轻人的经历。

三、从天使到恶魔

我和吴苇禾互相加了 MSN。我们偶尔也会在网上聊聊。或者他会约我去气氛比较好的地方聊天。我能给他的帮助很有限，更多情况下他只是需要一个倾听者。

我知道，事业停滞、女友自杀之后他去了美国。虽然去美国只是一个十分偶然的因素而导致的，但对于迷茫的他来说，去那里流浪也许是一个转折。果然，他回国之后因为一个很好的剧本而获得了拍电影的机会。巧合的是，前女友临终的视频也被公开了，他还出了书来记述他和前女友的爱情。他得到了大众的同情，也获得复出的契机。

他再次找我的时候，邀请我去他的摄影棚。那天摄影棚里只有我们两个人。他就拿出珍藏的伏特加，我们一起边喝边聊。

“其实在美国遇到欧幻言的时候，她的疯狂、潇洒，甚至是颓废、黑暗，好像都和那时的我很契合。因为那个阶段我整个人都是懵的，没目标、没动力，甚至不知道自己为什么活着。”吴苇禾喝下一杯酒。

“你们之间的关系会很投入很纠结吗？”我还记得他害怕什么。

“不会。一开始很自由，类似于疯玩，或者众多一夜情的叠加。但后来就变了。她人性里有一种阴暗，好像在用特别疯狂的方式报复世界。”

“大白天就喝有点儿烈的酒，你也很疯狂啊。”我指了指他手里的伏特加。

“一个疯子很难纵容自己疯下去，但两个疯子就可能毁了这个世界，虽然她是为我好，但突然有一天，我觉得我必须离开她。因为她一直在勾引我内心的那个恶魔快出来。”

“她不过是你的一个侧面。极力抛开她，也是你对自己那个阴暗侧面的抗拒吧？”我点醒他。

“也许吧。不过勾引那个恶魔出来的、最关键的人，不是她，是简叔叔。虽然变成了恶魔，但很有力量，我就有报复他的机会了。”

吴苇禾其实还算清醒，他并没有完全迷失自己。面对这么聪明的他，我能做的只有和他对话。

“那纪楠希呢？在电影里面，你们的爱情很动人。”我好奇这个。

“她在某些瞬间确实能引起我一些回忆，尤其在拍电影的时候。但每当我开始变得迷惑，我就提醒自己，她其实是个很虚荣的女孩，和其他很多在演艺圈发展的女孩很像。”

“感情，假亦真来真亦假。你后来还和她的未婚夫合作做生意了呢。”

“我承认我很卑鄙。我可以不利用她、不要挟她。但我就是想打击她的虚伪，好像打击了她就打击了这个世界似的。”

“你认为简宁舒是个因为钱而背叛感情的人。你绝对把这个打不开的心结投射到了纪楠希身上。”我也喝了一口他从国外买回来的伏特加，味道很烈。

“我开始变成恶魔了吧？”

“恶魔需要天使拯救，才能相信爱情。恶魔，也需要更宽容地看待人性的两面性。”

“我不懂。”

“比如，欧幻言确实极端地控制了你，让你生厌，但她确实爱你、为你好。比如，纪楠希确实虚荣，需要名利，想嫁入豪门，但她也确实为你迷醉，甚至连自尊都放下了。”

吴苇禾苦笑了一下。我们碰了杯，再次喝下了很烈的伏特加。

后来，我去看了他主演的《青春幻境》，确实是一部不错的电影，看过的人都能感觉到，他对电影里描述的初恋女孩，有一种类似朝圣的向往感。但我倒觉得，他留恋的不仅仅是一个人，更是最初那个怀有纯真感情的自己。

四、温暖与抑郁

吴苇禾一直是个喜欢研究艺术的人，这可能受到他母亲关欣的影响。他母亲在他小时候，就培养他在美术和音乐方面的才能。但他的父亲对他的影响更大一些，所以他会去读金融系，想从事商业和金融业的工作。

后来在电视上看到他推出了《艺术偶像》那个节目，我一点都不惊讶。他很好地把他对艺术的喜欢和商业项目的运作结合在一起了。不过，之后爆出的他和艺术偶像Art的绯闻，以及Art坐台的丑闻，也让我开始怀疑他运作《艺术偶像》的目的了。

那天他邀请我去他们的蓝景画廊，我明白了他真实的想法。

“昨天，Art已经搭飞机去了法国。”他喝着伏特加，桌上还有两个空瓶，看来喝得不少。他看起来十分消沉。

“Art站出来承认了一切，她是为了你啊。”

“本来以为她应该是一个最无情的女人，却对我最真心。这个世界很荒谬，妓女爱上嫖客的真情却能打败所有那些自以为高尚的感情。”

“其实爱情本来就不应该受到身份和固有观念的限制。我觉得Art是拯救你的天使。至少她会让你再次相信爱情。而且，你包容了她的两面性，是一种观念上的进步。”

“但这个世界很残酷！罗翔他不肯放过我，他揪住Art的事打击我。你不想咬狼，可狼会吃掉你。谁让你是个没有力量的绵羊呢！”

“爱情总是会被很多外来的因素限制，不能如人所愿。你最后能做的就是成全那个成全你的人。”

“其实《艺术偶像》是一个幌子，我的目的是结合纪康铭的人脉在世界各国‘走私’艺术品，获得金钱，结交人脉。”吴苇禾说出了秘密。

“你需要金钱、人脉和地位吗？”我想搞清楚这点。

“不在乎。我强大是为了向简宁舒证明，我可以活得很好，不需要他这个害死我家人的凶手来帮助。”

“真的只是这样吗？”我提醒他看清自己。

“人是奇怪的动物，可能你一开始的目标是 A，可走着走着，你就奔向了目标 B，连自己都没发现。可能我跟我爸一样，也有对事业的巨大野心，也希望在很多人面前闪闪发光吧？”吴苇禾很坦白。

“你需要回归平凡的生活，或者看看其他平凡的人是怎么活着的。他们可能也有特别动人的理想，甚至他们的梦想也会感动你。”我建议着。

喝了很多烈酒、特别郁闷的吴苇禾后来被心理医生证实患上了抑郁症，祸不单行，他不仅心理状况很糟糕，身体也出现了问题。腿部的骨折旧伤，导致他患上了比较严重的滑膜炎。这种身心受创的局面，让他暂时放下了工作，住进了医院。当我再一次见到他的时候，他已经出院了。

他约我见面的地方是在一个叫窦鲮的女孩的家，女孩已经去世了。不过，女孩的房子很温馨，就像一个小型的图片展览馆，房子的墙壁上挂满了她去世界各地旅行拍的照片。

吴苇禾坐在窦鲮家的藤椅上，他还需要拄拐，拐杖就放在藤椅旁边。虽然行动不便，但我倒是第一次看到他如此放松的姿态。

“就像你说的，体会一下平凡人的梦想，会发现他们的梦想更伟大。虽然没有惊天动地，但她在她的世界里已经征服了一切，她已经到了最高峰，看到了她想要看的风景。”吴苇禾用窦鲮的茶壶泡了一壶菊花茶，正在慢慢品味着。

“一个只和你认识了 20 天的人，就把她去世之后的一切事情交给你处理，这是很大的信任啊！”我接过了他递来的菊花茶。

“我们之间的关系很柏拉图，和那些动不动就上床的女人不一样，但她带给我的震撼却很大。”

“她的出现，在你的生命中算是惊鸿一瞥吧。她能治好你的抑郁症吗？”

“我的郁结很难一下解开。但她的出现，至少让我想尝试过点平凡的生活。不过，现实没有给我机会喘息，简宁舒去医院看了我，罗翔也去医院看了我。每当我想放下的时候，命运就会把我再拉回去。”

“简宁舒有对你母亲的执念，罗翔有对他女儿的执念，而你，有对你父母之死的执念。不知道你们什么时候能放下，能像窦鲮一样潇洒地活着，她是到死都不会后悔、不会有负担的人。你们没有人比她更幸福。”我感慨着。

看着品着菊花茶的吴苇禾，我知道，他还将继续纠缠在执念里，解开他的心结是一件十分困难的事。

“我很孤独，我需要有一个人陪伴我。”吴苇禾看着满屋子的照片，叹了一口气。

“或许你需要一个在事业上能帮助你、又能让你有稳定感的女人。”我给着建议。

五、稳定与激情

我和吴苇禾有很长一段时间没有见面，因为他一直忙着去国外拍摄爱情纪录片。当然，我依旧在各大节目和新闻里偶尔看到他。在拍摄的间隙，他偶尔回国，也会和我在微信里聊聊。这些年，我们的聊天工具从 MSN 到 QQ，再到微信。时间飞逝，时代变迁。

有一次他回国把我约到了一个婚纱店，那天已经是夜里 12 点多了，他说已和朋友说好，婚纱店能让他用到凌晨。

“为什么要约在这儿聊天？”我困惑。

“因为婚纱店总是给我一种很奇怪的境遇。我和董薏甯在婚纱店拍过照片，也和 Art 在婚纱店拍过，后来还和林景依拍过。可是，她们最终都没能和我结婚。让我很感慨啊！”吴苇禾一边说着，一边试穿一件很精致的新郎礼服。

“你真的想结婚吗？”我问他。

“虽然每一次想要结婚的心情不同，但我是真的想结婚的。我始终觉得很孤独。”他若有所思地看着落地镜中的自己。

“我觉得林景依离开你是件好事。至少她提醒你人应该有勇气去寻找真爱。”

“但我已经没有力气了。我没有……因为爱情而结婚的力气了。”

“可是就算你妥协，命运也没给你妥协的机会。”

“是吧？”他苦笑了一下。“我觉得，因为爸妈，我本来就不相信婚姻，后来不相信爱情，再后来，不相信女人。现在，我不相信我自己了。”

“你的电影里描述的女孩，她应该是你的动力吧？”

“有时候，我会觉得我没有资格去爱她。如果我还是 17 岁的我，或许还能去抢走她，从她现在的未婚夫手里抢走她，但现在的我是个支离破碎的，我自己都不喜欢现在的我。”

“不择手段、滥情、扭曲，在她面前你是自卑的。”我还是说出了冷酷的话。

吴苇禾回过头看了我一眼，沉默了一会儿。

“虽然不想承认，但好像是真的。”

看着苦笑的他，看着一直穿着结婚礼服的他，我还是觉得这个男人十分可怜，就像当初那个哭着向我倾诉的 17 岁少年一样可怜。

日子还行云流水地过，我和吴苇禾还是偶尔在网上聊聊，我提醒他继续服用抗抑郁药，也曾经在视频里看到过他手腕上的疤痕。某一天，他告诉我，他认识了一个很像初恋的大学女生。但不幸的是，女孩居然无意间发现了他的秘密，他感到有些挣扎。

那天夜里，他主动在 QQ 里叫我，我们就视频聊天了。

“周荣荣是那种靠直觉就能爱上一个人的女孩。不管不顾的，也不怕伤害和危险。那天去听摇滚演唱会，看到她时就觉得她很像我的初恋。”

“你打算和她发展一段恋情吗？”

“怎么说呢，林景依离开了我，我就想，我也许需要一点激情，我在遇到周荣荣的时候，还真迷惑了一下。在她眼里，我是个既有魅力又复杂黑暗的大叔。虽然和她在一起的那几天我很开心，甚至觉得自己又重回青春了，但我们始终有差距。”

“爱情可以轻易地结束掉，她发现了你的秘密。”我很想知道他会怎么处理。

“总不能找人杀了她。但我觉得她不会出卖我。虽然也是没有理由的直觉而已。”

吴苇禾本质上不是个恶劣的人，他不会轻易去伤害一个年轻的女孩，我认为那是他内心的选择，他还对人性抱有希望。

“不过，我也很忐忑。被粉丝、一夜情对象出卖的人很多，现在的人什么事都干得出来。所以我给了钱。”

“你开始相信钱的力量了。”

“早就相信了啊！当初的 200 万让简宁舒离开了我妈，我爸妈吵架，坠楼而死。后来那 200 万还断送了我和罗灿灿的爱情，还让罗灿灿失去了生命，引起了罗翔的愤怒，我也断了腿，Art 也被爆了丑闻，我不得不还击，就找人害了……总之，一连串的痛苦不都是因为钱。”

“还真是一连串的事件。你对这个世界彻底失望了吧？”我有点感慨。

“不是失望，是绝望。”他又露出了那种苦笑，不知道为什么，他在我面前总是露出那种苦笑。

“也许，你需要一个和你棋逢对手的女人，无论在哪一方面，都正好势均力敌。”我笑了出来，为自己这个建议。

“是吧……”他还是叹气。

已经对世界、对爱情都感到绝望的吴苇禾，什么时候能找到属于他的幸福呢？我因为这个男人忧心忡忡起来了。

六、真爱的复杂

其实，人一生都在寻找真爱。可到底什么是真爱，又如何发现哪个人是自己真爱的，恐怕是一件特别难的事。

绝望而孤独的吴苇禾一直都在等待他的真爱，只是他自己不愿意承认，也不知道该如何把握。因为真爱总是以一个并不清晰的面目出现，因为命运总是让人兜兜转转在真爱左右绕圈圈。所以真爱才得来不易。

吴苇禾会和我谈起夏初篱这个人。从 17 岁到 35 岁，他偶尔会谈起她，但他从来没说过，她就是他的真爱。

直到那一天，他和夏初篱结婚前的那一天，他找我出来聊天，特别清晰地说起了夏初篱。他约我见面的地方，是他曾经读过书的地方：飞腾高中。

“你现在看起来很幸福。”我第一次看到他特别开心地笑。

“我本来以为已经失去她了。但是她回来了。我们终究没有错过彼此。”他感慨。

“其实她选择你也是一种冒险。”

“我们从来没有真正谈过恋爱，我们的恋爱从结婚开始。但又好像，我们已经谈了很多年的恋爱。这个感觉很奇妙。”

“她选择了一个无法抗拒的黑洞。这是她的本性。”

“你好像很了解她，可你还不认识她。”

“你在电影里描述过她，我能推测出来。”

“我们……总在较劲儿。一开始是因为骄傲，后来是因为误会，再后来是因为错过……明明爱着，却总是没有办法靠近。”

“但命运会把你们拉到一起的，虽然这命运太曲折。”

“她总在有意无意间改变我的命运。其实她也是我的黑洞。”

“但是你为什么不能对她敞开心扉，讲你所有真实的感受呢？”我最想知道这一点。

“因为我不想让她看到真正的我。百转千回，一路走来，太艰辛、太黑暗、太不快乐。我希望我还是那个 17 岁的我，虽然‘根正苗红’到有些乏味，但那个我至少还纯真善良。”

隐藏了真实自己的吴苇禾——也许并不是完全的隐藏，他至少展现了他的才华横溢、他的风度翩翩、他的商业头脑、他的人际情商，但夏初篱真的感觉不到他的黑暗吗？

当然，他们两个人在创意策划、商业投资方面的才华是十分匹配的，自从两个人结婚之后，他们的公司也进行了合并。两个人在事业上碰撞出来的火花也时常让他们欣喜。不过，这个世界总有好景不长的危机，也总有归于平淡的危险。终于有一天，吴苇禾又找我谈。这次，他邀请我去他的别墅。

“这别墅很豪华，像童话的城堡。”我环顾四周，由衷感慨。

“这别墅里还有一个小型的电影放映室，隔音效果很好。”吴苇禾带我去了那里。

我看到他收藏了很多我导演的纪录片，还有夏初篱制作的爱情纪录片。

“她背叛我了，她和简嘉澄在一起了。还骗我签了一份转让《真爱幻境》项目的协议。”他看起来很颓然。

“当年放弃相爱了那么多年的简嘉澄的人，怎么会轻易背叛你啊？”我知道，其中缘由一定很复杂。

“可能是我的问题，我做了很多疯狂的事，也总有很多女人。我有点儿身不由己。好像，赚钱变得越来越容易，我在大众面前也越来越闪耀，很多粉丝喜欢我，很多投资商愿意支持我们的节目，我越来越膨胀，膨胀到我都控制不了自己。”

“你都知道问题所在。”

“女明星、女粉丝，或者是其他领域的女人……唾手可得。而我……真的很空虚、很寂寞。我在想，我爸的灵魂是不是附在我身上了？我们都是天生的风流鬼。”

“在简宁舒面前，你已经胜利了。你变成了一个上市公司的老板、一个人前闪光的偶像、一个让女人趋之若鹜的男人。在简嘉澄面前，你也胜利了，你夺走了夏初篱。你什么仇都报了。你还需要什么？为什么不珍惜生活，不珍惜夏初篱？”

“命运把我逼成了一个世俗定义里的‘成功者’，但我的成功是靠黑暗的我得到的。我对黑暗的我已经上瘾了。就像吸毒的人，上瘾了，要戒掉很难。”

“夏初篱还没有看到黑暗的你。至少，还没有看得很清楚。”

“我不会让她看到的。”

“你真正信任过她吗？你有把握，她看到黑暗的你之后不会离开你吗？”

“简嘉澄在她心里就是温暖的童话。她放下他奔向我的那一天开始，我就没真正相信过她。我怕她终有一天会离开我，回去找他。”

“所以……这是你一直都在监视她的原因吗？”我想到吴苇禾跟我提起过他做的这件事。

“我没有一直监视她。就是因为有段时间疏忽了，才导致她又和简嘉澄在一起了，还合起伙来骗我。”吴苇禾看起来很愤怒。

“你父母之间的关系终于还是毁了你的婚姻。你心里有个结，你所有的黑暗都来自那个结。”我发现了问题的根源。

吴苇禾看了看他的手腕。他手腕上那道因为割脉而留下的伤痕，在他和夏初篱结婚之前，还是找美容医生处理了。他不想让他的妻子看到他的疤痕，这不是用表就能挡住的，只有彻底处理掉才不会被发现。

“你还爱夏初篱吗？”我问他。

“我们的分歧越来越大，她不喜欢我做事情的方法和手段，我也不想面对她。还不如继续沉迷在这个灯红酒绿、纸醉金迷的世界。”

“你是在跟自己较劲，只不过不自知。你曾经清醒过，但成功的光环终于又让你不清醒了。”我说了让他费解的结论之后就走了。

开车在路上的时候，我感到我必须要做点事情了。吴苇禾深陷在自己制造的泥沼里无法自拔。他对于感情的绝望感，他对于世界阴暗面的被迫接受直至认同，都让他认为他面对事业、感情的思维模式是对的。

一个那么聪明的人，怎么就要一直走在歧途上呢？是时候让他经历一次巨大的震荡了。

七、她的自我世界

我一直很想见见夏初篱，面对面和她聊聊。而且，我知道她已经找人来调查我了。既然这样，那我还是主动出击吧。

“你好，夏初篱。我是许安静。我想见见你。方便约个时间吗？”我打了电话给她。

“许——安——静？”她十分意外。

“你既然在找人调查我，我们不妨开诚布公谈一谈，你可以当面了解我。”我语气沉稳。

“既然你都知道了——好，我们见一面。”她挂掉了电话，

我再一次去了她和吴苇禾居住的别墅。

我终于见到了夏初篱，她是一个漂亮、性感、有个性又有想法的女人。就像……她的母亲夏楚一样。

当然，见到她之后，我感到了徘徊在她头脑中的困惑、迷惘、失望，还有——杀意。她对她的丈夫吴苇禾动了杀意。

其实，在很多人的婚姻关系中，因为生活中的种种不合、摩擦，人们会一万次地觉得对方讨厌极了，恨不得杀死对方。这种因为坚持自我不肯让步、因为妥协之后依然绝望所引起的杀意，是一种无力改变对方、无力与对方达成一致，而形成的互相折磨所引起的“婚姻仇恨”。但并不是每一次都要真

的付诸行动。我把这种不会付诸行动的“婚姻仇恨”称为“杀意”。

但是，夏初篱对吴苇禾的“杀意”却有点儿不同。她的“杀意”来自长期的隐忍。

她因为高傲而不想放低身段展现女人应有的脆弱，从而以温柔来打动男人，让男人意识到自己错了。但高傲也不是致命的，致命的是她太自我。她站在自己的世界里，爱着她以为的吴苇禾，但当她逐渐发现吴苇禾不符合想象的“人设”时，她就会丧失基本的耐性和包容。除了高傲和自我之外，她的第三个问题是：她深爱着，却不知道自己爱得有多深。她一直清高地认为，自己和其他的女人一定不一样，她才不会因为自己的丈夫有了外遇，或者经常拈花惹草就抓狂或者崩溃。她要潇洒地脱离出来，她要改变他，以她的方法。

但她有更好的方法吗？她没有。她能想到的就是毁了丈夫的事业，让她的丈夫重新开始，她以为那样，她腐烂的丈夫就能重生，变成 17 岁时的那个嫩芽，然后重新开始。她想过，如果她的丈夫实在太疯狂，她也许可以杀了他。她母亲教授她的那些出离的智慧，她全都忘了。她深陷在绝望的感情里，把自己变成了一个笨蛋。她之所以会变成笨蛋，皆因为她太爱她的丈夫吴苇禾了。

“吴苇禾为什么变成了现在的样子呢？你找私人侦探去搜集他外遇的证据，只是想知道他为什么滥情。但是你难道从没想过，走入他过去的人生，去看看他来时的路吗？你在乎的是他爱不爱你，还是他这个人本身呢？”我问她。

“这世界上有多少夫妻只是过着日子，看着财产，束缚彼此一生。至多也就是为了占有欲或者自我保护而去抓小三。至于你说的探究来时的路，是一种奢侈吧！”她居然冷笑了一下。

“所以，你又和别的女人有什么分别呢？你不配，做爱他的人。”我一字一顿，这句话我说得很慢，我故意要加强这句话的分量。

但她依然不明白我要表达的道理。

我在想，也是时候让夏初篱这个笨蛋女人重生了。她应该找到一个更好的爱她丈夫的方式。

八、彼间剧场

修行的真正目的，是学会控制自心，使心不受外在事物的操控。就好比我们看电影，因为知道它是假的，所以即使会动感情，也能随时跳出故事场景，这就是出离心的简单表现——我们并没有真的身陷其中，我们的心是自由的。同样，在人间这座剧场当中，如果我们学会以出离心面对生命的大戏，就将获得自我控制的能力，因而能够在生活中自在自如，懂得欣赏和感谢生活中的每一个瞬间。

——宗萨蒋扬钦哲仁波切《人间是剧场》

这位智者说得多好，人间本来就是剧场。如果把它套用在婚姻关系中，这个深刻的哲理也同样适用。

我在想，如果夫妻两个人也能够把他们的婚姻当成一部电影，然后分别抱着出离心去欣赏那部电影，他们的婚姻关系会不会更和谐一些呢？有时候，两个人就是因为无法出离，才会太投入而变得充满束缚、限制和痛苦。

他们不能出离的不仅是他们的婚姻，还有他们自己。他们会抱着自己的执念，甚至一辈子不放下，纠缠在他们认为的对于这个世界的看法里，纠缠在他们固有的性格、行为方式里。太坚持自我的后果是两个人越来越无法协调的观念步调和生活步调，到最后会毁了他们的婚姻。

所以，我做了一个决定，或者说，我找到了一种方法。我要让吴苇禾和夏初篱得到一次“出离”的机会。让他们看看彼此的电影，也看看他们婚姻的电影。我不知道这能不能拯救他们，但似乎没有更好的办法了。

既然要看“电影”，我只能制造“幻境”了。打破时空的界限，让他们回到每一段人生过往里，这叫“回溯”；让他们体验未来的经历，这叫“预演”。也许，只有“回溯”和“预演”才能让他们以“出离的心态”来解决他们当下的问题。说不定，还能让他们找到在未来陪伴彼此的相处思维。

我真诚的愿望，就此立下。我寻到的方法，就此应用。

于是，我开始了我的“幻境拯救之旅”，我把这个方法叫作“幻境拯救法”。

在夏初篱每一次动了对吴苇禾的“杀意”时，她的灵魂就会穿越回到吴苇禾过去人生的某一段过往里。她会经历每一个与吴苇禾相爱过的女人的经历，她进入她们的身体，她突袭她们的片段，她与她们同呼吸、共命运。她见证的不仅是吴苇禾的爱情，还是吴苇禾的人生。

对于吴苇禾来说，每一个他经历过的女人，恰好也是他每一个重要人生转折的见证者。所以，尽管每一个女人看到的都是不同的他，但所有女人看到的组合在一起，就是一个完整的他了。就让夏初篱回到过去，和他谈九次恋爱吧！当然，最后那段恋爱是夏初篱自己的，让她重温一下她和吴苇禾之间有多曲折和深情，也是一件好事。她不仅要看别的女人和吴苇禾的电影，她也应该看看自己和吴苇禾的电影。

其实，我一直很想问夏初篱一个问题，这个问题可能有点长，我来说说。

如果你和吴苇禾能一起活到 80 岁，可是你和他结婚的年纪是 32 岁，那么 17 岁到 32 岁，这个最重要的人生塑造阶段，你不好奇你的丈夫是如何“养成”的吗？他为什么变成了现在的他，你不想知道吗？

她也许会和很多女人一样回答：“我不想知道！我只要知道当下的他就够了，我们过的是现在和未来的日子。”

可我会反驳她：“如果你不知道他来时的路，如果你忽视了他人生中最重要的那个‘养成’阶段，你真的能够了解他吗？你要如何找到和他和谐相处的方式？你要如何找到陪伴他走完后半生的智慧？你还确定，你不要知道、你不需要知道吗？”

可这个长长的问题，我想在试验了我的“幻境拯救法”之后再去问她。

对于吴苇禾，我的想法是，在夏初篱看到了所有的“幻境”之后，在她深刻地了解了他来时的路之后，她的理解和宽容一定会拯救他。他被拯救之后，再让他和夏初篱一起去看他父母的“幻境”，去看看他一直不知道的关于他父母的爱情。那样，吴苇禾最深的心结就会解开。解开了心结，相信了爱情和婚姻，他和夏初篱的困境就有救了。

费了一番脑筋之后，我突然感到我也是一个哲理派、学究派的导演啊！拍下最真实的人生纪录片，也是我的责任。

我最后悔的就是当年看到吴樊和关欣的“电影”之后，没能插手帮助他们。

他们双双坠楼死亡，深深地触动了我。

我也会问自己：你旁观了那么久，冷血了那么久，终于良心发现了，是吗？

其实没有。因为我不是“人类”啊，怎么会有良心。

九、剖析自己

每个人都希望能够看清自己，并且诚实地面对自己。但在人生这场旅程里，你会发现，最难看清楚的就是自己。甚至，你会经常和自己斗争，表象的你总是试图打败内心的你。然后，你宁愿永远沉醉、麻木、逃避。

吴苇禾就是这样的人。他一路都在掩埋自己，看到真正的自己会让他十分痛苦。

和夏初篱共同出品的《真爱幻境》上映之后，他终于打电话给我，他要求见见我。我约他来我的［彼间剧场］工作室和夏初篱不同的是，他看起来并没有很怕我。他这次带来了上好的蓝山咖啡，还亲自为我制作了手冲咖啡。

“我知道你会联系我。”我先开口了。

“这些年来，我一直奇怪，为什么你的样子一点儿都没有变老。后来醒悟了，一个样貌不会改变的人，肯定不是普通人。”他把冲好的黑咖啡递给我。

“我很少干涉别人的事情，你是唯一一个。不过，凡事都有原因。”我一边说一边递给他一张旧照片。

照片是一大堆人的合影，上面有吴樊、关欣、简嘉澄、黎格、夏楚、高寒，当然，还有我。那时候，我们都是话剧社的成员。那张合影也是唯一一张人全的合影。

“原来，你的样子不仅和 18 年前一样，也和 37 年前一样。”吴苇禾看了照片，居然感慨了这么一句。

“你真是个思维特别的小孩。你关注的不应该是我的样子，而是照片上的其他人。你的父母、夏初篱的父母，还有简嘉澄的父母。”我一一指给他看，生怕他分辨不清楚。

“嗯，我都知道。在‘幻境’里都看到了。也知道了他们的爱情故事，比起我们这个时代，他们的故事才是狗血琼瑶剧。呵呵……”吴苇禾笑了，竟然笑得有点儿纯真。

“每一个时代的爱情都是灿烂的。你、夏初篱、简嘉澄之间的关系，真的很像吴樊、关欣和简宁舒之间的关系。我真是没有办法看到你们也因为失败的婚姻关系而死掉。”我喝了一口黑咖啡，味道很苦。

“其实我爸是爱我妈的，只不过，平淡的生活和他本身就风流的性格，让他渐渐忽视了他对我妈的感情。爱，本贱。没有刺激和嫉妒，他就感觉不到他的爱。”

“所以他们死亡，恰恰是因为他们纠缠激烈地爱着，和简宁舒无关。”我提醒他。

“我知道了，看到他们的爱情之后，我知道了。只可惜，我知道得太晚了。要是再晚一点，我就彻底毁了。”

“在那些‘预演’的幻境里，你看到自己有多疯狂了吧？”我问他。

“‘你可不只是会做那一点儿疯狂的事。你会找人拍我和简嘉澄的照片，然后发给媒体，诬陷我们是奸夫淫妇。你还可能会设计伤害简嘉澄，还威胁我，你会找人杀死他。你还会把和你父亲相好的那些女人的照片发给她们的丈夫……总之，你会做很多疯狂的事。还好其实都没做。’夏初篱这么说过，那应该就是我会干出来的事。”吴苇禾咧了一下嘴，也表示不可思议。

“你的偏执会把你和夏初篱带向死亡。”我深呼吸了一下，庆幸那是没有发生的事。

“在你制造的那些‘幻境’里，我也重温了一遍我的爱情，不过是通过夏初篱的日记本。透过她的文字，我看到了那些过往……”

“那些女人见证了你，也折射了你。”

“单纯却骄傲，是我，也是罗灿灿；有进取心却不择手段，是我，也是董薏甯；有才华但却很阴暗，是我，也是欧幻言；真诚却虚荣，是我，也是纪楠希；渴望爱和被肯定却靠出卖自己来实现，是我，也是Art；充满梦想又向往爱情，是我，也是窦鲮；好学严谨却不敢去爱，是我，也是林景依……原来，我是这样的人。”吴苇禾感叹了一下。

“那夏初篱呢？”

“我们？棋逢对手，势均力敌。学业、事业、头脑、创意……明明爱着，却不能放下骄傲；明明想去对方的世界，却固执地站在自己的世界。”

看着终于看清了自己的吴苇禾，我感到十分满意和欣慰。那是一种别人无法体验到的成就感。

十、真爱幻境

夏初篱编剧的《真爱幻境》首映礼之后，我接到了她的电话，她主动找我聊聊。

我们约见的地方是［彼间剧场］工作室那是我制作纪录片的地方。

“其实今天来找你，我是鼓足了勇气的。我有点儿害怕。”夏初篱坐在我对面的沙发上，没敢喝我递给她的黑咖啡。

“我知道你为什么害怕。但我没有害你的心，纯粹只是想助力你的婚姻。”我安慰她。

“我来之前想了很久，什么样的人才有控制时空和意识的能力。”她笑了一下，但我感觉得到，她还是怕我。

“我是什么样的人并不重要，关键是你来找我了。”

“我是来谢谢你的。让我看到了吴苇禾来时的路。原来他有一段那么复杂的过往。和他谈了 9 段恋爱，我才真正了解他。”

“其实，每一段爱情都折射了他的一个侧面。就像拼图，你拼起来才是一个完整的他。”

“那你更了解他了吗？”

“他父母的婚姻关系让他不再相信感情。即便他遇到了真爱，内心也不相信那是真爱。他不相信，他展示了真实的他以后你还会爱他。

“不过事实证明，你知道之后还会爱他。

“虽然如此，但他也会犯一般男人会犯的错误。不择手段获取成功，因为成功而膨胀，对女人审美疲劳，因为优势太多而容易滥情……

“所以，在电影《真爱幻境》里，你设计了他没有太多挫折的人生，你设计了你们之间十分顺利的爱情。但却发现，很多问题还是会爆发，只不过没有那么严重而已。”我还是很欣赏夏初篱的领悟智慧的。

“嗯，那是看了你制造的‘真爱幻境’之后，我的第二层领悟。按顺序来说，第一层，我明白了要有出离心，去看看对方的‘人生电影’；第二层，我领悟了要有包容心，因为不管对方的‘人设’是什么，婚姻中的不完美永远存在，人性的弱点永远存在。”

“看来，我的‘幻境拯救法’很管用。”我由衷地笑了，内心感到一种安慰。

“无论如何，谢谢你，许安静。”夏初篱终于敢喝我递给她的黑咖啡了。

“让你最终放弃简嘉澄，而选择吴苇禾的原因是什么呢？”在她要走之前，我又问了一个我好奇的问题。

“简嘉澄是一个很有思考力的男人。他的情商很高，控制自己的能力很强。他也很会调节两个人在爱情之中的情趣和距离。其实他是一个很好的伴侣人选。但他在感情里的游刃有余、分寸得当、关怀体贴，却让我感到，他少了一丝‘人气’，我仿佛在和耶稣谈恋爱，不是在和一个有血有肉、很真实的人在谈恋爱。”

“可吴苇禾也在掩藏自己啊。他可能也不真实。”

“他一开始的无聊小绵羊状态很纯真，后来在大学的故意叛逆很带劲儿，在真人秀节目上的表达很有激情，他的电影、他的感言、他的各种丑闻、他在后巷的强吻，甚至后来他的报复、他的病态、他的抑郁症、他的膨胀、他的滥情……都显得十分真实。每一个他都触动了我。虽然他掩饰了他的过往，我们结婚之后，他也试图掩饰他的坏，但我总是能感觉到他的存在，那是一种直觉。”夏初篱很认真地回答。

“也许，简嘉澄永远也想不到，他的理智谨慎恰恰葬送了他的爱情。”我笑了一下，“那么，你现在觉得，看看吴苇禾来时的路有意义吗？”

“虽然我看到的都是幻境，但我知道，我感受到的都是真实的情感。要是每一对情侣或者夫妻都有机会回到过去，看看彼此的人生，或者去到未来，看看他们的矛盾可能酿成的恶果，也许这世界就不会有那么多不幸的婚姻了。”夏初篱得出了不错的结论。

她告辞的时候，我们还拥抱了一下彼此。我喜欢这个聪明又有领悟能力的女人。

她走了之后，我翻开了关于他们的档案，里面夹着我曾经匿名写给夏初篱的简短的信，还有我偷换掉的写满了她穿越感受的日记本。我很喜欢偶尔看看这两个“道具”。

十一、出离之心

简嘉澄是个十分理智的男人，他喜欢观察人们的爱情和婚姻，所以，他是一个很成功的情感作家。他的书深刻而犀利。他讲了一些关于他的故事。他总说，遇见夏初篱才是他人生的一场意外。

我和简嘉澄结识于一场他在书店的读友交流会。那时，他的新书《黑洞爱情》正在宣传期。我还特意买了一本请他签名。

“一个冷静而疏离感很强的男人，也能被‘黑洞’吸引，着实令人意外。”我把书递给他签名时，特意说了这样一句。

“莫非……你有看透人的能力？”他看着我，以探究的目光。

“我读过一些你的书，从书里了解的你。”我递给他一张名片。

他签好名，把书给我，也收下了我递过去的名片。

后来，他打电话给我，我就约他来我的“彼间剧场工作室”从那以后，他偶尔会过来找我，工作室里有很多我收集的情感素材，我也会十分慷慨地和他分享一些素材。

参加了吴苇禾和夏初篱的《真爱幻境》的首映礼之后，简嘉澄就要回到美国继续他的写作工作了。临走前，他特意在电话里提出要约见我。

“这是我出版的新书《出离之心》。”简嘉澄递给我一本书。

我翻开扉页，发现他已经在上面签好了名字。他依然是一个很细心的人。

“这是一本治愈书？出离心是什么？”我问他。

“不是佛教，不是哲学，纯粹只是我个人对情感以及人与人之间的关系有一些体悟。”他很谦虚地说。

“你说过你的父母。我知道，你的家庭似乎也存在一些问题。可你却不极端、不偏执，是个很有智慧的人。我很好奇……”

“我能够很健康地成长，很理智地活着，就是因为‘出离之心’的体悟。”

“能说说吗？”

“我母亲黎格深爱着我的父亲。但结婚之后，她更加深切意识到，我父亲心里一直有一个放不下的女人。随后的十几年，我母亲过得并不幸福。虽然生活平静，但没有爱情，婚姻是令人窒息的。尤其是父亲因为那个女人出了车祸之后，我母亲彻底清醒了。她试着用一个‘出离’的状态去理解父亲对另一个女人的爱，她开始渐渐理解，并且接受了。所以她毅然决然和父亲离婚，出走，去寻找她自己的生活。”

“你母亲是个懂得‘出离’的女人。”

“虽然她离开了我们的家，但她时常写信给我。她在信里说，如果用欣赏的角度去看待父亲的爱情，其实那是一个十分令人感动的故事。我就觉得，我母亲早就放下了。所以，她离开我爸的时候没有痛苦，也没有内疚。那是一个和平的结束，还能够彼此欣赏的结束。”

“可你不觉得自己缺少父爱母爱吗？”

“不会。其实我和父母的关系也是比较‘出离’的。他们不会因为我是他们的儿子，就要控制我、强行教育我。他们都把我当成一个独立的个体，有点儿像朋友的关系，很认真地和我探讨、讲道理。我一直住寄宿学校，初中以后就不在父母身边了。我和我母亲每个星期都会通一封信，维持了很多年，她用柏拉图的方式爱着我，就是‘精神母爱’。我们什么都谈，敞开心扉。不过，会保持着对彼此的尊重，我们之间是平等的。我父亲每个月邮寄一本书给我，他会先看，然后写上心得。然后我看，再写心得，回寄给他。我知道，他挑选每一本书都很用心。他其实在教育我、引导我。我把那称为‘读书父爱’。”

“父母对你的教育方式也是‘出离’的。”我概括了一下，“所以……你……知道你父亲的……感情吗？”

“我母亲把我安排在另一个城市读寄宿学校，肯定有原因。父亲车祸之后，母亲知道会有其他女人照顾他，又不想我受到影响。不过，我知道父亲有人在照顾。但我没有问过，也觉得不应该去问。那是他的生活。”

“看来，你也可以用‘出离’的角度去看待父母的感情。”

“我从小就读过很多书，我父母给我的引导也很好。所以导致我比较早熟。”简嘉澄自嘲地笑了一下。

“那你自己的感情呢，也用‘出离’的态度？”

“虽然我能很好地处理和亲人之间的关系。但坦白说，在爱情上我做得并不太好。人陷入爱情中的时候，会变得失去自我，跟随对方；或者刚好相反，会特别坚持自我，不肯理解对方，甚至要控制对方，向着自己期待的方向去改变。我就一直很抗拒自己陷入‘失去自我’和‘坚持自我’的状态里。”

“你的想法很理智啊！你也应该做得不错。”

“夏初篱是我的黑洞。我唯一一本不那么理智的爱情小说《黑洞爱情》，就是以她为原型创作的。因为她对我很有吸引力，所以我就一直很抗拒那种吸引力。我跟她之间保持着刚刚好的距离和温度。我以为那样会更长久。”

“你的‘出离’让她离开了你。”我很想听听简嘉澄怎么说。

“我也反思过。也许，在恋爱的时候，应该热烈一点，投入一点；在婚姻里，就保持一点‘出离’的境界。不过，我倒觉得，无论我怎么做，夏初篱都不会失去控制地像爱吴苇禾一样去爱我。我和吴苇禾在本质上就是两个不同的人。在爱情里，对夏初篱来说，吴苇禾才是那种‘磁铁’体质。”

“即使夏初离逃婚，你也没有纠缠，后来还继续在她身边做她的朋友。这也是一种‘出离’的境界。”

“跳出来看，我还挺欣赏她和吴苇禾的爱情的。如果很多人能跳出来看，就能少一些痛苦，多一些祝福了。”

“夏初篱说，你是吴苇禾的一个情人，柏拉图情人，是这样吗？”简嘉澄临走的时候，也八卦起来。

我微笑地看着简嘉澄，没有回答。我只是想起了我曾经对夏初篱说的一句话：“但我知道他的每一个秘密，他脑中的每一个念头和他心里的每一个火花。这是爱他的人应该知道的。”

我翻开了简嘉澄送我的那本《出离之心》，看到扉页上写着：

此时此刻，你所在的这个世界，会不会只是一个幻境呢？
每一个真爱幻境，都让你学会了爱的意义了吗？

——全书完——